LA GUARIDA DEL LOBO

ELODIE HARPER

LA GUARIDA DEL LOBO

Traducción de Ariadna Molinari

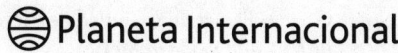 Planeta Internacional

Título original: *The Wolf Den*

© 2021, Elodie Harper

Traducción: Ariadna Molinari

Diseño de portada: Planeta Arte & Diseño / Eduardo Ramón Trejo
Fotografía de Elodie Harper: Cortesía de la autora

Derechos reservados

© 2022, Editorial Planeta Mexicana, S.A. de C.V.
Bajo el sello editorial PLANETA M.R.
Avenida Presidente Masarik núm. 111,
Piso 2, Polanco V Sección, Miguel Hidalgo
C.P. 11560, Ciudad de México
www.planetadelibros.com.mx

Primera edición en formato epub: junio de 2022
ISBN: 978-607-07-8862-8

Primera edición impresa en México: junio de 2022
ISBN: 978-607-07-8854-3

Impreso en los talleres de Litográfica Ingramex, S.A. de C.V.
Centeno núm. 162-1, colonia Granjas Esmeralda, Ciudad de México
Impreso y hecho en México - *Printed and made in Mexico*

Para mi hermano y mis hermanas de sangre y por elección,
Eugenie, Ruth y Tom, con todo mi amor.

74 a. C.
Febrero

1

*Los baños, el vino y el sexo hacen
que los hados lleguen más rápido.*

Máxima romana

Tiene las manos en alto, como si estuviera rezando, y de su piel emana vapor. El agua le acaricia el cuello cuando se reclina y se hunde en su calidez. Las risas y las voces femeninas flotan a su alrededor, un enredo de sonidos que hacen eco en las piedras. Ella lo ignora; se enfoca en sus dedos, los gira, ve el agua que gotea de ellos, observa el vapor elevarse. Podrían ser las manos de cualquiera, piensa; podrían pertenecerle a cualquiera. Pero son de Félix.

Luego, otros dedos se entrelazan con los suyos y la sacan del ensimismamiento. Victoria la jala hacia arriba para que saque la cabeza del agua.

—¡Amara! ¡Se te está mojando el cabello! ¡No debes reclinarte así! —Victoria le entierra las uñas al intentar darles forma a los rizos que ahora están pegados a los hombros de Amara—. Parecen colas de rata. ¿En qué estabas pensando?

Amara siente una punzada de angustia. Muchas cosas dependen de lo que pase esta tarde; no puede creer lo inconsciente que ha sido.

—No sé, es que…

—No se ve tan mal —interviene Dido, quien acaba de acercarse a ellas con el ceño ligeramente fruncido, pero con su expresión amable—. No se nota mucho.

—Además, los hombres no vienen aquí a vernos el cabello —dice una voz mucho menos amistosa. Le pertenece a Drauca,

11

la mujer más valiosa de Simo, quien las observa desde el extremo opuesto de la estrecha alberca. Se levanta para salir del agua, con los brazos en alto, y se contonea. Las ondulaciones oscuras de su propia cabellera resplandecen como el plumaje de un cuervo. Detrás de ella, a través de las ventanas curveadas, se alcanza a ver el mar inmóvil y gris. Es imposible no mirarla fijamente. A Amara le recuerda la estatua de Helena de Troya que había visto en Afidnas, en una época en la que tenía otro nombre, otra vida.

—¡Venus Pompeyana! —exclama Victoria, con un grito ahogado, y agarra a Amara con un gesto de asombro exagerado—. ¡Pero si la diosa camina entre nosotras! ¡Ay, tanta gloria me deslumbra y me enceguece! —Drauca frunce el ceño y azota los brazos sobre la superficie del agua. Victoria se ríe—. Como si nadie más tuviera un buen par de tetas —agrega, aunque baja la voz lo suficiente como para que Drauca no la alcance a oír.

—Pero es que es hermosa —interviene Dido, sin dejar de mirar a su rival—. Y ha estado aquí antes, ¿verdad? Tal vez los hombres la prefieran, tal vez...

—Salvo por Drauca, ¿qué tienen ellas que no tengamos nosotras? —la interrumpe Victoria, mientras fulmina con la mirada a las tres acompañantes de Drauca. Están acaparando la alberca, y se salpican entre sí con risas teatrales, más fingidas que alegres—. Se nota que son meseras. Y la tal María tiene brazos de camillera.

Amara no está segura de que tengan derecho a desdeñar, dado su propio estatus inferior de prostitutas de burdel. De lobas. Se le hace un nudo en el estómago, lo cual le resulta familiar.

—Me pregunto cómo serán los hombres —dice.

—Serán... —comienza Victoria, pero algo a espaldas de Amara le llama la atención y no termina su enunciado—. ¡Oye! —exclama—. ¡Suéltala! ¡Suéltala! —Empieza a avanzar por el agua hacia una anciana que está jalándole el brazo a Cressa para intentar sacarla de la alberca. Victoria voltea a ver a la vieja justo cuando logra sacar a Cressa, empapada, y a empujarla hacia un costado.

La mujer se agacha y señala a Victoria con un dedo torcido.

—¿Félix? ¿Eres de Félix? —Nadie le responde, pero la desconocida las mira fijamente a ellas. Berenice también se acerca y se queda boquiabierta—. ¡Fuera de aquí, putas de Félix! —grita la anciana con impaciencia y agita la mano hacia la puerta para indicarles que se vayan. Cressa intenta protestar, pero la vieja la empuja. Las mujeres de Simo han dejado de retozar y reír. Sin necesidad de voltear a verlas, Amara percibe que han reculado hacia el extremo opuesto de la alberca—. ¡Fuera de aquí, de inmediato, putas de Félix! —repite la vieja y las señala una por una con el dedo. Al ver que ninguna se mueve, agarra a Amara del brazo—. ¡Fuera! ¡Fuera! —exclama—. ¡Váyanse ya!

Cuando la vieja jala a Amara hacia la orilla de la piscina, una piedra le rasguña la piel, y los dedos enjutos de la desconocida se le entierran en el brazo con una fuerza sorprendente. Amara se impulsa hacia los azulejos calientes y logra zafarse. Pero la anciana sigue gritando y amenazando con llamar a Vibo si no se largan de inmediato. Oír el nombre del administrador de las termas es suficiente para que accedan. Las mujeres de Félix salen desnudas del agua y corren hacia la estancia contigua, donde el cambio repentino de iluminación y temperatura las hace tiritar. Una cascada cae a la alberca fría, con un escándalo que compite con los gritos presurosos de la vieja. Amara se apoya en la pared azul para estabilizarse y, conforme avanza, se restriega contra las pinturas de criaturas marinas, incluyendo la boca abierta de un pez enorme que le queda a la altura de la cara.

Victoria es la única de las cinco que sigue alegando cuando llegan a los vestidores de los baños. No habían entrado por ahí. Las filas de casilleros de madera pulida están adornados con pinturas de amantes, que se deleitan en toda posición sexual imaginable. Las mujeres encuentran sus prendas apiladas en el suelo.

—¡De prisa! ¡De prisa! —insiste su atormentadora mientras le avienta una capa a Berenice, quien todavía luce tan atontada como en la alberca. Amara no necesita que la presionen más. Se inclina y empieza a buscar entre las prendas; le entrega una toga amarilla a Dido, quien no para de temblar, quizá tanto de frío como de miedo. Para Dido la esclavitud es una novedad, por lo que cualquier humillación le afecta como una puñalada al corazón. Victoria, en cambio, es la única que no se apresura. Termina de atarse la toga mucho después que las demás y mira a la anciana con un odio profundo. Cuando por fin Victoria desvía la mirada, Amara ve que la señora le hace la seña del mal de ojo.

La vieja les da un último empujón con su dedo huesudo, y Amara y las otras salen en grupo al patio privado de las termas. La llovizna les moja la cara, y la brisa marina las enfría aún más. Se quedan juntas, ya húmedas bajo las togas y las capas. Amara mira a su alrededor y le sorprende descubrir que están solas. Pero luego ve a dos hombres guareciéndose bajo la columnata; un par de siluetas robustas que no encajan con las ninfas y las rosas pintadas en la pared. Uno de ellos se acerca, con expresión furiosa. Es Thraso, el capataz de Félix.

—¿Qué es esto? ¿Qué pasó? —Tiene las manos empuñadas, listas para la pelea. Amara retrocede, pues conoce en persona la fuerza de esos puños.

—Mejor pregúntale a él —contesta Amara y señala al otro hombre que se había quedado en las sombras—. ¿No es uno de los hombres de Simo?

—Alguien traicionó a Félix —añade Victoria, mientras Thraso voltea a ver al tipo—. A las mujeres de Simo las dejaron quedarse; a nosotras nos corrieron antes de que llegaran los hombres. Qué conveniente, ¿no?

Thraso no espera más explicaciones. Atraviesa el patio dando zancadas y le lanza un puñetazo al otro.

—¡Te voy a matar, Balbus! ¡Mentiroso de mierda!

Balbus esquiva el golpe y se salva de la fuerza imparable de Thraso; el puño solo le alcanza a rozar la oreja, lo cual lo hace tambalearse. Thraso lo agarra de los hombros y le rompe la nariz de un cabezazo. Balbus ruge, se zafa, se agarra la cara ensangrentada. Thraso se le abalanza de nuevo, y ambos caen al suelo, entre gritos, puñetazos y mordidas. Las mujeres los observan sin saber bien qué hacer.

—Félix se pondrá furioso —dice Berenice, como si no fuera obvio.

Amara mira de reojo a Victoria, a la espera de uno de sus habituales comentarios sarcásticos, pero ella desvía la mirada.

14

En la puerta hay un alboroto. Un grupo de esclavos sale corriendo y obliga al grupo de mujeres a hacerse a un lado. Corren hacia los hombres que pelean e intentan intervenir, pero uno de ellos recibe una patada en la cara. Vibo, el administrador de los baños, sale después, resoplando, con el cuerpo grueso envuelto en una toga verde. Su prisa por llegar a la pelea lo hace atropellar a Cressa para que se quite de su camino.

—¡Basta! ¡O haré que sus amos castiguen sin reparos su desobediencia! —Finalmente, los hombres se separan. Thraso es el primero en ponerse en pie, mientras que Balbus necesita la ayuda de dos esclavos para levantarse—. ¿Quieren dejarme en la quiebra? —grita Vibo—. ¿Cómo se atreven a revolcarse en mi puerta como perros rabiosos? ¡Debería mandarlos a azotar a los dos! —Balbus murmura algo, pero Amara no alcanza a escucharlo—. ¡No me importa! —grita Vibo—. Fuera de aquí, los dos. Y llévense a sus putas pueblerinas.

Las mujeres no esperan a que nadie las empuje, sino que cruzan el patio solas antes de que Thraso las alcance. Amara ve que viene cojeando. A Balbus le fue peor, pero eso no significa que no haya logrado asestar unos cuantos golpes. Thraso tiene el labio partido y lleva un brazo apretado contra el pecho. Ninguna de ellas es tan tonta como para preguntarle cómo se siente.

Las mujeres suben la escalinata que lleva al portón, encabezadas por Victoria, y con Berenice en la retaguardia. Esta última no camina lo suficientemente rápido como para evitar una bofetada furiosa de Thraso. Todas saben por qué se desquita con ellas: le aterra enfrentar la ira de Félix cuando vuelvan al burdel. Amara siente cómo se intensifica el miedo y se le hace un nudo en la garganta que le impide siquiera pasar saliva.

Salir a la calle es como reincorporarse a un río que corre con rapidez. Amara le toma la mano a Dido, y juntas se adentran en el mar de gente que está subiendo la colina, hacia la puerta del Foro. Las piedras del camino están húmedas y resbalosas. La primera vez que Amara fue a Pompeya iba con Dido. Y aunque eso ocurrió apenas hace unos meses, parece que ya pasó una eternidad. Transitaron esa calle juntas después de que Félix las adquiriera en el mercado de esclavos de Pozzuoli. En ese entonces, bajo los cielos azules de finales de octubre, el clima era más agradable. Amara recuerda que Félix compró higos maduros para el trayecto. De la fruta emanaba un aroma dulcísimo; al abrirla, reveló su interior rosado y resplandeciente que le dejó los dedos pegajosos. Aquel fue un momento muy parecido a la felicidad, si acaso la felicidad podía existir en un mundo donde a ella la vendían y la compraban. Amara sigue pensando en ese gesto de amabilidad de Félix; en ese momento no tenía idea de lo poco frecuentes que serían.

Un hombre que lleva un canasto lleno de pescado sobre la cabeza se abre camino entre la multitud, usando los hombros como armas. Las mujeres lo siguen por debajo de los arcos que llevan a un túnel oscuro y resonante, donde el camino se vuelve más inclinado y el ascenso es más pesado. Amara voltea a ver a Cressa; porta una expresión resignada por tener que arrastrar a la pobre Berenice, quien se ha quedado sin aliento. Thraso está muy lejos, casi fuera de su vista. Seguro que la pierna le está causando muchos problemas; de otro modo no dejaría de regañar a Berenice por su lentitud. Victoria, como era de esperarse, ya se adelantó. Es la única de las cinco mujeres de Félix que nació en esa ciudad; y, aunque también es esclava, se mueve como pez en el agua, cosa que las otras nunca lograrán.

Una vez que están dentro de los muros de la ciudad, el camino se vuelve más plano, pero también más húmedo; la corriente de agua que desciende golpea los zapatos de Amara. Dido la ayuda a subir al pavimento elevado, donde dos vendedores de telas refunfuñan por tener que hacerse a un lado. Un hombre cargado de guirnaldas de mirto, que sirven como ofrendas para el Templo de Venus, se les acerca.

—¿Para su diosa? ¿Para el amor? Dos flores por un sestercio. El mejor precio. Les traerán buena suerte. —Le acerca las hojas a Dido a la cara, quien instintivamente se lleva la mano al rostro para taparse con el velo que desde hace mucho dejó de usar.

Amara se las quita de enfrente.

—No.

La multitud se disipa cuando llegan al Foro, donde el espacio es mucho más amplio. Los vendedores ambulantes son como rocas que rompen el flujo del mar de gente. Algunos paseantes se asoman a ver su mercancía; otros, en cambio, pasan de largo. En el extremo opuesto de la plaza está el templo de Júpiter, de cuyos escalones ascienden volutas de humo de incienso. Antes de que se disipe frente a la montaña que flanquea el templo, la mezcla de humo y calor hace que el edificio se vea borroso. Amara recuerda a su padre, quien sonreía cuando ella le preguntaba si creía en los dioses. «Las historias son poderosas, sin importar si creemos en ellas o no». De inmediato, ahoga el recuerdo de su voz.

Las otras siguen buscando a Thraso con la mirada. Dido lo señala; viene todo sudoroso, abriéndose camino entre la gente.

—¿Le rompieron la nariz de nuevo? —pregunta Berenice—. Se ve fatal.

—¿Peor que de costumbre? ¿Segura? —dice Victoria—. Yo más bien diría que Balbus se la enderezó.

Berenice no entiende el chiste.

—¡No, se ve ESPANTOSO! —insiste y alza la voz enfáticamente.

Cressa la silencia.

—Te va a oír.

Thraso las alcanza y les grita que avancen, por lo que ellas continúan hacia el otro lado de la plaza. Un grupo de marineros, que seguramente atracó en el puerto, le silba a Amara al pasar, y uno le hace señas de lo que le gustaría hacerle. Ella le sonríe y luego baja la mirada. Los hombres se dan palmadas entre sí y ríen.

El camino que lleva colina abajo desde el Foro es un riachuelo de agua de lluvia; su superficie, hecha de trozos de mosaicos rojos y amarillos, refleja los edificios pintados que enmarcan sus orillas. Las mujeres observan a un grupo de camilleros empapados que, con el agua golpeándoles las rodillas, avanza a contracorriente llevando su preciado cargamento en los aires, resguardado del agua por cortinas gruesas. Amara ve un perro muerto, atorado entre dos piedras, que llegó ahí por la fuerza de la corriente. La lluvia matutina no es capaz de llevarse consigo toda la podredumbre. Las mujeres avanzan con dificultad por el sendero y giran a la izquierda en el callejón que lleva a la parte trasera del burdel. El camino es cada vez más estrecho, pero también hay cada vez menos gente.

Cuando era niña, a Amara le gustaba llegar a casa después de haberse empapado, sentarse con su madre frente al fuego y beber el vino caliente con especias que les llevaba la mucama. Pero la tensión sofocante del burdel nunca la ha hecho sentir como en casa. No las espera ninguna bebida caliente; solo la ira de Félix.

Se reúnen afuera del edificio, formando una fila contra el muro para resguardarse bajo el balcón del piso superior. Thraso parece casi tan nervioso como ellas.

—Ustedes dos —dice y señala a Victoria y Amara—. A ustedes se les fue la lengua en los baños. Así que le explicarán todo a Félix.

Las otras entran a hurtadillas; Dido voltea hacia atrás, con una expresión ansiosa. Victoria le pone una mano a Thraso en el brazo sano y le habla al oído.

—Yo le contaré a Félix de la fuerza con la que luchaste —dice y lo mira a los ojos con tal franqueza que hasta Amara está a punto de creerle—. Defendiste su honor. Eso debe servir de algo.

Thraso es incapaz de darle las gracias a una prostituta, pero al menos asiente con brusquedad. Luego mira de reojo a Amara, de quien es obvio que espera algo similar, pero a ella no se le ocurre nada para congraciarse con él. Victoria la mira fijamente, con los ojos bien abiertos en señal de advertencia.

—Sí —afirma Amara al fin, y asiente en dirección de Thraso—. Eso hiciste. Fuiste muy valiente. —El miedo hace que se le agudice el acento griego.

Thraso golpea la puerta de madera que lleva a los aposentos de Félix, arriba del burdel. Les abre Paris, con su habitual cara de amargura, coronada por una uniceja. Desde el umbral de la puerta, Amara alcanza a percibir el olor de la letrina oculta en la oscuridad de la escalera. Solía compadecerse del joven Paris y de su soledad, que transcurría entre tallar los suelos del piso superior y atender a los clientes del burdel. Pero Paris no había dado indicio alguno de querer la compañía o la amistad de una loba.

—¡Félix! —exclama Thraso y agita la mano con impaciencia.

—Está con un cliente, así que tendrán que esperar.

Paris se da media vuelta y sube las escaleras. Los otros tres lo siguen y salen al estrecho balcón techado que rodea el apartamento de Félix. A Amara le recuerda a una telaraña por la forma en la que el pasillo envuelve las habitaciones de su amo; conduce en círculos al centro, en vez de hacerlo en línea recta. Amara escucha una voz de hombre desconocida, pero le resulta imposible discernir las palabras. No obstante, alcanza a entender algo: «pagarte». Paris les hace una seña para que esperen en el saloncito.

Thraso se deja caer con pesadez en el banco junto a la fogata, y apenas deja espacio a ambos lados para que las dos mujeres se sienten. Ellas hacen lo mejor que pueden para estrujarse. El balcón deja entrar la luz del exterior, pero también el aire frío. Además, el calor de la fogata es muy tenue. Amara siente que el corazón le va a explotar, y no le sirve de mucho saber que Félix está exprimiéndole hasta el último céntimo a un pobre deudor al final del pasillo. Thraso mira fijamente hacia el frente, como embelesado por las flamitas cercanas a sus pies. Amara percibe el miedo que Thraso exuda.

Luego ella mira las paredes. No hay ninfas ni amantes retozando. Están pintadas de blanco y negro, con un patrón geométrico, y las líneas bien definidas cambian de dirección y se entretejen para formar un laberinto interminable que es difícil seguir con la mirada sin marearse.

Esperan sentados, sin hablar, mientras el tiempo pasa lentamente. La lluvia arrecia, y el agua se cuela por el techo. Es imposible saber si la conversación entre Félix y el cliente sigue siendo de negocios. Luego, Amara ve una silueta que atraviesa la puerta a empujones y la escucha tambalearse por las escaleras. Pero nadie se levanta del banco.

En ese momento, Paris asoma la cabeza por la puerta.

—Ya los espera.

Thraso se pone de pie y pasa junto a él, seguido de Amara y Victoria.

2

¡Ella apesta al hollín del burdel!
Séneca, *Declamaciones* I.2

La habitación es amplia, dominada por el color rojo. Su amo está sentado en el escritorio. No se pone de pie cuando entran. Si le sorprende que hayan vuelto mucho antes de lo esperado, no lo demuestra. Félix tiene la mitad del tamaño de Thraso, pero el doble de fuerza. Su enjuto cuerpo es puro músculo. Amara sabe que no hay suavidad alguna en ese cuerpo, oculto bajo los pliegues de la toga pálida, ni nada que produzca una falsa ilusión de ternura cuando te tiene en sus brazos.

—Esa fue una orgía bastante rápida —sugiere—. ¿Los niños ricos no aguantaron mucho? Pero pagaron el doble, por supuesto. —Félix mira a Victoria—. Eso es lo que vienes a decirme, ¿verdad, querida? Vienes a contarme cuánto dinero ganaron.

Félix está sonriendo, pero Amara percibe la rabia que vibra a través del sarcasmo. La habitación se oscurece. Sin necesidad de voltear, sabe que Paris acaba de cerrar la puerta del balcón.

Victoria abre la boca, pero Thraso interviene.

—Fue Simo —dice—. Simo nos traicionó...

—Debe de haber estado coludido con Vibo —sospecha Victoria—. Todas las chicas de Simo se quedaron en la piscina, pero una vieja urraca nos sacó a las demás. Nos obligó a salir. Dijo que eran órdenes de Vibo. ¡Esa gorda babosa! Ni siquiera vimos a los clientes...

—Balbus tiene las manos sucias también —la interrumpe Thraso—. Lo apaleé por ti, a esa rata mentirosa...

—¡Thraso solo se detuvo porque Vibo lo obligó! —dice Victoria—. Y Drauca se burlaba de nosotras; ella sabía, estoy segura de que sabía…

Amara observa a Félix mientras Victoria y Thraso parlotean, tropezándose el uno con la otra para lavarse las culpas tanto como fuera posible, paleándola en todas direcciones como mierda de letrina. Amara sabe que, si el jefe no los interrumpe, pronto comenzarán a culparse entre sí. Félix escucha en silencio, absorbiéndolo todo, mientras su ira se va acumulando de forma visible. Si existiera una manera de hacerse más pequeña y menos perceptible, ella se encogería hasta alcanzar el tamaño de un ratón.

—¿Y tú? —Félix mira bruscamente a Amara, tomándola desprevenida—. ¿Tienes algo que decir? ¿O te vas a quedar ahí parada como un perro?

—Lo… lo que ellos dijeron —tartamudea. Félix espera a que continúe, irradiando furia. Detrás suyo, la pared fulgura en tonos rojos. El único sonido es el pasado tamborileo del agua que cae. Amara sabe que su amo está a instantes de estallar. Si no llena el silencio, no habrá nada entre ella y la tormenta de golpes que se avecina—. La anciana nos obligó a salir de los baños —dice. Evita el rostro de Félix con los ojos, dirigiendo en cambio la mirada hacia el fresco que enmarca su escritorio. Sigue los zócalos negros hacia arriba, hasta los cráneos de toro pintados cerca del techo.

—Dijo tu nombre. Solo quería expulsar a las mujeres que fueran tuyas. Fue un insulto dirigido solo a ti. —Victoria deja escapar un silencioso soplido de sorpresa. Amara voltea a verla, percibe el terror en su expresión y desvía la mirada a toda prisa—. No creo que fuera un insulto de Vibo. ¿Qué ganaría con eso? —Nadie responde. Amara continúa y le habla a la bolsita de monedas que está sobre el escritorio, a un lado de la mano derecha de Félix—. Simo debe haberlo sobornado. Es la única explicación. Simo tiene un buen negocio en los baños. ¿Por qué querría duplicar el número de mujeres y perder la mitad de sus ganancias?

La lluvia sigue cayendo, y a Amara casi no le resta valentía. Nadie le ha causado tanto terror como que el hombre que tiene enfrente. Levanta la mirada del escritorio. Siempre evita verlo directamente a los ojos, por lo que, ahora, al hacerlo, su expresión la sorprende. «Está escuchando». Por un breve instante, lo ve. Con eso basta.

—No me parece que debas castigar a Vibo —dice con un poco más de firmeza—. Podría ser valioso. Si Simo puede comprarlo, tú también. Así podríamos seguir haciendo dinero en los baños y demostrar que no pueden intimidarnos. —Félix arquea las cejas. Lo sorprendió. Amara intenta zafarse del miedo; se imagina que sale de su cuerpo como vapor—. Y, en cuanto a Simo, estoy segura de que podrías darle una lección. ¿No tiene un bar? Quizá pueda ser menos atractivo para la clientela.

La expresión de Félix apenas ha cambiado, pero Amara sabe que la peor parte de su furia ha quedado atrás.

—Ladras mucho para ser una perra tan pequeña —vocifera. Asiente en dirección del labio henchido y ensangrentado de Thraso—. Y, ¿qué le hiciste a Balbus para cobrarle esto?

—Le rompí la nariz.

—Espero que haya sido más que eso. —Félix se levanta de su asiento; las dos mujeres retroceden un paso. Thraso se queda quieto. Félix le chasquea los dedos a Victoria. Ella va de prisa hacia él. Félix le pasa una mano por el cuerpo, sintiéndolo, reacomodándole la ropa, con una mirada inquisidora. No es un hombre tocando a una mujer, sino un comerciante revisando su mercancía. Le da una palmada en el trasero, con fuerza—. ¿Me vas a hacer tanto dinero como las putas de Simo? ¿Eh? ¿Sí? —Hace un gesto en dirección de Amara sin voltear a verla—. Aquella piensa que sí, pero no estoy convencido. —Toma la barbilla de Victoria entre sus dedos—. ¿Qué hicieron hoy en la piscina? ¿Caminaron boquiabiertas por todo el lugar, como campesinos en los juegos? ¿Estuvieron aplastadas sobre esos culos planos? —Victoria no puede mover la cabeza; Félix la tiene tomada con demasiada fuerza—. He visto a Drauca. Esa puta tiene el mejor culo de toda Pompeya. ¿Y tú qué tienes? ¿A esto le llamas tetas? —La suelta, empujándole la cara. Victoria se tambalea, pero no cae—. Simo bien pudo haber sobornado a Vibo, pero ¿las habría sacado Vibo si creyera que ustedes pueden coger como Drauca? —Hace una pausa, retándolas a que respondan, pero ninguna de las dos lo hace—. Nuestro amigo Simo se la pasa alardeando sobre cómo vende el mejor coño. Así que ustedes —Félix agita el dedo en dirección de sus dos mujeres— necesitan mostrarle a Vibo que lo que dice no son más que estupideces. Vibo puede hacerles lo que quiera, cuando quiera, sin costo y todo incluido en el servicio. Si después de eso no son sus chicas favoritas, sabré por qué. —Amara mira a Victoria, intentando evaluar su reacción, pero el rostro de Victoria está tan vacío como un pergamino en blanco—. Vamos, ¡muévanse! —grita Félix, haciéndolas saltar—. Quiero cinco denarios de cada una de ustedes, putas sucias y holgazanas. Díganles a las demás que más les vale que se esfuercen un poco.

Amara casi se tropieza con Paris por el frenesí de salir por la puerta, pero Victoria está aún más apurada. Atraviesan el balcón corriendo y bajan las escaleras a empujones. Victoria llega primero al fondo. Se da vuelta y bloquea la puerta para que Amara no pueda volver a la calle. Amara se recarga en la pared para recobrar el equilibrio, tan sacudida por la evidente furia de Victoria como por el parón repentino.

—¿Por qué hiciste eso? —susurra Victoria—. Félix se habría olvidado de Vibo. ¿Para qué le pediste que nos mandara de regreso? ¿Qué clase de idiota eres?

—Piensa en el dinero —le susurra Amara en respuesta. Están apretujadas al fondo de la oscura y hedionda escalera—. ¡Piensa en todos esos ricachones! No como la escoria que viene aquí.

—Estás loca. ¿Qué crees que van a hacer? ¿Crees que irán a los baños con sacos llenos de oro? ¡Van ahí a coger, no a buscar esposa! —Los susurros de Victoria se intensifican con su exasperación—. ¡Y ahora tenemos que soportar a Vibo!

Amara quiere explicarle que está dispuesta a intentar cualquier cosa, sin importar qué tan descabellado u horrible pueda ser; con tal de salir del burdel, hará lo que sea. La aguda voz de Paris se escucha desde arriba.

—¿Qué hacen ustedes dos?

—Ya nos íbamos —responde Victoria, jalando la puerta hacia sí.

Salen a la lluvia y, tras unos cuantos pasos, vuelven a refugiarse en el interior.

A pesar de que el cielo está turbio y nublado, la oscuridad del burdel es mucho más profunda. Las persianas en las habitaciones, tan pequeñas que parecen celdas, están cerradas para impedir la entrada de la humedad, y el aire está denso por el humo del incienso y las lámparas de aceite. El espacio inferior no es mucho más pequeño que el departamento de Félix, pero para Amara es tan estrecho como una tumba.

Fabia está vaciando la letrina, intentando evitar que se desborde con la lluvia. El hedor, que siempre es desagradable de ese lado del pasillo, es peor que de costumbre. Alza la mirada un instante para saludarlas; luego vuelve a su tarea. Fabia solía trabajar ahí como loba, antes de volverse demasiado vieja. Incluso dio a luz al miserable Paris en una de las celdas. Fabia apenas alcanza a ganarse la vida hoy en día, pero —hasta ahora— Félix no la ha echado a la calle.

—¿Qué dijo Félix? —pregunta Cressa, mientras sale de la celda de Berenice junto con las demás mujeres.

—Va a volver a intentarlo con Vibo —dice Victoria—. Quiere convencerlo de que nos reciba de nuevo en los baños. Eso significa que esa bestia apestosa va a venir aquí y tenemos que darle todo lo que quiera.

Se cruza de brazos, y Amara espera a que les diga a las demás quién es la culpable de eso. Pero no lo hace.

—¿Vibo vendrá aquí? —exclama Berenice—. ¡No puede ser!

—¿Tan malo es? —pregunta Amara. Cualquier resto de satisfacción que pudo haber sentido por impresionar a Félix se esfuma al instante.

—¿No han estado con él? —pregunta Cressa. Amara y Dido niegan con la cabeza—. Es el peor. La última vez prácticamente me estranguló. —Se lleva una mano al cuello, como si recordara la presión de los dedos de Vibo sobre su garganta.

Amara mira a Victoria, llena de arrepentimiento, pero ella la ignora.

—Y lo mejor —dice Victoria— es que tenemos que ganarle a Nuestro Glorioso Amo cinco denarios cada una para mañana.

Cressa deja escapar un quejido.

—¿Era broma? —pregunta Berenice, con el rostro lleno de esperanza. No es muy buena para entender cuando alguien bromea.

—No, no es broma —responde Victoria—. Me atrevo a asegurar que no estaba de muy buen humor.

—¡Pero nunca vamos a lograrlo! —gimotea Berenice—. Es demasiado.

—Pues más nos vale acercarnos lo más que se pueda. —La mirada de Cressa se desvía hacia Fabia, quien sigue lavando la letrina—. Aunque hasta la misma Venus tendría problemas para conseguir clientes con este clima.

—No voy a salir a pescar sin comida —amenaza Victoria—. Podemos comenzar en El Gorrión, comer algo, y tal vez para entonces la lluvia no esté tan mal.

Las cinco mujeres se disponen a apagar la mayoría de las lámparas para ahorrar aceite y limitar el humo. La constante bruma hedionda al interior del burdel ha hecho que las pinturas que Félix compró hace poco —una letanía interminable de escenas sexuales que engalanan la parte superior de las paredes— ya estén cubiertas de hollín. La imagen que está encima de la celda de Amara, de una mujer siendo penetrada por detrás, tiene una nueva sombra de mugre sobre el dibujo de la cama. Amara se agacha para apagar la lámpara de terracota que está debajo de la pintura. Al igual que las demás luces en el burdel, está hecha a imagen y semejanza de un pene, y las flamas parpadean en la punta. Un par de ellas tiene incluso un hombrecito de arcilla pegado a la lámpara, que ostenta una gigantesca erección en llamas. A Félix le parece jocoso; dice que las lámparas ayudan a los clientes a hacer lo suyo. Amara las odia. Como si no tuvieran ya suficientes pitos con los cuales lidiar.

Gallus, el liberto de Félix, está cuidando la puerta principal, justo enfrente de El Elefante. Es alto y de espalda ancha, mejor parecido que Thraso, pero igualmente brutal en una pelea. Le toma el brazo a Berenice cuando intentan pasar.

—Momento —dice—. No pueden salir todas al mismo tiempo. Una de ustedes tiene que quedarse. ¿Qué tal si llega un cliente?

—¿No puedes ir a buscar a una de nosotras a El Gorrión? —pregunta Victoria—. Estamos al final de la calle.

—No —responde Gallus—. Sabes cuáles son las órdenes de Félix. —Le da un empujón a Berenice—. Adentro.

—Pedazo de mierda —mascula Victoria mientras comienzan a caminar por el pavimento—. Tendremos que traerle algo a Berenice.

—Y a Fabia también —dice Cressa—. Qué delgada se ve.

La presencia de la mujer que apenas se aferra a la vida es como la sombra de un futuro al que ninguna quiere enfrentarse. Amara sospecha que para Cressa, que es varios años mayor que las demás, el destino de Fabia es aún más aterrador.

El ruido de la taberna de enfrente es ensordecedor, incluso a esta hora del día. Un enorme mural colorido resplandece en el muro exterior. Es un elefante rodeado por pigmeos bailarines y adornado con serpientes para la buena fortuna. Debajo puede leerse el alarde: «¡Sittius restauró El Elefante!». Las cuatro mujeres no se detienen frente a él. Conseguir clientes en El Elefante no es imposible, pero Sittius renta habitaciones, además de servir vino y comida. Con este clima, es más probable que sus clientes suban con una de las mujeres que trabajan en la posada en vez de aventurarse hacia el burdel bajo la lluvia.

El Gorrión está solo unos pasos más adelante. El letrero del lugar está empapado y oscurecido por la lluvia, pero Amara aún alcanza a distinguir al pajarito rodeado de flores, sentado sobre el sugerente mensaje: «El Gorrión está satisfecho, ¡ojalá que tú también lo estés!». Hoy nadie está holgazaneando en la pequeña plaza de afuera. En cambio, el agua les da un brillo casi blanco a las piedras. Cuando Amara llegó a Pompeya, casi todos los resquicios de pavimento frente al bar parecían ocupados por bebedores, la mayoría conversando de pie, y algunos garabateando mensajes en la pared. Amara ha visto grafiti sobre Félix ahí y hasta algunas reseñas del burdel. Bastantes cosas sobre Victoria. Nada sobre ella. No está segura de si debe estar agradecida o no por ello.

Se apresuran a entrar, dando pisotones sobre el suelo para quitarse la lluvia. Victoria camina hasta la barra. Se recarga en la encimera de mármol, se desabotona la capa y deja que el borde de su toga amarilla se le deslice por el hombro. Se escuchan silbidos de una mesa en la esquina.

—¿Mucho que hacer esta mañana, señoritas? —El propietario del lugar, Zoskales, lleva un paño alrededor del cuello, y la cara le brilla por el sudor. Casi no tiene espacio detrás de la barra; la pared está repleta, de piso a techo, con jarros de vino, pero Amara nunca lo ha visto tirar algo. No tiene idea de por qué Zoskales llegó hasta Pompeya desde Etiopía, un lugar tan remoto que imaginar su existencia le es casi imposible. A él le gusta bromear con los clientes que lo hizo por amor a su esposa. Amara casi nunca la ve en el bar, pero sí con frecuencia en la calle, atormentada por sus tres hijos. No tiene pinta de sirena como para haber atraído a su marido al otro lado del mundo.

—No tanto como quisiéramos —dice Victoria—. ¿Alguien aquí que necesite algo de diversión?

—Estoy seguro de que, si los hay, los encontrarán pronto —responde Zoskales. Los negocios entre la taberna y el burdel están siempre prestos—. Le diré a Nicandro que les lleve vino caliente y estofado.

Las mujeres se dirigen a una mesa cerca de los dos hombres que silbaron. Amara siente una punzada de miedo. En su ciudad natal, habría atravesado la calle para evitar a hombres como estos; su madre la habría jalado para que caminara más deprisa y le habría ordenado que bajara la mirada. Los dos están ebrios ya, vestidos con las ropas manchadas y desgastadas que los delatan como mercaderes itinerantes. Alcanza a ver que al que está más cerca de ellas le faltan los cuatro dientes frontales. Su compañero tiene una barba densa, rizada y bañada en aceite barato para disimular las canas.

Amara toma asiento en una banca junto a la pared; Dido la acompaña. Victoria intenta jalar un par de taburetes para Cressa y para ella, pero el hombre sin dientes la toma por la muñeca.

—Hay bastante espacio para ti aquí. —Al hablar, se le acumula saliva blanca en las comisuras de los labios. Abre las piernas y se da una palmada en la rodilla. Su compañero bufa con una risotada.

—Espero que no estén molestando a las señoritas. —Nicandro llega con la bandeja. Su tono de voz es delicado, pero pasa entre las mesas con decisión, lo cual obliga al hombre a soltar a Victoria.

—Ay, no son molestia. —Victoria le sonríe con dulzura al hombre que la tenía tomada. Se sienta, mueve su capa para que el hombre pueda verle el muslo, antes de cubrírselo de inmediato. Vuelve a sonreírle, y él la mira, sonrojado. «La primera pesca del día», piensa Amara.

Nicandro coloca el estofado de frijol frente a Dido.

—Parece que tienes frío —dice.

—Está muy mojado allá afuera —responde ella.

—Espero que esto te caliente.

Se queda ahí parado, claramente esperando que Dido diga algo más. Amara ha notado cómo mira Nicandro a Dido, su nerviosismo cuando un cliente agresivo se acerca demasiado a ella. Casi lo aprecia por ello.

—¡Nicandro! —Zoskales aúlla desde el otro lado del bar—. ¡El vino no se va a servir solo!

Dido agacha la cabeza para comer. Es pésima para pescar. Hacía solo unos meses era una chica respetable de un pequeño suburbio de Cartago, que no salía de casa sin cubrirse la cabeza, y estaba comprometida con un hombre elegido por su padre. Su destino no albergaba nada más que una vida aislada, dedicada a criar niños y trabajar en el hogar. Amara siente dolor en el pecho. Tiene más tiempo esclavizada que Dido, pero no lo suficiente como para no recordar la agonía de perder su libertad.

—No son de Pompeya —les dice Victoria a los dos mercaderes. Está devorando su estofado, remojando el pan en las orillas del plato, siempre decidida a no dejar pasar un solo cliente.

—¿Viajaron por el mar? —pregunta Cressa—. Siempre he querido viajar por el mar. —Sorbe su vino, mirando al hombre barbado como si fuera el dios Neptuno dignándose a visitar a los simples mortales en tierra firme.

—No. Llegamos de Pozzuoli —responde él—. Estamos en el negocio de la carne. De cabra, sobre todo.

—Seguro que *a ti* te gustan los pedazos de carne —interviene su compañero mientras le pincha la pierna a Victoria, y el hilo de saliva en sus labios se alarga cuando sonríe.

Victoria se ríe, cubriéndose la boca tímidamente con una mano, como si el hombre acabara de decir algo en verdad ingenioso. Amara intenta no hacer una mueca de repulsión. Siempre es lo mismo. ¿Por qué los hombres nunca tienen algo original que decirle a una prostituta? Estos dos están a segundos de empezar a alardear sobre el tamaño de sus pitos.

El tipo sin dientes vuelve a darse una palmada en la rodilla, y esta vez Victoria se sienta sobre ella. Cressa le da un largo trago a su vino hasta terminarse el vaso y luego se pone de pie y se cuelga de su acompañante. Victoria se acurruca un poco más sobre el cuerpo de Chimuelo, quien respira con pesadez, pero Amara nota que ella tiene cuidado de no permitirle que la acaricie demasiado por debajo de la ropa. Hay un límite a lo que Zoskales permite dentro de la taberna.

El hombre de la barba está besando a Cressa, quien se separa de él para tomar otro sorbo de vino, esta vez del vaso de él. Él le da una nalgada, quizá de forma juguetona, pero con la suficiente fuerza como para hacer que Cressa se derrame el vino encima.

—Una lobita sucia —le dice.

Cressa intercambia una mirada rápida con Victoria, quien se inclina para susurrarle algo al oído a su amante. Tras una breve pausa, los cuatro se ponen de pie —los hombres un poco faltos de equilibrio— y salen del bar.

—Eso fue rápido —dice Nicandro, acercándose para recoger los platos y vasos—. Aun para Victoria. —Empieza a hablar en griego, su lengua materna y la de Amara. Dido lo habla también, aunque Amara sospecha que Nicandro no se ha dado cuenta de que su lengua materna es el púnico y no el griego.

—Félix nos dijo que cada una tiene que ganar cinco denarios para mañana —responde Amara.

Nicandro retuerce la cara.

—¿Cómo pasó eso?

—No nos fue muy bien en los baños esta mañana.

—Lamento oírlo —dice él, mirando a Dido, que aún no ha dicho palabra alguna—. Espero que nadie les haya dado problemas.

Dido menea la cabeza. Nicandro le sonríe antes de volver a la cocina con su pila de platos sucios.

Amara mira a su alrededor para ver si hay más potenciales clientes. Tres hombres absortos en un juego de dados la ignoran; otro que bebe solo en la barra frunce el ceño cuando Amara al fin logra llamar su atención. El almuerzo nunca es la hora más sencilla. Victoria y Cressa hicieron un buen trabajo al encontrar a dos hombres dispuestos.

—Tendremos que salir a buscar a otro lado, ¿verdad? —pregunta Dido. Los delgados hombros se le caen de tan solo pensarlo.

—Había unos cuantos marineros alrededor del Foro —comenta Amara—. Y la lluvia está amainando. Tal vez no nos tome tanto tiempo.

Dido la mira con sus ojos oscuros. Albergan un dolor lo suficientemente profundo como para ahogarse en él, si uno se permite perder el control ante su mirada. Amara nunca lo hará. Se pone de pie y espera a que Dido la alcance, tendiéndole la mano con el aplomo y la seguridad que fueron suyos en otra vida.

3

Los demás animales obtienen satisfacción de haberse apareado; el hombre no obtiene casi ninguna.

Plinio el Viejo, *Historia natural*

Los sonidos que hace Victoria al atender al hombre sin dientes —y los ruidos de agradecimiento de él— se escuchan desde la calle. Félix le dio a Victoria la habitación junto a la puerta principal por esa precisa razón: sabía que sería una buena forma de anunciarse con quien pasara por ahí. Gallus está encorvado junto a la pared; parece aburrido.

—¿Puedes darles esto a Berenice y Fabia? —pregunta Amara, dándole media hogaza de pan—. Vamos a probar suerte en el Foro.

—Claro. —Gallus se mete el pan en un pliegue de la capa.

Amara espera que no se lo coma él.

El aire huele más fresco tras el aguacero, aunque ha provocado que la angosta calle parezca más bien un canal. Amara y Dido caminan con cuidado, alzando las capas para evitar que el dobladillo de su toga se arrastre en el agua. Su profesión es más difícil de distinguir en invierno. Oculta bajo la capa exterior llevan su toga, el uniforme de los hombres y de las prostitutas. Amara solía sentirse desnuda sin montañas de tela que la cubrieran de pies a cabeza, pero sobre un pavimento resbaloso, donde la agilidad importa mucho, es casi un alivio saber que tiene las piernas descubiertas.

El trayecto se hace más sencillo cuando llegan a la ancha calle principal, la Vía Veneria, que lleva de vuelta al Foro. Vuelven a caminar una al lado de la otra en vez de en fila. Amara le toma la mano a Dido y se la aprieta con delicadeza.

—No puedes mirar hacia abajo todo el tiempo —le dice—. Entiendo que es difícil, pero se supone que debemos atraer la atención de los hombres, no evitarla.

—Lo sé —responde Dido—. Pero es muy difícil.

—No tanto. Tu cara hace la mitad del trabajo por ti. Eres sin duda la mujer más hermosa en Pompeya. —Amara nunca ha visto a alguien tan bella como Dido. Aunque es una belleza atravesada por la fragilidad, como la exquisita estatua de cristal de la diosa Atenea que recuerda de su infancia. Tan delicada era que sus padres la mantenían fuera de su alcance.

—Lo odio —suelta Dido—. Odio que los hombres me miren. Odio que... —Se detiene—. Supongo que me acostumbraré en algún momento.

—No. Sopórtalo. Nunca te acostumbres.

Pasan frente a una tienda que vende joyería y se detienen a admirar el cristal cortado y los camafeos.

—Mi madre usaba una piedra como esa —dice Dido y la señala.

—¿La roja?

—Sí. La llevaba puesta la última vez que la vi.

Amara se sabe el resto de la historia: los piratas arrasaron el pueblo de Dido y se llevaron a las personas para venderlas como esclavas. A ella la secuestraron junto con su prima menor; su tío murió intentando defenderlas. Su prima murió en el viaje de Cartago a Pozzuoli. Dido, al igual que Amara, estaba completamente sola cuando se conocieron, alineadas, codo a codo, en el mercado de esclavos. Amara quiere decirle que quizá vuelva a ver a su madre algún día, pero no se atreve. No cree que sea verdad.

Llevan ahí demasiado tiempo. El tendero sale para intentar persuadirlas de probarse un collar de cuentas baratas; se ofende cuando ellas se niegan. Siguen deprisa hacia el Foro, en la cima de la colina. Hay más gente que antes; los mercaderes no perdieron un segundo para instalarse después de la lluvia. Amara lleva a Dido hacia una de las amplias columnatas que rodean la plaza.

—Solo sonríele a todo el mundo —sugiere—. Finge que eres Drauca.

—¿Eso es lo que haces tú? ¿Fingir que eres alguien más?

—Soy alguien más. Amara no es mi nombre real; Dido no es el tuyo.

Tomadas de los brazos, caminan despacio por la pasarela pintada de colores brillantes. Más allá de su fanfarronada, el corazón le martilla el pecho a Amara. Nadie les presta mucha atención. Hombres vestidos con costosas ropas, que quizá se están reuniendo para discutir las próximas elecciones, pasan junto a ellas como si fueran invisibles. Los vendedores ambulantes las ignoran, demasiado ocupados con su propio negocio. No tienen tiempo para comprar lo que las mujeres les ofrecen, menos a esta hora del día. Decidida, Amara sugiere que intenten dar otra vuelta.

Caminan de nuevo, haciendo más pausas esta vez. Amara mira a todos a los ojos, conduciéndose sin saberlo con la confianza de un hombre joven y no como una coqueta, mientras que Dido logra cada tanto producir una tímida sonrisa. No aciertan del todo, pues no logran verse como prostitutas ni como mujeres respetables, aunque esta vez unos cuantos hombres voltean a verlas con curiosidad. Se detienen en un puesto de zapatos de cuero e inhalan el aroma de la piel recién curtida. El vendedor demuestra la elasticidad de un par de sandalias, doblando los tirantes con los dedos. Un hombre empieza a regatear, mientras que otro, quizás amigo del cliente, espera a un costado. Amara lo roza levemente, como por accidente. El hombre alza la mirada y ve a Dido, quien logra —de algún modo— no mirar hacia abajo. Amara piensa que el hombre verá a través de la fachada y descubrirá que no son más que dos mujeres asustadas que no tienen idea de lo que están haciendo. Pero eso no es lo que ve. Animado por el hecho de que Dido no se ha ido aún, se acerca a ella.

—Demasiado duras para esos pies tan bellos, estoy seguro.

—No tenemos que caminar muy lejos —responde Amara—. Solo una calle de distancia. —Lo mira directo a los ojos para que el mensaje no pueda malinterpretarse de ninguna manera—. ¿Por qué no nos acompañan?

Están parados tan cerca de ellas que el hombre puede meter la mano por debajo de la capa de Dido. Ella se tensa; le aprieta el brazo hasta que le duele. Amara necesita de toda su fuerza de voluntad para no abofetearlo. Piensa en Félix y en lo que podría hacerles si no tienen nada para darle mañana.

—Suficiente —dice Amara con más firmeza de la que habría querido. El hombre baja la mano, sorprendido. Amara se obliga a regalarle una sonrisa falsa y torcida—. Nadie toca la mercancía gratis, a menos que vayan a comprar algo.

El hombre las mira de arriba abajo.

—Tal vez después, señoritas. —Se da vuelta.

Ellas se alejan del puesto de peletería. Esta vez es Amara quien le toma el brazo a Dido; siente que las piernas le flaquean.

—¿Necesitas sentarte? —pregunta Dido. Amara menea la cabeza—. Tenía un mal presentimiento con él —continúa Dido—. Mejor así.

—No debí haber dejado que te tocara —dice Amara—. Tuve que haberle dicho que se fuera a la mierda.

Dido se ríe, lo cual toma a Amara por sorpresa.

—Las putas menos exitosas de la historia. Qué presentación sería esa: «¡TODOS pueden irse a la mierda!».

La risa de Dido es contagiosa, y en segundos ambas están sacudiéndose e intentando no resoplar demasiado fuerte, dominadas por la histeria. Entrelazan las manos alrededor de un pilar del que se columpian y en el que se recargan, mientras ríen como niñitas. A ninguna de las dos le molesta atraer miradas desdeñosas; de pronto parece no importar.

Después de unos momentos, ambas se tranquilizan y se yerguen.

—Vamos —dice Amara—. De vuelta a la cacería. —Esta vez caminan con más seguridad; Dido ni siquiera necesita forzar la sonrisa, aunque los hombres no deben saber que es a costa suya. Se detienen junto a un grupo de hombres que juega a los dados cerca de un arco, que lleva a un pabellón techado donde venden comida. El aire está espeso por el aroma de la carne y las especias. Se paran a la orilla del círculo y observan—. Buen tiro —comenta Amara cuando uno de los hombres tira un seis y se lleva una pila de monedas. Su amigo le da una palmada en la espalda.

Los jugadores parecen estar divididos en dos equipos. Todos parecen ser mercaderes foráneos que hablan en una infinidad de idiomas y con múltiples acentos, mientras discuten por dinero. Amara y Dido fingen estar fascinadas con el juego y se acercan poco a poco al lado ganador para congraciarse con ellos. Un termo de vino comienza a circular, y Dido acepta un sorbo.

—Tira por nosotros. —Uno de los hombres le jala el brazo a Amara—. Anda, tira tú. —Los ganadores tienen buen ánimo. Después del juego, tendrán que gastar ese dinero en algún lugar.

Amara se acuclilla y toma los dados.

—Por Venus —dice, mirando de reojo al equipo que la tomó como suya. Tira un cinco, más de lo que habían conseguido sus rivales. Los hombres festejan.

—No cuenta —rechaza uno de los perdedores con el rostro retorcido de rabia, mientras ve cómo los dedos ansiosos de su contrincante recogen sus últimas monedas—. No puedes hacer que una puta tire por ti.

—Puedes hacer que una puta haga lo que quieras —replica Amara—. Ese es el punto.

Sus nuevos amigos se doblan de risa, y uno la rodea con el brazo mientras se pone de pie. Pero a su oponente no le resulta nada gracioso.

—Griega tramposa —escupe.

El perdedor recoge lo que le queda de dinero y les indica a sus tres compañeros que hagan lo mismo. Se alejan deprisa, y Amara y Dido se quedan con los ganadores: cinco hombres, cuya atención ha pasado de los dados a otros juegos. El pulso se le acelera. Preferiría no estar en esa desventaja numérica.

—Pompeya les ha traído buena fortuna —dice Dido, inclinando la cabeza de una forma que a Amara le recuerda a Victoria—. Servir a Venus en la ciudad de la diosa misma tiene sus recompensas.

—Eres de África —dice uno de los hombres al notar su acento.

—Los dominios de Venus son vastos —responde Amara—. Y el camino a su casa es corto, por si gustan acompañarnos.

El hombre que la animó a tirar los dados aún la tiene tomada por la cintura con fuerza, sus dedos hundidos en su carne. No hay forma de que Dido y ella puedan quitárselos de encima si el grupo de hombres decide acortar la transacción y tomar lo que gusten sin pagar. El pabellón de comida está todavía en reparaciones por del daño del terremoto, y hay varios arcos abandonados en los que el trabajo se ha detenido.

Dido da un paso para alejarse del grupo.

—Compartimos nuestro hogar con otras tres —revela—. ¡Cinco mujeres! Una afortunada coincidencia. Tienen que celebrar con nuestras amigas; la diosa del amor se merece un agradecimiento, a fin de cuentas.

Los hombres intercambian miradas, quizá sopesando la posibilidad de que los estén guiando a una cueva de ladrones con una dulce carnada.

—Tal vez conozcan nuestro hogar —dice Amara—. Vivimos cerca de El Elefante.

—¡La Guarida del Lobo! —Se ríe uno de ellos—. ¡Una invitación al burdel de la ciudad!

—¿Eso es lo que eres? —El hombre que tiene tomada a Amara afloja un poco la mano y la gira hacia él para poder verle el rostro—. ¿Una pequeña loba griega?

Tiene la piel bronceada y curtida en las mejillas por el tiempo que ha pasado en todo tipo de climas, y tiene una marca en la barbilla que parece la cortada de un cuchillo. Amara sabe que este hombre no es ajeno a la violencia, pero ninguno lo es. Ella decide lanzar los dados una vez más. Se acerca para besarle los labios y luego lo aleja con un empujoncito hasta quedar fuera de su alcance.

—Lobas de Grecia, Cartago, Egipto e Italia —dice por encima del hombro, invitándolo a que la siga—. Todas devotas de Venus.

Dido se apresura a alcanzarla. Se toman de las manos y caminan por la columnata hacia la Vía Veneria, conscientes de que los hombres van detrás suyo.

—Tenemos que llegar rápido —susurra Dido con los ojos bien abiertos y llenos de miedo.

—No corras —dice Amara. Vuelve a mirar por encima del hombro y le sonríe al hombre que hasta hacía unos momentos la tenía atrapada. Él y los demás jugadores parecen ruborizados por la anticipación más que por la furia, y disfrutan la emoción de la cacería.

Serpentean entre las tiendas y las casas señoriales de la Vía Veneria. La calle sigue inundada. Uno de los jugadores, un hombre bajo y corpulento con una capa parchada, carga a Dido y hace como si fuera a lanzarla. Ella grita y los hombres estallan en carcajadas. El hombre la baja cuando una carreta jalada por una mula pasa frente a ellos. Amara le toma la mano y la jala hacia adelante sobre el pavimento.

Amara nunca había sentido tanta felicidad al oír el escándalo de El Elefante cuando doblan la esquina del burdel. Se siente lista para colapsar llena de alivio a los pies de Gallus, quien recibe el dinero de los cinco clientes. Cuando Amara cruza el umbral, le mira la mano izquierda a Gallus en espera de la señal. Tres dedos. Solo hay tres mujeres ahí. El corazón se le contrae.

Berenice está esperando en el corredor, envuelta en el humo de las lámparas.

—¡Ahí está Egipto! —grita el hombre bajo, tomándola con fuerza de las caderas—. ¿Dónde están las otras dos?

—En camino —responde Amara, abrazando al hombre de la cicatriz en la barbilla—. Fabia irá por ellas.

La anciana pasa a toda prisa junto a ella, con la capucha cubriéndole la cara, y sale disparada hacia la calle.

—¡Demonios! ¡Nos prometieron cinco! —Los dos hombres que no tienen mujeres están furiosos.

El cliente de Amara ya le arrancó casi toda la ropa y está empujándola hacia una celda vacía. Deja de besarla para tomar a uno de sus compañeros y jalarlo.

—¡Deja de quejarte! Ya sabes que siempre comparto.

La cama de piedra se siente dura bajo la espalda de Amara; escucha un horrible zumbido en los oídos y percibe el olor del hombre desconocido demasiado cerca de ella. Él la agarra con más fuerza de lo que recuerda en el Foro, y no puede detener ni controlar su movimiento. Se está ahogando.

Amara intenta enfocarse en la cortina cerrada del otro lado de la puerta, contar los pliegues hasta que haya terminado, lo que sea para apaciguar el pánico insoportable. Pero el segundo hombre le tapa la vista con el rostro contorsionado. El hombre le toma el muslo para evitar que se aleje de él. No puede gritar. No puede respirar. El terror le saca el aire de los pulmones. En ese momento, la cortina se abre. Cressa entra a la habitación.

—No hace falta esperar —susurra, pasándole los dedos por el cabello al segundo hombre.

Él la aleja.

—La quiero a ella. —Señala a Amara.

Cressa se mueve para interponerse entre ambos.

—No, no la quieres a ella. —Le pone las manos sobre la cintura y lo jala hacia sí. Él intenta resistirse, pero el encanto del cuerpo desnudo de Cressa es demasiado. Cede, y permite que ella se lo lleve. Ella mira hacia atrás antes de salir. La bondad en sus ojos habla en otro idioma y llega hasta Amara a través de la oscuridad.

Amara rompe en llanto. El hombre con la cicatriz en la barbilla cae pesadamente sobre ella. Al fin terminó. Por un momento, se ve obligada a quedarse quieta, atrapada bajo su peso; luego él se levanta con los codos y da un paso para bajar de la cama. Amara se abraza las piernas, incapaz de dejar de sollozar. El hombre la mira por un momento, y ella no logra descifrar si el gesto de repulsión es por ella o por sí mismo. Él se va sin decir nada.

4

Acoge benévola al que te ha de servir mientras aliente con vida, y escucha las protestas del que sabrá guardarte fidelidad inquebrantable.

Ovidio, *Amores* I.3

La noche en el burdel transcurre como una escena del Hades: la interminable procesión de briagos, el humo, el hollín, los rabiosos gritos, alfarería que se rompe, el sonido del llanto de Dido, el penetrante aroma de la poción de Victoria mientras se lava por dentro, el estruendo de los ronquidos de Berenice. Cuando ya es demasiado tarde para que hasta el pompeyano más dedicado salga a la calle en busca de sexo, Amara se recuesta a solas en la oscuridad de su celda, sin poder dormir, sofocada por la furia.

La despierta el canto de Victoria a la mañana siguiente. Es como música de otro mundo, esa ligera y desenfadada voz esperanzada y rebosante de buen humor. Amara se sienta en la cama.

—¿No podrías dejarnos dormir un poco más por una vez en tu vida? —grita Berenice.

—Miren el sol —canturrea Victoria en respuesta—. ¡Es como el Festival de Flora!

Amara sonríe en contra de su voluntad. Impulsa los pies hasta el piso y se envuelve los hombros con la cobija. Berenice y Cressa ya están en el corredor, bostezando y frotándose los ojos. Las tres se dirigen a la celda de Victoria. Amara levanta la mirada al entrar. La pintura de dos amantes sobre la puerta muestra a la mujer encima, un regalo de Félix para su puta más trabajadora.

—¡Nos despertaste! —dice Berenice.

Victoria ya está vestida y arreglándose el cabello que le cae sobre los hombros como una cascada de rizos. No parece una mujer que pasó la noche en vela, complaciendo hombres y sobrellevando la violencia. Los ojos le centellean ante las posibilidades de un nuevo día. Amara nunca ha conocido a alguien como Victoria.

—¿Dónde está Dido? —pregunta Victoria—. No creo que siga durmiendo, después de los gritos y quejas de todas ustedes, bola de flojas.

Las cuatro caminan hacia la celda de Dido. Está recostada en la cama, mirando hacia la pared. Cressa se sienta a su lado, se agacha y le besa la frente. No solo son Amara y Nicandro quienes sienten el impulso de proteger a la más joven de las lobas de Félix.

—Ya es de día, cariño —dice Cressa. Dido se sienta. Tiene la cara húmeda y los ojos rojos de tanto llorar. Cressa la abraza y le acaricia la espalda—. ¿Se portaron como imbéciles?

—Uno rompió todas las lámparas —comenta Dido, y señala una pila de pedazos de cerámica que barrió hacia una esquina—. Me asustó mucho.

—Pedazo de mierda —la voz le flaquea a Cressa y, por un momento, Amara piensa que tendrá problemas para mantener la compostura.

Victoria se sienta al otro lado de Dido y se apodera de la conversación de inmediato.

—No puedes permitir que te moleste —dice con una sonrisa—. El señor Pedo de Ajo no puede molestarte.

—Qué nombre tan tonto —interviene Berenice, un poco escéptica—. No creo que realmente se llame así.

—¡Pero así se llama! —insiste Victoria, con expresión y voz solemnes—. ¡Es el señor Pedo de Ajo que atiende el puesto de comida rápida que está cerca de los baños!

—Sí olía un poco mal. —Dido parece alegrarse un poco al participar en el juego.

—A ajo. Y a pedo —asiente Victoria—. Sí, sin duda era él: el señor Pedo de Ajo.

—No sabía que se llamaba así —dice Berenice, perpleja—. Pensé que se llamaba Manlio.

—¡Claro que se llama Manlio, zonza! —Cressa resopla.

Todas se ríen, y hasta Berenice esboza una sonrisa. Amara se pregunta por un momento si quizá se hizo la tonta a propósito.

—Creo que deberíamos escribirle un mensaje en la pared —dice Victoria—. En caso de que vuelva. —Se agacha y le da un pedazo de cerámica a Amara—. ¿Qué le diremos? ¡Ya sé! «DESPACIO, por favor».

—¿Lo escribo en griego? —pregunta Amara.

—¿Qué caso tiene eso? —responde Victoria—. Queremos que el idiota apestoso pueda leerlo, ¿no?

Amara talla el mensaje en la pared. Cuando termina, todas se quedan mirándolo con sonrisas de satisfacción.

—¿Saben quién sí sabe moverse despacio? —dice Berenice con una expresión pícara. Hace una pausa para asegurarse de tener toda la atención de las cuatro.

—Dinos, pues —la apresura Cressa—. ¿Quién es este Apolo?

—Gallus. —Berenice sonríe de oreja a oreja—. Lo amo.

—¿Gallus? —aúlla Victoria—. ¡Es pésimo en la cama!

—¡Ni siquiera te has acostado con él! —exclama Berenice, herida. Mira a su alrededor y ve las caras de vergüenza de sus amigas—. ¿O sí?

—Todas nos hemos acostado con él, corazón —dice Cressa con dulzura.

Berenice se sonroja.

—Pues a quien ama es a mí. Me dijo que un día va a comprar mi libertad. ¡Me ama! Se va a casar conmigo, para que yo ya no tenga que hacer esto. Pasamos una hora entera juntos cuando ustedes salieron a pescar. Es amable y gentil y cariñoso. ¡Hasta me preguntó qué quería yo!

A Amara le cuesta trabajo imaginarse al tosco Gallus haciendo cualquiera de esas cosas. Está a punto de preguntarle a Berenice si Gallus le dio el trozo de pan ayer, pero concluye que la respuesta podría ser demasiado dolorosa.

—Berenice —dice Victoria con voz grave y ominosa—. No te acostaste con él de a gratis, ¿verdad? —Silencio. Berenice se enfurruña y no se atreve a mirar a nadie a los ojos—. ¡Estúpida! —sisea Victoria—. ¿Y si Félix se entera? ¡No puedes pasar el día revolcándote con Gallus por nada! Tiene que pagarle a Félix. El imbécil está jugando contigo; ¡está usándote!

—¡No quiere pagar porque está ahorrando para comprarme! —revela Berenice con escozor—. Y, ¿quién se lo va a decir a Félix? ¡Espero que ninguna de ustedes!

—Por supuesto que ninguna se lo diría a Félix —interviene Amara—. Pero ¿estás segura de que no se está aprovechando de ti?

—Me ama —repite Berenice con terquedad—. Me dijo que nunca ha conocido a nadie tan bondadosa como yo, que en verdad puede hablar conmigo porque lo escucho y me preocupo por él. —Victoria hace una mueca de hastío—. ¿Por qué todo contigo tiene que ser oscuro, feo y retorcido? —Berenice estalla contra Victoria—. Por lo menos tengo mejor gusto que tú.

Dice la última palabra con tanto veneno que Amara se sorprende. Pero, antes de que Victoria pueda contraatacar, Cressa las interrumpe.

—Nadie está intentando arruinarte las cosas —le dice a Berenice—. Solo queremos que tengas cuidado. Eso es todo.

Berenice frunce el ceño y le da la espalda a Cressa. Aún no está de humor como para dejar que la apacigüen. Cressa mira a Victoria con los ojos bien abiertos y apunta hacia Berenice con la cabeza para animarla a disculparse. Victoria suspira.

—Claro que nos alegra que Gallus te ame —dice—. Pero tienes que hacer que pague. ¡Le está robando a Félix! Es demasiado riesgoso; para él y para ti.

Berenice se ve abatida.

—Típico de Gallus —suspira—. Poniéndose en riesgo por mí.

A Victoria parece que está a punto de estallarle la cabeza al imaginar a Gallus el Héroe, pero entonces Cressa cambia de tema.

—¿Alguien sabe cuánto dinero ganamos anoche?

—Thraso se hizo cargo de la puerta —Victoria contesta—. Hablé con él antes de acostarme. Llevábamos un poco más de dieciséis denarios en la última cuenta.

—Qué alivio —exhala Amara, pensando en Félix—. No estamos tan lejos como creía.

—Pero tenemos que pagar para reponer esas. —Dido señala las lámparas rotas.

Cressa se agacha para observar el montón de pedazos de penes de arcilla rotos.

—Serán al menos tres denarios.

—Cuatro —precisa Dido.

—Vamos a tener que pagarlas nosotras —dice Victoria—. No podemos pedirle el dinero a Félix, menos después de lo que pasó ayer. —Amara siente que algo de la oscuridad de anoche vuelve. Félix les da un estipendio tan miserable que apenas les alcanza para comer, en especial porque todas contribuyen para mantener a Fabia. De ese modo, ninguna podrá ahorrar lo suficiente como para comprar su libertad—. No hay nada que hacer —continúa Victoria, como si pudiera leer los pensamientos de Amara—. Lo recuperaremos.

Amara lee el grafiti recién tallado: «DESPACIO, por favor». Ya no le parece tan divertido.

Cressa se pone de pie.

—Deberíamos de ir a los baños y asearnos. A menos que ustedes quieran apestar a hombre todo el día.

La excursión a los baños de mujeres es un ritual de media mañana en el burdel. Amara sospecha que no es la única para quien la limpieza no es solo física, sino también emocional.

—Yo me quedo aquí —dice Victoria—. Pero alguien tiene que ir por las lámparas.

Hay un silencio.

—Yo voy —Amara se ofrece. Está tan desesperada por bañarse como las demás, pero se lo debe a Cressa por haberla rescatado. Por otro lado, Dido tuvo una noche terrible, y Berenice estuvo encerrada casi todo el día. No obstante, considerando su romance a escondidas con Gallus, tal vez el encierro no fue un sacrificio tan grande.

—Llévate mis ahorros —dice Cressa—. Cuando vuelvas dividimos los costos.

Cuando salen al corredor, encuentran a Fabia barriendo el piso. Amara se pregunta por enésima vez dónde habrá dormido esta noche. Algunas veces la ha encontrado acurrucada junto a la puerta trasera, envuelta solo en su capa. La anciana les sonríe.

—Qué hermosas se ven hoy —dice. Les ayuda a arreglarse el cabello a las cuatro que van a salir. Aunque no vayan a pescar, Félix detesta que sus mujeres anden por la ciudad todas desaliñadas—. Tú nunca vas a necesitar pasta para los labios —le comenta a Amara mientras le acomoda la toga amarilla y se la abrocha con un pasador barato—. Los tienes más brillantes que semillas de granada. Qué suertuda eres.

Amara se pregunta cómo se veía Fabia cuando era joven. Su cara no tiene arrugas, sino surcos, como los huecos que se hacen en la calle por el paso las carretas por encima de las piedras. Tener un pedazo de mierda por hijo tampoco puede ser de mucha ayuda.

—¿Quieres que te traiga algo de comer? —pregunta Amara.

—Gallus me trajo algo de pan ayer —responde Fabia—. No te preocupes.

Cuando salen, encuentran a Thraso desplomado junto la puerta, medio dormido. El labio se le ve mejor que ayer, pero todavía tiene la nariz inflamada. Les pregunta a dónde van y se levanta con dificultad para asegurarse de que el cuento de las lámparas rotas sea cierto. Una vez que les ha dado su arisco permiso, se van. Amara se despide de las demás después de avanzar unos cuantos pasos sobre la calle, en la entrada de los baños. Luego emprende el viaje hacia la tienda de alfarería en la Vía Pompeyana, con el monedero de cuero de Cressa atado a la cintura.

No llovió anoche, así que el nivel del agua en la calle ha bajado. Ya no parece un canal. En vez de eso, la superficie húmeda brilla bajo el sol de la mañana. La ciudad ya está en su ritmo ajetreado. Amara no suele tener pretextos para salir por su cuenta. Se detiene un poco al pasar frente a las puertas de las casas más opulentas de Pompeya, y se atreve a echar un vistazo al interior cuando alguno de los largos portones de madera está entreabierto. Alcanza a ver el resplandor de las fuentes, destellos de los jardines invernales, y complejos mosaicos que se extienden hasta la orilla de la calle. La casa de sus padres en Afidnas no era tan majestuosa, pero algunos de los detalles más hogareños —como una mujer tejiendo en el atrio, o un perro dormido— le recuerdan lo que ha perdido.

La tienda del alfarero, sobre la Vía Pompeyana, no está muy lejos. Es inconfundible, con su enorme mural de Venus rodeado por lámparas en el muro exterior. La pintura destaca la calidez de las flamas sobre los rasgos de la diosa, con la luz reflejada en sus ojos. Detrás suyo hay una concha rosada y el azul pálido del mar. Un grupo de alfareros trabaja a sus pies, moldeando lámparas y estatuas, alimentando un pequeño horno. Es una reproducción en miniatura del negocio al que Amara está por entrar.

El frente de la tienda es estrecho y, al parecer, está vacío. A través de un umbral hacia la parte trasera alcanza a ver a los esclavos y el fulgor rojo de los hornos. Alguien volverá en un momento. A su alrededor, todas las superficies imaginables están cubiertas de lámparas. Se da vuelta para mirarlas, cuidadosa de no tirar nada. Algunas son hermosas, mucho más bellas que las que está por comprar. Amara toma una lámpara satinada de la repisa más cercana; le pasa el dedo por encima con delicadeza. Tiene una imagen de Palas Atenea estampada, y en su coraza la cara de un búho.

—Esa es una de las mías.

Alza la mirada. Un esclavo está observándola. Se apresura a devolver la lámpara, avergonzada.

—Perdón.

—No, quiero decir que yo la diseñé. —El esclavo se ríe—. Ninguna de las lámparas es mía. —Amara se da cuenta de que es muy apuesto. Esbelto, con cabello oscuro y un rostro franco y amigable. «No se parece en nada a Félix», piensa. Luego se pregunta por qué sería relevante esa comparación. El esclavo camina hacia donde está, vuelve a bajar la lámpara de la repisa y le da vuelta—. Este es mi sello —dice al tocar un símbolo en la parte trasera— la M griega. También tiene un acento griego. Suena casi como si viniera del pueblo natal de Amara.

—¿Palas Atenea es tu diosa? —pregunta Amara en griego.

Él está encantado de que lo haya hecho.

—¿Ateniense?

—No, soy de Afidnas —le sonríe en respuesta.

—El pueblo con la hermosa Helena de Troya.

—¿Has estado ahí? —Amara mira fijamente al esclavo del alfarero, y se pregunta quién habría sido si se hubieran encontrado en sus vidas anteriores. ¿Estuvo alguna vez enfermo y fue a consultar al padre de Amara? ¿Siempre fue un esclavo?

—Pasé un tiempo ahí cuando era niño. Hace muchos años. Soy de Atenas. De Ática.

Ática. Tantas cosas contenidas en una sola palabra. Orgullo por su origen, dolor por lo que ha perdido. Hogar. De pronto, junto a este desconocido, se siente más cerca de ese hogar.

—¿Qué pasó? —suelta de pronto—. ¿Por qué estás aquí?

El hombre parece desconcertado. Los esclavos no suelen preguntarse sobre el pasado sin invitación previa. Nadie quiere que lo obliguen a sacar su dolor a la luz de forma inesperada.

—Mi familia se quedó sin dinero —dice—. Y yo fui lo último que les quedaba por vender. —El tono de voz no le ha cambiado y sigue teniendo el mismo modo amable que antes, pero Amara percibe su tristeza. Quiere decirle que lo entiende, que la historia de su vida es la misma, pero no encuentra las palabras. Él parece avergonzado por su silencio—. ¿Esta es la lámpara que querías? —pregunta.

Amara se sonroja. Su capa oculta la toga provocadora. Él no tiene idea de qué clase de mujer es ella. Y ahora Amara tendrá que pedirle a este bello desconocido ateniense un cargamento entero de lámparas con forma de pene.

—Mi amo vive frente a El Elefante —dice muy despacio. Un destello de reconocimiento se asoma en el rostro del esclavo. Amara continúa—. Mi nombre en este país es Amara. Solía adorar a Palas Atenea, pero, desde que llegué aquí, he sido sometida al culto de Venus. No tengo opción. Ella es la diosa a quien sirve mi amo.

—Amara —repite el desconocido. Pone una mano sobre la de ella, evitando que continúe—. Lo entiendo. Nadie aquí tiene opción.

Se miran. Luego él se aleja, como si recién hubiera notado que la estaba tocando.

—¡Menandro! —grita una voz desde la trastienda—. ¿Qué haces ahí? Solo te pedí… Ah, ya veo, una clienta. Disculpas, dis-

46

culpas. —Rústico, el alfarero, está parado en el umbral. Le frunce el ceño a Amara mientras intenta ubicarla. Ella lo mira también. En su mente ve su enorme trasero desnudo que rebota de arriba abajo, visto desde una cortina a medio cerrar. Es uno de los clientes frecuentes de Victoria.

—Vaya —suelta una risita, al fin comprendiendo la situación. Se dirige a Menandro—. Con razón estabas tomándote tu tiempo. —Se recarga con un codo sobre el mostrador; su postura servicial y respetuosa se ha esfumado—. ¿Qué podemos hacer por ti, pequeña loba?

Amara está tan enfurecida que siente el cuerpo en llamas.

—Cuatro lámparas, no satinadas, de… —se detiene; no quiere decir las palabras—. De Príapo. —Rústico sonríe, disfrutando la humillación de Amara, y ella siente una oleada de rabia y rebeldía—. Así que serán cuatro pitos, por favor —concluye en voz alta. Se oye un resoplido. Amara se da vuelta y mira a Menandro. ¿Está riéndose? Él le ve la cara y su expresión cambia de inmediato.

—Lo siento. No quise…

Amara pasa junto a él y se dirige al mostrador como si él no hubiera dicho nada.

—A mi amo no le gusta esperar —le dice a Rústico con frialdad, como si fuera la enviada de un emperador y no de un padrote de poca monta.

—Claro —responde Rústico antes de chasquearle los dedos a Menandro, quien se apresura a tomar las lámparas de pene de un estante en la esquina. Amara no dice nada; se queda muy quieta, erizada por la furia, mientras Menandro envuelve las lámparas en retazos de tela vieja y los ata para que a ella le sea más fácil cargarlas. Intenta con desesperación llamar la atención de Amara, quien se niega a mirarlo, incluso cuando le entrega el paquete.

—No te preocupes —le dice Rústico a su esclavo con un falso susurro—. Tal vez puedes ahorrar tus centavos y hablar más tiempo con esta dulce señorita la próxima vez.

Amara les entrega el dinero de Cressa y sale a pisotones de la tienda sin darle las gracias a ninguno de los dos. Camina a toda prisa por la calle, con las lámparas pegadas al pecho, odiándose a sí misma. Nada la distingue de Berenice por tragarse el encanto de Menandro, como si fuera a interesarle *hablar* con una loba. La vida en el burdel ya es bastante difícil sin que tengas que quedar como estúpida por tu propio pie.

5

Toma a tu esclava siempre que quieras: usarla es tu derecho.
Grafiti en Pompeya

Cuando vuelve, es Paris quien está en la puerta. La forma en la que se para, con el pecho escuálido echado hacia adelante y las piernas abiertas, le permite a Amara reconocerlo mucho antes de llegar al burdel. Es poco común que Paris esté en la puerta; es demasiado pequeño como para pasar por guardia. Se ve varios años más joven de lo que es y está desesperado por tener barba, con la esperanza de que Félix al fin lo libere de sus tareas como prostituto. La única persona en el mundo que lo ama es su madre, Fabia, y él la trata con una crueldad que a Amara le rompe el corazón.

—Félix quiere verte —le dice cuando se acerca.

—¿Dijo por qué?

Paris se encoge de hombros, intentando imitar la tranquila indiferencia de Thraso. Pero, en cambio, solo parece un adolescente petulante.

Amara entra corriendo al burdel.

—Félix mandó llamarme —dice mientras le entrega el paquete de lámparas a Victoria antes de que ella pueda siquiera abrir la boca para saludar—. Ni siquiera me he bañado. Félix odia eso. ¡Va a estar furioso!

—Puedes usar un poco de mi agua de rosas. —Victoria apunta hacia su celda con la cabeza mientras comienza a desenvolver las lámparas—. Tómala. E intenta no preocuparte. Casi nunca pide un servicio completo a esta hora del día.

Amara encuentra la botellita en la celda de Victoria; se pone un poco del perfume de rosas en el cuello. Sabe que uno de los clientes de Victoria le da varias pociones como propina y no quiere aprovecharse. La idea de subir las escaleras para volver a ver a Félix le da náuseas. Cuando recién llegó a Pompeya, le confundía pensar en por qué querría a esas mujeres. A Félix no parecía moverlo el deseo, mucho menos algo más afectivo. Tras unas semanas, lo entendió. Todas le temen; les aterra ser llamadas, tanto como ser ignoradas. Como todo con Félix, se trata del ejercicio de poder.

Victoria entra a la celda, le pincha las mejillas para darles más color y le alborota un poco el cabello.

—¿Y si es algo más? —pregunta Amara—. ¿Y si está enojado conmigo?

—Todo va a estar bien —le dice Victoria—. Te lo prometo. Solo no lo hagas esperar.

Paris la deja pasar y saca las llaves de su capa mientras están parados juntos en la calle.

—Vas a ir directamente a su estudio —le dice, abriendo la puerta con un empujón y alejándose de inmediato, como si detenerse a hablar con ella le sumara una carga terrible a su atareado día.

Amara se queda sola en el pasillo, sorprendida de que no la hayan enviado a la recámara. Se pregunta qué significa eso. Sube por las escaleras y camina despacio hasta el final del pasillo. Se detiene, toca la puerta con suavidad y luego la abre con mucha cautela. Para sumar a su confusión, ve que Félix tiene compañía. Está a punto de volver a salir, pero él levanta la mano y con un gesto le ordena que se quede. Su cliente se da vuelta para ver quién acaba de entrar. Cuando entiende que una prostituta lo está observando, vacila.

—Pero si no es un buen momento... —dice.

—Continúa, por favor —responde Félix, sin explicar el porqué de la presencia de una de sus mujeres. Amara entra a la habitación—. Estabas explicándome por qué quieres un segundo préstamo sin haber pagado el primero.

—Puedo ofrecerte esto —dice el hombre, sacando un par de aretes—. Son de mi suegra. Plata pura, hechos en Herculano.

Félix toma los aretes y los examina por un momento, antes de dejarlos caer sobre su escritorio.

—Esto cubrirá la deuda anterior. ¿Qué hay del nuevo préstamo?

—¡Valen mucho más que solo el primer préstamo! —protesta el hombre—. ¡Deberían cubrir al menos la mitad del segundo también!

—Cubren el primer préstamo, pero no el interés.

—Por favor, Félix —dice el hombre, bajando la voz—. Por favor, sé razonable. Puedo darte más dinero en cuanto llegue el cargamento. Solo dame más tiempo. Sabes que siempre cumplo.

Félix suspira, como un padre decepcionado.

—Tenemos tantos años haciendo negocios, Celer, y todavía me tomas por tonto. —Señala los aretes—. Supongo que Salvia querrá recuperarlos. —Celer guarda silencio—. Y me imagino que sería una sorpresa terrible si mis hombres se presentaran en su tienda de telas sin invitación para tomar lo que me debes en metros de seda.

—Félix, por favor, no puedes, sabes que yo…

—Te puedes llevar diez denarios —dice Félix—. Hasta que llegue el cargamento. Si para entonces has cumplido con tus pagos, podemos pensar en ese segundo préstamo.

—¡Pero eso no cubre el valor de los aretes!

—Estos —sostiene Félix, tomando las joyas y sacudiéndolas frente a Celer— son por el primer préstamo. La oferta de diez denarios es pura bondad de mi parte. Es eso o nada.

Amara ve a Celer firmar otro acuerdo, tallando su nombre en la cera. Félix parece aburrido. Cuando él termina, Félix dobla las tabletas y saca el dinero de un cajón. Celer le da las gracias en un volumen casi imperceptible. Su rostro, al pasar junto a Amara, está bañado en humillación.

Amara se queda a solas con Félix. Él guarda el acuerdo de Celer y la ignora durante unos minutos mientras está ocupado en su escritorio. Amara sabe que no debe abrir la boca.

—Ayer pregunté qué ocurrió en los baños —dice al fin, alzando la mirada—. No pedí consejos. ¿Por qué me diste uno?

El tono es el mismo con el que le había hablado a Celer. Amara no logra interpretar su expresión.

—Debo haber malentendido lo que querías —contesta.

—No, sé que entendiste muy bien. —Desecha la mentira con un gesto de la mano—. Y luego recomendaste que hiciera un trato con Vibo, un hombre odiado por todas las putas de Pompeya. ¿Por qué?

—Vibo es la única entrada a los baños privados —dice Amara, intentando replicar la expresión impasible de Félix—. Podemos ganar más dinero ahí. Los hombres son mucho más ricos.

—Entonces, ¿se trata de que quieres chupar un pito de mejor calidad? —Félix se ríe. Amara sabe que lo peor que podría hacer sería reaccionar a su sarcasmo—. Qué puta tan generosa eres. No puedo creer que quieras hacerme más rico. —Mira los aretes de plata que se quedaron sobre el escritorio—. No creerás que vas a ver algo de ese dinero extra, ¿o sí? Si crees que voy a compartir esas ganancias, no eres tan inteligente como pareces. —Félix le pide que se acerque, de modo conspirativo—. Dime, entonces, ¿de qué se trata?

Amara es cautelosa.

—No lo sé.

—Anda —pide Félix—. No me voy a enojar. Pregunto porque me interesa. Dímelo.

Amara tuerce las manos, aún sin saber qué decir. Nunca habían tenido una conversación así. Por lo general, Félix no le habla, salvo —claro está— para decirle lo mal que lo hizo y que no puede imaginar cómo un hombre pagaría por eso. A pesar de que Amara lo odia, su desprecio no deja de lastimarla. Le duele la forma en que la toca, como si no fuera nada. Y ahora está mirándola a los ojos como si estuviera interesado en lo que tiene que decir, como si lo que ella pensara fuera importante. Todos sus instintos le dicen que es una treta, pero está desesperada porque sea algo verdadero. Quizá pueda hacer que la escuche.

—¿Por qué me compraste? —pregunta—. Me vendieron como concubina. Tengo educación; sé tocar la lira. Sé que eso te costó más. Si no querías esas cosas para ti, ¿para qué, entonces? ¿Qué tipo de inversión soy si paso el resto de mis días allá abajo en las celdas? —Amara piensa en Gallus y la seguridad en su postura cuando está en la puerta cobrándoles a los clientes. Intenta hacerse ver un poco más alta—. Podría hacerte ganar mucho más dinero, si me lo permites.

Félix guarda silencio por la que parece una insoportable eternidad. Amara espera; el miedo que ha intentado contener florece en el silencio.

—¿Por qué te compré? —Félix apoya los codos en la mesa y recarga la barbilla sobre sus manos. Es un gesto de familiaridad, casi como si fueran iguales—. No fue por tus tetas espectaculares; seamos honestos, los dos hemos visto mejores. Y tampoco me deslumbró tu belleza. —Hace una pausa y deja que ella procese sus palabras mientras la mira de arriba abajo—. No eras mucho más bella que las demás chicas paradas, desnudas, en la fila. No eres Dido. —La mira directo a los ojos—. Pero, en cuanto te vi, no pude mirar hacia otro lado. Ahí estabas, siendo subastada como una puta cualquiera, pero, con ese porte, podrías haber sido la diosa Diana. Como si en cualquier momento pudieras haber ordenado a tus perros de caza que destrozaran a cualquier hombre que osara verte desnuda.

Félix rodea el escritorio. Amara lo ve caminar hacia ella y se obliga a quedarse muy quieta, aunque quiere salir corriendo. Cuando está ya muy cerca, le pone las manos sobre el cuello con suavidad—. Y lo harías, ¿verdad? Los destrozarías. —Félix comienza a apretarle la garganta—. ¿Quieres destrozarme? —Amara lucha por respirar; la visión se le comienza a nublar. El pánico la inunda; pone las manos encima de las de Félix, incapaz de suprimir los instintos de arañárselas y quitárselas de encima. Félix la suelta, y Amara colapsa sobre el escritorio, jadeando—. ¿Sabes qué le pasa los que me traicionan, Amara? —Ella asiente, incapaz de hablar—. Lo sabes, ¿verdad? No dudaste en animarme a castigar a Simo. —Amara comienza a recobrar el aliento poco a poco, pero no se atreve a ponerse de pie. Se queda agazapada sobre el escritorio, alejándose lo más posible de Félix—. No eres la diosa Diana. —Félix camina a su alrededor—. O Artemisa, como la llaman ustedes los griegos —alarga las palabras extranjeras, burlándose de su acento—. *Porna eis.* Eres una puta corriente, aunque sepas tocar la lira. —La empuja al piso para que quede arrodillada frente a él—. Y yo soy tu dueño. No pienses ni por un segundo que eres más inteligente que yo.

En los baños con Victoria, el vapor no logra ocultar sus lágrimas. Amara quiere sumergirse en el agua, que la devore para que nunca tenga que salir a la superficie. Está frente a un enorme cuenco comunal, sudando por el calor. Victoria le limpia el rostro con delicadeza, tomando agua fría del cuenco con las manos para salpicarle las mejillas a su amiga.

—No puedes dejar que cada encuentro te afecte así —le dice a Amara, acariciándole con suavidad la piel del rostro—. No es más que sexo. Es solo tu cuerpo; no eres *tú*. Eres fuerte. Sé que lo eres.

Los baños públicos son más ruidosos y concurridos que los de Vibo, y la decoración no es tan majestuosa, pero incluso sin una gran piscina de agua caliente para remojarse, estos baños de mujeres son mucho más relajantes. Ningún hombre puede entrar, ni siquiera Félix.

—No son todos los encuentros. Félix es diferente —responde Amara—. No es solo lo que hace, aunque eso es bastante malo por sí solo. Es lo que dice. ¿Cómo sabe qué es lo que más va a doler?

Victoria se salpica con el agua y se la pasa por el cuello y los brazos.

—Tienes razón, Félix es diferente. —La empujan un par de matronas acompañadas de esclavos, que cargan tinas privadas. Las matronas se acomodan cerca de ellas y hacen un esfuerzo inhumano por no mirarlas. Vieron a Victoria y Amara frotarse la una a la otra, pues son demasiado pobres como para tener a alguien que lo hiciera por ellas—. Tal vez sean ricas —masculla Victoria en voz lo suficientemente alta como para que las otras mujeres la oigan—. Pero mírense el culo. —Amara no se ríe. Cambiaría su belleza por dinero en un santiamén.

—Sé a lo que te refieres —continúa Victoria—. Félix se te mete en la cabeza. Se lo hace a todo el mundo, no solo a ti.

—Creí que me iba a matar.

—¡No, nunca haría eso! —dice Victoria, indignada—. ¡Piensa en todo el dinero que perdería! —Le mira el cuello y la hilera de tenues contusiones a Amara—. Pero sí es raro que deje marcas. Debes haberlo hecho enojar bastante.

—¡Todo lo hace enojar! —exclama Amara—. Se enfurece nada más porque lo mires. Es imposible lidiar con él.

—Ayer se te soltó la lengua un poco cuando le dijiste qué debería hacer. Odia que hagan eso.

—Le di buenos consejos —dice Amara—. ¿Por qué habría de enojarse?

—Cariño —dice Victoria—, Félix no quiere consejos de sus putas.

—Me dijo que ni siquiera puedo… —Amara flaquea. La vergüenza le impide repetir las palabras exactas de Félix—. Dijo que no le doy placer suficiente, que debería preguntarte a ti, porque tú sí sabes lo que haces.

—¿Eso dijo? —Victoria claramente se siente halagada por el comentario.

—Dijo que tú eres la única que sabe lo que hace —dice Amara. No añade lo demás que dijo Félix: que Victoria tenía la mitad de la belleza, pero diez veces el talento de las demás—. Creo que en verdad le gusta estar contigo. No lo dijo, pero me dio esa impresión.

—Como debería de ser —contesta Victoria—. Me esfuerzo. No digo que tú no —agrega de inmediato.

A Amara le sorprende lo feliz que Victoria está por los elogios de Félix. Le entristece pensar en el poder que tiene sobre ellas. Dos matronas más y una chica adolescente tropiezan con ellas junto al cuenco mientras hablan en voz alta de las elecciones. Uno de sus maridos es candidato. La chica, que probablemente es hija de una de las otras dos mujeres, parece aburrida e incómoda. Mira con timidez a las dos hermosas lobas, claramente sin saber quiénes son.

—Creo que dejaremos los consejos sobre tu técnica para cuando volvamos a casa —dice Victoria—. Pero no deberías preocuparte demasiado. Quizás haya estado enojado hoy, pero con el tiempo, le agradarás más por no ser una cobarde. Le gusta ver algo de fuego. —Se sonroja, y de pronto parece tan tímida como la joven que está a su lado—. Me ha dicho que por eso soy su puta favorita —suelta las últimas palabras en voz baja, al oído de Amara, para que sus vecinas no las escuchen.

Amara de repente siente que se asfixia en la habitación caliente y abarrotada. Se aleja del cuenco, y Victoria la sigue.

—La única razón por la que yo querría ser su favorita —dice, mirando por encima de su hombro— es para que no viera venir el cuchillo cuando lo mate.

Victoria se ríe, pensando que es una broma.

6

Si alguien quiere coger, que busque a Attice; cuesta dieciséis ases.
Grafiti cerca de la Puerta Marina de Pompeya

El cielo invernal está despejado, el sol en lo más alto y, aunque su luz cegadora da poco calor, su brillo alegra. Amara disfruta la sensación de estar limpia, e incluso siente algo de placer mientras Fabia le arregla el cabello. Los dedos de la anciana son diestros y gentiles. En otra vida, pudo haber sido una talentosa criada al servicio de una gran dama. Amara intenta soltar el dolor de la mañana. «Como los moretones, la humillación desaparecerá», se dice a sí misma.

Discuten a dónde irán a pescar y deciden ir al muelle. Siempre es un buen lugar para encontrar clientes, y el camino será agradable bajo la luz del sol. Cressa se ofrece a quedarse.

—Fabia me hará compañía —dice, rechazando la gratitud de las demás—. Podemos relajarnos juntas; será un deleite.

Fabia parece encantada con el cumplido. La anciana está tan hambrienta de afecto como de comida. Amara sabe que Cressa tiene por delante una deprimente tarde de estar sentada en la oscuridad, escuchando interminables historias de la infancia del nefasto Paris.

—Qué gentil es Cressa —comenta Amara cuando comienzan a andar por la calle—. Es una madre nata.

—¡Nunca digas eso! —Berenice se ve horrorizada.

—¿Por qué no?

—Cressa sí es madre —responde Victoria, apresurándolas para que se alejen más del burdel—. Tuvo a un niño pequeño.

Félix lo vendió el año pasado, cuando cumplió tres años. —Amara y Dido resuellan al unísono; Victoria asiente, con expresión parca—. A todas nos sorprendió que la hubiera dejado quedárselo tanto tiempo; habría sido más bondadoso sacar al bebé cuando nació, antes de que Cressa se apegara a él.

—¡Qué horror! —exclama Dido—. Pobre Cressa.

—Se llamaba Cosmo —revela Victoria—. Un niño bastante dulce. Fabia lo cuidaba mientras nosotras trabajábamos. Cressa lo adoraba. Creí que se iba a morir cuando Thraso se lo llevó. Gritaba tanto que Félix tuvo que encerrarla en el piso de arriba. Pasó días enteros ahí arriba. Y cuando bajó, no volvió a hablar de Cosmo jamás.

—Creo que no soportaría hacerlo —dice Berenice.

Amara recuerda cómo Cressa la salvó del jugador de dados y piensa en su bondad, en su paciencia infinita con Fabia. Le asombra que Cressa aún tenga compasión hacia las demás después de haber perdido a su hijo.

—Pero siempre es tan considerada —sostiene Amara—. Nunca habría pensado que llevaba todo ese dolor consigo. No tenía idea.

Berenice y Victoria intercambian miradas.

—Creo que encuentra formas de ahogar sus penas —sugiere Victoria—. Supongo que ya vieron cuánto bebe.

—Pero no puedes culparla —Añade Berenice de inmediato—. Y no bebe tanto. Solo un poco.

—Por eso siempre uso mis hierbas al final de la noche —dice Victoria—. Mata todo lo que queda dentro antes de que se asiente.

Han llegado a la Vía Veneria y caminan en pares por el pavimento más amplio. Victoria y Amara van por delante; Berenice y Dido, atrás. Victoria cambia el tema, como si ansiara dejar atrás la tristeza de su amiga. Señala las ropas de las mujeres adineradas que pasan a su lado; elogia los estilos que le gustan o se ríe de los que no. El trayecto al muelle es corto, pero las calles están tan llenas que tardan un buen rato en llegar. Mientras más se acercan al mar, más fresco se torna el aire. Amara casi puede saborear la sal.

Se detienen a comprar su única comida del día en un pequeño puesto callejero a las afueras de la ciudad. Victoria elige lo que comerán: pan, aceitunas y anchoas, el pescado seco y en salmuera. Tras caminar un poco colina abajo, llegan a la orilla del agua. Hay todavía más gente ahí. Los mercaderes descargan sus productos. Se escuchan los gritos de los marineros, el chirrido de los cargamentos, y el constante golpeteo de las olas sobre los muros de piedra. Un poco alejada de los ajetreados embarcaderos, una columnata se yergue en semicírculo. En el techo, estatuas de los dioses miran hacia los barcos venideros, mientras que en el agua, en el centro mismo del puerto, se encuentra una enorme columna de mármol. La Venus pompeyana se erige desnuda en la cima. Mira hacia el enorme cielo azul, protegiendo su ciudad.

Las lobas encuentran un rincón soleado en la columnata y se sientan con las piernas colgando sobre el mar. Comen deprisa para evitar el ataque de las gaviotas que las sobrevuelan. Victoria ve a un grupo de galeotes caminar hacia los embarcaderos para descansar un poco. Van agachados, deslumbrados por el sol.

—Qué vida tan más miserable ha de ser esa —asegura Victoria. Se reclina hacia atrás, con las palmas de las manos sobre la piedra cálida y la cara al sol—. ¿Quién en Pompeya es más afortunado que nosotras en este momento? Todo este tiempo para disfrutar, sin cargas aplastantes que llevar. —Sube las piernas—. Ni siquiera debería estar viva. ¿Sabían que fui una bebé de basurero? Me dejaron a mi suerte entre la mierda y las entrañas de pescado. Pero aquí estoy. Aquí estamos todas.

—Aquí estamos —dice Amara—. Cuatro esclavas sin un sexto de as que tienen que chupárselas a idiotas por pan y aceitunas. Qué vida la nuestra.

Victoria se ríe.

—¡Qué amargura! No puedes seguir enojada por lo de Félix —dice—. Eso pasó hace una eternidad.

—No es solo Félix —responde Amara mientras ve cómo uno de los barcos más grandes navega hasta el embarcadero. Piensa en su propio viaje desde Grecia. Las noches frías en la cubierta, bajo las estrellas, apretujada con los demás esclavos. El olor del vómito, el llanto, el terror de lo que les esperaba a quienes sobrevivieran a la travesía—. Tú empezaste la vida en un basurero —continúa—, pero yo tenía un hogar. Era hija de un doctor. Tenía una vida. —Nunca le ha contado a nadie en Pompeya, además de Dido, sobre su pasado.

—¿Tu padre era doctor? —pregunta Berenice, sorprendida—. ¿Qué haces en un burdel?

La hija del doctor. El papel que desempeñó durante la primera mitad de su vida. Un capullo tan cálido como el amor de sus padres que la protegía del mundo.

—Murió —revela Amara. Sabe que las demás respetarán su silencio si decide dejar el tema hasta ahí. Pero, ahora que abrió la puerta al pasado, no quiere cerrarla—. Mi madre siguió batallando unos cuantos años con ayuda de la familia. Luego su primo, nuestro principal protector, murió también. Vendimos todo lo que teníamos. —Piensa en su hogar, en cada uno de los preciados objetos que le fueron arrebatados. Lo primero en irse fue la valiosa estatua de cristal de Atenea. Al final solo les quedaba un plato; no tenían siquiera camas para dormir—. Era demasiado tarde como para casarme. No tenía dote y, para entonces, ya estábamos en la ruina. —No quiere contar el final de la historia, pero ya no puede detenerse. Todas la están mirando, esperando a que concluya—. Así que me vendió.

Dido está sobrecogida. Amara sabe que todo eso le parece inconcebible, pero para Berenice y Victoria, que nacieron en la esclavitud, es menos sorprendente.

—¿A quién te vendió? —pregunta Victoria.

—A un hombre del pueblo llamado Chremes. Era uno de los pacientes de mi padre. Mi madre pensó que sería respetuoso conmigo porque conoció a mi padre. Chremes le prometió que sería una esclava de casa protegida y que algún día podría recobrar mi libertad. —Pero, incluso entonces, aunque era una niña que no sabía nada de los hombres, Amara sospechó que aquello era mentira. Había notado la forma furtiva en la que Chremes la miraba cuando era niña; felicitaba a su padre por tener una hija tan guapa. Sus ojos la incomodaban, aunque no era capaz de explicar por qué—. Mi madre le pidió a Chremes que la comprara también. Él se negó. —Amara no soporta pensar un segundo más en su madre—. Así que no es solo Félix —dice—. No es el único hombre al que odio.

—Estos pescados están muy salados. —Berenice se pone de pie—. Voy a la fuente a tomar un poco de agua.

Las demás apenas notan que se va; están demasiado absortas en la historia de Amara.

—Obviamente, Chremes te tenía como concubina —dice Victoria, cuyo entendimiento del mundo es mil veces más perspicaz que el de la madre de Amara—. Lo que no entiendo es por qué te vendió. Eres joven y hermosa. No es posible que se haya aburrido tan pronto.

—Niobe, su esposa, se puso celosa. Ella insistió. —Amara prefiere no recordar que Chremes ni siquiera se despidió, ni el instante en el que entendió que Niobe no la había vendido como esclava doméstica, sino como puta.

—No quisiera faltarle al respeto a tu mamá —dice Dido—. Pero no la entiendo. Mejor sería morir de hambre juntas. El honor es el don más preciado de una mujer. —Mira el mar, como si esperara ver la costa del norte de África y no el interminable azul—. Todos los días quiero estar en casa: lo sueño, lo veo, oigo las voces de mis padres. Pero es imposible. Ser quien soy ahora es una vergüenza demasiado grande. Si volviera, eso los mataría.

—Mis padres no creían en todas las historias sobre los dioses —Responde Amara. Mira el rostro sincero de Dido y, por primera vez, se siente desconectada de ella. Piensa en el trabajo de su padre, en sus pacientes, en los que salvó y en los que no, y en la agonía de su propia muerte cuando supo que dejaría a su familia atrás. Entiende el dolor que siente Dido ante la pérdida de su inocencia, pero no comparte su profunda vergüenza—. Solo tenemos nuestra vida. Nada más que eso importa —dice—. Ni el honor ni nada más. Mi madre me vendió para asegurarse de que yo sobreviviera.

—Y estás viva —menciona Victoria. Se estira para tomarle la mano a Amara y se la aprieta con una fuerza férrea. Luego sonríe, y con eso quita la atmósfera ensombrecida de la conversación—. Pero sigo creyendo que yo gano aquí. Dices que los hombres son lo peor, ¡pero no es cierto! La peor persona en tu historia es esa perra Niobe. Chremes hizo lo que cualquier otro idiota haría: pensar con el pito. Los hombres son muy predecibles.

Amara mira a Victoria, su perfil iluminado por la luz del sol, y su barbilla alzada. «Invicta», piensa. «Como su nombre».

—¿Cómo sabes que fuiste una bebé de basurero? —pregunta Dido.

—Eso es lo que los demás esclavos en la casa me dijeron —explica Victoria—. Yo fui la única que nunca tuvo madre. —Se encoge de hombros ante la expresión de horror de Dido—. No es tan grave. Muchos esclavos no tienen padres. Alguna vez pregunté por qué, y la cocinera me contó que me recogió un día que fue al basurero. Pensó que estaba muerta, hasta que empecé a gritar. Se asustó tanto que casi me tira. —Mira a Amara—. Tu madre se equivocó al creer que la vida de esclava doméstica es mejor que la de una concubina. Si no me crees, pregúntale a Berenice por su primera ama en Alejandría.

Todas voltean hacia donde Berenice estaba sentada y se dan cuenta de que no ha vuelto aún.

—Está tardando bastante en la fuente —dice Dido.

—Mierda. —Victoria se apresura a ponerse de pie. Las demás la siguen. Nunca van solas al muelle; siempre es más seguro ir en grupo. Demasiados hombres recién llegados de altamar rondando por ahí, que de pronto sienten la libertad de la tierra firme y ansían lo que sea que puedan conseguir. Una receta perfecta para la violencia.

Las tres caminan deprisa por la columnata hacia la fuente, gritando el nombre de Berenice. No hay señales de ella. Vuelven a la orilla del mar y los embarcaderos, e ignoran los silbidos y la atención de los hombres a los que deberían de estar atrayendo.

—Quizá fue por más comida —sugiere Amara.

Se dirigen hacia la ciudad, caminando entre los estrechos callejones de las habitaciones de los marineros. Está casi vacío ahí; la mayoría de los hombres está en el mar. Están a punto de volver cuando oyen a una mujer gritando.

—¡Berenice! —grita Victoria. Se adentran más y, ahí, debajo de un arco en una callejuela oscura, encuentran a Berenice. Está de rodillas, intentando ahuyentar a dos hombres. Victoria comienza a aullar; es un ruido extraordinario para una mujer tan pequeña. Amara y Dido se le unen; las tres gritan a todo pulmón—. ¡Asesinos, asesinos! —exclama Victoria.

Un par de puertas se abren. Los dos hombres se alejan.

—¡Demonios! —le grita uno al trío de mujeres enfurecidas—. ¡Estaba vendiendo!

—¡Y ustedes no me estaban pagando! —grita Berenice en respuesta mientras se pone de pie.

Los hombres miran a su alrededor, incómodos con la repentina atención que están recibiendo. Uno de ellos le escupe a Berenice.

—¡Vete a la mierda, mentirosa puta egipcia! —Hurga en su monedero y tira una moneda al suelo antes de echarse a correr. Su compañero lo sigue. Berenice se acuclilla para recoger el dinero.

Victoria corre hacia ella mientras Berenice vuelve a enderezarse, pero, en vez de abrazarla, la abofetea en la cara.

—¿Qué diablos estabas haciendo?

—¡Era solo un cliente! —protesta Berenice, sobándose la mejilla—. Luego su amigo quiso meterse sin pagar.

Las pocas personas que se aventuran a ver qué ocurre se dan cuenta de que es solo una reyerta entre mujeres y no la emocionante posibilidad de un cadáver. Regresan a sus vidas, refunfuñando ante la falsa alarma.

—¡Te pudieron haber matado! —exclama Dido—. ¿Por qué hiciste eso?

—¡Es por Gallus! No quiero que se meta en problemas por no pagar. —Sus tres amigas se quedan boquiabiertas. Berenice tiene los ojos bien abiertos y el cabello alborotado, seguramente porque uno de los hombres lo tomó. Se lleva ambas manos al pecho con una apasionada sinceridad—. Me ama —dice—. ¿No lo entienden? Me ama.

Victoria está parada con las manos en la cadera, mirando a Berenice, lista para pelear. Pero, al ver a su rival tomarse el corazón como una actriz trágica, la furia se convierte en risa.

—Me asombras, Berenice. De todas las putas que hay en el mundo, eres la única tan tonta como para pagarle a sus clientes.

Se da vuelta y las demás la siguen de regreso al muelle, donde aún hay hombres a la espera de ser pescados.

7

El lugar entero retumbaba con risas dramáticas,
mientras seguíamos preguntándonos el porqué del repentino
cambio de humor y mirándonos unos a otros y luego a las mujeres.

Petronio, *El Satiricón*: «El burdel de Quatrilla»

Pasan los días, el clima se hace más cálido, los estofados de verduras en El Gorrión se hacen más variados, las consignas de campaña comienzan a aparecer por la ciudad en preparación para las elecciones de marzo. La vida en el burdel conserva su funesta monotonía. Amara intenta aprender de Victoria y observa cómo cautiva a los hombres y cómo atrae a los mismos lugareños una y otra vez. Rústico el alfarero, Febo el vendedor de perfume, Manlio del puesto de comida rápida. Como propina, todos le obsequian objetos en vez de dinero, cosas que Félix no se quedará. Amara observa cada uno de los movimientos de Victoria, hasta conocer el rostro y el cuerpo de su amiga mejor que los propios. Intenta incluso copiar la forma en que gime.

Se vuelve mejor para fingir, pero Amara nunca está satisfecha. El deseo de escapar se apodera de ella; sus raíces se hunden profundamente bajo su piel y la desgarran. Hay días en los que ni siquiera el miedo a Félix ahoga el impulso de huir. Lo que la detiene es la certeza de que moriría en el viaje.

Paris es la única persona que odia la vida en el burdel más que Amara. Su continua presencia en las celdas dos veces por semana es una carga para todas.

—No creo que soportaría ver a Gallus hacer todo eso —dice Berenice. Todas, salvo Paris y Cressa, están «desocupadas», paseándose por el corredor lleno de humo, intentando ignorar los sonidos del hijo de Fabia y su cliente, que provienen de la celda cercana. Se supone que deberían estar desnudas, pero las noches de marzo siguen siendo frías, así que se apretujan unas con otras, envueltas en cobijas—. No podría volver a verlo de la misma forma. Que sea un hombre quien lo reciba… ¡la deshonra!

—Ay, cállate ya —dice Victoria—. Piensa en lo que diría Gallus, si a esas nos vamos. «No soporto ponerle MI adorado pito en la boca; ¡piensa en cuántos pitos AJENOS ha chupado!».

—¡No es lo mismo! —replica Berenice—. Gallus *nunca* diría eso de mí. —Se alborota el cabello—. Aunque, obviamente, sí se pone celoso.

—¿Qué dice? —pregunta Dido.

—Que quiere matar a todos los sucios hombres que me ponen las manos encima. Por eso me va a comprar, para poder tenerme solo para él. Así nadie podrá tocarme. Ni siquiera… —se detiene, incapaz de decir el nombre del jefe, pero mira hacia el techo para que las demás entiendan a quién se refiere. Sonríe—. Tanto así me ama.

No es que Amara no le crea a Berenice cuando dice esas cosas. No es la más brillante del mundo, pero tampoco es una mentirosa. Lo que le cuesta trabajo es imaginar a Gallus inventando esas frases floridas. ¿También se lleva las manos al pecho? ¿Besa la túnica de Berenice? Sin duda ese pedazo de mierda tiene más iniciativa de lo que parece. Y ninguna de las demás lobas —ni siquiera Dido— ha considerado posible que el amor de Gallus sea genuino y no una treta.

—¿Te dice lo mucho que te habría adorado su madre? —pregunta Victoria.

—¡Sí! —contesta Berenice—. ¡Me dice eso! Me dijo que le recuerdo a ella, que tenemos los mismos ojos amables, que… —se detiene al darse cuenta de que las demás están conteniendo las risitas. Un hombre cruza el umbral, sin duda recién salido de alguna de las tabernas cercanas. Berenice camina hacia él; casi lo empuja a su celda por su prisa de alejarse de sus amigas—. ¡Solo están celosas! —grita antes de cerrar la cortina con un brusco jalón.

—No deberías molestarla tanto —dice Amara.

—Lo sé, lo sé. Pero me lo pone en bandeja de plata.

—¡Como *su madre!* —Dido repite; todavía no puede creer las palabras de seducción de Gallus.

—Es una rata —dice Victoria—. No tiene vergüenza. —Un chirrido agudo y nada alegre sale de la celda de Berenice, seguido de un ominoso silencio—. Está bastante molesta, ¿no? Ese hombre no traerá su pito de regreso en un buen rato.

—Por aquí —se escucha la voz de Thraso—. Nos aseguraremos de que lo entretengan como debe ser.

Las mujeres se miran entre sí, de pronto muy alertas. Thraso no suele darles una visita guiada a los clientes. Una enorme figura cruza el umbral y queda a la vista bajo la luz de las lámparas de aceite. Una capa, un destello verde. Vibo.

—¡Uy! —Suspira Victoria, quitándose la cobija de encima—. ¿Quién es esta visión? ¡Debe ser mío!

—Félix me dijo que tenía que asegurarme de coger con la que se llama Amara —la voz de Vibo no es amigable.

—¡Por supuesto! No puedes tener a una sola mujer. —Victoria ya está envolviendo al hombre, besándolo, ayudándolo a quitarse la ropa. Mira a las demás—. ¡Debes estar con tres! ¡Mira! —Chasquea los dedos.

Por un momento, Amara no logra pensar en qué hacer. Luego toma a Dido de la mano y le da una vuelta. No es el movimiento más elegante, pero ambas terminan repegándose sobre Vibo en un nudo de miembros y extremidades que Amara espera le dé la idea correcta.

—¿Tres? ¿Al mismo tiempo? —no suena muy convencido—. Dos serán suficientes.

—¡*Debes* estar con todas! —susurra Victoria con voz ronca, como si el deseo la atormentara—. No puedes ser mezquino y limitarte a solo *dos*. Y menos cuando *todas* queremos estar contigo. ¡Tienes que dejarnos a las tres hacerte feliz! —Suelta un gemido entrecortado.

Es la actuación más absurda que Amara ha visto. No piensa que Vibo vaya a creerle, pero su expresión se suaviza y jala a Victoria hacia sí, estrujándole el trasero.

—Qué loba tan traviesa.

Victoria no necesita más incentivos. Para cuando Amara y Dido cierran la cortina, ya ha logrado dirigir a Vibo hacia su celda, desvestirlo y recostarlo. El pito del gerente de los baños parece un pequeño caracol caído, pero Victoria suspira embelesada al verlo, y salta sobre él con agilidad felina. Vibo gime.

—¡Ay! ¡No seas egoísta! —se queja Amara. Se lanza sobre Vibo y le pone los senos sobre la cara.

—¡Pero yo me quiero sentar ahí! —Dido trata de hacer a Amara a un lado, jadeando en sus intentos por subir a la cama.

Victoria rebota de arriba abajo con vigor, decidida a no permitir que el trago amargo dure un segundo más de lo necesario. Vibo, por su parte, respira con dificultad, no del todo fascinado con la idea de estar atrapado debajo de una montaña de mujeres.

—No, no —le dice a Dido—. Ustedes disfrútense la una a la otra. Yo prefiero mirar.

No es la primera vez que a Amara y Dido les piden eso. Se retuercen con movimientos exagerados, intentando no verse a los ojos. Vibo no dura mucho tiempo. Siguiendo la pauta de Victoria, las tres alcanzan un *crescendo* de gritos en el momento preciso, y luego se cuelgan del cuerpo postrado del gerente de los baños, suspirando con una falsa satisfacción. El brazo de Amara está a punto de dormirse por llevar demasiado tiempo en la misma posición cuando Vibo se levanta de la cama.

—Ustedes son —anuncia, con el rostro sudoroso y reluciente por el placer—, las chicas más maravillosas. Maravillosas.

—¡Ay, gracias! —exhala Victoria. Le toma la mano a Vibo y se la besa como si fuera el Emperador—. Te adoramos.

—¡Vaya que sí! —dice Dido, girando en la cama y mirándolo con deleite.

Amara no confía en lo que podría decir, así que decide soltar lo que espera sea un suspiro seductor. Victoria le ayuda a Vibo a vestirse muy despacio. Todas se apelotonan en la puerta de la celda para darle largos besos de despedida, fingiendo estar desoladas por su partida. Vibo sale del burdel de mucho mejor humor que cuando llegó.

Dido está a punto de echarse a reír, pero Victoria le pone un dedo sobre los labios.

—Todavía no —dice—. Espera.

Se sientan juntas sobre la cama y esperan el tiempo suficiente como para asegurarse de que Vibo se haya ido. Luego Dido susurra con una vocecita aguda, «¡*Te adoramos!*», y las tres estallan en carcajadas.

Cuando salen con las capas puestas para ver si Vibo dejó alguna propina, Thraso ya no es quien está en la puerta. Gallus las recibe con una sonrisa.

—No sé qué hicieron, señoritas, pero Vibo acaba de duplicar las ganancias del día entero. Y pensar que se suponía que iba a ser un acostón gratis.

Victoria ulula, triunfal.

—Y por eso —dice, recargando la cabeza en el hombro de Gallus, un gesto íntimo que haría que a Berenice le hirviera la sangre—, nos merecemos un descansito en El Gorrión. —Gallus titubea—. ¡Ay, por favor! —Victoria le da un golpe en el hombro—. ¡Todo está tranquilo! Hay tres chicas adentro. Vamos a alborotar a algunos clientes y a traerlos aquí.

—Vayan, pues —Gallus suspira.

—No es tan malo —Dido le susurra a Amara mientras cruzan la calle—. Tal vez Berenice tenga razón sobre él.

—¿Berenice, la que tiene los mismos ojos amables que su madre? —pregunta Amara con una ceja arqueada.

Dido hace una mueca.

—Bueno, tal vez no.

El Gorrión está a reventar. Del marco de la puerta y de las vigas cuelgan lámparas cuya luz se refleja en las ollas de cobre que Zoskales clavó en la pared. Es una confusión de luces y sonidos. Nicandro está ocupado sirviendo tragos; lo acompaña Sava, una esclava doméstica que también trabaja como mesera por la noche. Zoskales está en la barra, contando una larga historia sobre su esposa que hace reír a los clientes.

A pesar de lo que le dijo a Gallus, Victoria no salió a pescar. Se abre paso hasta un espacio libre en una mesa donde tres hombres juegan a los dados.

—¿Por cuánto están jugando?

—¿En cuánto estás vendiendo? —resopla burlón uno de los hombres, e intenta ponerle una mano en el muslo.

Victoria se lo quita de encima, irritada. Su coquetería habitual se ha esfumado. Es una apostadora seria, auxiliada por sus propios dados cargados.

—Puedo poner tres ases.

Amara y Dido ven que Victoria se inmiscuye en el juego y obliga a los hombres a ceder gracias a su voluntad de acero.

—Va a ganar —dice Amara—. No van a saber qué les pasó por encima.

Nicandro ve a Dido. Sonríe y las invita al otro lado del salón, después de obligar a otros clientes a hacerles espacio en una banca.

—¿Vino caliente? ¿Con miel? —ofrece mientras va de regreso hacia la barra.

—Gracias —dice Dido.

—¿Van a pasar la noche aquí? —Es uno de los hombres que les hizo espacio. La pregunta es más amigable que sugerente. Tiene una cara afable y su cabello negro comienza a pintarse de gris en las sienes. Sobre la mesa, frente a él, hay una pequeña flauta de caña; tiene los dedos puestos sobre ella, como para mantenerla a salvo.

—Podríamos, si vas a tocar —dice Amara.

El hombre se ríe.

—¿Son cantantes?

—Sí.

Dido le lanza una mirada. Ambas aprendieron música en casa, pero es improbable que las canciones respetables que conocen sean propias de un bar.

—Es un honor conocer a un par de colegas —dice el hombre—. Soy Salvio. —Señala a su acompañante—. Y él es Prisco.

Prisco inclina la cabeza a manera de saludo.

—Nosotras somos Amara y Dido. ¿Puedo? —Toma la flauta—. Mi padre tenía una así —recuerda Amara. No añade que, para su padre, la flauta era el menos importante de sus instrumentos, y que ella aprendió a tocar la lira.

Le devuelve la flauta a Salvio, quien se la lleva a los labios y comienza a tocar. Es más talentoso de lo que Amara esperaba.

Está tocando una tonada popular de Campania, unas cuantas alegres estrofas sobre un pastor que añora a su amada. Prisco comienza a cantar y anima a las mujeres a que lo acompañen. Amara presta atención unos momentos para aprenderse la letra y luego comienza a cantar con él. Tiene una voz fuerte y clara; algunos de los clientes dejan de hablar y aplauden al ritmo de la música.

Cuando terminan, por toda la taberna se escuchan gritos que piden más. Salvio comienza a tocar de nuevo; esta vez, una famosa canción sobre Flora y la primavera.

—Canta conmigo —le dice Amara a Dido—. ¡Te la sabes!

La voz de Dido no es tan fuerte como la de Amara, pero es mucho más dulce. Comienza a cantar titubeante, pero, conforme repiten la canción, la alegría se apodera de ella. El rostro se le ilumina de una forma que Amara nunca ha visto. Nicandro tiene la mirada fija sobre ella, todavía con el vino caliente en las manos, sin atreverse a asentarlo en la mesa por temor a que el hechizo se rompa. Prisco empuja la mesa hacia atrás e insta a las mujeres a ponerse de pie.

—¡Otra canción! —grita.

Salvio toca música de festival, quizá porque intuye que no están familiarizadas con la música folclórica del lugar. Amara y Dido cantan juntas y, por primera vez desde que llegó a Pompeya, Amara siente algo parecido a la felicidad. Algunos de los clientes les lanzan miradas lascivas, y uno incluso les grita que se saquen las tetas, pero en general todos disfrutan lo suficiente la música como para no dar problemas. Después de un tiempo, Salvio se cansa y deja la flauta con la promesa de que volverá a tocar cuando se termine el trago. Prisco mira animoso a Dido y se le atraviesa a Nicandro, que tenía la intención de hablar con ella. Prisco le pregunta qué otras canciones conoce y Dido, con mucha amabilidad, se sienta para responderle.

—Eso fue hermoso. —Amara se da vuelta al oír una voz conocida, aunque no logre ubicarla de inmediato. Es Menandro, el esclavo del alfarero.

Toda la sangre le fluye hasta la cara.

—¿Qué haces aquí?

—Dijiste que trabajabas cerca. —Se acerca más para que Amara alcance a escucharlo por encima del ruido—. Es la segunda vez que vengo aquí con la esperanza de encontrarte. Y te encontré.

—¿Solo dos visitas? Qué poca perseverancia.

Menandro se ríe.

—Soy un esclavo. Rústico es un amo generoso, pero no *tan* generoso.

La mención del alfarero le recuerda a Amara su humillación en la tienda. Mira de reojo a Victoria, quien sigue inmersa en su juego, y se pregunta si el amo bromea con el esclavo sobre sus visitas al burdel.

—Qué afortunado eres —dice con frialdad.

—No me estaba riendo *de ti* —responde él—. Pero fue muy gracioso ver cómo lo mirabas así. Nunca había visto a una mujer hacer eso. —Hace una pausa—. Estuviste magnífica.

—¿Así que pedí cuatro pitos de forma *magnífica*? —dice Amara, conteniendo la risa. Hay tanta gente que los dos tienen que apretujarse. Amara le da un sorbo a su vino con miel, un poco embriagada de las canciones y la atención—. Es bueno saberlo.

—Te mantuviste firme. Eso fue lo magnífico —responde Menandro en griego—. Los pitos fueron incidentales.

—Ojalá lo fueran.

Lo dice para hacerlo reír, pero Menandro capta el oscuro subtexto. Sus miradas se encuentran, y Amara comprende que él comparte su dolor, que sus pérdidas son también de él. Menandro se lleva una mano al corazón a manera de saludo y agacha la cabeza, como si recién se conocieran.

—Mi nombre es Kallias —dice—, hijo de Kleitos, el mejor alfarero de Atenas. Un día, me haré cargo del negocio de mi padre y venderé mi trabajo por toda Ática, incluyendo el hermoso pueblo de Afidnas. ¿Cuál es tu nombre?

Nadie en Pompeya se ha atrevido a preguntarle eso. Es el último resquicio de privacidad, del yo, que tiene un esclavo que alguna vez fue libre. Su nombre real. Hay tanto ruido en la taberna que tiene que gritar, pero no duda en darle al chico de Atenas lo que está pidiendo.

—Soy Timarete —dice—, hija única de Timaios, el doctor más erudito y querido de Afidnas.

—¿Ves? —comenta Menandro mientras le quita un rizo de la cara con mucha delicadeza—. Incidental.

—Pero también soy Amara —vuelve a hablar en latín y le quita la mano con un gesto juguetón—. De otro modo, nunca habría puesto pie en una taberna, y mucho menos habría cantado para una multitud de hombres, ¡ni tampoco habría hablado contigo!

Menandro sonríe y está a punto de responder, pero en ese momento Dido toma a Amara por el brazo.

—¡Amara! ¿Ese es Gallus?

La familiar silueta está encorvada sobre la mesa de los dados, gesticulando en dirección de Victoria, quien se apresura a recolectar sus ganancias mientras discute con él y los demás apostadores. Gallus se golpea la cabeza con una lámpara baja al ponerse de pie; mira furioso a su alrededor. Encuentra a Dido y Amara.

—¡Regresen *ahora*! —les grita.

Unos cuantos clientes voltean para averiguar a quién le está gritando; al ver a las dos lobas, se echan a reír.

—Tal vez vaya contigo —dice uno, arrastrando las palabras—. Qué labios tan bellos. Puedes cantar para mí. —Se lo dice a Dido, claramente convencido de que Amara ya está con un cliente.

Menandro le toma la mano y la cubre con las suyas. Por un momento, ella teme que le pida acompañarla al burdel. Se acerca y baja la voz.

—Por favor, cuídate, Timarete.

8

Hoy vivimos en el siglo de oro, al oro se tributan mil honras,
y hasta el amor se consigue a fuerza de oro.
Ovidio, *El arte de amar*

—¡Casi dos denarios! Eso fue lo que gané. ¡Esos dados han sido la mejor inversión de mi vida! Les hubieran visto las caras a los demás. Excelente.

Victoria se jacta de su triunfo en la mesa de dados. Todas las otras mujeres, salvo por Dido, están sentadas en la banca de piedra que abraza las paredes de la sala cálida, y escuchan sus alardes con un gran entusiasmo. Esa sección de los baños de mujeres es siempre un caldero de chismes, donde un bajo murmullo de voces se eleva en volutas hacia el techo abovedado. Cuando se quitan la ropa, es más difícil saber quién es ciudadana, liberta o esclava; las lobas podrían incluso pasar por un grupo de jóvenes esposas.

Para Amara, la sala cálida suele ser un agradable descanso antes de aventurarse a temperaturas más altas; pero esta vez, en lugar de relajarse en el calor, cada fibra de su cuerpo está hecho un nudo de tensión. Lo que ocurrió después del bar le resultó insoportable. La claustrofobia de volver al burdel y verse obligada a tolerar el desfile de ebrios, con sus interminables e ingratas exigencias, le pareció miles de veces más doloroso después de los momentos que pasó con Kallias. «Menandro», se dice. «Su nombre de esclavo es Menandro. Así como el tuyo es Amara».

—Y luego, en la mañana, ¡Félix pidió verme por segunda vez consecutiva! Una hora entera. Me tuvo trabajando para él todo ese tiempo. Y no me gusta alardear —dice Victoria—, pero hice que durara una eternidad. Creo que algunos de mis trucos lo tomaron por sorpresa. —No podría verse más complacida si fuera la mismísima Psique relatando un encuentro con Eros—. Creo que es el mayor tiempo que él ha querido pasar con alguien.

—No sé por qué sería algo digno de presumir —dice Berenice. Las mejillas le brillan con el calor, lo que la hace ver enfadada, y los mechones de cabello se le pegan a la cara por el sudor—. Félix es un fastidio. Y siempre es un maldito ingrato cuando termina. No vale la pena el esfuerzo. Con Gallus sí que lo vale. Él siempre… —Ve que las demás comienzan a esbozar sonrisitas y guarda silencio. Se mira los pies y exhala con fuerza, sin duda desesperada por compartir la devoción contenida en su corazón, pero reacia a enfrentar las burlas. Amara se siente mal por haberla molestado tanto.

Victoria sonríe levemente, pero no dice nada. Amara entiende que Félix debe haberle hecho algún cumplido. «Él sabe muy bien cómo manipularnos a todas», piensa.

—Creo que Félix no ha mandado llamarme en semanas —comenta Cressa. Está desparramada junto la pared, con los brazos cruzados sobre los senos para cubrir las estrías.

—Qué suerte la tuya —responde Berenice, sin notar la ansiedad en la voz de Cressa.

Amara se recorre un poco en la banca y cierra los ojos. Aun afuera del burdel, su mundo violento y miserable la envuelve como un manto. Intenta acallar las voces de sus amigas y se pone a escuchar otra conversación.

—… ¡No puedes dejar que tu hermana exija esas cosas! Dile que no tienes el dinero.

—No puedo. La familia de su marido es imposible. No sé qué le harán.

—¿Te refieres a…?

Abre los ojos a medias y logra ver a las dos mujeres que hablan a un costado suyo. Al parecer no van en compañía de sirvientas, y ambas se ven exhaustas y agobiadas. Una de ellas está sentada tan cerca de Amara que sus muslos están a punto de tocarse. Sus rizos teñidos de rojo comienzan a despintarse con el calor. No deja de jugar con algo que tiene en la mano izquierda. Un anillo de camafeo.

—Has oído los rumores sobre su primera esposa —dice la pelirroja—. Y los esclavos tienen demasiado miedo como para decir algo. Fulvia dice que la golpeó en su noche de bodas. ¿Qué clase de monstruo hace eso? Y no deja de quejarse sobre la dote, a pesar de que se gastó hasta el último céntimo.

—Supongo que Gelio no se dará cuenta si tomas un poco más de las ganancias.

—Hasta Gelio lo notará en algún momento. Y no tiene caso pedirle ayuda. Con dificultad logra sacar su gordo trasero de la taberna. Me paso todo el día partiéndome el lomo detrás de ese mostrador solo para que él se beba las ganancias.

—Lamento no poder ayudarte tampoco. —La otra mujer se abanica—. Yo te haría el préstamo, pero mi marido me tiene atada de manos. Y esta época del año siempre es la peor para el negocio.

A la pelirroja se le descompone el rostro, y Amara sabe que debía haber estado esperando que su amiga le diera el dinero. Reconoce la expresión de humillación, cargada de resentimiento. Le recuerda con gran dolor a su madre. Después de que el padre de Amara muriera, su madre les pidió ayuda a todas las personas que conocían, calculando qué podía costear para recibir invitados a cambio de su ayuda. ¿Cuánto podría hacer rendir un puñado de dátiles? ¿El otrora cliente de su padre se ofendería al ver el plato astillado? Cuando los visitantes se encontraban cautivos en la casa, su madre enlistaba las dificultades de la viudez, conteniendo las lágrimas e intentando no sonar muy desesperada. Amara permanecía en silencio, con la cabeza agachada por instrucciones de su madre, viendo cómo el flujo de compasión y de dinero se iba secando de a poco. Hacia el final, su madre habría aceptado un préstamo de quien fuera, sin importar los términos.

—Disculpe la intromisión, señora —dice Amara en voz baja—. Pero quizá yo pueda ser de ayuda. —Las dos mujeres voltean, sorprendidas. Amara inclina la cabeza cortésmente sin ser demasiado servil. Dejando que ellas se pregunten si es una mujer libre o una esclava—. Funjo como agente de mi señor, y él entiende las pequeñas dificultades a las que cualquiera puede enfrentarse. Con mucho gusto podría preguntarle si estaría dispuesto a arreglar un préstamo. Con absoluta discreción, por supuesto.

—Y, ¿por qué tu señor emplearía a una mujer como su agente? —Es la avara acompañante de la pelirroja. Su rostro es impasible y suspicaz.

—El contrato lo haría su capataz —contesta Amara, improvisando. Necesitará pedirle a Félix que sea Gallus, no Thraso. No tiene caso asustarlas en el último momento si aparece con un rufián. Le sonríe a la pelirroja, quien parece menos hostil que su amiga—. Pero es más sencillo que las mujeres hagamos negocio entre nosotras. Tenemos muchas preocupaciones que los hombres son incapaces de entender.

La pelirroja le da vueltas a su anillo sin parar.

—¿Y dices que es discreto?

Amara asiente.

—Igual que yo.

—Atiendo un puesto de comida rápida —dice la mujer—. No puede aparecerse ahí, preguntando por mí. A mi marido no le gustaría.

—Solo tratará conmigo —promete Amara. Le lanza una mirada a la amiga con cara de amargura, quien menea la cabeza—. Esa es la ventaja de una mujer como agente.

—No me gusta, Marcella —dice Cara Agria—. ¿Quién es esta chica? ¿Cuál es el negocio de su señor?

—Disculpas —responde Amara—. Pero la discreción es el pilar del negocio de mi señor. Los préstamos no son su preocupación principal, y toma todas las medidas necesarias para no exponer a sus clientes. —Mira a Marcella una vez más—. Si quiere asegurar el préstamo, dígame la cantidad, y mañana en la mañana le llevaré una propuesta al Templo de Apolo, en compañía del capataz de mi señor.

—No lo hagas —murmura Cara Agria—. ¡Fulvia tendrá que cuidarse sola! Ya has hecho bastante por ella. Es una mujer casada; no es tu responsabilidad.

—Es mi hermana —dice Marcella—. ¡No puedo abandonarla! Se lo prometí a nuestra madre.

—Yo no quiero ser parte de esto —dice Cara Agria mientras se pone de pie—. Te veo en el vapor.

Sale sin mirar atrás. Marcella la ve partir, con los hombros encorvados por la ansiedad.

—Entiendo las dudas —dice Amara y le toca levemente el brazo para devolverla al presente—. Pero a veces tenemos que tomar las oportunidades que Fortuna nos ofrece.

Marcella se muerde el labio y mira al piso, como si la respuesta fuera a aparecer inscrita en las pequeñas baldosas con forma de diamante.

—Veinte denarios —dice al fin—. Eso es lo que necesito. Y puedo llevar un collar en garantía.

Amara sabe muy bien dónde estará Félix a esa hora el día. Entre las mujeres existe la regla tácita de mantenerse lejos de la Palestra para evitar cruzarse con él. Espera que su presencia no lo moleste tanto como para que no escuche su propuesta. Repasa en su cabeza los detalles del trato mientras camina deprisa por la Vía Veneria. Sin duda verá que es una gran oportunidad, ¿o no?

Fue difícil ocultarles a sus amigas la razón por la que necesitaba un tiempo a solas, pero el ofrecimiento de quedarse en el burdel todo el día fue suficiente para conseguir su ayuda sin demasiadas preguntas. Salieron en pares para engañar a Thraso, y luego volvieron a reunirse para que Dido no se quedara sola. Dido no le preguntó nada a Amara, solo le apretó las manos y le rogó que tuviera cuidado. Amara sabe que Dido se imagina que irá a ver a Menandro, como si el amor fuera la única posible razón para mantener algo en secreto. La inocencia de su amiga es como un reproche. Amara sabe que Dido nunca intentaría ganar dinero extra sin decirles a las demás. Hasta Victoria es franca con sus apuestas. Amara comienza a caminar más rápido, mientras la culpa le punza el corazón. No es una sensación que se puede permitir, y menos si quiere escapar del burdel.

La Palestra, un parque público rodeado de una imponente muralla, está en el otro extremo de Pompeya. Amara se convence de que su falta de aliento se debe a la larga caminata y no a los nervios. Un par de hombres encorvados junto a la entrada detienen su conversación para mirarla pasar por el portón. Una vez adentro, la recibe un coro de voces agudas y exaltadas. Un grupo de niñitos aprende el alfabeto en un rincón de la columnata. Amara los rodea, lo que le vale una mirada de desaprobación por parte del maestro. Está claro que sabe a qué se dedica ella.

Solo los hombres tienen permitida la entrada a los campos de ejercicio. Amara espera que Félix esté en la pista y no en la piscina, pues sería imposible pasear descaradamente bajo la sombra de los plátanos que la rodean. Espera a la orilla de la pista. Hace calor ahí; el sol cae a plomo. La Palestra está abierta al público en un horario restringido y siempre está llena. Los jóvenes se empujan unos a otros mientras trotan en circuitos. Amara alcanza a ver a Félix cuando pasa frente a ella corriendo a gran velocidad, con el torso desnudo reluciente por el sudor. Él no la ve. Sus movimientos son tan fluidos y gráciles que parece un corcel entre un rebaño de ganado. Es doloroso volver a recordar lo que sintió cuando la compró. El alivio al ver que cuando menos era un hombre atractivo. Qué imaginación tan limitada tenía cuando se trataba de la naturaleza humana.

La segunda vez que Félix pasa corriendo, uno de sus compinches nota que Amara lo está mirando y le da un golpe en el brazo a Félix entre risas. Los hombres bajan la velocidad. Se detienen justo frente a la orilla de la pista, mirándola de vuelta. A Félix lo flanquean tres hombres más. Hay tantas cosas que Amara no sabe sobre sus negocios y su vida. ¿Podrían ser sus clientes? ¿Amigos? ¿Rivales incluso? Por suerte, sin importar quiénes sean, al parecer la idea de que a Félix lo siga una puta celosa y enamorada les resulta hilarante.

—No tuvo suficiente —dice uno de ellos tras darle una palmada en la espalda a Félix—. Quiere más de ese pito.

—Tal vez ella te pague a ti.

Félix los ahuyenta, pero la atención no parece molestarle. Trota hasta donde está Amara. Sus amigos silban y le gritan consejos antes de comenzar a correr en el circuito de nuevo. Félix se detiene, con las manos sobre las rodillas para recuperar el aliento.

—¿Qué es esto? —Levanta la mirada, entre curioso y risueño, sin siquiera un esbozo de su crueldad habitual. Tal vez Victoria sí lo dejó de muy buen humor.

—Te tengo una propuesta —dice Amara, intentando sonar tan relajada como él, aunque sin mucho éxito. Félix se endereza y se quita el sudor de los ojos—. Hay una mujer llamada Marcella. Atiende un puesto de comida rápida cerca del teatro; tiene buena clientela e ingresos fijos. Pero su marido bebe demasiado y no le queda dinero para hacerle un préstamo a su hermana. Necesita veinte denarios.

—¿Y quieres que yo le haga un favor a esta amiga tuya? —Félix suena más incrédulo que enojado, pero ella sabe que su furia puede posarse en el filo de una navaja.

—¡No, no! —protesta Amara—. Recién la conocí esta mañana, en los baños. Es un trato de negocios.

—¿Viniste hasta aquí e interrumpiste mi día para hacer un trato por veinte denarios?

—Pero no es solo *este* trato, ¿o sí? —dice Amara—. Las mujeres nunca van a acudir a ti; ni siquiera tienen permitido hacerlo. Pero eso no quita que necesiten dinero. ¿Y qué hacemos? Hablamos unas con otras; nos prestamos unas a otras. Pero si Marcella, o alguien más, hace negocios conmigo, hará negocios contigo.

Los amigos de Félix vuelven a pasar frente a ellos sobre la pista, aullando. Félix maldice y los hace reír. Los demás hombres siguen su camino; Félix regresa su atención a Amara.

—¿Y qué esperas *tú* sacar de esto?

—La misma comisión que recibimos por el sexo —responde ella—. Sé que Victoria recibe más porque es la que más clientes atrae, y es lo justo. Pero, si yo te consigo más dinero con préstamos, en lugar de hombres, ¿cuál es la diferencia?

—¿Qué acordaste con la mujer, la tal Marcella? —su tono es desdeñoso, pero Amara sabe que está interesado. Tiene la misma expresión que tenía cuando las compró a Dido y a ella en el mercado de esclavos. La dulce anticipación del dinero.

—Le dije que estaré mañana por la mañana en el Templo de Apolo con tu capataz, Gallus, y un contrato. Ella no sabe nada sobre el burdel; pensé que lo mejor sería que viera el dinero antes de decirle quién eres. Una vez que tenga el dinero en las manos, cuando pueda olerlo, no podrá decir que no.

Félix le sonríe con una mirada de calidez tan genuina que Amara comprende por un momento por qué Victoria está tan obsesionada con complacerlo.

—¿Tienes idea de qué le pasa a la gente que no puede pagarme, Amara?

Piensa en Celer rogándole a Félix por dinero; en las amenazas que su amo lanzó sobre el negocio familiar de Celer. «Marcella podrá pagar», se dice. «Nada malo le va a pasar. No voy a permitir que nada malo le pase».

—Lo puedo imaginar —dice.

—¡Ya basta de hablar con la puta!

Los compañeros de Félix han dejado de correr y están estirando a un costado de la pista, a unos metros de distancia. Es evidente que la diversión que les provocaba el suspicaz encuentro entre su amigo y la puta comienza a esfumarse.

—Tu novia te la puede chupar otro día —dice uno de ellos, acercándose. Tiene una marca que le atraviesa la cara entera, una línea blanca sobre la que su barba se niega a crecer—. Deberías probar mi pito —le dice a Amara, sacudiendo la pelvis—. Después de eso, no vas a volver a querer coger con él.

Félix se ríe, pero Amara presiente que esta irritado. Y sospecha que le molesta más que le exijan que se apresure, y no tanto los insultos a su hombría.

—Tu pito es tan pequeño que ninguna de mis putas podría encontrarlo —dice Félix antes de jalar a Amara hacia sí, con una mano sobre la espalda baja y la otra en la cara. La besa el tiempo suficiente como para que los demás comiencen a silbar, luego le da una nalgada en un claro gesto de despedida—. Con cuidado —le dice, alejándose ya—. No quiero que nada le pase a *mi puta favorita*.

9

Dices que empezarás a vivir mañana. «Mañana», dices,
Póstumo, siempre. Dime, ese «mañana», Póstumo, ¿cuándo llega?
¡Qué lejos está ese mañana! ¿Dónde está?

Marcial, *Epigramas*, V, 58

El frío y la oscuridad de la noche inundan la celda, a pesar de que afuera el sol aún brilla con fuerza. Los muros de piedra ahogan el ruido de la calle y lo hacen parecer distante. Amara alcanza a oír palabras sueltas mientras las voces, alzadas al calor de alguna discusión, pasan frente a su ventana. El barullo y la conmoción de la Palestra parecen otro mundo. Recostada en la dura cama, envuelta en el aire rancio por el humo de la noche anterior, podría haber descendido al Hades, el reino de los muertos.

El único color dentro de la celda es la luz que se refleja en los preciados frascos de perfume de Victoria, alineados con gran cuidado a lo largo del pretil de la ventana. Todas usan la celda de Victoria cuando trabajan solas; es la más grande y la más cercana a la calle. Amara alcanza a oír a Fabia barriendo el corredor del otro lado de la puerta. La anciana debe haber limpiado la entrada de la celda varias veces ya, desesperada por que la inviten a entrar y le ofrezcan compañía y algo de comer. Amara piensa en Cressa y se levanta de un empujón, con las piernas colgando por encima de la cama.

—¿Quieres comer algo, Fabia?

Se escucha el estruendo de la escoba al caer al piso. La anciana entra a hurtadillas a la celda.

—Solo si te sobra algo.

Fabia se sienta a su lado y la observa dividir el pan, las aceitunas y el queso. No dice nada, pero sigue con los ojos cada bocado como un perro hambriento que espera que a su dueño desconsiderado se le caiga alguna migaja de la mesa. Los huesos de las delgadísimas manos se le saltan de la piel a Fabia cuando las junta. Amara sospecha que está teniendo que contenerse para no abalanzarse sobre la comida antes de que todo esté repartido. Comer con Fabia nunca es agradable. O se tiene que comer a la misma velocidad que ella, lo que significa que la comida se acaba en un parpadeo, o tolerar sus agónicas miradas mientras te observa terminar. Amara elige comer deprisa.

Fabia empieza con el pan; se lo devora en un par de bocados. No está muy claro cómo logra masticar tan rápido sin ahogarse. Amara no podrá seguirle el paso.

—Esta celda siempre fue la que más me gustó —dice Fabia, desmenuzando una aceituna, sacándole hasta la última pizca de carne verde al hueso con los dientes—. Antes era de Mola. Hace mucho que murió. Ahí, en el rincón, es donde yo le hacía dibujos a Paris.

Amara sigue la línea que traza el dedo de Fabia hasta el fondo de la pared. Entrecierra los ojos y los burdos rayones cobran la forma de un perro.

—Debió haber sido difícil criar a un niño aquí.

—Mi niño —dice Fabia—. No siempre me odió. Todas hacían mucho alboroto por él cuando era pequeño. Todas las chicas lo adoraban. —Tira otro hueso—. Pero el antiguo amo, antes de Félix, lo rentaba para trabajar en las cocinas del otro lado de la calle desde que tenía cuatro años. —Fabia hace una pausa, contemplando el queso y el pan que le quedan sobre la rodilla—. Quisiera que lo hubiera vendido. Pero nunca lo hizo. Mi niño era demasiado bello. —Cede ante el hambre y engulle hasta las últimas migajas, tras lo cual se chupa los dedos y se los limpia sobre la pierna—. Eso es lo que le digo a Cressa. Es mejor que los vendan. Así al menos puedes imaginar que las cosas se dieron a su favor. Mejor que te rompan el corazón ahora que después.

Amara apenas ha hablado, pero aún le queda un montoncito de comida. Se la come tan rápido como puede, consciente de que Fabia la está mirando.

—¿Este es el único burdel en el que has trabajado? —farfulla con la boca llena de queso.

—Supongo —responde Fabia—. Empecé como esclava doméstica. Tuve dos bebés para el amo, aunque no le importara al maldito ingrato. Dos niñas a las que no vi crecer. Después de la segunda niña, pensé que me permitiría casarme con otro esclavo de la casa, el conserje. Me agradaba. Era amable, al menos. Pero luego murió, y el amo comenzó a rentarme. Era solo a sus huéspedes y familiares y demás. Pero, una vez que empiezan a rentarte, sabes que te venderán. —Amara piensa en el tiempo que pasó como esclava en la casa de Chremes. No le alegra demasiado ver los paralelos entre su pasado y el de la anciana desamparada que está a su lado.

—Tú no empezaste la vida como esclava, ¿o sí? —pregunta Fabia, quizá percibiendo la incomodidad de Amara—. Siempre puedo verlo.

—¿Qué es lo que ves?

—Que aún actúas como si importaras.

Amara sabe que Fabia no busca ser hiriente, pero, de todos modos, el último bocado de comida se siente como una piedra cuando se lo traga.

—El pan estaba seco, ¿no? —pregunta, cambiando de tema. Se agacha para tomar la jarra que está junto a sus pies—. ¿Te molestaría traernos más agua? Y creo que las demás celdas también van a necesitar un poco más para esta noche.

Fabia toma la jarra. Mira a Amara, el hambre aún evidente en sus ojos.

—¿Cómo se siente?

—¿Cómo se siente qué?

—Ser libre. ¿Cómo se siente?

¿Cómo se sentía ser Timarete? Un destello de su vida pasada le viene a la cabeza, con todo su amor, inocencia y esperanza.

—Es como cuando un ave está en pleno vuelo —dice—. Ese momento en el que puede decidir si irse en picada o volar más alto, sin tener nada más que el viento para detenerla, así se siente la libertad. —Hace una pausa, pues sabe que esa no es la verdad completa. El recuerdo que intenta mantener enterrado, la agonía de su último día como mujer libre, sale a la superficie—. Pero el hambre es la misma, Fabia. Seas libre o esclava, el hambre es la misma.

Fabia asiente, satisfecha. El hambre es algo que entiende. Sale de la celda y, casi de inmediato, el grosor de la piedra ahoga el sonido de sus pasos. Amara se queda sentada en la cama, consciente de que el mundo sigue su curso al otro lado de los muros del burdel, aunque no pueda verlo. Allá afuera, a una distancia incalculable, su hogar existe aún. Las personas a quienes conocía: sus vecinos, los pacientes de su padre, el panadero que siempre le regalaba un poco de pan, Chremes, Niobe. Todas las figuras de su pasado siguen con sus vidas en Afidnas. Todas menos su madre. Amara sabe que su madre está muerta.

Lo supo desde su primer día como esclava. Tras el trauma de la despedida, Chremes la llevó a su recámara. Pero, en vez de desvestirla, como había temido, tomó el pequeño fardo de cosas que Amara había llevada consigo. Lo observó, desconcertada y aterrada, mientras él hurgaba en el viejo bolso de cuero de su padre hasta que encontró lo que estaba buscando. Adentro, su madre había escondido el dinero que le habían pagado por su única hija. Un truco muy conocido, dijo Chremes mientras contaba las monedas, para padres ingenuos que vendían a sus hijos. Una forma de darles un pequeño empujón hacia la compra de su libertad.

Amara se pone de pie. No quiere recordar el resto de ese día.

Todas las esperanzas de sus padres, cada regalo que le dieron, incluyendo el último acto desesperado de amor de su madre, le fueron arrebatados. Timarete ya no existe, salvo como un breve reflejo en los ojos de un joven ateniense. Tendrá que sobrevivir como Amara.

Hay una reliquia del pasado que aún conserva. El bolso maltrecho y raído de su padre cuelga de un perchero en la pared. Cuando el cuero era brillante y flexible, su padre llevaba el bolso a sus visitas a los pacientes, cargado de hierbas e instrumentos. Lo toma de la pared. Vuelve a sentarse en la cama y cuenta lo que ha logrado ahorrar en el burdel. Apenas alcanza para comer unos cuantos días. No está ni remotamente cerca de la enorme cantidad que necesitaría para comprarle su libertad a Félix. Amara intenta calcular el número de Marcellas que tendría que llevarle para acercarse más. Es imposible. A menos que su valor decaiga con los años, como el de Fabia. Entonces valdría solo el precio de una semana de pan. Amara prefiere no seguir pensando en eso. Quizá ganará más en los baños, si Vibo las deja volver. Se permite, por un momento, fantasear con que conocerá a algún cliente inmensamente rico, un hombre a quien le fascinará su conversación, alguien que querría que ella lo conquistara, y no que solo se acostara con él.

—¿Berenice? —Es Gallus quien la llama con suavidad desde el corredor. Amara camina hasta la puerta y asoma la cabeza—. Ah. Eres tú. —Está decepcionado. No hay sexo gratis para él hoy.

—Pensábamos que Thraso iba a estar en la puerta, así que me ofrecí a quedarme.

—Félix lo cambió a la guardia de la noche —explica Gallus—. ¿Berenice va a volver más tarde?

—Solo si tiene cliente.

—Entiendo. —Gallus se ve incómodo, y a Amara eso le molesta. Se ha acostado con ella cuando menos dos veces; hacerle un poco de conversación casual no debería ser tan complicado—. ¿Berenice te ha dicho algo sobre mí?

Amara lo estudia; intenta descifrar si hay algo detrás de la pregunta. Quizá quiere descubrir si Berenice ha revelado sus deshonestidades financieras para con Félix. Pero lo único que logra ver en su rostro es esperanza. Amara cede.

—Te ama.

—Bueno —dice él, con una expresión petulante—. Eso ya lo sabía. —Camina de vuelta hacia la puerta.

Amara regresa a la celda, riendo un poco a pesar de todo. A Victoria y a Dido les gustará la historia. Las paredes que la rodean están cubiertas de esa actitud masculina tan predecible. Gallus no es el único, ni de lejos. Pasa los dedos sobre las marcas en el muro. «¡A cuántas mujeres he follado aquí!». Recuerda al hombre que talló ese mensaje; estaba ansioso por decirle cómo se comparaba con sus amigas. Trabaja en la lavandería. ¿Cómo se llamaba? Debería recordarlo, pues asiste con frecuencia. Amara se da cuenta de que sabe exactamente cómo le gusta el sexo oral al tipo, pero no tiene idea de cómo se llama.

Explora las paredes con la mirada. Lee todas las frases ya conocidas. «¡Hola, Fabia!». Esa la hace retorcer la cara, mientras piensa en lo poco que cambian las cosas. «El 15 de junio, Hermeros, Filetero y Cafiso cogieron aquí». Le alegra haberse perdido de esa noche en particular; lidiar con un grupo de hombres suele ser un horror. Pasa a mensajes más alegres. «¡Salve, Victoria la vencedora! ¡Victoria la invencible!». La alabanza la hace sonreír. No le sorprendería descubrir que Victoria misma lo dictó. Amara se acuclilla para leer su garabato favorito, un acto anónimo de rebeldía medio escondido en la base de la cama. «Félix la toma por el culo por cinco ases». Se pregunta qué habrá sido de la mujer que lo escribió.

Otro mensaje le llama la atención, las letras grandes y desiguales. «COGÍ». Lo mira. La palabra parece un acto de agresión física, un recordatorio de su propia impotencia. Abre el bolso de su padre para buscar el punzón roto que recogió un día de la calle. Ya ha demostrado ser útil. Lo usó para dibujar un ave en su propia celda el otro día, un pequeño acto de resistencia frente a las interminables cogidas y chupadas que la aprisionan. Camina hacia el mensaje y comienza a cavar en la piedra, con la mano temblándole por la rabia. El perfil de un hombre comienza a tomar forma; las letras del alarde se convierten en su frente, sus palabras se transforman en una marca de esclavitud.

Da un paso atrás para observar la imagen. Aunque gastó toda su furia al tallarla, ahora que está hecha se da cuenta de que mirar una cara marcada no la hace sentir mejor. Lo más seguro es que Victoria la deteste. Se deja caer al piso. ¿Hace cuánto salió de la Palestra? ¿Una hora? ¿Dos? El día parece interminable.

Amara se recarga en la cama de piedra. En casa, habría tenido libros de verdad para entretenerse: los textos médicos de su padre, historia natural, poesía, versos de amor idealizado. Pero aquí solo tiene la burda variedad de palabras desparramadas por las paredes. Comienza a recitar de memoria el encuentro de Odiseo con Nausícaa, pero el sonido de su propia voz la hace sentirse aún más sola. Recuerda haberles cantado una versión de la historia a sus padres. Cierra los ojos. Extiende los brazos y se imagina la forma de su vieja lira; mueve los dedos sobre las cuerdas inexistentes.

—¡Primera puerta a la izquierda! —Es Gallus. Sus palabras sirven como advertencia de que tendrá compañía, igual que como instrucciones para el cliente.

Amara se apresura a levantarse. Un desconocido aparece bajo la puerta; su silueta hace que la celda se oscurezca aún más. Amara le sonríe, inclinando la cabeza como hace Victoria y dejando que la capa se le deslice por el hombro.

—Más te vale desquitar lo que pagué por ti —dice él.

Amara se apresura a cerrar la cortina.

—Por supuesto —dice con una ronca voz que nadie en Afidnas reconocería. Deja que su capa caiga al piso y espera a ver el impacto que su cuerpo tiene sobre él. Luego invita al desconocido a su cama, sin saber si el aturdimiento en su cabeza se debe al miedo o al fin de su aburrimiento.

10

Dices que bellas muchachas están enardecidas en tu amor; ¡pero,
Sexto, si tienes una cara como la del que nada por debajo del agua!

Marcial, *Epigramas* II, 87

El ruido se intensifica conforme se adentran en la multitud, como el zumbido de un panal. No es un día oficial de mercado en el Foro; pero, como siempre, unos cuantos oportunistas han llegado temprano con sus mercancías envueltas en cobijas para luego extenderlas sobre el pavimento. Gallus y Amara zigzaguean entre los puestos improvisados, de camino hacia el imponente Templo de Apolo. En la escalinata del santuario del dios, un vendedor golpea una vasija de cobre mientras grita su precio. A sus pies hay más vasijas y jarrones de distintos tamaños apilados en hileras.

A Amara le toma unos momentos reconocer a la mujer que fue a buscar. Marcella se ve mucho más formidable con ropa. El cabello rojo no está manchándole la piel. En cambio, sus rizos están ahora acomodados perfectamente sobre su cabeza. Mira a Amara con ojos mucho más penetrantes que en los baños. Amara sabe que es una figura mucho más harapienta bajo la luz del mercado. Teme verse como lo que es: una prostituta que trabaja para un usurero.

—¿Él es el capataz? —Marcella señala con la cabeza en dirección de Gallus. Se ve de peor calaña que de costumbre tras haberse puesto una cantidad absurda de aceite en el cabello. Es un estilo que ha comenzado a copiarle a Félix. Pero, mientras que el jefe logra un aspecto amenazante, a Gallus parece que le cayó encima una cubeta de estiércol que algún esclavo tiró por la ventana.

—Sí. —Gallus se hace a un lado para esquivar a un ferretero que pasa con una bandeja en las manos. A Amara le preocupa que Gallus desate una pelea, pero le lanza una mirada y él parece serenarse. Félix había dejado muy en claro que Amara se encargaría del negocio, un cambio de roles que ni Amara ni Gallus saben bien cómo transitar.

—Trajimos algo para dejar como garantía.

Otra mujer, que está justo detrás de Marcella, da un paso al frente. Debe de ser Fulvia, la hermana menor. Es rubia y, como indica su nombre, esbelta y de apariencia frágil. Cuando el vendedor de cobre comienza a golpear la vasija de nuevo, se sobresalta.

—Veamos. —Amara extiende la mano antes de que Marcella pueda intervenir. Es claro que Fulvia es la más débil de las dos. Amara intenta no preguntarse por qué querría el dinero. Fulvia se quita del cuello un largo hilo de cuentas de ámbar y lo coloca con delicadeza sobre la mano de Amara. Las piedras son perfectamente redondas; un par están atravesadas por vetas retorcidas y centelleantes. Hacía años que Amara no tocaba algo tan valioso.

—Más que suficiente para cubrir el préstamo —dice Marcella.

Tiene razón, pero Amara no va a reconocerlo.

—Pero no los intereses. —Le indica con la mano a Gallus que le dé las tabletas de cera de Félix—. Esta es la propuesta de mi señor. —Le da las tabletas a Marcella—. Y aquí está el dinero.

Gallus busca a tientas la bolsa en su cinturón y casi la tira. Amara la toma antes de que caiga al suelo y se la entrega a Fulvia mientras su hermana revisa el contrato. Tal y como esperaba, la sensación del dinero en sus manos tiene un efecto físico en Fulvia. Parece estar al borde de las lágrimas.

—Esta tasa es demasiado elevada —dice Marcella, frunciendo el ceño—. ¡Estaría pagando casi el doble del monto del préstamo!

—Podemos ser flexibles con el periodo del préstamo —ofrece Amara, sin saber si Félix aceptará, pero ansiosa por cerrar el trato. Puede persuadir a su amo de que extienda los plazos de pago después, se dice. Siempre y cuando Marcella firme.

—Marcella, por favor —ruega Fulvia—. Piensa en lo que me hará si no tengo el dinero.

—¡Pero es demasiado! —repite Marcella—. Estás arriesgando el collar de nuestra madre por una tasa que le hará un agujero enorme a mis cuentas.

Fulvia se lleva la bolsa al pecho.

—Por favor, te lo ruego. Por favor.

—Déjame verlo de nuevo.

Ambas mujeres se apiñan ansiosas sobre las tabletas. La angustia de Fulvia hace que Amara se tense. Ella comprende la terrible e incesante presión de no poder conseguir tanto dinero como necesitas, de saber que te estás quedando sin cosas para vender. A fin de cuentas, es la misma razón por la que ella está donde está.

—Pero es demasiado… —comienza a decir, pidiéndole a Fulvia que devuelva las monedas.

Marcella pone una mano enfrente de su hermana y evita que Amara se les acerque más.

—Está bien, lo firmaré —dice—. Voy a firmar. Pero dile a tu señor que necesita darme unos meses más. —Amara y Gallus la observan rayar las tabletas con el punzón—. ¿Dónde está el negocio de tu señor?

—Frente a la Posada del Elefante —responde Gallus mientras toma la tableta y cierra el marco de madera.

Fulvia y Marcella cruzan miradas.

—¿No es…?

—Vendré por el primer pago en dos semanas —anuncia Amara con una reverencia.

Gallus y Amara se apresuran a cruzar de nuevo el Foro; dejan a las dos disgustadas hermanas para que se recriminen entre sí.

—Yo me llevo eso —dice Gallus, señalando el collar de ámbar. Lo mete en una bolsa mientras caminan.

—No rayes las cuentas.

—Esa es la menor de nuestras preocupaciones —responde él—. ¿Por qué le dijiste a esa pobre idiota que Félix le daría más tiempo?

—¿Qué más da si se tarda un mes más en recuperar el dinero?

—Estamos hablando de Félix.

La culpa que había estado intentando ignorar comienza a asomar la cara, lo cual la hace sentir náuseas.

—Ya pensaré en una solución— dice, mientras Gallus sacude la cabeza—. ¿Qué le vas a decir a Berenice?

—¡Nada! —estalla Gallus—. No soy una maldita mujer. Nunca hablo de los negocios de Félix. Y, si quieres seguir viva antes de que acabe el año, tú tampoco lo harás.

En el calor de la discusión, casi se pasan de la Vía Veneria. Amara espera a que Gallus pase primero, y caminan en fila sobre el pavimento más angosto. Para su sorpresa, cuando doblan la esquina, ve a Félix parado sobre la calle, afuera del burdel.

—Rápido —les grita mientras ellos corren para encontrarse con él—. Fabia, ve por las demás. Tienen otra oportunidad con Vibo. —Mira a Amara y frunce el ceño—. Haz algo con ese cabello; pareces una puta barata. —Le da la espalda y toma las tabletas de la mano de Gallus—. ¿Está todo firmado? —Gallus asiente.

Amara espera a que Félix reconozca su papel en la transacción o le pregunte qué ocurrió, pero, cuando ve que sigue parada en la calle, pierde la cabeza—. ¿Qué estás mirando? —La toma del cabello y la jala hacia sí antes de empujarla de vuelta al burdel—. ¡Te dije que te apuraras, maldita sea!

La sensación del agua caliente al entrar a la piscina le trae recuerdos de su desafortunada visita anterior. En el techo abovedado encima suyo, la luz se ondula sobre un complejo mosaico. Es Europa, con su cuerpo desnudo cubierto de flores, y con el dios Júpiter cargándola por el mar en su forma de toro. Amara había olvidado lo opulento que era el lugar. Berenice cae pesadamente a un costado suyo. La luz en el techo se mueve por el reflejo de las ondas que hace al sumergirse. Todas las mujeres de Félix están más inquietas que de costumbre. Victoria no dejó salir a nadie hasta que tuvieran el cabello arreglado; así que, en vez de tener rizos desarreglados, están sonrojadas y sudorosas por correr para llegar a tiempo.

—¡Parece que ya tuvieron una mañana atareada, señoritas! —grita Drauca. Está tendida lánguidamente a un costado de la piscina, con ambos brazos reposando en el dintel de la enorme ventana abierta que tiene detrás. Las otras dos mujeres de Simo,

María y Attice, están flotando a sus costados como un par de guardaespaldas. Una tercera mujer, cuyo nombre Amara desconoce, acecha taciturna en un rincón.

—Siempre somos muy solicitadas —responde Victoria.

—Estoy segura de que aprendieron algunos trucos en La Guarida del Lobo —dice Drauca—. Pero ¿alguna de ustedes ha estado con un hombre en el agua? —Ninguna de las mujeres de Félix responde—. Solo intenten no ahogarse. Ese es mi consejo.

—¿Es en serio? —susurra Berenice mientras Drauca y Attice se ríen—. No quiero que algún idiota me sumerja la cabeza en el agua.

—Solo está siendo una perra —dice Amara, aunque la amenaza del ahogamiento no la tranquiliza en lo absoluto. Es un secreto horrible que lleva consigo: el pánico que con tanta frecuencia amenaza con abrumarla. Una terrible sensación que le impide respirar o moverse. El temor comenzó aquella primera vez con Chremes y nunca la dejó. Bastante malo es cuando ocurre en su celda con un cliente. No soportaría la humillación de llorar ahí, frente a Drauca.

Mira a su alrededor para encontrar a las demás. Dido y Cressa no han entrado al agua todavía, pero están sentadas en una banca de mármol cerca de la orilla de la piscina. Félix mandó llamar a Dido por la mañana, mientras Amara estaba en el Foro. Solo pensarlo la hace sentir culpable de formas que no consigue explicar. Dido no les ha dicho qué ocurrió, pero Amara sabe que está perturbada. Tiene el aspecto de un ave herida. No es que a los clientes vaya a importarles. La vulnerabilidad de Dido parece siempre atraer a los hombres más voraces, como la miel a las avispas.

—Supongo que venir aquí es un maravilloso cambio para ti —le dice Victoria a Drauca—. Un lindo descanso de tirar toda la mierda y cambiar las sábanas cuando los clientes se orinan. —Mira a Berenice y Amara con una expresión de falsa compasión—. ¡Imagínense! Tener que trabajar todo el día en el bar y además acostarse con los clientes. ¡Suena agotador!

—Púdrete —vocifera Attice—. Por lo menos nuestro amo no es un pedazo de mierda. ¿Cuándo fue la última vez que el codo de Félix te dejó quedarte con alguna propina?

—Tienes razón, Félix tiene un codo muy grande —responde Victoria—. Y firme, como un tronco. Qué horror tener que servirle a un amo que se parece a Apolo. Claro que preferiría estar aplastada debajo de Simo, con todo y el mal aliento y la calvicie.

—Sí, debe ser estupendo para todas ustedes —interviene María. Señala a Dido y alza la voz—. Solo véanla a ella, parece que está disfrutando la vida al máximo.

Dido desvía la mirada; no está de humor como para pelear. Pero Cressa está furiosa.

—¿Por qué no mejor cierras el hocico? —Agita las manos—. Como si tú nunca hubieras llorado por un hombre. Sí, Félix es un imbécil. Simo también. ¿Qué más da?

—Simo podrá ser un imbécil —Drauca suspira, volteando su bello rostro hacia el mar, como si estuviera aburrida—. Pero al menos nos da propinas. Ese es el punto.

—Supongo que te dio un poco más por hacer que nos sacaran de aquí la vez pasada —dice Amara, aún molesta al pensar que las timaron—. Qué lástima que no funcionara.

—Ay —interviene Victoria—. No creo que lo haya hecho por dinero.

Se pone de pie sobre los escalones en los que había estado sentada y, con gran agilidad, salta al piso tibio. Flexiona el cuerpo, no de la forma tímida y coqueta en la que Drauca lo hace, sino como una atleta, con una pose que demuestra su fuerza y su belleza—. ¿Le tienes miedo a la competencia? ¿Temes que esas tetas legendarias tuyas no se vean tan bien junto a las mías?

—Creo que deberías saber que los hombres quieren a Venus, no a Hércules —se burla Drauca. Las otras mujeres de Simo se ríen, pero Amara percibe que Drauca está inquieta. Observa a Victoria, que ahora está haciendo maromas, con su hermoso ceño ligeramente fruncido.

—¡Cállense! —ordena Berenice—. Escuchen.

Todas las mujeres guardan silencio. Un eco de voces masculinas llega hasta la piscina.

—Aquí vienen. —Victoria vuelve a entrar al agua. Está ruborizada por la anticipación. Al verla, Amara se da cuenta de que para Victoria no se trata de sexo. Tiene la misma mirada que hace cuando está en la mesa de dados. La feroz voluntad de ganar.

Seis hombres cruzan el arco cubiertos con conchas de mar; sus pies descalzos golpetean las piedras del piso. Tienen la cara enrojecida y sus cuerpos resplandecen por el sudor. Deben venir del vapor. Amara los ve acercarse a la piscina, conversando, despreocupados, sin reconocer la presencia de las mujeres.

Drauca eligió el espacio más vistoso, pero Victoria, extendida sobre los escalones, le gana en cercanía.

—Tú eres nueva —dice un hombre joven mientras entra a la piscina muy despacio para sentarse junto a ella.

—Victoria —le susurra ella al oído, enroscándose en su cuerpo como una hiedra. Comienza a besarlo para prevenir cualquier conversación adicional.

—Lucio se consiguió a una muy entusiasta. —Se ríe otro hombre antes de entrar al agua detrás de su amigo. Vadea por la piscina hasta donde está Drauca—. Y, ¿cómo está mi chica hermosa?

Amara se da cuenta de que, de forma inconsciente, se agazapó en un rincón de la piscina, lejos de los clientes que vienen llegando. Piensa en Félix, en Vibo, en todo lo que tuvo que soportar para tener esta segunda oportunidad. No vale la pena desperdiciar su tiempo; no puede dejar que mujeres tan grises como María y Attice la opaquen. Se traga su sensación de temor, y nada hacia dos hombres mayores que están sentados conversando junto a la piscina, con los pies dentro del agua.

—Entonces le dije que, por ese precio, íbamos a buscar otro proveedor. La gente necesita pan, pero la ciudad no va a pagar por el trigo a cualquier costo… —Deja de hablar cuando ve que Amara comienza a recargarse sobre él—. Ahora no. —Le hace una señal para que se aleje—. Tal vez después.

Amara se paraliza, sin saber qué hacer.

—Quizás esta no habla latín —dice el otro hombre. Voltea a verla y comienza a enunciar muy despacio, como si ella fuera tonta—. Tú. Griega. Puta. ¿Sí? —El hombre tiene las canas adheridas a la cabeza en mechones sudorosos, como un pato recién nacido. Sus ojos pálidos miran a la nada, como si no esperara recibir respuesta.

Amara piensa en su padre, en su sonrisa torcida cuando hablaba sobre el poder del Estado romano. «Todo lo que tienen lo tomaron de nosotros, Timarete. Nunca lo olvides».

—Vengo de Afidnas —responde en un latín perfecto—. Duodécima ciudad de Ática, otrora hogar de Helena de Troya. —Agacha la cabeza con un gesto cortés y una mano sobre el pecho a manera de saludo, y trata de imitar la sonrisa de su padre—. En este país mi nombre es Amara. No deseo más que servirles.

Cabeza de Pato no se deja cautivar.

—Afidnas no logró quedarse con Helena mucho tiempo, si sus mitos son ciertos.

Su compañero se ríe.

—No seas tan malhumorado, Cayo. —Mira a Amara con más interés. Ella lo mira por debajo de las pestañas entrecerradas. Es viejo, cierto, pero no del todo repugnante. Su mandíbula cuadrada y el cabello plateado lo hacen más agradable que su antipático amigo. Ella agacha la mirada. El hombre lleva anillos de oro, y la carne que sobresale de ellos está inflamada por el calor. El corazón le palpita a Amara. ¿Podría ser el benefactor que estaba esperando? ¿Será capaz de ver cuánto puede ofrecerle ella? En su imaginación, salta al futuro y lo ve bañándola en joyas, con devoción, cautivado por cada palabra que ella dice…—. Tienes una linda boca, Amara de Afidnas. No la desgastes hablando con él. —Abre las piernas para indicar, sin nada de sutileza, qué es lo que quiere. Por supuesto que lo que se le ve en los ojos no es interés. No es más que la mirada ebria de lujuria que ha visto tantas veces ya. Amara vacila; la decepción de la realidad se tarda un par de segundos en aplastar la fantasía. Luego agacha la cabeza para aceptar.

Cabeza de Pato resopla, molesto.

—Tampoco me resulta muy entretenido a mí, y además te quedaste con la última bonita.

—Sin berrinches —se queja su amigo—. La gorda de por allá no está haciendo nada. ¡No es como que tengas que verles las caras!

Los hombres le gritan a María para que los acompañe, y a Amara le parece desconcertante tener que trabajar al lado de ella. Cabeza de Pato no hace más que quejarse, amenazando con sumergirle la cabeza en el agua a María si no se esfuerza más. Parece ser que la advertencia de Drauca no era broma. La rabia que Amara siente es cegadora. Por un instante, piensa en Félix. Se imagina cómo sería tener el poder suficiente para externar su rabia en vez de tener que enterrarla.

El cliente de Amara —cuyo nombre sigue sin saber— termina con un gemido. Saca las piernas del agua y se pone de pie con dificultad. Espera a Cabeza de Pato y le ayuda a levantarse. Se alejan sin siquiera darles las gracias.

—¿Siempre es así? —Amara le pregunta María.

—¿Así cómo? —estalla María, limpiándose la cara. Tiene marcas rojas en la mejilla; su cliente debió de clavarle las uñas ahí.

Amara pasea su mirada por todo el espacio lujoso, que ahora reverbera con los gemidos y pujidos falsos de las mujeres. Victoria es la más ruidosa, pero parece mucho más interesada en lo que Drauca está haciendo que en el hombre que está debajo suyo. Las dos mejores están luciéndose e intentando superarse la una a la otra, mientras los clientes son beneficiarios inadvertidos de su rivalidad. Amara mira hacia la esquina de la ventana y se arrepiente de inmediato: no quiere saber qué están haciendo dos hombres con Berenice por allá. Dido y Cressa son quienes tienen el trabajo más sencillo; están dándole un masaje entre dos a un hombre tendido en la banca en la que están sentadas.

—Pensé que tal vez… —Amara se detiene, silenciada por la mirada furiosa y absorta de María. De cualquier forma, no está segura de qué le diría. ¿Que estaba esperando un simposio acuático? ¿Que quería impresionar a hombres adinerados con su florida conversación, como una cortesana de la aristocracia griega? La humillación se siente peor por ser autoinfligida. Mejor no esperar nada que quedar como estúpida.

Se escuchan risas; tres hombres más entran al baño. También vienen del vapor. Esta vez, Amara no espera. Deja atrás a María y vadea hasta donde están los recién llegados. No imita a Victoria al subir los escalones, con el agua escurriéndole por el cuerpo. Recuerda la forma en que Félix se movía en la Palestra; visualiza las definidas líneas de su cuerpo al correr junto a sus rivales, la violencia y la furia.

Camina dando grandes zancadas hasta donde están los hombres e interrumpe su conversación sin disculparse.

—Soy Amara de Afidnas —dice—, duodécima ciudad de Ática, hogar de Helena de Troya. ¿Quién de ustedes cree ser capaz de ganar el favor de mi atención?

Los tres hombres intercambian miradas, entretenidos, pero sin saber cómo responder. La ilusión de poder que Amara ha creado es frágil; sabe que cualquiera de ellos podría tomarla por la fuerza si quisieran hacerlo. En vez de asustarla, saberlo la hace aún más agresiva. Le tiende la mano al hombre que parece más seguro de sí mismo; espera que no necesite humillarla para demostrarles algo a los demás.

—¿Quién podría negarse a una amazona así? —dice él con una sonrisa. Le toma la mano y la sigue hasta una banca vacía.

Amara sabe más que suficiente sobre la mecánica del sexo como para tener claro qué es lo que provocará placer. Lo único que importa ahora es disociarse de su cuerpo por completo. Mientras pasa por su repertorio, la línea que divide el miedo de la furia se tensa y se estira en su corazón. El único momento en el que el pánico amenaza con traerla de vuelta al presente es al final, cuando él intenta voltearla. Amara cede el control, y se dice a sí misma que así todo terminará más pronto.

Después, se niega a esperar a ver si la reacción del hombre será de gratitud o de indiferencia. Se da vuelta y camina de regreso a la piscina. Comienza a bajar los escalones, y el agua le sube por encima de la cintura y luego más arriba cuando sumerge el cuerpo completo para nadar hasta la ventana. Mira hacia el mar. Si no estuviera consciente de la escena que se desarrolla detrás suyo, si no pudiera escucharla, imaginaría que el horizonte que se extiende frente a ella le pertenece. En cambio, sabe que está tan atrapada aquí como en la estrecha oscuridad de su celda, a pesar del aire y la luz.

11

¿Te consideras casta solo porque eres una puta renuente?
Séneca, *Controversias*

Amara abraza a Dido mientras llora. Están acurrucadas en la estrecha cama de Dido. Por encima del hombro convulso de su amiga, Amara puede leer el «DESPACIO, por favor» que talló en la pared. No logra entender por qué le pareció gracioso en su momento. Junto al mensaje, la cortina está cerrada a medias para darles un poco de privacidad. No se atreve a cerrarla por completo. La voz de Victoria se escucha clara y fuerte en el corredor; está alabando a un hombre para incitarlo. En cualquier momento, un cliente entrará a interrumpirlas. Las mujeres no tienen tiempo para sí mismas por las noches, ni siquiera para condolerse.

—No puedo vivir así —jadea Dido entre sollozos—. No puedo seguir. No soporto mi vida; no la soporto.

—Pero lo hiciste tan bien en los baños —dice Amara, acariciándole el cabello—. Fuiste la más popular después de Victoria. Tantas propinas... —En ese momento sintió una punzada de envidia, pero ahora desea que Dido hubiera ganado más del doble que ella. La abraza con más fuerza—. Solo tienes que seguir pensando en ganar lo suficiente para poder escapar. Solo importa eso.

—¡Nunca vamos a escapar! —exclama Dido y se zafa de los brazos de Amara—. ¡Esto es todo lo que hay para nosotras! Nuestra vida nunca será más que esto. —Alza la voz cada vez más, casi poseída por la histeria—. ¡Si en verdad fuera virtuosa me habría matado antes de dejar que un hombre me tocara!

—No —dice Amara—. Por favor, no digas esas cosas.

—Todo lo bueno que yo tenía murió dentro de esta celda, y Félix se aseguró de que así fuera. —Dido se lleva las manos a la cara, no sabe si para secarse las lágrimas o para intentar borrar el recuerdo—. Ocho denarios. Eso fue lo que pagó por mi virginidad. Eso fue lo que costó mi honor.

—No tuviste opción —dice Amara—. No es tu culpa.

—¿Sabes qué me dijo esta mañana? —Amara no responde. Sospechaba que la desolación de Dido podía deberse a la crueldad de su amo—. Me preguntó si creía que mi madre estaba muerta. Le dije que seguro lo estaba. Me respondió que no me preocupara; que, si mi madre era tan hermosa como yo, los piratas nunca la habrían matado. Dijo que un hombre probablemente la estaba usando como su puta personal en algún lugar del mundo, justo mientras él me usaba a mí. —Dido rompe en llanto otra vez—. No te deja tener nada; tiene que destruirlo todo.

Amara mira el humo que sale de una de las lámparas en un rincón de la celda. Un pequeño Príapo sonriente y despiadado, uno de los modelos que Amara compró en la tienda de Rústico. Está a punto de calcinarse por completo. Si fuera Victoria, le diría a Dido que no hiciera caso, que ignorara a Félix.

—Quisiera poder matarlo por ti —dice, sin inflexión en la voz—. Lo he imaginado muchas veces. Pero sé lo que les ocurre a los esclavos que asesinan a sus amos. —Los ojos le brillan a Dido bajo la luz titilante. Amara se encoge de hombros—. Mejor que matarte tú, si alguien tiene que morir. —No logra descifrar la expresión en el rostro de su amiga—. No eres tan mala persona, ¿lo ves? Sé que nunca has pensado en hacerle daño a nadie. Ni siquiera a Félix.

—Tal vez debí hacerlo.

—No. —Amara le toma la mano—. Eres una de las personas más bondadosas que he conocido. Por eso te amo tanto.

—¿Más que al esclavo del alfarero? —Dido se limpia la cara con la mano que tiene libre—. Sé que fuiste con él el otro día.

La lámpara tose un poco más de humo antes de extinguirse. En la celda contigua escuchan al cliente de Berenice gritar, posiblemente de placer. Se acercan las horas más ajetreadas de la noche. Amara mira de reojo hacia la cortina. Cada segundo que tienen a solas es tiempo robado.

—No fui a ver a Menandro. Aunque quería hacerlo.

—¿A dónde fuiste, entonces?

—A ver a Félix a la Palestra.

Dido parece más escandalizada que cuando Amara confesó sus deseos de matar a Félix.

—¿Pero por qué?

—Por dinero. Porque estoy intentando ser su agente para conseguirles préstamos a mujeres desesperadas. No están tan desesperadas como yo, pero, de cualquier forma, no es algo de lo que me enorgullezca. —Se reacomoda en la cama y se cruza de piernas—. O decidimos sobrevivir o nos damos por vencidas. Y, si lo que elegimos es vivir, entonces hacemos todo lo que sea necesario.

—No soy tan fuerte como tú.

—No, eres aún más fuerte —responde Amara—. Tú lo perdiste todo en un solo día. Yo tuve años para habituarme a lo que perdí. No puedo imaginar cómo fue para ti: primero estabas a salvo con tu familia, y en un parpadeo te arrastraron por un barco. No quiero ni pensar en todas las cosas que tuviste que ver. Pero sobreviviste.

Dido pellizca la tela de la cobija que cubre la cama. No alza la mirada.

—A veces pienso que yo misma me provoqué todo esto. —Jala un hilo hasta descoserlo de la cobija y se lo enrolla en el dedo. Se le hunde en la piel—. No quise casarme con el marido que mi padre eligió para mí. Me estaba quejando de él con mi primo cuando los piratas atacaron. Hasta ese momento, lo peor que podía imaginarme en la vida era estar atada a un hombre feo que vende queso.

Amara siente el impulso de reír, pero el rostro afligido de Dido se lo impide. Antes de que pueda pensar en qué decir, Thraso asoma la cabeza por la puerta.

—Un maldito ebrio vomitó en el pasillo. Necesitamos más agua.

—¿Y Fabia? —protesta Amara.

—Ya está tratando de limpiarlo. No puede hacerlo todo. Además, ¿de qué te quejas? No has chupado un solo pito hoy, golfa holgazana. —Thraso da un paso hacia el frente, pero Amara salta de la cama antes de que él pueda levantar la mano para abofetearla.

Se agacha para esquivarlo y toma la cubeta que está junto a la puerta.

—Perdón, perdón. Ya voy.

Dido toma una de las lámparas de aceite y se apresura a acompañarla. El hedor las golpea en cuanto salen de la celda. Rodean el vómito del piso y se topan con Fabia cuando se está levantando.

—Necesito que llenen la cubeta lo más que se pueda —les dice, lanzándole una mirada furiosa al culpable.

El ebrio cubierto de vómito manosea a Cressa e intenta convencerla de que lo lleve a su celda, aunque apenas puede mantenerse en pie.

—Tan linda… —farfulla sin notar la expresión de asco de Cressa.

Amara y Dido toman la salida trasera hacia la calle, pasan frente a la puerta hacia el apartamento de Félix. Dido se adelanta y alza la lámpara para alumbrar el camino. El brillo alarga sus sombras. Al principio, el ruido y la luz de El Elefante las sigue, pero pronto las envuelve una oscuridad casi total. La luz de la luna alcanza a dibujar el contorno de las casas y crea enormes espacios de un negro incomprensible. El corazón le retumba en los oídos a Amara. Siempre ha odiado salir a la noche oscura.

Caminan despacio y con cuidado de no tropezar. Las tiendas y casas frente a las que pasan están cubiertas por persianas de madera. Si no es para visitar una taberna o un burdel, poca gente se aventura a salir a esa hora. Salvo que sean ladrones. Amara sabe que su pobreza no es protección, pues hay varios hombres que se robarían lo que Félix vende. Mira hacia una de las ventanas cerradas. Es poco probable que a esa hora alguien corra al auxilio de una mujer gritando.

El pozo está al final de la calle.

—Sosténmela —le susurra a Dido, asintiendo en dirección de la lámpara. Amara se recarga sobre la muesca en la piedra hecha por el peso de tantas y tantas manos. La llama parpadea sobre la piedra tallada mientras Amara gira la manivela del pozo. El agua cae de la boca de piedra. Llenar una cubeta nunca se había sentido tan lento.

—¡Alguien viene! —murmura Dido.

Amara se yergue; no quiere dejarle la espalda expuesta a lo que sea que esté acercándose. Se apretuja con Dido. Se escuchan las firmes pisadas, mucho más seguras que su caminata como de ratoncitas por la calle. Pronto, una pequeña flama se hace visible. Es un hombre con una cubeta. Nicandro.

Parece sobresaltado.

—¿Qué hacen aquí? —La luz de la lámpara de Dido se sacude violentamente. Tiene tanto miedo que la mano le tiembla sin control. Nicandro suelta su cubeta, que cae con un golpe seco, y corre hacia ellas—. Todo está bien —dice, rodeando a Dido con un brazo para detenerla—. Está bien. —Mira a las dos mujeres, tiritando en sus togas—. ¡Ni siquiera se pusieron las capas!

—No tuvimos tiempo… —Amara deja de hablar. ¿Qué más puede decir? ¿Que salieron corriendo sin vestirse porque le tenían miedo a Thraso?

El repentino acto de bondad es demasiado para Dido. Todas las emociones, que ya tenía a flor de piel, se le desbordan y rompe en llanto de nuevo. Con mucha delicadeza, Nicandro le quita la lámpara y le entrega las dos a Amara.

—Está bien —dice, abrazándola con fuerza—. Estás bien.

«No está bien», piensa Amara, sintiéndose un poco ridícula al alumbrarlos, como una pareja de enamorados acurrucados en la oscuridad. «Nada en nuestras vidas está bien».

Dido hunde el rostro en el hombro de Nicandro, avergonzada.

—Lo siento —suelta.

—No tienes nada de qué disculparte, nada. —En efecto, Nicandro no parece estar nada agraviado por la situación—. ¿Por qué no te llevas mi capa? —dice, desabrochándosela. Mira a Amara—. Digo, pueden compartirla, tal vez.

—Creo que mejor me quedo con las lámparas.

Nicandro envuelve a Dido en su capa. Se toma su tiempo para alisársela sobre los hombros, reacio a dejarla ir.

—Yo puedo sacar el agua —dice. Camina hasta el pozo y comienza a rellenar la cubeta. Le toma la mitad de tiempo que a Amara. Saca el balde y mete el suyo al abrevadero—. No es seguro que estén aquí. Zoskales nunca mandaría a Sava por agua a esta hora.

—Zoskales no es Thraso —responde Amara—, ni Félix.

—Lo sé. —Nicandro levanta la segunda cubeta—. Lo siento. —Las mira; Dido está embozada en su capa y Amara, rígida con las dos lámparas en las manos, como un farol—. Quisiera poder... Quisiera... —Lo miran de vuelta, esperando a que termine—. No te mereces nada de esto —le dice a Dido, como si Amara no estuviera ahí. Nicandro toma las dos cubetas—. Creo que tenemos que irnos. Zoskales siempre se queja si me tardo demasiado.

Amara le da a Dido una de las lámparas y la hace caminar al frente. Nicandro va detrás, y Amara al final, con la segunda lámpara. Las dos flamas hacen que el camino sea bastante más brillante. Y, aunque un hombre flaco sería poca protección contra los ladrones, se sienten mucho más seguras con Nicandro que sin él.

Al llegar a la puerta trasera del burdel, Amara está preparada para entrar y darle a su amiga un momento a solas, pero Dido está parada en el umbral, impidiéndole el paso. Le da a Amara la lámpara, ahora con mano firme, y se quita la capa para devolvérsela a Nicandro. Luego se acerca y le quita la cubeta de las manos. La levanta como un escudo sobre su pecho, pero derrama un poco de agua sobre sus zapatos.

—Gracias —dice, sin mirar a Nicandro a los ojos.

Los tres están parados bajo el pórtico. Es más que evidente que Nicandro quiere abrazar a Dido, o besarla, o lo que sea con tal de recobrar la intimidad que tuvieron en el pozo. Pero también es obvio que el momento ha pasado ya.

—Cuando gustes —responde él con una pequeña reverencia antes de darse vuelta y regresar a la taberna.

Amara siente una oleada de tristeza al verlo partir.

—Creo que estaba esperando...

—Ya sé qué estaba esperando —dice Dido.

—¿No te agrada? Creo que de verdad se preocupa por ti.

—Sí me agrada.

—¿Entonces?

Dido se da vuelta para mirarla a los ojos. Su rostro no disimula la fatiga.

—No soporto que ningún hombre me toque. Todos se sienten como Félix. —Aprieta la cubeta con fuerza—. Incluso cuando me puso el brazo en los hombros, cuando quise abrazarlo, no dejaba de pensar que me iba a hacer daño.

Amara está a punto de responder, de decirle que Nicandro nunca la lastimaría, pero luego se da cuenta de que no está segura de que eso sea cierto. Quizás, a pesar de todo, es igual a los demás hombres.

—Te entiendo —dice.

Entran al burdel.

—Por fin —exclama Fabia, arrancándole la cubeta a Dido. La vacía sobre el piso y comienza a empujar el vómito hacia la puerta principal. Un hombre que había estado merodeando la entrada se mueve para evitar salpicarse.

—¡Cuidado, anciana estúpida! —Mira a Dido y Amara—. ¿Cuál de ustedes es mía?

Amara siente que ha visto al hombre mil veces ya, a pesar de que su rostro no le resulta conocido. Desaliñado, ebrio, sin duda brusco al usar las manos. Piensa en Cressa, en la forma en que su bondad alguna vez la encontró en la oscuridad, en lo que significó en el momento en que tuvo miedo.

—Mi celda está por aquí —dice, señalando la puerta abierta.

El hombre se tambalea sobre el piso mojado, esquivando la frenética y furiosa escoba de Fabia. Dido se acerca a Amara y le susurra al oído para que el cliente no alcance a escucharla.

—Gracias.

El hombre se mete entre ellas con un empujón; Dido se da vuelta. Amara lo sigue a la celda y cierra la cortina. Él se deja caer con pesadez sobre la cama.

—Soy Publio.

—Un placer conocerte, Publio. Yo soy Amara.

Ella comienza a desvestirse, tomándose su tiempo, no para excitarlo, sino para darse un pequeño respiro. En ese momento,

Victoria comenzaría a recitar su guion habitual para seducirlo. Pero no hace falta. Publio admira su cuerpo desnudo, maravillado.

—Eres hermosa —dice.

Amara casi siente pena por él, por ese hombre que no logra ver su amargura. Sonríe.

—Gracias. —Camina hasta la cama, se arrodilla y comienza a desabrocharle las botas para quitárselas de los pies—. Estás cansado —dice, sin pensar.

—Fue un día largo en la panadería —responde él.

Amara continúa desvistiéndolo. Por lo menos no es un monstruo como los hombres de los baños. El recuerdo la hace ruborizarse. Todo ese esfuerzo y ganó apenas un denario en propinas. Si acaso, el día le ha enseñado que los ricos son más mezquinos que los pobres. No puede creer que fue tan tonta como para pensar que un lugar a cargo de alguien como Vibo podría darle una salida.

Amara sube a la cama y se acomoda junto a Publio. Recuerda el arreglo del préstamo en el Foro; piensa en cómo se sintió cuando Marcella firmó el contrato. No solo era culpa, sino también euforia. Deja que Publio la bese, pasiva como una piedra. Se supone que ella debería estar haciendo el esfuerzo, pero a Publio parece no importarle. La rabia que está siempre debajo de la superficie se enciende con un chispazo. ¿Por qué habría de importarle? Tiene suerte de siquiera poder tocarla.

Ella escucha la voz de Félix en su cabeza. «Y lo harías, ¿verdad? Los destrozarías».

Publio, el empleado del panadero, parece bastante decente. Quizá tiene una esposa esperándolo en casa, una familia. ¿Lo destrozaría? Ni siquiera es necesario hacerse la pregunta. Se pone de pie, mirando a su amante jadeante, los ojos con un brillo anaranjado bajo la luz de la lámpara. Si su única salida será trabajando con Félix, así será. Cueste lo que cueste.

Abril

12

Muchachas del pueblo, celebrad la divinidad de Venus. Venus es
apropiada para los requerimientos de las que tienen muchas
profesiones. Ofreced incienso y pedid belleza y el favor popular,
pedid palabras amables y convenientes a las bromas, ofreced a la
señora la hierbabuena que ella agradece y el arrayán que es lo suyo
y cuerdas de junco ocultas en montones de rosas.

Ovidio, *Fastos*, IV

Amara está atrapada en un río de mujeres, sin poder liberarse de
la corriente, aunque quisiera. Hay tantas que comienzan a des-
bordar los límites de las aceras y a caminar sobre la calzada. El
lodo le salpica las piernas, pero no le molesta. Son una multitud
ruidosa que canta, se ríe, y cuyas muñecas y tobillos tintinean
con campanas. El dulce aroma a menta se mezcla con el hedor
de la transpiración. Jamás habría sospechado que había tantas
prostitutas en Pompeya.

A lo lejos, al frente de la procesión, los músicos tocan sus estri-
dentes trompetas; la sangre le pulsa a Amara al ritmo de la música.
Le aprieta los dedos a Dido. El kohl con el que le delineó los enormes ojos castaños a su amiga se ha corrido un poco ya, pero eso
solo hace que se le vean aún más grandes. Ninguna de las dos ha
visto la Vinalia, y mucho menos han participado en ella. El festival
de abril de las putas y el vino no es un evento al que una muchacha decente asistiría; ni es algo que intentaría ver desde su ventana.

Pero hay muchas más personas que sí están mirando. La gente
se amontona afuera de las tiendas o se asoma desde sus balco-
nes para ver a las mujeres pasar. Los hombres merodean por las
orillas de la procesión, bebiendo y gritando, buscando la opor-

tunidad de robarse un beso o tal vez más. Amara sabe que Félix, Thraso y Gallus estarán entre la muchedumbre, vigilantes, aun si ella no puede verlos. A fin de cuentas, las mujeres están ahí no solo para celebrar, sino para vender. Todo en Pompeya se reduce a ganar dinero.

—¡No se queden atrás! —grita Victoria, mirando por encima de su hombro. Está casi desnuda y se arregló el cabello con arrayán, la flor de Venus. Amara sabe cuán importante es este día para Victoria. Pasar la vida catalogada como *infamia* sin poder quitarte esa marca es una ignominia que puede roerte hasta los huesos si se lo permites, incluso si llegas a obtener tu libertad. Pero la Vinalia subvierte el orden habitual de las cosas. Hoy, ellas son las dueñas de las calles. Nadie puede negar la importancia de las putas para la diosa tutelar de Pompeya.

—¡Miren a la diosa! —dice Berenice, apuntando. Conforme el camino hacia el Foro se empina, alcanzan a ver con más claridad la estatua de Venus hecha de yeso. Cargada sobre una plataforma, se cierne por encima del gentío, como debe hacer una inmortal, meciéndose sobre los hombros de los esclavos del templo, envuelta en guirnaldas—. Voy a pedirle que me ayude a casarme con Gallus —dice Berenice, mirando a su alrededor, intentando encontrar a su amante entre la multitud—. Me compró rosas para que se las ofrezca.

—¿Gallus las compró? —pregunta Amara.

—Bueno, las va a comprar —explica Berenice—. Cuando lleguemos al Foro.

—Será afortunado si logra encontrar a algún vendedor al que no se le hayan terminado —dice Cressa.

Berenice no responde; vio a su amado y corrió hacia la orilla de la procesión para estar más cerca de él.

—¿Félix no se dará cuenta? —pregunta Dido, observándola con un gesto ansioso—. No es muy sutil.

—Lo más probable es que le sea útil —dice Cressa—. Todas sus estupideces los obligan a ambos a ser obedientes.

En el Foro, el río de mujeres se topa con un muro de personas. Los vendedores ambulantes forman una estela entre la gente, balanceando bandejas sobre los hombros, ofreciendo desde guirnaldas hasta tartas calientes. Y, por supuesto, vino. Venus no es la única deidad a la que se celebra en la Vinalia; también es un día para agradecerle a Júpiter por los fecundos viñedos de Campania. Aunque no pueda verlo, Amara sabe que los fieles derramarán vino sobre su altar, un sacrificio para complacer al más libidinoso de los dioses. Aunque, al ver el estado de sus devotos, Amara sospecha que la mayor parte del vino ya se vertió sobre sus bocas. Quienes aún no están demasiado ebrios celebran la llegada de las mujeres y se apretujan sobre ellas. La oleada detiene la procesión por completo. Más adelante, los músicos tocan sus trompetas con más insistencia, alejando a los hombres de la diosa. Amara siente una mano que le toma el brazo; se da vuelta de golpe. Es Félix.

—Quédate cerca de mí —le pide, como si tuviera la opción de no hacerlo, con sus dedos clavándosele en la piel.

—¿Y las demás? —pregunta Amara al darse cuenta de que ya no alcanza a ver a Berenice ni a Victoria. Cressa se quedó atorada con Thraso.

—Están con Gallus —dice Félix, mirándola a ella y a Dido—. Solo concéntrense en llegar al templo.

Comienzan a avanzar, con una lentitud que es casi dolorosa. La presencia de Félix evita que la pisoteen, pero lo que sí pisotea es su emoción. Con la mano de su amo sobre el brazo, guiándola, adueñándose de ella, el día se convierte en uno cualquiera, en vez del breve momento de libertad que había imaginado. En sus dedos bañados en sudor, los manojos de menta y arrayán ya comenzaron a marchitarse. Fabia salió temprano a comprar sus ofrendas, pero no trajo rosas. Félix cree que cuestan demasiado.

Por fin, la diosa llega al estrecho sendero que lleva al templo. La Venus de yeso se sacude y se zambulle mientras los esclavos la cargan sobre las piedras disparejas. Las mujeres la siguen, apretándose en el pasadizo. Ahí el lodo es todavía más profundo, y Amara no quiere imaginarse qué puede haber en el húmedo fango que está pisando; están todas tan apiñadas que no puede verse los pies. Llegar al arco que lleva al templo se siente como si la estuvieran pasando por una coladera. Del otro lado hay un poco más de espacio para respirar.

Amara nunca ha estado ahí. El precinto es enorme, quizá de la mitad del tamaño del Foro, y, aunque la construcción no está terminada, la vasta columnata que lo rodea en tres lados crea la ilusión de abrirlo hacia el cielo. A pesar de las multitudes, desde donde están, en la cima de la colina, alcanza a ver la reluciente extensión de la bahía, la bruma azul de las montañas. Se pone de pie, embelesada. La primera vez que Amara vio el mar fue en el muelle del Pireo, cuando esperaba a que la subieran al barco de carga junto con el resto de la mercancía. En ese momento, el agua le pareció oscura y aterradora; se sintió como si estuviera viendo el salvaje reino de monstruos que mantuvo a Odiseo alejado de su hogar, así como a ella la alejaba del suyo ahora. Pero ahí, en Pompeya, el mar se ve distinto. Desde la altura a la que está, proyecta una ilusión de calma, un espejo bruñido que refleja el cielo.

El toque de las trompetas y las flautas la devuelve a la ceremonia. Los esclavos suben los escalones hasta la tarima, donde colocan a Venus, frente al altar. Mirando hacia el público, los ojos de la diosa del amor están delineados de negro, lo que la dota de una mirada firme y vigilante. Está desnuda, salvo por la joyería dorada que le cubre los brazos y las guirnaldas que le cuelgan del cuello. Detrás de ella, el templo es un cascarón a medio terminar. Los feligreses no suelen tener permitida la entrada, pero los sacerdotes parecen tener la esperanza de que las ofrendas del día animarán a la diosa a bendecir el trabajo de construcción. Amara alcanza a ver a Victoria y Berenice apretujadas con Gallus. Berenice está recargada en su amante, y Amara descubre con un golpe sorpresivo que lleva una rosa pegada a la mejilla.

Las trompetas vuelven a sonar para dar inicio a la ceremonia. Una bocanada de humo flota hasta donde está Amara, quien lo inhala. El aroma es dulce, con un toque de canela. Los sacerdotes queman incienso y hacen ofrendas de trigo y vino. Uno de ellos calcula mal la fuerza de las llamas, y uno de los ayudantes tiene que saltar para proteger a la diosa de las chispas. Entre la multitud, la gente murmulla e intercambia miradas. «No puede ser un buen augurio». Amara mira a Félix, pero su expresión es impasible. Se imagina que no debe de ser muy creyente, o habría comprado mejores guirnaldas.

Llaman a las mujeres para que se acerquen a la escalinata. Por un momento, Amara se pregunta si Félix irá con ellas, pero él le suelta el brazo y con un gesto les indica a Dido y a ella que vayan. Cressa se les une, moviendo los labios mientras reza, y las tres caminan con los brazos entrelazados. Amara se pregunta qué podría estar pidiendo. Mira su propia ofrenda arrugada. Todas las oraciones de su infancia fueron para Atenea; no sabe qué debería pedirle a su nueva ama, y tampoco sabe qué tanto cree aún en los dioses.

Los esclavos del templo cuidan la base de los escalones para evitar que algún fanático se acerque demasiado al altar. Algunas de las mujeres lloran, con los brazos alzados hacia la estatua; parece que saborean el momento. Otras solo dejan su manojo y se van. Victoria y Berenice ya están en el frente. Berenice le lanza su rosa con tanta fuerza a Venus, que uno de los ayudantes la reprende. Victoria está inusualmente callada, desenredándose todo el arrayán del cabello. Lo besa y lo deja caer. Cressa se desprende de Amara y se abre paso hacia adelante. Amara y Dido se quedan atrás, indecisas.

—¿Qué le pedimos? —susurra Dido.

Amara mira a Venus. Es lo más cerca que ha estado de la estatua. Esos ojos pintados, tan negros y separados, no son solo vigilantes: hay furia en ellos. No es solo la diosa del amor, piensa Amara, sino que se trata de una deidad que ha llevado a hombres a la locura. Es una destructora de guerreros, y la autora de la caída de Troya.

—Le pedimos poder sobre los hombres.

Amara acerca a Dido a los escalones. Toma su manojo de flores con las dos manos, y lo aplasta para liberar su aroma. «Que los hombres caigan ante mí como esta ofrenda cae ante ti, Gran Afrodita. Que pueda conocer el poder del amor, si no conozco su dulzura». Amara deja caer su maltrecha guirnalda sobre la creciente pila de ofrendas de todas las putas desesperadas de Pompeya.

13

El canto es cosa muy seductora: muchachas,
aprended a cantar; no pocas, con la dulzura de la voz
consiguieron que se olvidase su fealdad.

Ovidio, *El arte de amar*, III

Las mujeres de Félix deambulan en la entrada del Foro, indecisas de hacia dónde dirigirse. La Vinalia se ha propagado como un virus. Grupos de bebedores están dispersos cerca del Foro, mientras que los músicos y artistas atizan la emoción, invitando a la gente a bailar. En la orilla de la plaza, los vendedores de vino están ocupados detrás de sus puestos; intentan asegurarse de que todo el mundo tenga qué beber. Félix les ha dado permiso a las lobas para quedarse afuera hasta el anochecer: una libertad inaudita. Como para confirmarlo, Félix las abandonó para reunirse con un grupo de hombres. Amara no está segura de qué quiere hacer con su tiempo.

—¡No se queden ahí paradas! —les dice Cressa, empujándolas a ella y a Dido hacia el vendedor de vino más cercano—. ¡Aprovechen! —Cressa compra dos frascos de vino con miel; se toma uno y guarda el otro para después.

—¿Compartimos uno? —sugiere Amara. El vino es caro, los vendedores están sacándole el mayor provecho al público cautivo, para compensar por los frascos que sin duda perderán. Aunque sea un día de festival, Amara se rehúsa a gastar un solo céntimo que podría ahorrar para su futuro. Tendrá tiempo de sobra para beber cuando sea una mujer libre.

—Yo pago el siguiente —Dido acepta mientras Amara toma un frasco de la bandeja del vendedor.

—¡Demonios! —Victoria se ríe y le da un codazo—. ¡Vivan la vida! Todavía no son ancianas. —Para reafirmarlo, va y compra un trago, poniendo los ojos en blanco mientras entrega el dinero.

—¡Así se habla, diosa! —dice el vendedor, mirando a Victoria de arriba abajo. Tiene un pequeño pedazo de tela amarrado alrededor de los senos y otro en las caderas. Lleva las piernas y la cintura descubiertas—. Por un beso, el siguiente es gratis.

—Trato hecho —responde Victoria. Se bebe el frasco de un trago y lo azota de vuelta en la bandeja, lo cual provoca que el líquido oscuro en los demás frascos se tambalee.

—No se te pasa una.

—¿Quieres el beso o no? —El vendedor se acerca, entusiasmado, pero Victoria da un paso atrás—. El trago primero. —Señala a Amara—. Mi amiga lo va a sostener.

El hombre acepta. Toma a Victoria con un brazo y la bandeja con el otro. Antes de que Amara pueda advertírselo, la mano del vendedor de vino llega hasta el nudo en la espalda de Victoria. Jala la tela, con la intención de exponer sus senos. Ella le da un empujón; el hombre la suelta, desesperado por rescatar su bandeja. Victoria se ríe.

—Estas te van a costar más que un frasco de vino —asegura, reacomodándose la tela—. Si quieres algo más después, puedes encontrarme en La Guarida del Lobo. Pero solo si puedes pagarlo. —Toma el vino de la mano de Amara y las tres vuelven a perderse entre la multitud.

—La mejor forma de conseguir un trago en la Vinalia —dice Victoria—. No deberían tener que pagar más de uno.

—Parece que Berenice no ha pagado ninguno —comenta Dido—. Acabo de ver a Gallus comprándole un frasco.

—Más le vale —responde Victoria—. Ya consiguió demasiadas cosas sin pagar.

Se detienen en un círculo que se formó alrededor de un flautista. Una mujer baila al ritmo de la música; los hombres aplauden y silban cuando baja hasta el suelo, sacudiendo el trasero y los muslos—. ¡Drauca! —exclama Victoria. La miran por un momento, pero Victoria está intranquila—. Toma, quédatelo —dice antes de devolverle su trago a Amara. Se abre paso a empujones hasta el centro del círculo, ignorando los gritos de los hombres, y se para frente a su rival—. ¡Yo te voy a enseñar a moverte, perra!

Victoria se lanza al baile, saltando y sacudiéndose frente al público enloquecido. Drauca vacila por un segundo, pero luego se le une. El flautista acelera el tempo; empieza a tocar tan rápido que parece imposible que las bailarinas puedan seguirle el ritmo, pero lo hacen. Uno de los hombres les tira su bebida a las mujeres; otros siguen su ejemplo, mientras animan a las bailarinas con gritos. Con el líquido rojo resplandeciendo sobre su piel, y bailando con la ferocidad de auténticas lobas, Victoria y Drauca no parecen prostitutas, sino acólitas enloquecidas de Dionisio a punto de hacerse pedazos la una a la otra.

—¡Ahí están! —Berenice se acerca a ellas. Está colgada de Gallus como si fuera una guirnalda, con sus mejillas encendidas. Nicandro viene detrás de ambos, con un ramo de rosas en la mano.

—¡Las estuvimos buscando por todas partes! —Se para de puntitas para ver de qué se trata la conmoción y reconoce a Victoria—. ¡Qué presumida! ¡Y se quitó toda la ropa! ¿Te gusta? —Mira, ansiosa, a Gallus—. Si te gusta, puedo bailar así para ti. ¿Quieres que lo haga? ¿Te excitaría?

Gallus responde tomándola por el cuello y metiéndole la lengua hasta la garganta.

No parece que alguno de los dos vaya a detenerse para tomar aire, así que Nicandro se pone delante de ellos.

—Estas son para ti —le dice a Dido.

—Gracias. —Dido toma las rosas y se las lleva al pecho—. Eres siempre tan gentil.

—Vuelvo en un momento —murmura Amara, con la ligera esperanza de que Dido proteste. Pero es posible que el vino con miel y la atmósfera hayan logrado atemperar su timidez. A Amara le alegra ver a Dido sonreír cuando Nicandro se acerca a decirle algo al oído.

Amara no tiene idea de a dónde quiere ir. El frasco de vino que Victoria le dio se siente caliente en su mano; le da un sorbo mientras deambula muy despacio por la plaza, deteniéndose de vez en cuando para escuchar a los diversos músicos. Se pregunta si Salvio estará por ahí con su flauta.

El gentío no es tan abrumador como en la procesión, y el ruido de los músicos que compiten, los gritos y las risas rebotan en las piedras y ascienden con el cálido aire como una ofrenda para los dioses. Es la primera vez que Amara está sola en medio de una muchedumbre así. Mira de reojo a la gente al pasar, no para atraer atención no deseada, sino para darse una idea de quién está a su alrededor. ¿Se ha acostado con alguno de esos hombres? Difícil saberlo. En el burdel intenta no enfocarse en sus rostros.

Amara camina un poco más deprisa de vuelta al área donde dejó a Dido, consciente de que no quiere alejarse demasiado de sus amigas. Está tan decidida que casi no alcanza a verlo: Menandro. Va caminando hacia ella, mirando a todas las mujeres frente a las que pasa, el ceño fruncido con preocupación. En ese momento la ve.

—¡Ahí estás! —dice. El rostro se le ilumina—. Sabía que te encontraría. —Su alegría, y el poco esfuerzo que hace por ocultarla, provocan que una ola de calidez recorra el cuerpo de Amara, incluso más que el vino.

—Seguro les dices lo mismo a todas las mujeres en la Vinalia —se ríe.

—Sabes que no es cierto, Timarete.

El cambio de latín a griego, como siempre, le duele.

—Rústico es un amo generoso —dice—, como para dejarte andar por el festival a tus anchas.

—Es generoso, pero tiene un límite. Me dio una hora, nada más.

Amara no puede quitarle los ojos de encima. Piensa en su oración a Venus Afrodita. «Que pueda conocer el poder del amor, si no conozco su dulzura». Quizá la diosa está castigándola por su arrogancia.

—No la desperdiciemos, entonces —dice, tendiéndole la mano.

Caminan entre la gente tomados de las manos, sin decir nada al principio, sin siquiera saber a dónde van, impulsados por una corriente de felicidad compartida.

—Fui a El Gorrión tres veces desde que te vi —confiesa Menandro—. Todas mis noches libres. El cantinero me dijo que sueles ir durante el día.

—¿Y aun así seguiste yendo?

—¡Claro! Hasta la posibilidad más pequeña de verte es mejor que ninguna.

Pensar en Menandro esperándola del otro lado de la calle, mientras ella es incapaz de ir a verlo, es casi insoportable.

—Lamento no haber estado ahí —dice.

—¿Tu amo te da tiempo libre durante los juegos? Supongo que debe hacerlo; el primer juego de julio también es para los esclavos.

—¿Julio? —pregunta Amara, horrorizada por la idea de una fecha tan lejana.

—¿No puedes esperar tanto por mí?

Sabe que está jugando con ella. Tiene el mismo aire de confianza que Amara recuerda de cuando se conocieron, cuando Menandro señaló que la lámpara que ella tenía en las manos era suya. Sonríe, sin querer revelarle todo de una sola vez.

—Espero que sí.

Llegan al final del Foro. Un músico toca una melancólica melodía en su lira. Amara lo observa, imaginándose la vibración de las cuerdas en sus propios dedos.

—Yo solía tocar —dice—. A mi padre le gustaba que le cantara por las noches. Aunque solo en privado —añade, con la esperanza de que Menandro entienda que, en Grecia, contrario a Pompeya, ella provenía de un hogar respetable.

—¿Por qué no le pides que te la preste? —sugiere Menandro. Amara se ríe, creyendo que es una broma—. ¿Por qué no? —insiste—. Estamos en la Vinalia. Deberías poder pedir lo que quieras.

Amara se salva de tener que responder cuando ve a Dido, quien ahora está sola. No hay rastro de Berenice ni de Gallus.

—Ahí está mi amiga —dice Amara, señalándola—. Deberíamos ir con ella.

—Me acuerdo de ella —comenta Menandro—. Tiene una hermosa voz.

Amara vuelve a presentarlos. Está encantada de ver a Dido fingir que no recuerda a Menandro. Jamás pensaría que ambas han pasado más horas discutiendo su nombre y su personalidad de las que un sacerdote pasa leyendo entrañas frente a un altar.

—¿Dónde está Nicandro? —pregunta.

—Tenía unos minutos nada más; solo vino a darme estas flores.

El músico de la lira toca una melodía más alegre. Una pareja que está a su lado celebra y comienza a bailar. Dido se mece al ritmo de la música, abrazando sus rosas.

—Yo también tengo que irme pronto. —Menandro mira a Amara—. ¿Me concederías un baile?

—Creo que no sé bailar. —Piensa en una boda familiar a la que asistió en casa, en la alegría infantil de girar y girar con sus primas—. Solo he bailado con mujeres.

Menandro la toma de ambas manos y la acerca a la lira.

—Todo el mundo está ebrio —dice—. Podemos improvisar.

Amara titubea, pero los aplausos, las piruetas y los pisotones son contagiosos. Los brazos de Amara y Menando se entrelazan, y ambos dan vuelta, se detienen y aplauden, una y otra vez, cada vez más rápido, hasta que ella colapsa sobre él entre carcajadas. El músico termina la melodía con una floritura; presenta la lira y hace una reverencia.

—Pregúntale —pide Menandro—. Quiero verte tocar antes de irme.

Amara mira el instrumento con anhelo, pero niega con la cabeza.

—No puedo.

Menandro la suelta y camina hacia el músico. Amara lo ve saludar al hombre y luego darse vuelta para señalarla. Tienen un animado intercambio de palabras. El músico asiente e invita a Amara.

—¿Quién podría negarse a una petición así? —le dice el músico en griego cuando se acerca. Amara mira a Menandro, imaginando qué podría haberle dicho—. Por supuesto que debes tocar. —Le entrega el instrumento.

Por un momento, Amara solo puede sentir pánico. Tiene la mente en blanco: no recuerda ninguna canción, ni cómo tocar una sola nota. Alza la mirada y se encuentra con la gente mirándola, curiosa, esperando a ver qué tocara. Dido la mira también.

—¡Canta conmigo! —la llama, desesperada.

Dido corre hacia ella.

—¿Qué haces? —susurra—. ¡No podemos cantar aquí!

—¿Por qué no cantamos la canción de amor que Salvio nos enseñó? —Las mejillas comienzan a calentársele ante la posibilidad de tener que devolver la lira sin haberla tocado.

—No creo que pueda recordarla —dice Dido.

Pero Amara comienza a rasgar las cuerdas con el plectro. Las primeras notas le resultan cacofónicas. Es un instrumento desconocido, con siete cuerdas en vez de diez, y le toma unos momentos descifrar qué acordes podrán recrear la canción popular de Campania. Está concentrándose tanto en tocar bien que se olvida del público, incluyendo a Menandro. Cada vez que toca las cuerdas, su confianza aumenta un poco, y la música se vuelve cada vez más dulce. Para su alivio, Dido la acompaña.

La gente aplaude y varias personas cantan con ellas, lo cual las ayuda a recordar la letra. Amara sabe que Menandro está sonriendo y asintiendo para apoyarla, pero es difícil verlo con los bailarines girando y pisoteando frente a ellos. Decide mirar a Dido. El espectáculo le ha dado la confianza de alguna otra persona. Se conduce con una audacia que nunca proyecta cuando camina por las calles. Sus ojos se encuentran, y comienzan a cantarse la una a la otra. Se convierte en una conversación, en un intercambio de miradas, de gestos, de sentimientos, aun si están cantando las mismas palabras. Repiten la canción, pero esta vez Amara guarda silencio mientras Dido canta el papel del pastor; Dido, al entender el juego, le deja el papel de la mujer a Amara. Cuentan la historia en un dueto, resaltando el elemento cómico de la canción; Dido suena cada vez más suplicante, Amara cada vez más absurda en sus orgullosos rechazos. Al final, Dido finge colapsar con el corazón roto, provocando un estallido de risas entre su pequeña audiencia.

Amara se ríe también, buscando a Menandro con la esperanza de haber ganado su aprobación. No logra verlo. Su ausencia la sobresalta, pero está demasiado absorta en el momento como para que la tristeza se apodere de ella. Dos jóvenes al frente del público aplauden y corean, exigiendo otra canción. Más personas se les suman. Amara mira a la gente, a las caras que la observan. Es un poder que nunca ha sentido, la sensación de que podría moldear las expectativas de otros, mantener sus deseos a raya o liberarlos. Hace una reverencia.

—Hoy celebramos a la diosa del amor —dice con voz resonante—. Quizá nos permitan cantar un himno para nuestra señora Afrodita. —No hace el menor esfuerzo por disimular su acento extranjero y llama a Venus por su nombre griego a propósito. Los dos jóvenes del frente gritan en señal de aprobación. Amara se dirige a Dido, hablando en voz muy baja—. Si te canto una estrofa en griego, palabra por palabra, ¿podrías cantarla de vuelta?

—Creo que sí.

Amara rasga la lira con el plectro, produciendo acordes rápidos e insistentes. Las notas la devuelven casi de inmediato a la casa de Chremes, a la forma en que la miraba a la luz de las lámparas con la avidez de un zorro esperando a que su presa desfallezca. No es una canción que aprendió cuando era niña. El recuerdo es amargo. Amara se imagina de vuelta a los pies de la Venus pintada, inhala, y recuerda la sensación del arrayán bajo sus dedos y su dulce aroma.

Afrodita, de alma sutil e inmortal,
hija de Dios, urdidora de ardides, te ruego,
sin premura, sin temor, Señora, sin angustia,
¡extermina mi espíritu!

Dido escucha atenta, sin despegar los ojos del rostro de Amara. Repite cada verso en un tono más bajo, y su voz captura la naturaleza evocadora de la canción. No es una tonada de taberna, como la anterior, pero el público está ansioso por disfrutarla, meciéndose con la melodía. Algunos incluso aplauden al captar el ritmo.

En la segunda estrofa, uno de los jóvenes pega un grito al reconocer la canción y le da una palmada en la espalda al otro. Amara los observa con más atención. Uno de ellos lleva un opulento broche en el cierre de la capa. Es de bronce, con piedras rojas incrustadas. Ella les sonríe y los invita a acercarse. Los hombres están ebrios, pero no parecen imprudentes, y notan el coqueteo.

Se acercan un poco más, silbando. Detrás de ellos, Amara nota una figura conocida. No es Menandro, sino Félix. A su costado viene Thraso, observándolas a Dido y ella con una expresión que podría confundirse con fascinación, si se tratara de otro hombre. Quizás al fin entiende cuánto podrían valer.

Llegan a la última estrofa y, como había esperado, los dos jóvenes se empujan hacia adelante.

—¿Safo? —pregunta uno de ellos, poniéndole una mano sobre el brazo—. Un poco elevada para la Vinalia, ¿no te parece? ¿De quién son ustedes?

Félix se mete entre ellos, veloz como el humo.

—Las muchachas son mías —asegura con una profunda reverencia. Amara nunca lo ha visto hablar con hombres de una clase tan alta. Es más enjuto que ambos, pero ella sabe bien que ganaría en una pelea.

—Perfectas para Zoilo, ¿no crees? —le dice el hombre a su acompañante, apenas registrando la presencia del amo de las mujeres.

El otro se ríe sin control, dándose palmadas en las piernas.

—¡Tienes que hacerlo, Quinto! ¡Tienes que hacerlo!

Quinto le sonríe a Félix con la clase de mueca retorcida que los ricos reservan para sus sirvientes.

—¿Cuánto por rentarlas a las dos por toda la noche?

—¿Toda la noche? —repite Félix. Amara comprende que Félix está haciendo tiempo, intentando calcular cuánto puede llegar a cobrar. Siente el calor del cuerpo de Dido presionado sobre el suyo. Su papel en el intercambio es guardar silencio, pero hay otras formas de comunicarse. Le responde rozándole el brazo con las yemas de los dedos.

—¡Por supuesto que toda la noche! ¡Queremos que adornen la fiesta de nuestro estimado anfitrión! —Su acompañante estalla en carcajadas de nuevo—. Sin duda has oído hablar de Zoilo —continúa Quinto con su sonrisa burlona—, el liberto más prominente de Pompeya.

El propio Félix es un liberto. Amara sospecha que ni Quinto ni su amigo cuentan con esclavos en su ascendencia. Su amo agacha la cabeza cortésmente.

—Para un anfitrión así —dice—, cincuenta denarios.

El hombre llamado Quinto no vacila.

—Hecho.

—Claro que, si quieren la lira también —añade Félix—, serán otros veinte.

Ni Quinto es tan tonto como para no ver que lo están engañando, pero es claro que no tiene deseos de regatear como un vulgar mercader.

—Muy bien —contesta—. Puedo darte veinte ahora y una garantía por lo demás.

Es el turno de Félix para titubear. Amara espera que no saque una tableta de cera de la nada e insista en que los hombres firmen un acuerdo por el resto del dinero con su propia sangre. Veinte denarios es más de lo que Dido y ella ganarían por una noche entera en el burdel. Y, sin duda, Félix debe entender que hombres como ellos hacen negocios con su nombre y palabra todo el tiempo. Félix hace otra reverencia.

—Para clientes tan honorables como ustedes, será un placer.

Quinto chasquea los dedos y varios hombres salen de entre la multitud. Por supuesto que este par no iría a ningún lugar sin un séquito de esclavos para protegerlos.

—Veinte para el caballero —dice, asintiendo en dirección de Félix. El esclavo más viejo del grupo saca una bolsa que llevaba oculta en la capa. Thraso se interpone entre los hombres y el resto de la gente para asegurarse de que la transacción no ocurra a la vista de nadie. Amara alcanza a ver que, detrás, el músico se estira para intentar asomarse; ya no sonríe. Gallus está a su costado. Ya deben haber llegado a un acuerdo por su lira. Amara espera que se haya basado en promesas y no en amenazas.

—Quinto Fabio Próculo —dice su amo temporal, mostrándole a Félix su sello—. ¿A dónde he de enviar el pago?

—A Cayo Terencio Félix Liberto, en el establecimiento frente a la Posada del Elefante.

—¿La Guarida del Lobo? —Quinto se empieza a reír tanto que Amara piensa que se va a ahogar—. ¡Marco! ¡Hicimos un trato con el burdel de la ciudad! ¡Espera a que les digamos a los demás que le llevamos un par de lobas a Zolio!

Félix no defiende su negocio; sin duda, la promesa de una pequeña fortuna es bálsamo suficiente como para calmar su orgullo. Amara sabe que no debería decir nada, pero quiere reafirmar su presencia.

—Espero que aún seamos de su agrado. —Agacha la cabeza y mira a los hombres a través de sus oscuras pestañas—. No deseamos más que servir.

—Queridas —Marco les pone los brazos en los hombros a Dido y a ella, respirándoles su aliento a vino en la cara—, son *perfectas.*

14

Era más una comedia musical que una respetable fiesta.
Petronio, *El Satiricón*: «La cena de Trimalquión»

El ocaso ha tendido su manto sobre las calles mientras caminan hacia la casa de Zoilo. Los edificios de piedra se van oscureciendo hasta tornarse en siluetas bajo el cielo anaranjado. Amara sigue sorprendida por la cantidad de hombres en el público que les pertenecían a Marco y Quinto. Seis esclavos los siguen ahora, una tropa silenciosa y protectora, mientras que otros dos van por delante con lámparas de aceite. Quinto la lleva del brazo; Marco se ha apoderado de Dido.

—¿Qué hacen trabajando para ese proxeneta grasiento y desagradable? —pregunta Quinto mientras la ayuda a subir un peldaño—. Son tan hermosas y tienen voces tan lindas.

—Gracias —responde Amara. Que Quinto denigre a Félix le provoca una sensación extraña. Más allá de todo su odio, sabe que debe identificarse con él de alguna manera. A fin de cuentas, es su dueño—. Yo solía ser libre. En Ática. Mi padre era doctor en Afidnas.

—Pero tu papá no te enseñó las canciones de Safo, ¿o sí? —dice él con una ceja alzada.

—No. Las aprendí cuando fui concubina.

—Sí. Estoy seguro de que aprendiste bastantes trucos. —Se detiene para verla más de cerca. Los esclavos que vienen detrás se detienen también, coordinados con los movimientos de su amo—. ¿Te ha dicho alguien que tienes unos labios bellos? Rojos, como el corazón de una granada.

Amara comprende el papel que él quiere que interprete. Sonríe, y sus ojos oscuros le prometen todo lo que él quiera ver reflejado en ellos.

—¡Oye! —se queja Marco, golpeándole la espalda a su amigo para interrumpir su beso—. Ya vamos tarde a lo de Zoilo.

—Demonios. No es como si tú no vinieras del brazo de una de las putas más hermosas que he visto en la vida —responde Quinto, mientras comienzan a caminar de nuevo—. Tienes suerte de que yo me haya quedado con esta. —Se encoge de hombros a manera de disculpa con Amara—. Sin ofender. Ella es más bella. Pero tú tienes la boca más sensual. Eso me gusta.

Amara se ríe.

—Y tú eres osado—dice—. Eso me gusta a mí.

Quinto frunce los labios, complacido. A Amara siempre le sorprende ver la forma en la que los hombres aceptan halagos de una prostituta. Aunque, en este caso, no es por completo una mentira. Se da cuenta de que Marco y Quinto son distintos a los hombres adinerados de los baños. Sin duda, al final de la noche, esperarán el mismo servicio, pero el preludio será una noche de entretenimiento, conversación y música. El corazón se le acelera, y mira hacia atrás con ojos ansiosos a los esclavos que llevan la lira. Hacía mucho tiempo que no se sentía tan viva.

Recorren toda la Vía Veneria hasta el extremo menos refinado de la ciudad, cerca de la Palestra. Los dos esclavos que llevan las lámparas se detienen frente a un enorme portón de madera entreabierto. La luz del interior brilla de forma tenue sobre el piso de mármol.

—¿Cómo haremos esto? —le pregunta Quinto a Marco—. La ropa es parte de la broma, pero sería más divertido si no se da cuenta de lo que son.

—Pero ¿qué no la esposa del viejo hará un alboroto si entramos con dos mujeres desnudas? —Marco mira nervioso a Dido. Amara se pregunta de qué habrán hablado en el camino desde el Foro.

—¡Es la Vinalia! ¡Las mujeres deberían estar desnudas! —protesta Quinto. Voltea a ver a Amara—. ¿Qué opinas tú?

Ambos hombres la están mirando, esperando una respuesta. Amara considera por un instante su ropa y la de Dido. Los colores son brillantes, pero sabe que la tela las delatará de inmediato como mujeres vulgares. Hay en Pompeya pocos crímenes tan graves como la pobreza. Entrar desnudas anunciará al mundo entero su condición de prostitutas, pero quizá no de objetos dignos de desprecio total. Inclina la cabeza hacia Dido, una pregunta tácita, y recibe un pequeño movimiento de hombros en respuesta. Amara le sonríe a Quinto.

—Yo digo que *desnudas*.

Quinto aúlla de gusto y le ayuda a quitarse la capa antes de entregársela a uno de los sufridos esclavos de su séquito. Luego se encarga de su toga, y se la quita en solo un par de jalones. Amara nota que el hombre que lleva la ropa es el mismo que tenía el bolso con el dinero. El hombre desvía la mirada en lugar de verla a los ojos.

—¿Estás segura? —le pregunta Marco a Dido mientras le quita el broche con torpeza por el vino—. ¿No te molesta?

—Eres muy amable por preguntar —dice Dido con la cabeza agachada mientras se libera de la toga.

—Perfecto. —Quinto las mira a las dos, ambas desnudas y tiritando bajo el umbral de la casa de Zoilo—. Entremos, pues.

Caminan sobre un delgado mosaico en blanco y negro de un perro gruñendo que se extiende por todo el estrecho pasillo, y salen al atrio más grande que Amara haya visto en la vida. Es cuando menos cinco veces más grande que el de la casa de Chremes, el único punto de referencia que tiene. El mosaico de la entrada se extiende hacia fuera con patrones aún más intricados, y fluye hacia cámaras oscuras que rodean el gran salón. Una mesa de plata sólida se encuentra a la orilla de una pileta para recolectar agua de lluvia. La luz de la luna que atraviesa el centro del techo resplandece sobre la superficie pulida de la mesa, y su pálido reflejo se mueve en el agua. Otros objetos preciosos —cálices, platos y lámparas— están amontonados sobre la mesa. Muchos de ellos parecen ser de oro. Amara sabe que, en conjunto, podrían costar varias veces más de lo que Félix pagó por ella.

Detrás de ella, los esclavos de sus nuevos amos negocian con el portero de Zoilo, señalando a los miembros del grupo como invitados. El portero parece molesto con algo, seguramente la presencia de las mujeres desnudas. Amara alcanza a oír la palabra «actrices» varias veces durante la conversación murmurada.

—Por aquí —dice Quinto, ondeando una mano con displicencia, como si estuviera guiándolas por su propia casa—. El señor estará en el comedor con sus invitados.

Amara se resiste a la tentación de pasar por las orillas del atrio, y sigue a Quinto con una seguridad que en realidad no siente; aprieta los dientes para que no le castañeen. Cuando llegan a la pileta de mármol y la mesa de plata que repica con la platería, un feroz ladrido retumba por todo el espacio. Dido y Amara se abrazan y por poco caen a la pileta por el susto. Amara mira hacia atrás y ve a un perro encadenado en la pared opuesta que intenta liberarse, pero está demasiado lejos como para hacerles daño. El portero le grita que se calle.

Marco y Quinto se ríen.

—Perfectas —dice Quinto, dándole a Amara una fuerte nalgada, un gesto que le recuerda a Félix—. Ustedes dos son más que perfectas.

A Amara le agrada menos esta vez. Se endereza un poco, sonriente aún, decidida a no ser el blanco de una broma más por el resto de la noche.

Pasan por un gigantesco jardín, rodeándolo por la columnata pintada. Escenas de las leyendas de Hércules aparecen y desaparecen conforme avanzan. En el centro del jardín, lámparas colgantes iluminan una fuente, y sus salpicaduras se dispersan en la oscuridad como si fueran estrellas.

—¿Qué es este lugar? —susurra Dido—. ¿Dónde estamos?

—¿Les gusta la casa, señoritas? —pregunta Marco.

—Es hermosa —responde Amara.

—Zoilo es un liberto —dice Quinto, y su desprecio es evidente en la cuidadosa forma en que enuncia la palabra—. Quién sabe, si algún día consiguen su libertad, quizá ustedes podrían tener una casa así.

Una casa con dinero, pero sin clase. El tipo de lugar que a una puta le resultaría apantallante. El significado detrás de su visita, que Amara se ha negado a reconocer, no podría ser más aparente. Dido y ella serán un insulto para el anfitrión, un regalo para insinuar su poco valor. Amara siente cómo las mejillas le arden en la oscuridad. Sea quien sea Zoilo, intentará no avergonzarlo. Ni avergonzarse a sí misma.

Llegan a un jardín amurallado más grande que el anterior, repleto de árboles de plátano. Está bien iluminado, e incluso sin Quinto como su guía podrían dejarse llevar por el sonido, cada vez más fuerte, de las risas y las conversaciones. El área del comedor está en la parte trasera, entre el jardín y una habitación pintada para asemejarse a una gruta. Dos arroyos artificiales atraviesan el área. Los comensales están sentados en sillones colocados a la orilla del agua.

—Zoilo, amigo querido —dice Quinto, sonando como una parodia de un hombre de su clase y avanzando hacia el sillón del anfitrión con grandes zancadas—. Lamento tanto llegar tarde. Por desgracia, mi padre no pudo asistir, pero insistió en que trajéramos a dos de sus posesiones más preciadas para entretenerte esta noche: un par de bellas actrices. ¿Qué podría ser más apropiado para celebrar la Vinalia?

Al fondo, la conversación se acalla un poco. Amara alcanza a oír los cuchicheos y murmullos de los demás comensales. Se mantiene firme, con la mirada fija al frente, ignorando el frenético pulso de su corazón.

Amara no tenía una imagen clara de Zoilo en su cabeza, pero el hombre recostado en el sillón frente a ella no se parece para nada a lo que habría imaginado. Las largas y costosas telas, sí, pero no los ojos nerviosos e inquietos, ni la delgada boca que se retuerce como la de una cabra al masticar. Está mirándolas a Dido y a ella, con el ceño fruncido por la confusión. La humillación de Amara crece.

—Ah —mascula Zoilo al fin—. Qué gentil. Qué jóvenes tan amables, ¿no crees, amor mío? Muy modernos, ¿no te parece, Fortunata? Trajeron a unas actrices.

A Fortunata, quien está reclinada a un costado de Zoilo, el insulto no le ha pasado desapercibido. Tiene un rostro afilado e inteligente, estropeado por una espesa capa de maquillaje que se acumula sobre su frente formando terrones. Marcas de esclava, comprende Amara. Fortunata debe estar ocultando su humillación pasada.

—Sí, esposo —dice con voz resonante—. Muy modernos.

Una parte de los invitados se ríe. Fortunata les sonríe con frialdad a los recién llegados, pero ignora por completo a las dos mujeres desnudas. Quinto le devuelve la sonrisa, pero Marco al menos tiene la decencia de mostrarse incómodo. Zoilo le tira un manotazo a su esposa.

—Disculpen a Fortunata —comenta con un tono de pena ajena y molestia—. Es bastante anticuada. Por favor, dile a tu padre que es un honor recibir su regalo. Espero que pueda visitarme pronto para darle mi agradecimiento en persona.

—Tienes que dejar que canten para ti —insiste Quinto—. Nada complacería más a mi padre que saber que te ha alegrado.

—Muy bien, muy bien —dice Zoilo, mirando a Dido y Amara sin demasiado entusiasmo—. Pero, primero, deben disfrutar la especialidad de mi nuevo cocinero. Estamos a punto de servir.

Un esclavo vestido de seda verde brillante los lleva a un enorme sillón que está desocupado. Amara se da cuenta, no sin algo de dolor, que les reservaron uno de los lugares más especiales del festín. Parece que Zoilo en verdad quería impresionar al padre de Quinto. Los dos hombres se reclinan en el asiento; Dido y Amara los acompañan, tendiéndose sobre el acolchonado sillón. Está consciente de que los demás invitados las están observando. «No estoy avergonzada», se dice mientras Quinto le pasa una mano por los senos y el costado. Otro esclavo, vestido con la misma horripilante seda verde que el anterior, aparece con una bandeja de plata en la mano y comienza a repartir copas de vino.

—¿Viste la cara de Fortunata? —le murmura Quinto a Marco después de tomar un sorbo—. Perra igualada y altiva. —Lejos de la mirada rabiosa de su anfitriona, Marco se ríe. Amara aprieta su copa. Quinto le frota la piel de la cintura—. Bebe, querida, que este es el vino falerno más caro que he probado en la vida.

—Dos mil sestercios la botella —dice con demasiado volumen un hombre de cara roja sentado a su lado—. Con Zoilo se toma solo el mejor vino. La mejor casa de la ciudad. Seguro que les alegró recibir una invitación. Una lástima que tu viejo no haya podido venir. —Quinto hace una mueca burlona y Marco resopla con la boca dentro de la copa—. Así que las actrices son la cosa de hoy, ¿eh? —continúa el hombre, demasiado ebrio como para notar el menosprecio de los dos jóvenes—. Debo decir que estoy de acuerdo con Fortunata. Me parece demasiado moderno, incluso para la Vinalia.

—¿Qué no Fortunata fue actriz alguna vez? —pregunta Marco.

—¡No sé quién te dijo eso! —El hombre está indignado—. Fortunata es una liberta respetable. Las marcas... sí, son desafortunadas. Pero eso fue de su infancia, antes de que llegara al hogar del viejo amo. El amo de Zoilo, quiero decir, el viejo Ampliato.

Amara voltea hacia el sillón donde los anfitriones están sentados. Una cascada cae al arroyo que estaba debajo de ellos, decorado con delfines tallados en piedra. Así que a Fortunata la marcaron cuando era niña. Amara se pregunta cómo debió haber sido su vida entonces. Espera que la otrora esclava esté disfrutando de sus riquezas ahora.

—¿De verdad? —dice Quinto—. Fascinante.

—No tenía que haberse casado con ella. Zoilo, quiero decir. ¿Saben qué me dijo? —El hombre se acerca a ellos y, en su estupor, casi voltea el sillón—. Me dijo: «Nicia, no podía quedarme parado y ver cómo los hombres se limpiaban las manos sucias en mi Fortunata como si fuera una *maldita servilleta*. Claro que la liberé; claro que me casé con ella». —Nicia alza su copa para hacer un tambaleante brindis—. Demonios. De eso se trata el amor.

—Bellísimo —murmura Marco.

Amara siente el cuerpo de Quinto sacudiéndose de risa a su lado.

—Conozco muchas canciones de amor —dice ella—. Pocas muestran tanta devoción genuina como la que Zoilo le ha mostrado a Fortunata.

Nicia asiente con vigor.

—Tienes razón, es cierto. Es cierto.

Marco tiene que disimular su risa por medio de un ataque de tos. Quinto se acerca a Amara y le exhala al oído:

—Chica perfecta.

Amara voltea y le sonríe. Entiende al fin cómo puede satisfacer a todo el público en la fiesta. Quinto es demasiado ignorante como para entender que estaba siendo sincera. Puede honrar y respetar a su anfitrión; los hombres que la llevaron creerán que se trata de burlas. Al sentirse un poco más cómoda consigo misma, Amara le toca el brazo a Dido.

—¿Puedes creer lo que es este lugar? —susurra. Mira al resto de los invitados, recostados en sus sillones junto a los dos riachuelos. Decenas de lámparas fulguran y despiden un calor que hace su desnudez más llevadera. A nadie más parece faltarle ropa. Algunos están sudando bajo el peso de su afluencia. Una mujer lleva una diadema con joyas tan pesadas que tiene problemas para sostenerse sobre un codo.

—No podemos cantar la misma canción de antes en una fiesta así —responde Dido, también con un susurro—. No podemos.

—Ya verán que sí pueden —dice Quinto—. Pero primero, aquí viene el novedoso platillo del viejo.

Una tropa de hombres vestidos de rojo escarlata, con un gigantesco platón sobre sus hombros, entran al comedor. Caminan de la misma forma en que se veía a esclavos cargar el lecho de su amo por las calles. Encima del platón hay una enorme tarta, con una tapa de hojaldre moldeado como un cisne.

—Una lástima que llegaran tarde para los mariscos. —Nicia olisquea—. Los erizos de mar estuvieron espléndidos.

—¿De dónde conoces a Zoilo? —le pregunta Dido, incapaz de quitarle los ojos de encima a la monstruosa tarta.

—Es mi amigo más querido. ¡Hemos hecho muchas cosas juntos! —Nicia suena sensible—. Nuestros amos se querían desde niños. Y ambos hicieron lo correcto por Zolio y por mí al final. El mío me obsequió mi libertad en su testamento, aunque no me dejó una fortuna aparte. —Mueve la copa y la extiende para pedir más vino. Un chico vestido de verde corre hacia él con una jarra plateada—. No porque el viejo Ampliato hubiera tenido todo esto. Todo lo que Zoilo toca se convierte en oro; ha sido así siempre. —Amara no logra imaginarse a Félix dejándole una túnica en su testamento, mucho menos su libertad. La idea de que la hiciera su heredera es casi cómica—. Presten atención —les dice Nicia, señalando la enorme tarta—. Esto les va a gustar.

Los esclavos que custodian el platón se hacen a un lado para dar paso a otro hombre vestido de rojo que camina hacia la tarta con un enorme cuchillo. Le hace una reverencia a su amo y luego apuñala el platillo con una floritura; levanta la tapa y da un paso atrás. Hace una pausa. Es evidente que algo debía salir de la tarta, pero no hay movimiento. El cocinero se asoma y hurga en el interior con el cuchillo. Un puñado de gorriones sale de la tarta, aturdidos y gorjeando. Un par de ellos no llega muy lejos antes de colapsar en el piso.

Silencio mortificado.

—Bravo —grita Quinto, aplaudiendo desde su sillón—. ¡Bravo!

Otros invitados se le suman, vacilantes al principio, pero los aplausos van en aumento. Amara mira a Zoilo y vislumbra gratitud en su rostro. Fortunata parece estar furiosa.

—Lástima —masculla Nicia—. Se suponía que sería una parvada de gorriones en honor a Venus. Deben haberse sofocado con el calor. El cocinero debió haber hecho agujeros más grandes.

Quinto columpia los pies desde el sillón y se pone de pie.

—Estimadísimo anfitrión, mientras se sirve el platillo, debo insistir en que disfrutes de los dulces placeres de una presentación musical. —Llama a uno de sus esclavos, quien presenta la lira con una reverencia. Amara espera que la luz no sea tan brillante como para revelar que se trata de un instrumento barato. En esta casa de plata forjada y oro repujado, parece el juguete de un campesino cualquiera.

—Sí, gracias —dice Zoilo, asintiendo fervoroso—. Encantado.

Amara toma la lira y ayuda a Dido a levantarse del sillón. Se detienen un segundo para cobrar fuerza y ánimo.

—Vamos a cantar el himno de Safo primero —murmura Amara—. Afrodita nos sonreirá; ninguna de sus devotas es tan hermosa como tú.

Amara camina decidida hacia el arroyo y lo cruza, evitando pisar las lámparas flotantes. Dido la sigue hasta que terminan codo a codo entre los dos riachuelos en el centro de la reunión, con la luz de las flamas reflejándose en su piel. Amara se siente agradecida por haber dejado su toga en la puerta. Su cuerpo no le avergüenza tanto como se habría avergonzado de su ropa. Le susurra a Dido; ambas se dan vuelta hacia donde está el anfitrión y hacen una reverencia.

Zoilo y Fortunata están recostados en su sillón, esperando. Amara sabe que no puede hablarles con la vulgaridad de una puta ni con la modestia de la hija de un doctor. No hay lenguaje adecuado en su pasado ni en su presente. Tendrá que formular uno nuevo.

—Nuestros nombres son Amara y Dido —dice, y su voz corta con claridad el tintineo del agua y el murmullo de los presentes—. Somos sus más agradecidas invitadas. Estamos aquí para celebrar a Venus Pompeyana. Y, en un jardín tan bello como este, la diosa del amor se imaginaría en los olivares del Olimpo, si deseara bendecirnos con su presencia. —Le asiente a Fortunata, quien desvía la mirada—. Somos, como pueden ver, las más humildes de sus sirvientes. Pero esta noche, en la Vinalia, hasta devotas como nosotras tenemos un lugar. —Amara toma la lira, la acomoda entre sus brazos e intenta ignorar el plectro que le tiembla entre los dedos. Toca el primer acorde—. Y, ¿quién mejor para alabar a Afrodita que la Décima Musa, la Poetisa de Lesbos? —Le sonríe a Quinto.

Amara y Dido comienzan a cantar el himno de Safo, con nerviosismo al principio. Con cada verso, al cantarse las estrofas una a otra, encuentran la alegría de la música. Se mecen al ritmo de la melodía, una copiando los movimientos de la otra, así como repitiendo las frases de la otra. Dido guía a Amara para que gire mientras cantan, dirigiendo la mirada a distintos invitados, cautivándolos. El público no está convencido por completo —Amara ya dio a Fortunata por perdida—, pero es evidente que varios de los hombres están disfrutando la presentación.

Al terminar la canción, hacen una nueva reverencia, y Zoilo aplaude. Parece aliviado. Quizás esperaba algo distinto.

—Encantador, encantador —dice—. Qué considerado de tu padre, Quinto.

—Debes dejar que terminen con un acto cómico —responde Quinto—. Como hacen todas las mejores actrices.

Amara mira a Dido, quien arquea las cejas. ¿Qué opción tienen más que interpretar la canción folclórica de Salvio? Otra invocación florida a Venus parece excesiva, por lo que Amara comienza a tocar las cuerdas de su lira sin dar explicaciones. Dido toma de inmediato el papel del pastor, llevándose las manos al pecho con un aullido de falsa desesperanza. Los invitados se miran entre sí, sin saber cómo interpretar el repentino cambio de tono, pero Amara les sonríe antes de contribuir al melodrama en su papel de la desdeñosa damisela. Quinto y Marco aclaman con cada coro; al parecer están disfrutando de la presentación incluso más que en el Foro. Los demás comensales parecen menos entretenidos. Pero el colapso de Dido al final logra sacarles algunas risas, y lo mejor de todo es que la llegada de los platos dulces da por terminada su presentación sin la necesidad de laboriosas despedidas.

Amara está mareada por los nervios, la emoción y la falta de comida mientras caminan de regreso al sillón. Un tercer hombre está ahora parado entre sus acompañantes, vestido con una capa azul oscuro.

—Este es Cornelio —dice Marco, arrastrando las palabras. Intenta darle una palmada en la espalda a su amigo, pero falla. Claramente, el vino de Zoilo se le ha subido a la cabeza—. ¡Cornelio! ¡Un león entre la manada de libertos! Cornelio está enterado de nuestra bromita.

Cornelio es mayor que Marco y Quinto, y su mirada al saludarlas es más dura y astuta. Jala a Dido sobre su rodilla y le indica a Amara que se siente a su lado.

—Vaya que son lindas —dice—. Apenas alcancé a notarlo en la primera canción, pero ese último número habría destrozado la credulidad de cualquiera que no sea Zoilo. —Se ríe y le pone la mano sobre el muslo a Amara, mucho más arriba de lo que a ella le habría gustado—. Con un poco más de movimiento y un par más de canciones adecuadas, podrían ser bastante encantadoras. —Mira a Dido mientras habla, frotándole el brazo. Ella tiene la misma expresión vacía que Amara reconoce de cuando un hombre está abusando de ella. Quiere pellizcarle la mano y detenerlo. Cornelio mira a Amara; ella parpadea. Él sonríe, como si pudiera ver su ira y le pareciera divertida—. ¿Les gustaría cantar en un verdadero festín?

135

15

Quien se acuesta con perros despierta con pulgas.
Dicho tradicional atribuido a Séneca

Amara siente que la cabeza le pulsa por el cansancio; las mejillas le duelen de tanto reírse. Estar sentada en El Gorrión con sus amigas lobas, relatando los placeres de la noche anterior, le trae una felicidad singular. Se consintieron con una comida más grande que de costumbre. La mesa está cubierta con tazones de garbanzos, estofado de frijol y aceitunas.

—Entonces ¿los pájaros en la tarta estaban hervidos? —pregunta Berenice con un alarido y doblándose de risa—. ¿Después de todo ese alboroto?

—No hables tan fuerte —susurra Cressa, tapándose los ojos con una mano. Está bebiendo una pequeña copa de vino a sorbos, intentando recuperarse de la resaca.

—Ese cocinero debería tomar un par de consejos de mi cocina —dice Zoskales desde atrás de la barra—. Y yo le podría haber dado vino a un precio mucho más razonable que dos mil sestercios por botella. —Resopla ante lo absurdo de la cifra.

—Ese tal Cornelio —Nicandro se entretiene en la mesa—, al que le gustaron sus voces, ¿parecía un hombre honesto?

Amara y Dido se miran.

—Es un poco pronto como para saberlo —responde Dido, alzando la mirada para verlo. Lleva en el cabello una de las rosas que Nicandro le dio. Es la única sobreviviente de la guirnalda que pasó la noche apretujada dentro de su toga desechada.

—¡Por favor! —dice Victoria—. ¿Qué pasó después?

Nicandro se aleja y vuelve a la cocina.

Amara se encoge de hombros.

—Nada impresionante. Preferí la fiesta.

La noche tuvo un final extraño. Los cuatro volvieron a la casa de Quinto, todos en la misma recámara, con esclavos entrando y saliendo para servirles más vino. El sexo era solo una interacción social más.

—¿Me estás diciendo que pagaron setenta denarios por nada? —exclama Victoria. Hay algo de molestia en su voz. Se ha estado riendo con todas las demás, pero Amara sabe que está devastada por haber sido excluida de una velada tan emocionante. A ninguna de las mujeres de Félix se le había pagado por asistir a una fiesta privada.

—Estaban bastante ebrios —dice Dido.

Berenice y Zoskales se ríen.

—Hay cosas que el dinero no puede comprar —afirma el posadero—, como el sentido común.

Victoria hace una cara de asco.

—¿No se le paró, entonces?

Dido niega con la cabeza. Aunque no es del todo verdad. Marco no pudo rendir después de la fiesta, pero lo logró por la mañana. Resultó ser un amante agotador: la abrumó con peticiones constantes de aprobación, queriendo saber si de verdad lo estaba disfrutando, si le gustaría más por detrás. Hasta Quinto hizo muecas de hastío. Amara supone que Dido preferiría que Nicandro escuchara una versión menos sucedida de sus gestas cuando el chismoso Zoskales se las repita.

—¿El tuyo también fue fiasco? —insiste Victoria, sacudiéndole el brazo a Amara—. ¿Nada de acción?

A Amara le irrita que se enfoque en la parte menos interesante de la noche.

—Tuve que hacer unas cuantas cosas con la boca —responde, encogiéndose de hombros—. Pero la *acción* estuvo en la fiesta. —Mira a Dido con una sonrisa—. Sigo sin poder creer que cantamos esa canción de taberna. ¡Las caras de todos cuando empezaste!

—¿Ni siquiera quisieron cambiar de chicas? ¿Después de que pagaron por las dos?

La pregunta de Victoria se queda sin respuesta porque, en ese momento, Félix entra a la taberna con una expresión de satisfacción.

—¿Cómo están mis putas favoritas esta mañana? —pregunta, haciéndole un gesto impaciente a Cressa para que se mueva y lo deje sentarse entre Amara y Dido. Las besa a ambas, tomándoles la cara con ambas manos y estrujándolas con fuerza—. Los muchachos saldaron su deuda. Enviaron a su esclavo por la mañana. —«Está extasiado», piensa Amara. Nunca lo ha visto de tan buen humor—. ¡Zoskales! ¡Todo para las chicas corre por mi cuenta hoy! ¡Vino para la mesa! —Les sonríe a Berenice, Victoria y la alicaída Cressa—. Aunque no todas se lo hayan ganado.

—La pobre Dido ni siquiera logró encamarlos —dice Victoria con un suspiro—. Su amante estaba más flácido que un repollo hervido.

—¡Y de todas maneras pagaron! —Félix mira a Dido con un respeto renovado—. Qué mujer.

—No fue solo el sexo —dice Amara—. Nos oíste cantar. Eso fue lo que pagaron; eso es lo que querían: entretenimiento.

—Por mí, pudieron haberse disfrazado de pollos y pedido nalgadas —responde Félix, quitándole el vino de las manos a Zoskales cuando llega a la mesa—. Siempre y cuando hayan pagado. —Berenice y Victoria se ríen por lo bajo; Cressa se tapa la cara y se le escapan gemidos hilarantes. Félix llena las copas de todas—. Y ¿cómo fue la fiesta?

—La casa era… —Dido vacila al buscar las palabras que transmitan la escala de la riqueza—… enorme. ¡Tanto oro y plata! Y fuentes. Y la tarta más grande del mundo.

—Al parecer el vino costaba dos mil sestercios la botella —Zoskales asienta una de sus propias ánforas en el piso detrás de la barra con un porrazo—. Una locura.

—Casi todos en la fiesta eran libertos —dice Amara—. Fuera de los dos niños ricos que pagaron por nosotras. Y no hicieron más que burlarse toda la noche. —Recuerda a Fortunata y las marcas en su frente—. Si yo fuera rica, no me tomaría la molestia de invitar a gente así a compartir mi vino. ¿Para qué arriesgarse así a la humillación?

—Sí —dice Félix con sentimiento. Voltea a verla y luego desvía la mirada. Es un extraño momento de intimidad entre ellos. — La pregunta es... —estira los brazos y abraza a Dido y Amara—... si pueden repetir la hazaña.

Ambas responden a la vez, ansiosas por contarle todo sobre Cornelio, desde su túnica azul hasta las canciones que pidió escuchar.

—¡Basta! ¡Basta! —Félix señala a Amara—. Puedes explicármelo arriba. —Mantiene la mano sobre el hombro de Dido, empujándola hacia abajo mientras él se levanta—. Tú quédate aquí. Es suficiente con una puta bocona.

Amara se levanta con trabajos de la banca para seguir a su amo. Voltea a ver a sus amigas, quienes están disfrutando de su almuerzo gratuito. Berenice está comiendo de nuevo, Cressa parece haberse quedado dormida y Victoria evita mirarla a los ojos. Dido le desea buena suerte con señas. Dobla la esquina hacia el apartamento de Félix, siguiéndolo por el angosto pavimento. Paris abre la puerta, el jefe lo aparta con un empujón y jala a Amara por las escaleras.

—Por aquí. —La lleva a su estudio. La habitación, que siempre la intimidó, le parece pequeña después de haber estado en casa de Zoilo. Los cráneos de toro, por lo general tan amenazadores, parecen llanos frente a los exquisitos frescos de la recámara de Quinto. Ya está imaginándose a sí misma en otro lugar. Félix se sienta y se pone cómodo—. Entonces, ¿cuándo podemos esperar otra invitación de nuestros chicos?

—En el festival de Flora —responde Amara mientras jala un taburete sin haber recibido una invitación—. Pero es un cliente distinto, un hombre llamado Cornelio. Esta invitación es una especie de... prueba. Quiere ver si podemos hacerlo mejor. Entonces podría contratarnos con más frecuencia.

—¿Hacerlo mejor? —Félix frunce el ceño—. ¿También te cogió? ¿Y sin pagar?

—No —Amara intenta ocultar su irritación—. Lo que quiere es que cantemos y bailemos mejor. Nos pidió que lo acompañáramos para la primera noche del festival el próximo mes, para la Floralia, y presentarnos en una fiesta privada. No usó a ninguna de las dos. —Recuerda la forma en que Cornelio le tomó la pierna, con su mirada calculadora—. Aunque estoy segura de que eso estaría incluido en el precio. Me pidió que te dijera que serían setenta por la noche de prueba. Noventa por cualquier contratación futura.

—Todo ese dinero por *cantar* —dice Félix, sacando sus tabletas de un cajón para anotar las cantidades que Amara le promete—. Bueno, todo con que nos paguen. Más les vale practicar. Pueden tocar aquí arriba. Así sabré qué están haciendo.

—Hay otra cosa —revela Amara. Saca una moneda de plata de su bolso, la que Nicia le puso en la mano cuando Dido y ella salían de la fiesta. «Por tus dulces palabras», le dijo. «Por Fortunata». Tener que ponerla sobre el escritorio de Félix y alejar la mano casi le provoca dolor físico—. Una propina —dice, mirándolo—. Quisiera usarla para comprar ropa para presentarnos, y tal vez algunas clases de música.

—¿Esperas que me sienta agradecido por tu honestidad?

—No. Espero que entiendas que es una inversión. Estos hombres esperan cierto estilo. Esto… —Amara jala la tela raída de su toga—… no es lo que esperan. Anoche cantamos desnudas. Pero no podemos usar el mismo truco siempre.

Félix empuja la moneda de vuelta hacia Amara.

—Llévatela, pues. Pero quiero evidencia de lo que compres con ella. —Se pone las manos detrás de la cabeza, se reclina en la silla y sonríe—. No fuiste la única que tuvo una noche exitosa. —Amara se tarda en ocultar su sorpresa. No había creído que fueran tan cercanos—. No fue *eso*. Demonios —dice, riéndose de la expresión de Amara—. Nunca llamaría *éxito* a una mujer. —Inclina la cabeza—. Bueno, tal vez si ganara noventa denarios para mí. No. Me refiero a que Simo al fin recibió una lección. —Amara siente que la sonrisa se le congela en la cara—. Unos ebrios destruyeron su bar anoche. Destrozaron todo. —Se encoge de hombros—. Son cosas que suceden durante la Vinalia. Hay muchos ebrios por ahí. Por desgracia, la linda Drauca no se movió lo suficientemente rápido. Ya no es tan linda, no después de que un vaso le sacara el ojo.

Amara lo mira fijamente; se ha quedado sin un gramo de aire.

—No —dice, como si la palabra fuera a borrar lo que Félix ha hecho—. No. —Piensa en Drauca en los baños, en su cuerpo perfecto y su rostro hermoso. Se cubre el propio, horrorizada—. ¡*No*!

—¿Cuál es el problema? Tú fuiste la que sugirió que visitáramos su bar. Ni siquiera te agrada la mujer.

—¡Pero Drauca no te hizo nada! —grita Amara, dividida entre la furia y el dolor—. ¡Es solo una mujer! ¿Qué le va a pasar? ¿Cómo va a trabajar? ¿Cómo va a comer? ¿Cómo va a vivir? Su pobre cara… —Se detiene, abrumada por las lágrimas—. Su pobre y hermosa cara.

—No va a ser competencia para ninguna de mis mujeres, eso es un hecho —dice Félix, indiferente a la angustia de Amara—. Simo tendrá que gastar mucho dinero si quiere invertir en otra puta como esa. Y dudo que pueda pagarlo, menos si tiene que reparar el bar.

—¿Drauca era el verdadero blanco? —El horror en Amara se intensifica. Puede ver en su mente a Drauca bailando con Victoria en la Vinalia, llena de vida, el rostro iluminado por la pasión. Teme desmayarse.

—Amara, por favor —la voz de Félix tiene un tono calmante. Se pone de pie, camina a donde está ella y la levanta del taburete de un jalón. La sostiene, apretándole los hombros; no la abraza, sino que la contiene—. No te hagas la sufrida. Tú fuiste quien sugirió que esperara, que no atacara justo después de los baños. No pueden conectar a esos hombres conmigo. ¿Por qué crees que mantengo a tantos de mis clientes en secreto? —Se acerca un poco más.

—La cuestión con la venganza —le susurra con dulzura al oído—, es que destruir a tus enemigos es lo único que importa. Alardear, revelarte, todo eso es cosa de niños. —Da un paso atrás y la suelta despacio para que no se caiga—. Bien. —Aplaude como para despertar a Amara de un trance—. Suficiente. Dido y tú tienen que ir por ropa bonita y comenzar a ensayar sus canciones.

—¿Por qué me lo contaste? Si no quieres alardear, ¿para qué me lo cuentas?

Félix se sienta en la orilla de su escritorio y examina a Amara.

—Porque tú tienes más que perder que yo si alguien se entera de esto. —Mira hacia los cráneos de toro pintados en la pared, como si de pronto hubiera notado un nuevo detalle en el diseño—. O tal vez Simo consideraría que Dido es más valiosa que tú. Es la más bella de las dos, a fin de cuentas.

El miedo se apodera de Amara. Siente que se clava en el fondo de su ser, como un anzuelo que perfora a un pez, y comprende que es un dolor que nunca la abandonará. Félix toma la moneda de plata de Nicia, le abre la mano a Amara y le pone la moneda sobre la palma. Ella no dice nada. Félix le da la espalda y vuelve a sentarse detrás del escritorio.

—Drauca no te hizo nada —dice Amara—. No se merecía lo que hiciste.

Félix se ríe.

—A nadie le toca lo que se merece. —Parece estar genuinamente entretenido—. ¿Qué crees que se necesita para sobrevivir en Pompeya? No todo es chupar pitos y comprar vestiditos. Ahora, lárgate de aquí.

Afuera del apartamento, Amara se recarga en el muro del burdel. Quiere gritar, golpear la puerta con los puños, aullar su aflicción. En cambio, se queda en silencio, con la mandíbula tensa. La necesidad de contarlo, de compartir la carga del conocimiento, le presiona la cabeza. Cierra los ojos. No ganaría nada contándolo. ¿Por qué tendría Dido que andar por la vida atemorizada y que cada momento fuera oscurecido por el recuerdo de lo que hizo Félix? No piensa confiarles nada a las demás, y menos porque se trata de un secreto tan letal.

«Tú fuiste la que sugirió que visitáramos su bar». Amara respira profundo, pasándose la moneda de plata entre los dedos. No puede hacer más que imaginar que nunca sucedió; intentar fingir, incluso para sí misma, que no sabe lo que ocurrió.

Cuando Amara vuelve a El Gorrión con las demás, quienes asumen que su silencio se debe a los típicos ardides de Félix, Cressa ya no está; regresó a su oscura celda para dormir hasta curarse la resaca.

—Ese hombre no puede dejar las cosas por la paz —dice Berenice, tomando los últimos garbanzos cuando queda claro que Amara no los quiere—. Maldito Félix. Siempre tiene que demostrar que su pito es el más grande.

Dido le aprieta la mano por debajo de la mesa a Amara, quien siente una oleada de culpa. ¿La amaría su amiga si supiera lo de Drauca? ¿En verdad fue ella quien le dio la idea a Félix?

—Creo que yo no pondría la misma cara larga si me hubiera mandado a mí a comprar ropa nueva —dice Victoria. Amara sabe el enorme esfuerzo que hace Victoria por cuidar su apariencia, las horas que pasa arreglándose el cabello. Parece estar alterada, al borde de las lágrimas, y la culpa de Amara se intensifica.

—Si sobra un poco, podemos comprar algo para todas —responde. Berenice y Victoria intercambian una miradita, más mordaz que agradecida, y Amara comprende que el repentino y desigual cambio en sus fortunas no va a unirlas más—. Supongo que deberíamos irnos ya. —Vuelve a levantarse de la mesa. Dido la sigue, ansiosa por ir de compras.

Es poco después del mediodía; el sol cocina la suciedad de la calle, afilando el olor del estiércol que dejan los caballos y las mulas de carga al pasar.

—¿A dónde vamos? —pregunta Dido. La cara le resplandece por la emoción mientras caminan por la pequeña calle que entronca con la Vía Pompeyana—. ¿Cuántos atuendos podemos comprar?

—Supongo que solo uno para empezar, en caso de que no vuelvan a contratarnos.

—No dejes que Félix te arruine esto. —Dido se detiene; su expresión es sincera—. No estés infeliz. Tenemos tan poco.

—Tienes razón —contesta Amara, esforzándose por sonreír—. Vamos con Cominia. Siempre he querido entrar a su tienda.

El local de la costurera está en la calle comercial de la ciudad, cerca de la tienda de lámparas de Rústico. A todas las mujeres les gusta visitarlo de vez en cuando y pararse frente a los aparadores que rebosan con telas más suaves y finas de las que jamás podrían comprar. En el segundo piso, un pequeño retrato redondo de Cominia en su juventud observa vigilante su imperio. Dido entra primero, abriéndose paso por un túnel de telas colgantes.

Adentro, sus ojos se ajustan a la luz más tenue. Cominia está en el mostrador principal, atendiendo a una clienta: una matrona cuyos esclavos la esperan detrás, listos para llevar la carga de vuelta a su casa. Las dos lobas se quedan paradas, mirando, sin saber qué hacer.

—¿Cómo podemos ayudarlas, señoritas? —Una joven asistente aparece a un costado de Dido. Es esbelta, con una cara pequeña y de facciones afiladas. Su expresión es amable, pero firme. Si no pueden pagar nada, más les vale irse de ahí.

—Necesitamos ropa adecuada para la Floralia —dice Amara—, para presentarnos en un festín.

—¿Son invitadas?

—No —responde Dido—. Vamos a… cantar.

—Entiendo —dice la asistente con una reverencia—. Soy Gaia. Vengan conmigo, por favor. —Siguen a Gaia, quien abre una cortina de pesado lino gris en la parte trasera de la tienda para revelar un cuarto más pequeño. Está mucho más oscuro que el salón principal y tiene una lámpara de aceite encendida—. Tengo justo lo que necesitan. —Su tono de voz es transaccional. Queda claro que ya descifró que estas clientas no necesitan mucho convencimiento—. Tratamos con muchas actrices y concubinas. Esta es, por mucho, la tela más popular.

Sostiene un material plateado, tan delgado que es transparente. Le pasa una mano por debajo con delicadeza para demostrar su translucidez—. Seda asiria —dice—, con un tejido de plata. Puede verse todo. Si quieren ser más coquetas, pueden comprar más tela y doblarla para opacar lo que gusten. —Les demuestra cómo hacerlo, manipulando la seda con una gran habilidad, de forma que su piel queda medio oculta debajo del brillo plateado del material.

—¿Cómo se sujeta? —pregunta Amara, demasiado nerviosa como para tocar la delicada tela—. ¿Un broche no la desgarraría?

—Vendemos alfileres especiales. Les puedo enseñar cómo ajustarlo. Pero en realidad no se desgarra con tanta facilidad... el tejido es muy sólido. —Gaia las mira con cierta impaciencia—. ¿Se la van a probar o no? —Amara y Dido se quitan las togas y permiten que Gaia las vista. La observan con detenimiento, intentando memorizar cómo doblar el material cuando estén solas. Gaia saca una bandeja de alfileres—. Pasamos del modelo básico —señala con el dedo la punta redonda del alfiler—, a algo un poco más elegante. —Lleva la mano al otro lado de la bandeja, donde están los alfileres con puntas de aves y libélulas.

—Podríamos intentar con el modelo de ave por ahora —Amara le dice a Dido—. Va bien con el tema de la música. ¿No te parece?

Gaia les ajusta la tela con los alfileres. Dido y Amara se separan un par de pasos para mirarse la una a la otra.

—¡Es como ponerse una telaraña! —dice Dido.

—Es parte de la magia —explica Gaia—. A los hombres les encanta, créeme.

—Haz eso otra vez —le pide Amara a Dido, quien acaba de acercarse a la luz. Dido obedece—. ¡Te ilumina! Estás toda plateada.

Ambas caminan alrededor de la flama de la lámpara, admirándose, haciendo que la seda cambie de color, sintiendo cómo se frota sobre su piel.

—Si de verdad quieren impresionar a quien las vea —dice Gaia—, tenemos esto. —Saca un pequeño frasco del gabinete y lo abre para que lo vean. Adentro hay una densa pasta dorada—. Para los ojos —comenta—, y para colorear los pezones.

Queda muy poco de la moneda de Nicia cuando Amara y Dido salen de la tienda de Cominia. Compran el frasco más grande de pasta dorada que había, con la idea de poner un poco en otro frasco para que las demás la usen.

—Tenemos que darle los vestidos a Félix —dice Dido, llevándose el paquete de su vestido al pecho—. No podemos arriesgarnos a dejarlos en el burdel. Alguno de los clientes se lo va a robar.

—De todos modos, Félix quiere pruebas de lo que compramos con el dinero —responde Amara. Están caminando de vuelta a casa por la calle principal, y sabe que pronto pasarán frente a la tienda de lámparas. Está desesperada por detenerse.

—¿No es ahí donde trabaja Menandro? —pregunta Dido.

—Eh... sí.

—Dame eso —Dido le pide que le entregue su vestido nuevo con un gesto de la mano—. ¿Por qué no entras?

—No lo sé. Tal vez no deberíamos. —Amara vacila, arqueando el cuello para asomarse a la tienda mientras jalonean la tela. Menandro está adentro. Amara se da por vencida y deja que Dido se quede con el vestido. A Menandro le toma unos momentos darse cuenta de que está afuera, merodeando la tienda. Está con un cliente y le pide con la mano que le dé un minuto.

—Solo pasábamos por aquí —dice Amara cuando Menandro sale, ansiosa por incluir a Dido—. Y queríamos agradecerte.

—¿Agradecerme?

—Sí, por hacernos cantar. Nuestro amo estaba escuchando y compró la lira. —Amara recuerda la cara del músico y espera que Félix en verdad la haya pagado—. Y ahora nos contrataron para cantar en la Floralia, en una fiesta.

No es del todo lo que quería decirle, pero al menos está hablando con él.

—Me alegra que te haya comprado la lira —dice él—. La tocaste de forma muy bella.

—¡Menandro!

—No puedo quedarme aquí. —Mira con nerviosismo por encima de su hombro—. ¿Puedo escribirte? ¿En la pared afuera de El Gorrión? —baja la voz—. Escribiré Timarete y Kallias, para que nadie lo sepa.

—Sí —dice Amara—. Sí.

Menandro se da vuelta y vuelve corriendo a la tienda sin despedirse.

16

Empeñé unos aretes con Faustilla por dos
denarios. Me ha quitado un as al mes en intereses.
Grafiti en Pompeya

La fila para el pozo se extiende por toda la calle. Aunque nadie está respetando los turnos en realidad. Amara y Dido no se molestan en avanzar a empujones con el resto de la gente; prefieren quedarse paradas bajo el sol de la mañana. No es el lugar más apacible para detenerse. Martilleos, golpes y gritos resuenan en una de las casas más cercanas. Está dilapidada desde que Amara recuerda; los dueños murieron en un terrible terremoto. O eso le contó Victoria. Alguien debe haberla comprado y decidió gastar su dinero en remodelarla como si fuera un palacio. Uno de los albañiles se asoma desde su escalera y les silba a Dido y a ella. Lo ignoran. No comprará una mujer en varias horas. No merece la pena hacerle caso.

—A todas les gustó el oro —dice Dido, alzando la voz para hacerse oír—. Todas lo usaron anoche, ¿no?

—Por lo menos Berenice sí que lo hizo —confirma Amara, recordando la forma en que Berenice se lo embarró a montones alrededor de los ojos, y su furia cuando Victoria se burló de ella. «Así es como los hombres de este estúpido pueblo esperan que se vea una mujer egipcia», insistió Berenice, la cara resplandeciéndole como si fuera una estatua del templo. Amara no se imagina lo pequeña que debe resultarle Pompeya a Berenice tras haber crecido en una ciudad como Alejandría, aunque, como esclava, quizá nunca vio mucho más que la casa en la que trabajaba. Victoria y Cressa también se sirvieron del frasco de pasta de oro, pero Amara sospecha que hará falta más que eso para aliviar la envidia de las otras. El cambio en el equilibrio de poder hacia las mujeres más nuevas de La Guarida del Lobo las ha sacudido a todas.

—Félix querrá que ensayemos para Cornelio hoy —dice Amara—. Necesitamos nuevas canciones.

—Podríamos pedirle ayuda a Salvio —responde Dido.

—No sabría dónde encontrarlo. ¿Crees que Nicandro tenga una idea?

—Trabaja en la ferretería, la que está cerca de la panadería de Modesto. Creo que es el dueño. Pasé un tiempo con Prisco aquella noche en la que tú hablabas con Menandro. Me dijo dónde trabajaban.

Amara siente un piquete en la espalda y voltea, molesta, esperando encontrar al albañil que supone que bajó de su escalera para probar su suerte. Una joven salta hacia atrás, alarmada, con una enorme cubeta pegada a la cintura.

—¡Lo siento! No quise asustarte —dice—. ¿No son ustedes lobas? Estoy segura de que las he visto en El Elefante.

Amara la mira. Ve ojos con manchones azules y hombros caídos por el agotamiento. Un recuerdo le viene a la mente: la misma chica corriendo entre los clientes en El Elefante, con una sonrisa nerviosa en el rostro.

—Sí. Tú eres mesera, ¿cierto?

—Pitane —se presenta la chica—. Pero no solo sirvo en la taberna.

—No. —Amara recuerda que Victoria se burló de Drauca diciéndole que debía satisfacer a los clientes además de servirles. Se voltea, sin querer pensar en su antigua rival ni recordar su sufrimiento.

—Debe ser un trabajo agotador —dice Dido en tono cordial—. El Elefante siempre está lleno. ¿Tienes amigas ahí?

—Martha. Ella era mi amiga. Pero murió dando a luz. Son los peligros del trabajo, ¿no creen? —Pitane las mira a ambas, con evidente desesperación, rogándoles que comprendan—. Supongo que ustedes deben saber todo al respecto, sobre cómo evitarlo o cómo…

«Interrumpirlo», piensa Amara.

—¿Es sobre evitarlo que quieres preguntarnos? —cuestiona Amara. Pitane niega con la cabeza. Amara baja la mirada hacia la cintura de la delgada jovencita para estudiar su figura—. Hay una mujer a la que puedes ir a ver. Pero hazlo lo más pronto posible.

—¿Ustedes no tienen nada?

—Las hierbas tienen que ser frescas.

—Amara. —Dido sacude la cabeza en un frenesí—. Aquí no.

—No tengo dinero. —Pitane parece decepcionada—. Pensé que quizás ustedes tendrían hierbas que pudieran regalarme y que me dejaran pagarles poco a poco.

—Pero ¿por qué? ¿No estaría feliz tu amo? —pregunta Amara—. Por lo general les gusta tener esclavos nacidos en su casa.

—Martha tardó tres días en morir —dice Pitane.

Amara y Dido intercambian miradas. Todas las mujeres entienden los peligros y horrores que puede acarrear un parto.

Perdieron su lugar en la fila, pero ninguna de las tres se apresura a recuperarlo.

—Si lo que necesitas es dinero —dice Amara—, podemos ayudarte. Pero tienes que estar segura de que lo puedes pagar.

De camino a la ferretería, Dido no menciona el trato que Amara acaba de hacer ni pregunta si Marcella ya pagó su deuda o cuándo debe hacerlo. Pero Amara siente que las manos le sudan de tan solo pensarlo. Se convence de que aún hay tiempo para que Marcella pague, de que todavía no se atrasa con los pagos. Y tal vez llevarle a Pitane hará que Félix sea un poco más paciente.

Pasan frente a la panadería y se detienen en la ferretería. Alcanzan a escuchar el estruendo del metal que choca adentro.

—¿Crees que Salvio nos recuerde? —dice Dido.

—¿A cuántas hermosas cantantes crees que conozca? —responde Amara, alzando la lira en sus brazos y ocultando sus nervios con una fachada de valentía. No le fue fácil quitarle el instrumento a Paris. Tuvieron que fingir que la clase de música ya estaba concertada. No dudará en delatarlas con Félix si la visita resulta ser un fracaso—. Claro que nos recordará.

Pasan junto al mostrador principal, donde un esclavo está ocupado atendiendo a sus clientes, y se adentran más en el local. El flautista está en la parte trasera, supervisando a uno de sus aprendices y ayudándolo a moldear un candelabro que sostiene mientras el chico martilla las patas. Ocasionalmente le da unas cuantas palabras de aliento. Es justo como Amara lo recordaba; tiene los mismos modos amables y el cabello grisáceo. Las dos mujeres esperan; no quieren importunar.

Cuando Salvio alza la mirada, Amara percibe que tarda un momento en reconocerlas, pero luego sonríe.

—Una visita inesperada —dice—. Los bellos gorriones cantores. ¿Qué puedo hacer por ustedes?

—Queríamos pedirte un favor. —Amara muestra la lira a manera de explicación, con la esperanza de despertar la curiosidad del herrero.

Salvio camina hacia ellas, limpiándose el aceite de las manos con su delantal de cuero.

—Si buscan alguien que las acompañe, yo solo sé tocar la flauta.

—Yo tocaría —dice Amara—. Esperábamos que pudieras enseñarnos algunas canciones.

—Te pagaríamos tu tiempo —añade Dido.

—Flavio —Salvio llama a su aprendiz—, sigue trabajando en las patas, por favor. Como te enseñé. —Vuelve a mirar a las dos mujeres—. Hablemos. —Lo siguen por la estrecha escalera de madera hacia el segundo piso—. No soy un gran músico —les dice—. Quizá las decepcione. ¿Dónde van a tocar?

La sala de Salvio está pintada con cálidos tonos amarillos. Una parvada de cisnes vuela de panel en panel, y en el zoclo hay pequeñas alondras. Se sienta en una banca y las invita a ocupar la que está enfrente.

—Es una fiesta, mucho más grande que cualquier cosa en El Gorrión —dice Amara—. Durante el primer día de la Floralia. Estábamos pensando en cantar poesía con la melodía de canciones populares.

—¿Mezclando lo alto con lo bajo? —pregunta Salvio.

—Sí —Dido asiente.

—Suena divertido. Pero ¿cuánto me van a pagar? O, mejor dicho, ¿cómo me van a pagar?

—Depende de qué prefieras. —Amara deja que la toga se le caiga del hombro, no como para mostrar demasiado, pero lo suficiente como para dejar en claro la insinuación. Espera que Salvio muerda el anzuelo. No es un hombre poco atractivo, pero la razón por la que Amara lo quiere tiene poco que ver con el deseo y todo que ver con ahorrar dinero.

—Lo mejor serían pagos diferidos —responde Salvio—. Una o dos noches de tu compañía aquí, en mi casa. —Asiente en dirección de Dido—. Invitaré a Prisco.

Amara no tiene idea de cómo reaccionará Félix a la propuesta. Las noches son las horas más lucrativas en el burdel. Pero, antes de que pueda sugerir consultar a su amo, Dido responde:

—Con mucho gusto.

—No tengo mucho tiempo hoy. Quizá lo suficiente como para enseñarles un par de melodías, dependiendo de qué tan rápido aprendan. —Se pone de pie y camina hasta un escritorio que está cubierto de cosas. Está dándoles la espalda. Lo escuchan hurgar entre ollas y cajas hasta que vuelve con la flauta en mano—. Hay muchas canciones sobre la primavera —dice—. Esta es osca. Supongo que ninguna de las dos lo habla, ¿o sí? —Salvio parece esperanzado, y Amara se pregunta si la antigua lengua de Campania es la de él también.

—No.

—No importa. Pueden adaptar la melodía como quieran. —Salvio comienza a tocar. Es mucho más talentoso de lo que Amara recordaba. Percibe el trino de las aves en su flauta, el suspiro del viento, y se imagina a Flora bailando, asomada entre los árboles, en la repetitiva e hipnótica melodía. Salvio se detiene y se quita la flauta de los labios—. ¿Otra vez? ¿O prefieren que la repasemos línea por línea?

Amara teme no estar a su nivel. Toma la lira.

—Vamos a repasarla.

Salvio es un maestro paciente. Les explica la tonada y espera a que Amara encuentre las notas correspondientes; asiente cuando ella elige un acorde que funciona. Dido canta la melodía nota por nota, aprendiéndosela de memoria. Su versión no es tan hermosa como el solo de flauta de Salvio, pero es suficiente como para llevársela y practicar.

—¿Qué tal algo más alegre? —pregunta Salvio. Ellas asienten. Hace una pausa, inhala profundo y alista la flauta. Luego comienza a tocar. Esta vez se mece y balancea; cierra los ojos al tocar las notas más altas. No es una melodía tan hermosa como la primera, pero Amara reconoce su potencial de inmediato. Es una tonada coqueta, perfecta para que Dido y ella se canten la una a la otra. Amara toma la lira y se atreve a acompañar a Salvio, anticipando las notas de la repetitiva melodía—. Me imaginé que les gustaría —dice cuando llegan al final.

Vuelve a empezar, sin detenerse a explicar la canción esta vez. En cambio, las deja ir aprendiendo la melodía sobre la marcha, como si estuvieran otra vez en El Gorrión. Amara se permite perderse en la música, olvidando incluso por unos momentos que están ahí por trabajo y no por gusto. Está esperando tocarla una tercera vez, pero Salvio se detiene después de unas cuantas notas, casi como si hubiera olvidado qué viene después. La voz de Dido se apaga en el silencio.

—Eso debería bastar. —Les da la espalda y guarda la flauta en su caja. Luego se pone de pie, con las manos apoyadas en el escritorio—. Podemos terminar por hoy. —Su tono no es poco amigable, pero algo ha cambiado. Amara se pregunta si lo habrán ofendido de alguna manera o si solo recordó que tiene que trabajar. Vuelve a mirarlas de frente y hace un esfuerzo por sonreír—. Espero que eso les dé algo con qué trabajar.

Amara y Dido hablan al mismo tiempo con ansias de complacerlo.

—¡Sí! Fue de mucha ayuda…

—Estamos muy agradecidas, espero que no…

Salvio desestima los agradecimientos y las lleva hasta la escalera.

—Le enviaré un mensaje a su amo para explicarle nuestro arreglo. —Amara y Dido esperan a que él baje primero, pero Salvio extiende el brazo como un gesto para invitarlas a salir—. Tengo asuntos que atender aquí arriba. Cuidado al bajar.

En el burdel, Amara deja que Dido sea quien más hable. Observa a Félix, su sonrisa, la forma en que escucha, sus gestos de aliento. Ve a Dido relajarse, engañada al creer que Félix está de buen humor, pero lo único en lo que Amara puede pensar es en Drauca. «Lo único que importa es destruir a tus enemigos». Mira los cráneos de toro en la pared, las sombras de las órbitas oculares vacías. No es sino hasta que Félix voltea a verla que se da cuenta de que Dido le ofreció cantar para él y ambos están esperando a que tome la lira. Amara no puede moverse.

—No tienes por qué ser tímida —dice Félix.

—Aún no elegimos letras para la música —tartamudea—. Tal vez podríamos ensayar un poco primero.

—La música no significa nada para mí. —Se encoge de hombros—. Solo quiero saber que están trabajando. Toquen al lado, si quieren.

Dido la ayuda a ponerse de pie.

—Gracias —dice, respondiendo por Amara, quien no ha hablado aún—. Te lo agradecemos. —Caminan hacia el balcón, y Dido le pone una mano sobre la espalda—. No deberías de tenerle tanto miedo. Hoy no estaba enojado.

—Creo que con Félix nunca se sabe —alcanza a mascullar Amara mientras atraviesan el corredor.

—Amara. —La voz de Félix las detiene. Está parado en el umbral de su recámara—. Antes de que comiencen a cantar, ven un momento. Hay algo que olvidé preguntarte. No, tú no —dice cuando Dido se da vuelta para acompañar a su amiga—. Llévate la lira.

Amara ve sus propios pies caminando sobre el piso de madera. Félix le toma la mano y la lleva hacia el interior de la habitación.

—No le dijiste —menciona cuando están adentro. Amara no responde. Sabe que no es una pregunta. Félix le toma la barbilla entre el índice y el pulgar para obligarla a levantar la mirada—. Hay tantas formas de revelar un secreto… sobre todo si estás ahí sentada como una oveja asustada. ¿Entiendes lo que te estoy diciendo?

—¿Me estás amenazando para que no esté asustada?

—Así está mejor. Un poco de carácter.

Amara no sabe si odia más tenerle miedo o entrar en ese terreno de la familiaridad. Ella quita su mano de encima.

—Una de las meseras de El Elefante quiere un préstamo —dice—. Dos denarios.

—¿Dos denarios? ¿Por qué buscar miserias como esa cuando la próxima semana me vas a traer setenta?

—Todo es dinero. Nadie se hace rico rechazando negocios.

—¿De qué es su deuda?

—Un aborto.

—¿Y puede pagar?

—Eso dice.

—Igual que tu vendedora de comida. —Félix rodea el escritorio y hurga en los cajones hasta que encuentra el contrato de Marcella—. Seguimos esperándola. Creí que no ibas a buscar más deudores hasta que la primera hubiera pagado.

—Pero su plazo no ha vencido.

—Ni lo intentes. Sabes que sus pagos han sido mínimos. Y nunca acepto pagos tardíos, mucho menos de una mujer. —Sonríe, como si hubiera recordado de pronto que no debe ser amenazador—. Pero, por supuesto, eres tú quien va a recolectar esos pagos, ¿no? Así que estará a salvo. Hasta que se atrase. En ese momento, su deuda es mía.

17

Por su frente sudorosa caían arroyos de esencias y entre las arrugas
de sus mejillas se veía tal cantidad de pasta, que aquello parecía una pared
desconchada y a punto de derrumbarse bajo un aguacero.

Petronio, *El Satiricón*

La habitación aún retiene el calor del día de primavera y está mucho más repleta de gente de lo que Amara esperaba. Una tropa de actrices de mímica, todas desnudas salvo por las guirnaldas de flores, practica su rutina. Junto a ellas, Dido y Amara se ven demasiado abrigadas, con sus túnicas plateadas y sus cuerpos dorados. Una de las actrices las mira de reojo y luego vuelve a hablar con sus amigas, tapándose la boca para disimular las risitas.

—No sabía que habría tantos actos —susurra Dido.

Amara tiene los dedos pegajosos por la pasta. Intentaron decorar la lira y, aunque sí está resplandeciente, también lo están las palmas de sus manos.

—Por lo menos nos vemos distintas —dice, intentando convencerse a sí misma tanto como a Dido—. No todas podíamos estar desnudas.

—Unas cuantas flores más y estarán perfectas —asegura una voz grave y resonante: es Egnacio, el autoproclamado maestro de ceremonias de Cornelio. Amara se sobresalta con la interrupción; no se dio cuenta de que Egnacio había vuelto, pero no parece haber tomado sus comentarios de mala manera. En cambio, está arreglándole el cabello a Dido, trenzándole entre los rizos las rosas blancas que había ido a buscar. Amara nunca ha visto a un hombre con tanto maquillaje. Tiene los ojos delineados con kohl, y el denso polvo que le cubre las mejillas está cuarteado como

155

yeso mal secado. Los surcos se hacen más profundos cada vez que sonríe, cosa que sucede con frecuencia.

—Qué cosa tan bonita —exclama, dando un paso atrás para admirar a Dido—. Jamás vi una cara tan exquisita. —Voltea a ver a Amara y le acomoda las flores restantes en el cabello—. Salvo por la tuya, querida, claro está —le dice, con un acento exagerado. Amara se echa a reír. Egnacio retuerce la boca, complacido de haberla entretenido. Está tan cerca de ella que Amara siente su aliento cálido sobre la mejilla, y el aroma de la pomada de acacias en su cabello es casi abrumador. Le coloca una última rosa detrás de la oreja—. ¡Bien! —Aplaude con gesto teatral—. ¿Qué cantaran estas dos ninfas para nosotros esta noche?

—Varios versos de Safo —dice Amara—. Un popurrí de canciones sobre Flora y la primavera, y la historia de Crocus y Smilax.

Egnacio asiente.

—Muy lindo. Quizá podrían cantarme una o dos estrofas, y así podré saber dónde acomodarlas.

Amara comienza a tocar la canción osca de Salvio que Dido y ella emparejaron con un conocido himno a Flora. Las mimas interrumpen su ensayo con curiosidad. Amara se siente satisfecha al ver que su expresión burlona se vuelve envidiosa. No podría pedir un mejor cumplido.

—¡Encantador! —Egnacio sonríe de oreja a oreja—. ¡Sus voces son tan dulces como flores de la boca de Flora misma! ¿Han leído algo de Ovidio? Ay, deben hacerlo, deben hacerlo —declara al ver que ambas menean la cabeza—. Les escribiré algunos de los versos favoritos de Cornelio para la próxima vez.

Amara desearía haber sabido que Cornelio tenía un poeta favorito antes de la fiesta, pero la generosidad de Egnacio la conmueve.

—Gracias —dice.

—Eres muy gentil —añade Dido, poniéndole una mano sobre el brazo. Su sinceridad es genuina.

—¿Saben? —continúa Egnacio—. Mi amo tiene algo de poeta. Ha compuesto algunos versos para la Floralia. Si pudieran encontrar la forma de incluirlos… —Busca entre los pliegues de su capa y saca un pergamino.

Amara se detiene antes de arrancárselo de las manos.

—Con gusto lo haremos.

Egnacio le da el pequeño pergamino. Amara lo desenrolla, y Dido se le pega para leerlo. Por un momento, Amara no puede creer lo que lee. Luego, las palabras le traen una punzada de terror. Mira a Egnacio con sospecha.

—¿Estás seguro de que le agradará escuchar esto?

Sus ojos se encuentran, y la verdad impronunciable pasa entre ellos.

—Estoy seguro. —Egnacio hace una reverencia y luego se dirige a las actrices, quienes siguen ocupadas con su ensayo—. Damas, diosas y ninfas, espero con ansias el entretenimiento con el que nos honrarán esta noche. Se les mandará llamar en el orden en el que sean requeridas. —Voltea a ver Amara y Dido de nuevo—. Me aseguraré de que tengan tiempo suficiente para aprenderse los versos.

—Pero son terribles —dice Dido cuando Egnacio se ha ido—. ¿Cómo podemos pararnos ahí y cantar esas cosas?

Amara siente que comienza a sudar debajo de la delgada túnica.

—Tendremos que hacer que funcione. Por lo menos no es muy largo. ¿Podríamos usar la última canción que Salvio nos enseñó con estos versos?

—Supongo —dice Dido, abatida—. ¿Pero cuándo?

—Al final. Cuando la mayoría de los invitados estén ebrios.

Para cuando Egnacio vuelve para llamar a Amara y Dido a la cena, las actrices de mímica están apretujadas unas contra otras, con las capas puestas para enfrentar el fresco de la noche. No había muchas lámparas donde habían estado esperando. Amara comienza a parpadear cuando pasan por las partes más iluminadas de la casa.

—Se ven espectaculares —les asegura, llevándolas por una desconcertante procesión de habitaciones. El lugar es tan grande que ni siquiera oyeron a los invitados llegar. Amara sabe que, en algún lugar de ese laberinto, Paris y Gallus están esperando el final de la velada para escoltarlas de vuelta a casa. Su valor para Félix ha aumentado de forma considerable

—*Deslumbrantes*. Tan lindas como Flora misma. —Amara sospecha que Egnacio le hace los mismos cumplidos a cualquiera que se va a presentar frente a Cornelio, pero le agradece el aliento de cualquier forma. Están caminando demasiado rápido como para poder apreciar el entorno. Hay una riqueza inmensa ahí, pero no hay mesas rebosando de plata, como en la casa de Zoilo. En lugar de eso, las paredes del salón principal están llenas con retratos de los ancestros de Cornelio. Amara alcanza a oír risas y fragmentos de canciones.

—Por el jardín —murmura Egnacio, mientras las dirige—. He descubierto que lo mejor es que se muevan entre los sillones mientras cantan. Y no tengan miedo de involucrar al público. Ni tampoco de aceptar invitaciones.

Dido voltea a ver a Amara. Ninguna de las dos está segura de si Egnacio se refiere a una invitación a tomar vino o a algo más. El aire está rebosante del aroma de rosas. Las ramas de los rosales se enroscan en los enrejados de los muros y crean un patrón verde y lleno de color. Al verlos, Amara se acuerda de la habilidad de su madre para tejer en el telar. El comedor de Cornelio está abierto al jardín por dos lados, y las paredes y el techo tienen pintados los mismos árboles floridos que crecen en el atrio. El jardín trasero es tan vasto que es casi una pradera.

Se acercan. Las brillantes ropas se ven turbias a través de una cortina de agua, pero su reflejo resplandece en ella. Una cascada cae de una gigantesca concha sostenida por tres ninfas de mármol. Amara se da cuenta de que los detalles en sus cuerpos desnudos son dorados, similares a la pasta de oro que Dido y ella se untaron encima.

Egnacio asiente en dirección de la fuente.

—Les dije que estaban perfectas —susurra, con las cejas arqueadas.

Pasan frente a las ninfas y esperan a la orilla de la fiesta. La atmósfera es más relajada que la de la fiesta anterior. También hay un claro desequilibrio en favor de los hombres: solo hay cuatro o cinco mujeres presentes. Cornelio, cómodo en su papel de anfitrión, se ríe con fuerza de algo que dijo la persona de al lado. Lo ve mirar de reojo hacia donde están, pero espera a que otro invitado termine de contar su anécdota antes de reconocer su presencia.

—Queridos amigos —dice, alzando la voz—. Debemos agradecerles a Marco y Quinto por encontrarnos a estas bellas cantantes. —Amara sigue la dirección del dedo de Cornelio cuando señala al otro lado de la habitación. Ve a sus amantes de la Vinalia, reclinados en un sillón, ninguno de ellos tan gustoso como en casa de Zolio de que se les asocie con las lobas—. Nuestros muchachos quedaron bastante prendados de estas aves cantoras. —Las llama a su lado—. ¿O debería decir ninfas de Flora?

Egnacio da un paso atrás y se desvanece entre los esclavos que están sirviendo la comida y el vino.

—Sí —dice Amara con el mismo tono juguetón del anfitrión—. La diosa de la primavera misma fue quien nos enseñó nuestras canciones —mira hacia la fuente—, durante nuestra vida pasada como dríades.

—Tantas ninfas tienen apetito por el oro hoy en día —responde Cornelio—. ¿Se ganarán ustedes el suyo esta noche?

Ambas mujeres hacen una reverencia.

—Flora es una diosa dedicada al placer —replica Amara, rasgando las cuerdas de la lira con el plectro—. Y eso es lo que nos disponemos a darles.

Dido y ella caminan despacio hacia donde sus amantes anteriores se encuentran, mientras Amara toca las primeras notas de la canción primaveral de Salvio. Se sienta en la orilla del sillón y les sonríe a Marco y Quinto con una falsa timidez. Ellos se ríen, menos nerviosos que antes. Quinto le pone una mano sobre la rodilla y pellizca la seda con dos dedos. Los invitados que están más cerca las escuchan, pero se dan cuenta de que, del otro lado del espacio, la gente sigue conversando. Amara comienza a tocar con esfuerzo, y Dido empieza a cantar la melodía. Su voz resuena con claridad y dulzura hasta silenciar al resto de los invitados.

Arreglaron la canción osca casi por completo para la voz de Dido. Pasa entre los sillones mientras canta, sacándose flores del cabello y dándoselas a los invitados al pasar. Por un momento,

Amara se preocupa de que se vea demasiado pura y elegante —Flora es la diosa del sexo, no de la poesía—, pero Dido lleva suficiente tiempo trabajando para Félix como para saber cómo comportarse. Hay más que un mero toque de Victoria en la forma en la que se agacha para colocarle una rosa en el regazo a Cornelio.

—Debiste haberle dado una a mi esposa —dice Cornelio tras jalar a Dido hacia sí y besarla después de que termina la canción—. Por todos los hijos que me ha dado. —Debería ser un cumplido, pero Amara detecta un dejo de disgusto en su tono.

—Tienes un hijo espléndido —responde con voz quejumbrosa una mujer desde otro sillón. Es más joven que Cornelio, pero se ve tan delgada que parece enferma. Ni siquiera el brillante vestido que lleva puesto, con capas y capas de dobleces de una costosa tela, logran ocultar lo diminuto que es el cuerpo que está debajo. A Amara aún le cuesta entender la costumbre romana de que las mujeres asistan a los festines mixtos. Su padre jamás habría insultado a su familia insistiendo en que lo acompañaran.

—Gracias, Calpurnia. Sí, un solo hijo, tras una infinidad de hijas.

—Hijas maravillosas también —declara otro hombre—. Algo que reconocerles a ambos.

—Las mujeres tienen ciertos usos, sí —responde Cornelio, antes de soltar a Dido—. ¿Por qué no nos cantas otra canción, pequeña dríade?

—¿Quisieran escuchar una historia? —pregunta Dido, mirando a Cornelio por encima del hombro mientras camina de vuelta hacia donde está Amara—. Podemos contarles la historia de Crocus y su amor por Smilax.

—Y cantaremos sobre cómo la diosa Flora les dio a los amantes una nueva vida —añade Amara, liberándose al fin de Quinto, cuyas manos inquietas la hicieron temer por su costosa ropa.

Dido se dirige a la fuente; Amara la sigue. Bajo la luz de las lámparas, sus figuras deben mezclarse con las ninfas, piensa Amara, por la insinuación de su desnudez y el destello del oro sobre la piel. Comienza a tocar y, como siempre, observa maravillada la transformación de Dido. La forma en que se para, tan poco característica de ella, es a la vez cómica y un tanto siniestra.

Casi podría pasar por uno de sus clientes en el burdel al cantar el papel del mortal Crocus en una parodia de la frustrada lujuria masculina.

Amara interpreta a Smilax, y agudiza intencionalmente la voz al externar su rechazo. A fin de cuentas, se supone que nadie debería de sentir compasión por la ninfa. Amara exagera la comedia, a veces dejando de tocar y sosteniendo la lira como un escudo. Los invitados se ríen cuando Dido la persigue; la canción se hace cada vez más absurda, hasta que pasan a otra melodía, lo que le permite a Flora transformar a Crocus en una bella flor y a Smilax en una horrenda correhuela. Dido canta las últimas notas y alza los brazos como pétalos hacia el sol, hasta que se detiene, tan quieta como las estatuas que tiene detrás.

Los invitados aplauden y Amara siente que una ola de alivio recorre su cuerpo. Mira a su alrededor y ve los rostros desconocidos, radiantes por el vino y el disfrute. Ella sonríe y hace una reverencia. Egnacio está a su lado cuando ella se endereza, y le dice al oído que deben unirse a los comensales por un rato. Él las guía a ambas: deja a Amara en un sillón y lleva a Dido a otro.

—Siempre he dicho que las mujeres griegas son las mejores —declara uno de los hombres entre los que está sentada. Le recuerda a una bota de vino demasiado llena; los apretados pliegues de su ropa apenas lo contienen.

—Yo prefiero un poco de pasión gálica —responde el otro, sorbiendo su bebida. Tiene una densa barba rizada, cuyo negro profundo se interrumpe por parches grises y rojizos dispersos—. Aunque esa pieza que cantaron no estuvo nada mal. Nunca había oído esas palabras.

—Son de un poema griego —responde Amara—. La tonada es de Campania.

—A Fusco le gustará eso —dice el primer hombre, señalando a su amigo—. Siempre le ha gustado la poesía. Y tendrá más tiempo para disfrutarla, ahora que su periodo como duunviro ha terminado. —Amara mira a Fusco y sonríe, intentando hacer que su repentino interés en un hombre poderoso no sea demasiado obvio. Los duunviros son los oficiales electos más poderosos de la ciudad. El rostro de Fusco tiene cierta cualidad amable, piensa.

Quizá sea gentil. Sin duda eso es más importante que el hecho de que esté perdiendo el cabello—. Por mi parte, no me atrevo a decir que sé mucho sobre poesía —continúa el hombre más grande—. Soy Umbricio —dice, como si esperara que su nombre bastara como para que Amara lo reconociera.

—Disculpas —responde Amara con el acento griego más marcado que puede conjurar—. Recién llegué a Pompeya.

—El negocio de salsa de pescado más viejo de la ciudad —dice Umbricio—. Y el mejor. —Toma una pequeña jarra de la mesa y sirve sus contenidos sin cuidado sobre el plato de carne que tienen enfrente. Luego arranca un pedazo de la carne y se la presenta a Amara con el cuchillo—. Dime qué te parece.

Amara toma el cuchillo y come el platillo desconocido bañado en salsa de pescado con tanta delicadeza como puede. Sabe a anchoas fermentadas que se quedaron demasiado tiempo bajo el sol.

—¡Delicioso! —exclama.

—¿Qué otros poemas griegos nos cantarán? —pregunta Fusco. La está observando lamerse los últimos restos de la salsa de los dedos.

—Safo —dice ella, acercándose un poco más.

—No es una elección muy original. —Fusco mira la tela transparente de su vestido—. Pero una diosa entre los poetas, sin duda.

—¿Qué tal algo latino? —respinga Umbricio, evidentemente irritado de que Amara no está prestándole más atención.

—Recitaremos algunos versos de nuestro anfitrión.

Los dos hombres se ríen.

—Pobres de ustedes —dice Fusco—. ¿Tienen que hacerlo?

Amara sabe que una cosa es que los amigos de Cornelio se burlen de él, y otra muy distinta es que ella lo haga.

—Siempre es un placer honrar a nuestro anfitrión.

—Sí, sí, claro, claro —concede Fusco, con una mueca sarcástica—. Bueno, al menos esperaré con ansias los versos de Safo. —Le toma la mano a Amara y le frota los dedos con el pulgar con un movimiento circular e insistente—. Y quizá vuelvas a acompañarme después.

La atmósfera de la velada cambia con el paso de las horas y el flujo del vino. Después de cada canción, los invitados se desenvuelven más con Dido y Amara; sus comentarios se tornan más procaces. Fusco intercambia palabras —o quizás dinero— con Egnacio, que deja más que claro que Amara ahora es la *invitada especial* del duunviro.

Conforme los hombres se hacen más ruidosos, el pequeño grupo de esposas pierde cada vez más protagonismo y se va retirando a su propia reunión, contenida en dos sillones. Aunque eso no aminora la amargura de Cornelio para con su esposa. Rebate todo lo que ella dice: si a ella le gusta el lirón glaseado con miel, a él le parece demasiado dulce; desecha las esperanzas de su mujer de que la mañana siguiente vaya a ser soleada. Incluso si guarda silencio, Cornelio no la deja en paz y encuentra razones para burlarse de su postura, su hilado, la forma en que sostiene la copa.

De por sí es pequeña, pero parece encogerse más con cada comentario de su marido. Amara nota que la mano, al llevarse el vino a los labios, le tiembla.

—Estoy exhausta —dice Calpurnia al fin—. Lamento dejarlos a todos.

Cornelio no dice nada, como si ella no hubiera hablado. La esposa escueta y pálida se retira de su propio comedor, asemejándose más a una sirvienta que a la anfitriona de la velada.

—No sé por qué no solo se divorcia de la pobre —le dice Fusco a Umbricio—. Para terminar con su miseria.

—Si Severo tuviera que llevarse a su hija a casa, le pediría toda la dote de vuelta. Me lo ha dicho él mismo. —Umbricio cambia su enfoque hacia la mujer con el ceño fruncido que estaba compartiendo el sillón con Calpurnia, quien ahora pincha la fruta de su plato con una furiosa determinación—. Mi esposa adora a Calpurnia. Me va a llenar de quejas después de esto, te lo aseguro. Me va a molestar toda la noche para que hable con Cornelio. Ya le dije que eso empeora las cosas. Pero las mujeres no escuchan.

—Por eso dejé a la mía en casa —responde Fusco, con un brazo rodeando a Amara.

—¿Te vas a quedar, entonces? —Hay más que un dejo de envidia en la voz de Umbricio.

—Eh, eso creo, ¿tú no? —contesta Fusco, acercando a Amara un poco más—. Eso creo.

Ella le sonríe, intentando transmitirle cuán irresistible le resulta la idea. Detrás de la cabeza de Fusco, alcanza a ver a Dido sentada con Quinto y Marco. Los tres están riéndose, como en una escena pastoral de amor juvenil. Siente una punzada de envidia, pero luego se recuerda lo poderoso que podría ser un amigo como Fusco. Ninguno de los chicos de la Vinalia ha mostrado el potencial de ser un cliente frecuente.

—Hora de la mímica, ¿no les parece? —se escucha la voz de Cornelio por encima del barullo. Está arrastrando las palabras.

—Aún no, aún no —grita Fusco en respuesta—. Creo que las pequeñas gorrioncitas tienen un regalo final para ti. —Le aprieta el brazo a Amara—. Lo siento, querida —susurra—. No pude resistirme.

—Lo que no puedo perdonar es tener que dejarte —dice Amara al levantarse del sillón, soltándole la mano con una exagerada renuencia. Acompaña a Dido a la fuente; la sangre le retumba en los oídos. Ninguna de las dos ha bebido mucho vino, pero no puede decirse lo mismo del resto de los asistentes a la fiesta. Lo cual conviene para todos. Los versos de Cornelio podrían ser insoportables en sobriedad.

—En honor a nuestro amable anfitrión —dice—, nos hemos tomado la libertad de arreglar uno de sus himnos.

No espera a oír la reacción de los presentes; solo comienza a tocar la lira, a un ritmo mucho más acelerado de lo que hizo antes con la misma tonada. Dido y ella cantan al unísono, lo más rápido que pueden sin farfullar.

¡Oh, bella Flora!
Diosa de las flores y del coger,
con tus bellos dedos y pequeña nariz,
tu coño como cereal listo para morder.
¡Bendice la primavera con tu hermoso cariz!
¡Oh, bella Flora!

O a Cornelio no le importa que todos estén riéndose cuando llegan al segundo refrán, o está demasiado ebrio como para darse cuenta. Sonríe mientras los demás aplauden y agita la mano como para desestimar los halagos.

—Una nimiedad, nada más —dice—. Aunque las muchachas la cantaron de forma muy bella.

—¡Mímica, mímica, mímica! —Varias personas dan pisotones, impacientes por la presentación final.

Uno de los invitados que está cerca de ellos se pone de pie a tropezones y se apodera de Dido, casi tirándola en su esfuerzo por llevarla a su sillón. Amara se apresura a volver con Fusco.

—Tiene que ser una parodia, ¿cierto? —dice Umbricio—. ¿Coger y morder? Es una parodia.

Fusco sienta a Amara sobre su rodilla.

—Fuera lo que fuera, tú te veías adorable —dice, besándola.

Egnacio lleva a las ocho actrices al comedor. Dos de ellas llevan unas flautas, aunque Amara no las vio tocar en sus ensayos. Se recarga sobre Fusco, curiosa por ver la presentación.

—A mi esposa no le va a gustar esto —asegura Umbricio—. Va a ser el cuento de nunca acabar.

Las dos flautistas sueltan un poderoso pitido y las actrices entran en acción, aunque lo suyo es más brincoteo que baile. La historia parece tratarse de una broma que Flora les juega a sus ninfas, aunque el poco diálogo que hay es difícil de seguir. «Victoria lo haría mejor que cualquiera de ellas», piensa Amara, viendo cómo la actriz principal salta a la fuente como una rana y salpica a las demás, que chirrían con una alarma ensayada de antemano. Un recuerdo indeseado de Victoria bailando con Drauca le viene a la mente, e instintivamente se retrae más hacia Fusco.

Él malinterpreta el gesto.

—Pronto, pequeña —le susurra al oído.

Al final de la presentación, las ocho actrices terminan desparramadas sobre varios hombres. Egnacio está parado en una esquina, estudiando el espacio y enviando a un pequeño grupo de esclavos para ayudar donde se les necesite. Es el final de la cena, pero algunos de los invitados no dan indicios de querer irse, mientras que otros se levantan para para recoger a sus esposas o para despedirse. Algunos están tan ebrios que sus esclavos tienen que hacer de bastones humanos. Umbricio se pone de pie y se queja al apoyar el peso de su cuerpo sobre las rodillas.

—Lo mejor será que me lleve a la señora —dice—. Nos vemos la próxima semana, Fusco.

Amara lo ve caminar a tropezones hacia su esposa, cuya expresión sugiere que no va a esperar a llegar a casa para externar lo que pensó sobre la velada.

Egnacio se para al lado del sillón.

—¿Acompañará a los demás? —le pregunta a Fusco.

—Sabes que no me gusta que me vean. —Fusco se ve un poco inestable al ponerse de pie.

—Por supuesto. —Egnacio ayuda a Amara a levantarse del sillón. Sigue la dirección de su ansiosa mirada. Quinto discute con el invitado que tomó a Dido al final de su última canción sobre quién se quedará con ella—. Yo me aseguro de que esté a salvo —murmura Egnacio a Amara—. Puedes confiar en mí.

—Gracias —responde ella, mirándolo a los ojos al pararse—. Por todo.

Egnacio le guiña un ojo. Está tan sobrio como ella.

—El muchacho los llevará a un lugar más relajante —dice antes de llamar a uno de los esclavos.

Amara no mira atrás mientras el desconocido los lleva a Fusco y a ella lejos del bullicioso comedor. Salen al fresco aire de la noche, siguiendo a su guía por el jardín de rosas y hacia la oscura casa.

18

Odio y amo. Quizá me preguntes por qué. No lo sé,
pero así lo siento. Y sufro.

Catulo, *Poesías* 85

Amara despierta con la inusual sensación de la luz del sol sobre su rostro. Está sola en la cama. Por un momento no sabe dónde está, pero luego los recuerdos de la noche le llegan en una marejada. Se sienta en la cama y se lleva las sábanas al pecho.

No hay indicios de Félix. Debe de haber salido a la Palestra sin despertarla.

Amara exhala. Los sonidos de la calle afuera del burdel son fuertes: carretas traqueteando, el rumor de las conversaciones. Debe de haberse quedado dormida hasta entrada la tarde.

Sigue sus recuerdos de la noche, como una serie de escenas pintadas en una habitación. Fue Gallus quien la acompañó con antorcha en mano de vuelta al burdel en la madrugada, después de que Fusco terminara. No esperaba que Gallus la llevara al apartamento de arriba, pero supuso que Félix quería recolectar las propinas. Dada la hora, no la sorprendió encontrarlo en la cama, pero sí que la esperara despierto.

Amara siente que las mejillas se le calientan. Fue un verdadero placer jactarse sobre el éxito de la noche, la promesa de Egnacio de volver a contratarlas, la propina que Fusco le dio. Ahí sentada con Félix, casi se había olvidado de Drauca al ver que la emoción de su amo con respecto al dinero era casi la misma que la suya. Está segura de que fueron todas las monedas esparcidas por la cama las que lo excitaron. Aunque el sexo ni siquiera fue tan distinto a cumplir con sus exigencias habi-

167

tuales, la hora de la madrugada le dio un toque de intimidad que era difícil de ignorar.

A pesar de que está sola, Amara se cubre la cara con las manos, avergonzada. ¿Cuándo se dio cuenta de que Félix quería que se quedara? ¿Quería ella quedarse? ¿Fue ella quien se demoró demasiado? Recordar sus sentimientos es como abrir la puerta hacia la parte más oscura de sí misma. Félix le tomó la mano con mucha firmeza y no se la soltó, hasta donde Amara recuerda, después de que se quedó dormida.

—Lo odio —le dice a la habitación vacía—. Lo odio.

Recorre sus recuerdos, visualiza sus crueldades, las veces que la ha violado, su violencia, Drauca. Pero otras imágenes salen a la superficie como maleza en la tierra. Los higos que les compró a Dido y a ella, la sonrisa en sus ojos cuando fue a buscarlo a la Palestra, su entusiasmo con las historias de la noche anterior. Amara se deja caer en la cama y se pone un brazo sobre los ojos—. Lo odio —repite.

De entre los puntos brillantes y la oscuridad detrás de sus párpados, surge otro recuerdo, uno que nunca existió, una visión que tiene vida solo gracias a la voz de Félix. «Con ese porte, podrías haber sido la diosa Diana. Como si en cualquier momento hubieras podido ordenar a tus perros de caza que destrozaran a cualquier hombre que osara verte desnuda».

Amara siente que su respiración se normaliza; los sentimientos más familiares la tranquilizan. La rabia que había estado buscando aún arde. Félix la ha visto, ha visto toda su soledad y desesperación, pero Amara no permitirá que él la destroce.

—Te odio —repite—. Siempre voy a odiarte.

Baja las piernas de la cama y siente la madera fresca bajo sus pies al pararse. Su costosa ropa de seda sigue doblada sobre una silla cerca de la cama. No puede ponerse el vestido; tendrá que salir desnuda bajo su capa. Con las palmas de las manos alisa la cama, con la esperanza de borrar los rastros de su presencia. Luego, se escabulle fuera de la habitación.

Cuando baja, Dido está sola en el burdel. Al oír los pasos de Amara, se apresura a salir al corredor.

—¿Estás bien? —se preguntan la una a la otra al mismo tiempo. Luego se echan a reír.

—¿Entonces pasaste toda la noche con Fusco? —pregunta Dido, con la espalda recargada en la pared. Se ve exhausta—. Parecía muy entusiasmado de estar contigo.

—Tuve que ver a Félix después —dice Amara, aliviada de no tener que ver a Dido a los ojos mientras se pone la toga—. Pero no fue nada; estuvo bien, contento de que hubiéramos ganado tanto dinero —cambia de tema—. ¡Quiero saber qué pasó contigo! Egnacio me dijo que te iba a cuidar; espero que lo haya hecho.

—Lo hizo —afirma Dido—. Tanto como pudo. No me creerías lo extraña que es esa casa. ¡Cornelio tiene un burdel entero al final de su jardín! Mucho más lujoso que este lugar, y las pinturas son mejores. Pero es un corredor con celdas, escondido detrás de los baños. Y la mejor habitación tiene una ventana hacia otra celda. —Hace una mueca—. Le gusta observar.

—Parecía demasiado ebrio como para hacer otra cosa que no fuera mirar —responde Amara, agradecida de no haber tenido que entretener más que a Fusco. Fue un amante aburrido, pero no agotador. Una vez más, siente el calor de Félix sobre su cuerpo, pero desecha el recuerdo.

—Es algo más que eso —dice Dido, con una certeza sobre los gustos del hombre que habría sido impensable para ella unos meses atrás—. Es un mirón. No creo que haga otra cosa, esté ebrio o no.

—¿Tuviste que atender a muchos clientes? —pregunta Amara—. Espero que todos te hayan dado propinas.

—Fue Quinto, más que nada —responde Dido—. Cornelio no dejó que el otro ebrio entrara. Creo que solo quería ver a las mujeres con hombres más jóvenes.

—Pobre de su esposa —dice Amara, imaginándose todo lo que Calpurnia debía soportar con un marido así—. ¿Oíste cómo le hablaba?

—Tiene una familia, riquezas, el respeto de otras mujeres —contesta Dido con una mordacidad sorprendente—. Yo no me compadecería demasiado de ella.

«Tiene todo lo que Dido quisiera», piensa Amara. Y las dos cosas que más quiere son las que ella nunca tendrá. Amara sabe que ella con gusto se conformaría con la riqueza a expensas de las otras. A final de cuenta, el respeto y la familia no las ayudaron en nada ni a ella ni a su madre.

Las voces de las otras tres mujeres se escuchan por la ventana momentos antes de que entren al burdel.

—¡No van a creer la noticia! —exclama Berenice en cuanto está adentro—. ¡Drauca está muerta!

—¿Muerta? —repite Amara con genuina incredulidad.

La vida vale muy poco, y la de una esclava mucho menos. Dido, quien no sabe nada sobre la pelea, está más intrigada que impactada.

—No sabía que estaba enferma —dice.

—No estaba enferma —contradice Victoria—. La asesinaron.

—¡No! —Dido le toma el brazo a Amara. Eso se siente mucho más cercano. La amenaza de un cliente violento es una sombra que nunca deja de acecharlas.

—Un grupo de ebrios atacó el bar de Simo durante la Vinalia —continúa Victoria; las demás la rodean—. Drauca quedó en medio del altercado.

—¿Murió durante la Vinalia? —pregunta Dido.

—No, hace un par de días —interviene Cressa—. Estaba muy mal. María estaba en los baños hoy. Cree que Simo lo hizo, aunque él lo niega. No soportaba verle la cara ya. Estaba tan… —deja de hablar.

—Perdió un ojo —dice Victoria—. Un malnacido le sacó el puto ojo.

Amara entiende su furia. A Victoria no le agradaba Drauca, la odiaba incluso, pero esto fue un acto de violencia contra una de las suyas. Que un hombre considerara que la vida de Drauca era tan insignificante dice algo sobre la vida de las demás.

—Me imagino que Félix habría hecho lo mismo que Simo —dice—. Si hubiera sido una de nosotras.

Victoria estalla.

—¿Por qué tienes que meter a Félix en esto? —grita—. Simo mata a Drauca, ¡y tú haces que se trate de Félix! ¿No puedes dejarlo por la puta paz, aunque sea una sola vez?

Los ojos se le llenan de lágrimas. Las manos, al pasárselas por el cabello, le tiemblan con desasosiego. «Ella sabe que es cierto», piensa Amara.

—Deberíamos salir —dice Cressa, interponiéndose entre ambas—. Ven conmigo, Amara.

Amara la obedece; sus propias emociones se le desbordan demasiado como para hacer otra cosa que no sea seguirla. Salen del burdel y pasan frente a la multitud que suele congregarse en la fuente por las tardes. Amara siente el corazón más pesado que una cubeta rebosante.

—¿A dónde vamos? —pregunta al fin mientras cruzan la Vía Veneria. Es un día abrasador; el calor hace que el cielo de la tarde se vea casi blanco. Caminan por el lado sombreado de la calle, pegándose a las paredes de los edificios al pasar.

—No sé —dice Cressa—. Un bar, si quieres. Me vendría bien un trago.

—Hay un lugar de comida rápida cerca del teatro —sugiere Amara—. Conozco a la dueña.

—Está bien —acepta Cressa. Le toma la mano a Amara y se la aprieta—. No lo tomes personal con Victoria, ¿sí? Solo estaba molesta.

—Está molesta porque sabe que es cierto. ¡A Félix le valemos mierda!

Una mujer respetable se aparta de su camino, mascullando. A Amara le viene a la mente una repentina y vívida imagen de sí misma encontrándose de frente con su madre, en la calle. ¿Qué pensaría al ver a su hija maldiciendo como una puta en una esquina? «Pero es que sí soy una puta en una esquina», piensa Amara. Todo es tan absurdo que la hace querer reírse.

—¿No puedes compadecerte un poco de ella? —insiste Cressa—. Digo, considerando todo.

—Supongo que sí —responde Amara, sin entender por qué la furia de Victoria amerita más comprensión que la de todas las demás. Un tirón repentino de ansiedad la detiene y tiene que apoyar una mano en la pared para sostenerse. ¿Podría ser que Victoria haya descifrado quién es el verdadero culpable del ataque al bar de Simo y esté culpando a Amara? «Tú fuiste la que sugirió que visitáramos su bar». Las dos estaban con Félix cuando Amara insinuó que Simo merecía algún castigo por lo que ocurrió en los baños. ¿Victoria recordará lo que dijo?

—Ya se le pasará —dice Cressa, malinterpretando la expresión parca en el rostro de Amara—. Vamos a tomar algo. Te sentirás mejor.

El local de Marcella hace que El Gorrión se vea palaciego. Está enclavado en una callecita lateral para atraer clientela del teatro, pero tiene muy poco espacio como para hacer otra cosa que quedarse parada bebiendo un frasco de vino o llevarse a casa una de las grasosas tartas que están friéndose en la parte trasera. A Cressa parece no importarle. Casi se desploma sobre la barra.

—Un vino pequeño. El más barato.

La joven esclava que está sirviendo está sonrojada y sudorosa, pues pareciera estarse rostizando poco a poco con el calor del horno que tiene detrás.

—¿Tu ama no está? —pregunta Amara.

—Vuelve en un minuto —responde la muchacha—. ¿Qué vas a tomar?

—Voy a esperar a Marcella.

La chica se encoge de hombros y sirve el trago de Cressa. Tiene cuidado de no servir de más.

—Apenas como para llenar una bellota —se queja Cressa, mostrándoselo a Amara. Le da un sorbo y hace una mueca—. Pero tan fuerte como para tirar a una mula. —Se termina el vino y le devuelve el frasco a la chica—. Otro. —La muchacha le sirve más vino, y Amara se siente aliviada al ver que Cressa no se lo termina de un solo trago también—. ¿Sabías que Drauca tenía una niña?

—No —dice Amara. El corazón se le estruja de solo pensarlo.

—Simo se la quedó. Tiene unos cinco años y hace algunos trabajos en la taberna durante el día.

Amara sabe que Cressa nunca habla del hijo al que perdió, pero, de cierta forma, no reconocer su dolor se siente aún peor.

—Lamento mucho lo de…

—No —Cressa la detiene—. No lo digas. No puedo.

Se quedan en silencio.

Amara está inquieta. Cressa se cubre los ojos con la mano, como si estuviera protegiéndolos del sol, pero Amara sospecha que en realidad está escondiendo su dolor. Entre las tartas hirvientes y el sol, el calor es casi insoportable. Amara se siente rebasada por la energía nerviosa mientras espera a su deudora, sin estar segura de cómo va a persuadirla de que pague, aunque sea consciente de que tiene que hacerlo.

Marcella dobla la esquina, y Amara sale disparada hacia delante para bloquearle el paso.

—¡Por fin te encuentro! —exclama, tomando a Marcella por sorpresa y sin darle la oportunidad de escapar—. ¡Qué día! Vaya sol, ¿no? —Apunta hacia la barra—. ¿Gelio sigue dejándote todo el trabajo?

—¿Qué quieres? —pregunta Marcella, lanzándole miradas a su esclava. Sabe muy bien qué hace Amara ahí.

—Solo ver cómo estás. ¡No puedo creer que Gelio no esté aquí! Tú tienes que hacer todo. —Amara se acerca; Marcella se aleja. Baja la voz, como si fueran cómplices, apelando a sus recuerdos de aquella primera conversación en los baños—. ¿Por lo menos sabe qué ocurre en el bar? En este bar, quiero decir. Seguramente no se daría cuenta si la mitad del inventario desapareciera, ¿verdad?

—Cuida la tienda —le dice Marcella a la esclava que está en la barra—. Voy a hablar con mi… amiga.

—¿No vas a tomar nada? —pregunta Cressa, sorprendida de que la estén abandonando.

—En un minuto. —Amara sonríe y le da un apretón en el hombro al pasar. Sigue a Marcella por una estrecha escalera hacia las habitaciones que están encima del bar. Ahí arriba hace aún más calor. El cuartito sin ventilación no hace más que incrementar la tensión de Amara. Es difícil saber quién está más agitada, si Marcella o ella.

—Tienes que pagar —dice. La ansiedad hace que su voz suene brusca.

—No, tú tienes que ponerle un alto a esto —Marcella afirma en respuesta—. He manipulado las ganancias tanto como puedo. ¡O aceptan menos dinero o me dan más tiempo! Tu amo tiene que entender. La tasa nunca fue razonable.

—Entonces no debiste haber firmado el contrato.

Amara mira a su alrededor. En la habitación hay pocas cosas de valor, al menos a la vista. Se pregunta de dónde salió el collar de ámbar. Quizá la familia de las hermanas pasó por un momento difícil, como su madre y ella. La fortuna de cualquiera puede cambiar de un día a otro.

—Quédate con el collar, pues —dice Marcella. La voz comienza a quebrársele—. No puedo pagar más rápido.

—El collar no cubre los intereses.

Marcella se le queda viendo unos instantes, demasiado conmocionada como para hablar.

—¡No puedes estar hablando en serio!

El calor irradia del piso; Amara está bañada en sudor. El olor de las tartas calientes y la sofocante sensación de culpa la hacen sentir náuseas. Piensa en Drauca, en lo que Félix podría hacerle a la mujer que tiene enfrente. No puede irse de ahí sin un pago.

—¿Qué hay del anillo? —dice, señalando el camafeo que Marcella no deja de girar entre sus dedos.

Marcella se esconde la mano detrás de la espalda, como una niña.

—No.

—Sería el final de tus pagos. Podríamos finiquitar el asunto hoy mismo.

—Era de mi madre. Está muerta. No puedo dártelo.

Marcella tiene un aspecto frágil, parada a solas en la miserable morada que comparte con su marido bebedor. Amara se pregunta cuánto tiempo le tomaría a Félix destrozar el lugar, cuánto daño podría hacer.

—No es muy difícil que un barecito humiento como este se incendie —dice—. Deberías tener más cuidado con ese horno de allá abajo. —Deja que el silencio se cierna sobre ellas un momento y que la amenaza se asiente. Luego le tiende la mano—. Dame el anillo. Si no lo haces, no puedo protegerte.

Nadie la ha mirado con tanto odio como lo hace Marcella al girar el anillo entre sus dedos por última vez. Le toma algo de tiempo sacárselo; los dedos deben de habérsele inflamado con el calor. Se frota la mano sin parar, como si estuviera discutiendo con su propia piel sobre la separación con su tesoro. Al fin, deja el anillo caer sobre la palma de Amara.

—Nunca vuelvas aquí.

—Te estoy haciendo un favor —dice Amara—. Créeme.

Sabe que es cierto, que Marcella habría perdido más que el camafeo, pero, de cualquier modo, las palabras parecen ser de alguien más. Se da cuenta de que suena igual a Félix.

19

No agradezco los dones hijos de la obligación, y dispenso
a mi amiga sus deberes con respecto a mi persona.

Ovidio, *El arte de amar*, II

—¡Son los peores versos que he escuchado en mi vida!

Prisco está doblado de risa, casi desmayado por la hilaridad después de que las lobas le cantan el himno de Cornelio para Flora. Dido y Amara se ríen también, mientras que Salvio solo menea la cabeza de lado a lado.

—Si hubiera sabido qué letras iban a cantar con esa melodía tan bella, no se las habría enseñado —dice con voz severa, pero con una sonrisa en los ojos.

Es la noche en la que deben pagar su deuda, pero parece más bien un día de descanso. El pequeño comedor de Salvio brilla bajo la luz de las velas, y el fresco de la brisa nocturna se cuela por las ventanas abiertas. No es nada tan majestuoso como las dos fiestas a las que asistieron hace poco —hay un estofado de frijol y una pequeña porción de pichón rostizado—, pero es lo más cercano a una comida familiar que Amara ha tenido desde que dejó la casa de su padre. Sospecha que para Dido es igual.

Salvio les sirve más vino a todos y le entrega la jarra vacía a su esclavo para que la rellene. El chico sale de la habitación.

—¿Cuándo será su próxima presentación?

—¡En la última noche de la Floralia! —anuncia Dido—. Aunque esta vez recitaremos a Ovidio. Egnacio nos dio algunos versos a memorizar.

—Tendré que pensar en melodías más adecuadas —dice Salvio—. A menos que tú conozcas alguna, Prisco.

—Aquella que tu padre tocaba todo el tiempo. Me encanta esa canción.

—Entonces ¿se conocen desde la infancia? —pregunta Amara, bañando un pedazo de pan en el estofado.

—Nuestros padres eran socios —dice Prisco—. Y nosotros lo éramos también, hasta hace unos diez años, más o menos. Fuimos los encargados de algunas de las mejores pinturas de toda Pompeya, si me perdonan la falta de humildad. Mis artistas pintaron la mitad del Foro tras el gran terremoto. Los hombres de mi suegro pintaron la otra mitad. —Señala a Salvio—. Eso fue después de que su esposa lo convenciera de dejarnos para dedicarse a la herrería. —Los hombres se miran entre sí y luego desvían la mirada—. En paz descanse.

A Amara no le sorprende que su maestro de música sea viudo. Es más extraño pensar que Prisco tiene una esposa que está en casa, esperándolo. Sin duda, ella es la razón por la que Salvio es el anfitrión de la cena. Por un momento, la mujer ausente proyecta una sombra sobre la cómoda pretensión de que están en una reunión de amigos e iguales.

—¿Y ustedes cómo llegaron a Pompeya? —pregunta Salvio.

—Ay —responde Amara—. Esa no es una historia muy alegre.

—Ninguna de las dos nació siendo esclava, ¿cierto? —dice él. Amara se pregunta cómo lo supo, luego recuerda las palabras de Fabia: «Aún actúas como si importaras». No va a volver a preguntar lo mismo—. Son demasiado educadas —continúa Salvio—. Lo lamento; su vida actual sin duda debe ser muy dolorosa para ambas.

Lo dice con buenas intenciones, pero Amara desea que hubiera guardado silencio. Percibe que, a su lado, Dido se tensa. ¿Acaso no entiende la necesidad ocasional de olvidar?

—Y tú eres demasiado modesta —le dice Prisco a Dido, marcando una clara distinción entre ambas que hace que Amara bufe y suelte una risotada—. Perdónenme. —Prisco voltea a verlas—. No quise ofender.

—No me ofendí —responde Amara—. Como sea, tienes razón. Antes de estar aquí, yo fui concubina. Ella no. —«Pero aún detesto haberlo sido», quiere añadir.

Salvio siente un cambio en el ambiente.

—Lo lamento. No debí haber dicho nada.

—¿Cantamos? —pregunta Dido en el tono alegre y frágil que Amara reconoce como su fachada de valentía. «Al menos está aprendiendo a protegerse», piensa. «Mejor que las lágrimas».

—¡Sería maravilloso! —exclama Prisco.

Salvio toma su flauta de encima de un baúl, donde claramente la había colocado antes de la cena.

—¿Comenzamos con nuestra vieja favorita? —No espera la respuesta, sino que empieza a tocar la melodía sobre el pastor y su amada.

Todos comienzan a cantar y, tras el primer verso, la incomodidad y la tristeza se van desvaneciendo. Amara mira a Dido, ve la alegría en su rostro y se da cuenta de que no hay nada que ame más. Una calidez le inunda el cuerpo. Nunca había tenido una amiga como Dido. Ella es la luz en la oscuridad de su vida.

Cantan canción tras canción; Salvio les enseña algunas nuevas, y ellas les cantan a los dos hombres la historia de Crocus y Smilax. Ayudadas por el buen ánimo, su presentación es mejor incluso que aquella por la que Cornelio pagó. Amara siente que el rubor se le extiende por las mejillas, y el calor le llega a los brazos y las piernas al permitirse beber demasiado. ¿Sería así la vida si fuera una mujer libre en Pompeya?

El esclavo está quedándose dormido en un rincón, y el cielo nocturno fulgura con estrellas cuando Prisco dice al fin:

—Debería volver a casa pronto. —Hay un silencio, y los hombres intercambian miradas, señal de un arreglo previo. Prisco se dirige a Dido—. ¿Me harías el honor…? ¿Tendrías la bondad de acompañarme unos momentos?

«Al menos tiene la decencia de preguntar, como si ella tuviera la opción de negarse», piensa Amara.

—Por supuesto —dice Dido, tomándole la mano. Prisco la lleva hacia afuera de la habitación, dejando a Salvio y Amara solos en la mesa.

—¿Quieres más vino?

Amara se da cuenta de que está nervioso.

—Solo si tú vas a tomar. Si no, estoy bien.

Salvio rellena las dos copas.

—Hace dos años que no estoy con una mujer. Desde que mi esposa murió. —Se detiene. Amara tiene la sensación de que no está esperando una respuesta, solo intenta encontrar las palabras correctas, así que no dice nada—. Sabina amaba la música —dice—. Me recuerdas un poco a ella.

—Lo siento. Es terrible perder a un ser amado.

Salvio agita la mano, como para minimizar su pena.

—Estoy seguro de que tú también has perdido familiares —le dice. Amara agacha la cabeza; no quiere hablar de sus padres ni de Afidnas. Salvio se termina la copa y se pone de pie—. Bien.

Amara asienta su copa, sin haber tomado una gota, y se levanta también. El joven esclavo se despierta de golpe cuando pasan frente a él y, con poca energía, recoge la mesa.

Salvio toma una vela para iluminar el camino hacia su recámara. El estrecho corredor está oscuro; Amara lo sigue, avanzando con cautela. Salvio abre la puerta. Después de la cena con buena iluminación, la habitación parece lúgubre, pero los ojos de Amara se ajustan a la oscuridad. Alcanza a ver ropa de mujer extendida sobre la cama. No pregunta a quién pertenece.

Salvio coloca la vela sobre una pequeña mesa y toma la túnica de su esposa.

—¿Te molestaría…? —Amara toma el vestido. Salvio se da vuelta mientras que ella se cambia. Envolverse en la ropa de una mujer muerta la hace estremecerse. La tristeza de su propia soledad y del dolor de Salvio le hace un nudo en la garganta.

—Ese de allá es su perfume. —Amara toma la botella y se pone un par de gotas en el cuello. Salvio la mira fijamente—. Te pareces tanto a ella —suspira—. ¿Hay alguien que quisieras que yo…? Digo, puedo fingir ser alguien más, si eso lo hace más fácil para ti.

De todas las cosas que Amara se imaginaba que Salvio podría decir, esa era quizá la última. La pared afuera de El Gorrión le viene a la mente, el nuevo grafiti que recién vio esa mañana. «Kallias saluda a su Timarete».

—No —dice ella de forma empática—. No lo haría más fácil.

179

—Lo siento —dice Salvio—. Pero ¿habrá quizás algún recuerdo de estar con alguien que te guste?

—No.

—¿Nunca has estado con un hombre por elección?

—No. —La simpleza de la pregunta y la sinceridad de la respuesta la golpean con una fuerza inesperada. Desvía la mirada.

—Lo siento —comenta Salvio. Se sienta en la cama.

Amara se sienta a su lado, sin saber qué decir.

—No es tu culpa —dice al fin—. Estoy feliz de estar aquí contigo.

—No necesitas fingir —menciona Salvio, tomándole la mano—. Me imagino que ya te han hecho fingir lo suficiente. —Amara no lo contradice—. ¿Alguna vez has... sentido algo?

«¿Ha sentido algo alguna vez?». Vaya pregunta. Un millar de respuestas le da vueltas por la cabeza. Todas las sensaciones de su vida como prostituta: el asco, el pánico, el vacío devastador. La aversión tan intensa al contacto que le sorprende haber sido capaz de pasar una noche entera en el burdel sin gritar, sin quitarse a los hombres de encima.

—No —responde en voz muy baja—. Nunca siento nada.

Se quedan sentados juntos, en silencio.

—Sabina tenía mucho miedo al principio —dice Salvio—. Le tomó mucho tiempo acostumbrarse a estar conmigo. —La abraza y la acerca. Amara se pregunta a quién está viendo cuando la mira: a la mujer que tiene enfrente o a su esposa fallecida.

—Amara —comienza él, como respondiendo su pregunta—, intentaré que esto sea agradable para ti. Lo único que te pido es que no finjas. —Le quita un mechón de cabello de la cara y se corrige—. No sientas que tienes que fingir.

El canto de Victoria la despierta por la mañana. Amara se queda unos momentos recostada en su celda, escuchando los sonidos, la dulzura de la voz, tan contrastante con la dureza de la vida de quien canta. No sabe casi nada sobre el pasado de Victoria. Por lo menos sabe que a Dido y a ella las amaron en algún momento, y sabe que Berenice y Cressa pasaron sus primeros años con su madre, pero Victoria nunca ha sido de nadie más que de un amo. Aun así, cada mañana, canta a todo pulmón y llena el oscuro lugar con su alegría. Amara se pregunta dónde habrá aprendido tantas canciones. Se da cuenta de cuánto ha extrañado su amistad desde su cambio de fortuna en la Vinalia.

Se levanta de la cama, se viste a toda prisa y sale al corredor. El piso de lodo comprimido bajo sus pies está duro y fresco. Se detiene frente a la puerta de Victoria por unos segundos antes de abrir la cortina.

—¿Puedo pasar?

Victoria deja de cantar de forma abrupta.

—Como quieras.

—¿Cómo estuvo la noche?

—Lo de siempre. ¿Linda fiesta?

—Fue una cena arriba de la ferretería. No le llamaría fiesta.

—Da igual. Una cena, pues —dice Victoria, mirando hacia otro lado mientras se arregla el cabello—. En una casa. Con vino gratis. Mejor que comer una vez al día.

Amara hace una pausa para pensar en cuánto le debe a Salvio por las atenciones de la noche.

—El cliente me hizo vestirme como su esposa muerta, con una túnica mohosa y raída. —Ve que Victoria vacila. Sabe que no hay algo que le parezca más irresistible que una historia ridícula de sexo—. Tenía el perfume preparado y todo.

Victoria cede ante la curiosidad y asienta su cepillo.

—No es cierto.

—Me preguntó quién quería yo que fuera él.

Victoria suelta una carcajada.

—Espero que hayas dicho que Júpiter, encarnado en una maldita montaña de oro.

—¿De qué tanto se ríen? —Berenice, con ojos somnolientos aún, está en el umbral de la celda.

—De un cliente —dice Victoria—. ¿Recuerdas a los clientes? ¿Antes de Gallus?

—Sabes que tuve tres anoche —responde Berenice, ofendida—. Incluyendo al idiota ese de la lavandería. ¿Cómo se llamaba?

—Fabio —dice Victoria. Amara no tiene idea de cómo lleva el registro de tantos nombres—. No es tan malo.

—Se embriagó *otra vez* —murmura Berenice, asomándose por el corredor hacia la celda de Cressa—. No sé de dónde saca el dinero. Si sigue así, se va a beber hasta el último centavo que ha ahorrado.

—¿Qué no Cosmo nació en esta época del año? Seguramente lo extraña. —Victoria vuelve a cepillarse el cabello—. ¿Fabio lloró como de costumbre después de terminar?

Berenice se deja caer con pesadez sobre la cama.

—Es tan aburrido —dice.

—¡Por eso tienes que ponerlo de humor! —la reprende Victoria—. No puedes culparlo por llorar si tú estás con esa cara amarga de «preferiría estar con mi novio». Haz un esfuerzo, por lo menos.

Berenice no se defiende; se queda sentada con los hombros caídos.

—Me abofeteó.

—¿Qué? ¿Fabio? —Victoria está anonadada—. ¡Es un idiota!

—No. Gallus. —Berenice se ve abatida—. Dice que lo disfruto demasiado. Estar con otros hombres, pues.

—¿Qué quiere que hagas? ¿Berrear toda la noche por tu virtud perdida? Estúpido.

—¿Sí lo disfrutas? —escupe Amara sin pensar. Ambas voltean a verla.

—¡Qué pregunta! —dice Victoria—. Suenas como un cliente, Amara.

—Pero, quiero decir… —Se detiene. En realidad, no sabe qué quiere decir. La noche anterior con Salvio no fue una revelación de nada. No sintió placer alguno, a pesar de los considerables esfuerzos de Salvio. Pero tampoco fue una noche desagradable. Tuvo la sensación, por primera vez, de que podría ser diferente, si el hombre fuera diferente.

—¿Pasó algo más en esa cogida de esposa muerta que no nos estás contando? —pregunta Victoria.

—¿Esposa muerta? —repite Berenice.

—¿Ya les contaste de Salvio? —Es Dido, recargada en el marco de la puerta. Victoria empuja a Berenice para hacerle espacio en la cama. Amara es la única que sigue de pie. Las otras tres están mirándola.

—Dinos, por favor, que no estás enamorada de un hombre que te hace disfrazarte de su esposa muerta —dice Victoria.

—¡No! —protesta Amara—. Aunque sí me agrada. Como amigo.

—¿Amigo? —repite Berenice, incrédula.

—¿Te casarías con él si te pidiera que fueras la esposa número dos? —Victoria está disfrutando su papel de fiscal.

—Sí, pero eso no es amor. Es solo que preferiría ser una liberta a cargo de una ferretería que esclava de Félix. ¿Ustedes no?

—¿Es maravilloso en la cama?

Amara titubea.

—¡Sí es maravilloso en la cama! —grita Victoria. Las otras dos se echan a reír, y pronto Amara se les une.

—Se esforzó. Eso es todo. Los clientes no suelen hacer un esfuerzo, ¿o sí?

—Por eso hay que guiarlos —afirma Victoria—. Puedes tomar un poco el control de la situación.

—No estoy segura de eso —responde Berenice con el ceño fruncido—. Sé a qué se refiere Amara.

—Nadie quiere oír sobre lo buen amante que es Gallus —dice Victoria, tras hacer una mueca de hastío—. Ahórranos la miseria.

—Sí, pero sí es diferente cuando el hombre se esfuerza. Lo es —afirma Berenice—. ¿No creen?

—Nunca es diferente —concluye Dido.

—No puedes esperar que un hombre te dé placer —declara Victoria, como si fuera una obviedad—. Tienes que hacer lo que a ti te gusta y dejar que él te acompañe.

—¿Y si no hay *nada* que te guste? —pregunta Dido.

—Entonces —dice Victoria, pasándole un brazo por los hombros, como en complicidad—, solo tienes que esperar que un día, si eres *muy afortunada*, un herrero te pida que te vistas como su esposa muerta.

Amara ve a sus tres amigas casi caerse de la cama por las carcajadas y sonríe. Quizá sí hay algunos placeres en la vida de una puta, después de todo.

—¿Qué es tan gracioso? —Paris, con expresión férrea, merodea la puerta de la celda. Desde que Victoria le ofreció la pasta dorada y le preguntó si quería dorarse el culo, ha estado aún menos amigable que de costumbre.

—¿Qué? ¿Ahora está prohibido reírse? —pregunta Victoria—. No lo sabía. Pero me temo que esa cara de berrinche no va a ahuyentar a los clientes. Por detrás no pueden verte la cara.

Paris se mueve tan rápido que ninguna tiene la oportunidad de detenerlo. Golpea a Victoria en la cara con fuerza y echa el puño hacia atrás para golpearla de nuevo. Berenice le salta sobre la espalda con un aullido y le araña los brazos, lo que hace que Paris se tambalee. Falla el segundo golpe. Amara y Dido se apresuran a ponerse frente a Victoria, con las manos en alto, y le gritan a Paris que se detenga. Paris intenta quitarse a Berenice de encima, pero está aferrada a su cuello, ahorcándolo. Cressa entra corriendo a la celda y jala a Berenice para que deje de estrangular a Paris, mientras grita con fuerza que lo suelte.

—¿Qué demonios está pasando?

Al oír la voz de Félix, todos los gritos se apagan, y Berenice cae al piso como una piedra. París jadea y se soba el cuello.

—¡Les pregunté qué demonios está pasando!

—¡Le pegó en la cara! —dice Amara, señalando a Victoria—. ¡Le pegó en la cara!

Es la regla de oro en La Guarida del Lobo: ni Félix ni sus hombres tienen permitido marcarles las caras.

Félix no necesita preguntar si es verdad. Victoria se está sobando el ojo; la piel de su mejilla se está tiñendo de un rojo brillante.

—Déjame ver. —Atraviesa la celda hacia la cama con prontitud. Amara y Dido se apartan de su camino. Félix le quita a Victoria la mano de la cara y examina el daño; presiona su pómulo con el dedo. Victoria hace una mueca de dolor—. Nada está roto —dice al ponerse de pie—. Va a sanar. —Camina a donde está Paris y le da un empellón—. ¿En qué carajos estabas pensando? Ya no te sientes tan valiente, ¿eh? Largo de aquí.

Paris no necesita que se lo digan dos veces; sale de la celda dando tumbos.

—Y tú —dice Félix, volteando a ver a Victoria, que está tiritando de miedo junto a la pared—. Cierra la boca. Sé muy bien lo que pasó aquí. Lo provocaste, ¿verdad? —Victoria no dice nada. Félix la toma por los hombros y la sacude—. ¿Verdad?

Amara mira los frascos de perfume acomodados en el dintel de la ventana de Victoria. Se imagina tomando uno y rompiéndolo contra la cabeza de Félix. Se visualiza gritándole a todo pulmón que se detenga. Pero no hace nada. Se encoge junto a la pared, aterrada, igual que las demás.

Félix suelta a Victoria, quien corre para ponerse a salvo y se sube a la cama para alejarse de él. La expresión de dolor le estruja el corazón a Amara, pero Victoria tiene los ojos secos. Amara se da cuenta de que nunca ha visto a su amiga llorar.

—Cuiden muy bien lo que dicen, todas —amenaza Félix—. No quiero tener a una Drauca en mis manos, con una cara horrible e inservible. Mírate —le escupe las palabras a Victoria—. Nadie va a querer tocarte en días.

Abre la cortina de un jalón y sale furioso del burdel.

—No —dice Victoria, alzando la mano para evitar que Dido se le acerque—. No digas nada. Déjenme en paz.

Las otras mujeres vuelven a sus celdas, como si buscar consuelo unas en las otras fuera a aminorar el sufrimiento de Victoria. Amara se sienta sola en su cama, mirando el bolso enmohecido de su padre. Imagina a Félix arriba, con el anillo de camafeo de Marcella en su escritorio, y recuerda la sonrisa que esbozó cuando Amara se lo entregó. Cierra los ojos.

Julio

20

El sol arde con tal furia que Amara siente que va a desmayarse. Solo la multitud y los piquetes de emoción que Victoria le da en las costillas la mantienen de pie. Así no es como habría elegido pasar su primer día libre en Pompeya. Despertar antes del amanecer, ir al otro extremo de la ciudad, caminar en el frío y la oscuridad de la madrugada, ver la salida del sol y, más tarde, marchitarse bajo el calor abrasador. Y todo nada más para tener una buena vista del desfile de los gladiadores hacia el anfiteatro. Es el primer día de julio, el día en que los nuevos oficiales electos de la ciudad asumen su cargo y, sobre todo, el día en que se llevan a cabo los juegos gratuitos para celebrarlo.

Amara se pregunta si Fusco ya estará en la arena, sentado en las primeras filas, preocupado de que el espectáculo del día opaque los juegos que él organizó el año pasado. Se mostró bastante malhumorado al respecto la última vez que Amara lo vio. Egnacio le ha hecho bastantes favores, pero quizá ninguno tan grande como presentarle al duunviro. Dido y ella cantan con frecuencia en su casa y en la de Cornelio, aunque Fusco es un anfitrión menos demandante. Ahí, rara vez se espera que hagan algo más que cantar, sobre todo porque la esposa de Fusco tiene mayor influencia sobre su marido.

La intimidad que ahora tiene con hombres poderosos le resulta extraña. En la casa de Cornelio, Fusco le cuenta pequeños detalles sobre su vida, como la fuente que compró para su suegro, los libros que sus dos hijos leen. Y, por supuesto, Amara sabe a la perfección qué le gusta en la cama. En su propia casa, Fusco asume el papel de un patrón desapegado, ofreciéndosela a sus invitados, como parte del servicio a disfrutar junto con los platones de fruta. En la calle, si llegaran a encontrarse, Amara no tiene dudas de que la ignoraría. En ese sentido, su vida no ha cambiado ni un poco.

—¡Ahí está! —anuncia Victoria—. ¡Celado!

Amara no la habría escuchado si Victoria no estuviera gritándole casi al oído. El estruendo de las trompetas conforme se acercan los gladiadores y el muro de ruido de la multitud le hacen sentir que la cabeza se le va a partir por la mitad. Pero al fin ha dado frutos la larga y tediosa espera. Están apretujadas en el frente, a un lado de la entrada al anfiteatro.

—¡Celado! —grita Victoria—. ¡Celado!

Es imposible que escuche un solo grito por encima de los demás, pero, en ese momento, el gigante tracio se da vuelta, como impulsado por la voluntad de Victoria. Da dos zancadas hacia ellas, levanta a Victoria del piso con un solo movimiento y la besa. Victoria está tan anonadada que, por primera vez en la vida, no responde. La gente a su alrededor estalla en furor. Una chica que está detrás de Amara le golpea la nuca al extender los brazos para tomar el arnés de cuero del gladiador y tocarle el pecho aceitado.

—¡Celado, Celado!

El gladiador devuelve a Victoria al suelo, le dice algo al oído y regresa a la procesión, saludando a la multitud con ambos brazos.

—Me hubiera besado a mí —Berenice le grita a Amara—. ¡Me habría besado a mí si hubiera estado hasta adelante!

Tiene una expresión frenética, casi irreconocible por la furia y la decepción. A Amara le alegra que Victoria no alcance a oírla. Está parada con una quietud muy fuera de carácter, con los pies plantados justo donde Celado la dejó, zarandeada por el flujo que comienza a abarrotar la entrada de la arena.

—¡Vamos! —grita Amara, tomándole el brazo—. ¡No vamos a encontrar asientos!

Las cinco se toman de las manos y las togas con tal de evitar separarse. Saben cuál es su lugar en los juegos: tendrán que subir hasta las filas traseras.

Hay una larga fila. Se unen a una lenta columna de mujeres que esperan a apiñarse en los peores lugares de la arena. Amara siente que las piernas le van a flaquear cuando al fin llegan a la cima. La fila trasera se está llenando a toda prisa. Dan vueltas y arrastran los pies, irritadas, hasta que Cressa encuentra un espacio en el que pueden caber juntas. Tras una acalorada discusión con otro grupo de mujeres, logran sentarse, aunque, al ser la más delgada de las cinco, a Dido le toca sentarse en la rodilla de Amara.

—Tienes que contarnos qué te dijo Celado —le dice Amara a Victoria, quien se ha resistido a responder a la pregunta durante la procesión por las escaleras.

Victoria sonríe, disfrutando del secreto.

—¡Imaginen cómo sería estar con un hombre así! Imagínenlo.

—Tal vez no sea nada especial —dice Berenice—. Podría ser pésimo en la cama.

—¡Ay, no te amargues! —Cressa se ríe—. Como si te atrevieras rechazarlo.

—¡Sí, sí lo rechazaría! —insiste Berenice—. No le haría eso a Gallus.

Las demás se ríen.

—Hasta yo me sentiría tentada por Celado —dice Dido—. Y eso es mucho decir.

—¡Su pecho! —suspira Victoria—. Fue como estar en los brazos de Apolo.

Amara se acomoda en el asiento de madera. Aunque Dido no es muy pesada, hace demasiado calor como para tenerla sobre la rodilla. Hay toldos estirados por encima de la arena para tapar el sol, pero también atrapan el calor que viene desde abajo. No solo tienen la peor vista de los juegos, sino que están derritiéndose ahí arriba. El murmullo de las infinitas conversaciones que reverberan por la arena hace que parezca que están dentro de un panal.

—¿A qué hora vas a encontrarte con Menandro? —le pregunta Dido.

—Después de la primera cacería.

—Ese novio tuyo debe ser bastante especial si te vas a perder a los gladiadores —dice Victoria.

—No es mi novio.

—Perdón. Tu novio es el herrero, ¿no?

Amara pone los ojos en blanco; las demás se ríen. Dido y ella han estado solo tres noches con Prisco y Salvio, pero, por la forma en que Victoria la molesta con ello, una creería que está sumergida en un tórrido romance. Pensar en Salvio, cuando está a punto de ir a ver a Menandro, le produce una sensación extraña. Su intimidad con el viudo se dio casi por accidente, gracias al tiempo que han pasado tocando música juntos y a su inesperada gentileza. Pero Amara no olvida que, más allá de toda su bondad, es un cliente más.

Es Menandro quien la atrae —puede incluso imaginarse amándolo—, a pesar de que su relación ha consistido en poco más que unos cuantos momentos robados y el intercambio de grafitis afuera de El Gorrión. Así es como sabe dónde encontrarlo. «Te esperaré junto a la segunda puerta, Timarete. ¡Que Fortuna nos sonría a ambos!». Fue ella quien, debajo, sugirió la hora. Luego pasó una eternidad partiéndose la cabeza, dudando si eso la hacía parecer demasiado ansiosa o, peor aún, indiferente. ¿Habría sido mejor sugerir que se vieran antes de los juegos? ¿O después, tras una de las peleas de los gladiadores?

—Salvio es solo un amigo —dice.

—Si es solo tu amigo —comienza Victoria—, no te molestaría que Dido y tú cambien de hombre la próxima vez, ¿o sí?

Amara retuerce la cara.

—¡Salvio no haría eso!

—No te gusta la idea, ¿eh?

—Yo también considero a Prisco mi amigo —dice Dido, al rescate de Amara—. Pero ninguno de los dos es ese tipo de hombre.

—¡Luego nos van a decir que son mejores amantes que Gallus!

—¡Vete al carajo! —Berenice se lanza sobre Victoria—. ¡Que un gladiador te haya besado no significa que puedes restregárnoslo en la cara como si fueras la maldita Venus!

Una o dos de las mujeres más respetables sentadas en la misma fila que ellas se alejan con gestos de repulsión, aunque ninguna es tan valiente como para arriesgarse a confrontar a una pandilla de putas enardecidas.

—Déjalo ya —dice Cressa, exhausta—. Solo está molestando.

Las trompetas resuenan, y el murmullo se acalla un poco, aunque no lo suficiente como para que los discursos inaugurales se escuchen desde tan atrás. Amara vuelve a pensar en Fusco; se imagina cuánto debe haber disfrutado de su momento de gloria el año pasado. Quizá sus hijos están con él, ¿o son demasiado pequeños como para asistir a los juegos? Nunca los ha conocido.

Los gritos y vítores del público les hacen saber que los cazadores están haciendo su entrada. Los tres hombres alzan sus armas hacia el público, disfrutando la gloria antes de enfrentarse al peligro.

—¿Celado estará ahí? —pregunta Amara, incapaz de distinguir a los guerreros a la distancia.

—¡Celado no haría una cacería! —Victoria está indignada—. ¡Es un gladiador de combate!

Se escuchan más gritos, una mezcla de emoción y miedo, cuando sueltan a los animales en la arena. Las mujeres se levantan para alcanzar a ver.

—¿Qué son? —pregunta Cressa, parada sobre las puntas de los pies—. No veo.

—¡Tigres! —exclama Dido—. ¡Soltaron tigres!

Amara distingue a las bestias esbeltas y hambrientas que rondan a los hombres, quienes están parados espalda con espalda en el centro de la arena. Amara nunca había visto un tigre, pero ha visto suficientes gatos acechando a sus presas como para reconocer el merodeo fluido y lento, y los músculos tensos, listos para atacar. Berenice le toma el brazo cuando el primero ataca. Se mueve tan rápido que Amara no logra imaginar que alguno de los cazadores tenga tiempo para reaccionar, pero uno de ellos logra alcanzar al animal con su lanza. El tigre retrocede, herido y cojeando. Otro se abalanza sobre los hombres y, esta vez, logra conectar un zarpazo y tira al piso a uno de los cazadores.

Los gritos del gentío son tan intensos, y la acción en la arena tan frenética, que Amara no logra descifrar qué es lo que está ocurriendo. A su lado, Cressa brincotea, Victoria grita, y ella se da cuenta de que también está gritando, aunque no está muy segura de a quién le va, si a los hombres o a los tigres. Hasta Dido está cautivada por la historia; agita los puños sin control cuando un hombre salva a otro al montarse en el lomo del tigre que lo ataca, como si se tratara de un caballo.

Los papeles de presa y cazador se intercambian una y otra vez: en ocasiones son los tigres los que retroceden, en otras son los hombres. La habilidad de los guerreros, la elegancia de los tigres, todo está acentuado por actos de salvajismo que dejan a Amara sin aliento. Sigue observando, incapaz de despegar la mirada, hasta que el último tigre yace muerto. Arrastran sus cuerpos por la arena, dejando atrás rastros de sangre. Se llevan también a uno de los hombres con el pecho cubierto de sangre por una herida en el hombro. Los dos cazadores restantes están parados hombro a hombro; levantan los brazos para recibir la adulación de las masas.

—Dudo que sobreviva —dice Victoria, alzando la voz por encima del barullo—. ¡El tigre casi le arranca el brazo!

—¿Lo reemplazarán? —pregunta Dido—. ¿O la siguiente pelea será solo con dos cazadores?

—Suelen reemplazarlo cuando pierden a un hombre tan pronto. De otro modo, la cacería no dura lo suficiente —explica Cressa.

Unas cuantas mujeres se ponen de pie, aprovechando la pausa para ir a las letrinas.

—Creo que debo irme —dice Amara.

—No vayas a romperle el corazón al herrero —se burla Victoria.

Dido le da un apretón en el brazo.

—Buena suerte.

El corazón le martilla el pecho nervioso, mientras baja la escalera al exterior de la arena. ¿Y si Menandro no entendió el mensaje y cree que ella se refería al final de todas las cacerías? ¿Y si no llega? Camina a toda prisa hacia la puerta en la que acordaron verse y alcanza a distinguir, aun a la distancia, que ya está ahí, esperándola.

Por fin están juntos, parados frente a frente, y nada más importa.

—No puedo creer que en verdad estés aquí —dice Menandro, tomándole la mano.

—Yo tampoco.

Ninguno de los dos puede hacer algo que no sea mirar al otro, hasta que Menandro se ríe y rompe el hechizo.

—¿Tomamos algo?

Caminan a la plaza. Está llena de puestos de comida, bebidas y recuerditos. A Amara dejó de importarle el calor y el ruido ya no le molesta. Las mejillas le duelen de tanto sonreír, y ambos se ríen de nada y se divierten con todo. Caminan sin rumbo fijo un rato, antes de recordar el motivo de su caminata, y luego compran una copa de vino para compartir y algo de pan. Van a sentarse a la sombra de los árboles de plátano que están junto a la Palestra. La singularidad de un día así implica que no son la única pareja que aprovecha el momento, aunque el comienzo de la siguiente cacería lleva a algunos de vuelta a la arena y aligera la multitud. Menandro no le ha soltado la mano y la abraza cuando se sientan. Amara apoya la cabeza sobre su hombro y alcanza a sentir su pulso, tan acelerado y nervioso como el de ella.

—¿Le habría agradado a tu padre que esté contigo? —pregunta él.

—No lo sé —contesta ella, sorprendida por la honestidad de la pregunta.

Menandro se ríe.

—Mejor que un no, supongo.

—¿Y yo al tuyo?

—Creo que habría estado bastante feliz con la hija de un doctor.

—A mis padres no les encantaría nuestro comportamiento.

—No, supongo que no —responde Menandro y la abraza con más fuerza, por si acaso quería honrar a los muertos alejándose de él. Hay un silencio, y Amara sospecha que Menandro, al igual que ella, está pensando en todo lo que han perdido—. Y ahora no tengo nada que ofrecerte —dice—. Ni una tienda que heredar, ni libertad para darte.

—Creo que estaremos de acuerdo en que yo tengo todavía menos que ofrecerte a ti —replica Amara. Lo dice en broma, pero pensar en la distancia entre su vieja vida y la que tiene ahora le duele.

—No lo sé —dice él con una sonrisa—. Creo que pagarían cinco veces más por ti que por mí en el mercado.

—Pero nadie va a comprar a nadie. Por lo menos hoy no.

—No —responde él. Luego agacha le cabeza para besarla, deprisa, como si temiera perder el valor para hacerlo. «Así es como debería sentirse», piensa Amara al abrazarlo. «Cuando quieres estar con alguien, debería sentirse como algo parecido a la felicidad»—. ¿Estás bien? —Menandro se le separa y la mira a la cara con ansiedad—. Espero no haberte ofendido.

Amara se da cuenta de que está temblando.

—¡No! ¡No me ofendiste! —dice, abrazándolo con más fuerza para reconfortarlo—. Solo siento… —se detiene. No logra encontrar las palabras para expresar la mezcla de dolor y felicidad que siente. Menandro la mira, espera, sigue preocupado. Amara lo intenta de nuevo—. Te acostumbras a no tener nada, ¿no? Y, de pronto, tener algo, sentir algo es… —Vuelve a guardar silencio.

—¿Agridulce?

—Sí, porque nada te pertenece, ni siquiera la felicidad.

—Timarete, hasta los esclavos somos dueños de nuestra felicidad. Los sentimientos son lo único que sí nos pertenece. —Le pasa el frasquito de vino; Amara le da un sorbo—. Y sé que la tarde es corta, pero la tenemos; es nuestra.

—¿Vas a decirme que no la desperdiciemos?

—No, porque hablar no es un desperdicio —dice Menandro, tomando el vino de vuelta—. Hoy nadie nos dirá qué hacer. Solo siente lo que quieras sentir. —Hace una pausa—. Aunque espero que lo que quieras sentir sean ganas de volver a besarme.

Amara se ríe.

—Tal vez.

—Y quiero saber todo sobre tu música —dice él, quitándole el cabello de los hombros—. Llegué a pensar que, después de todas esas fiestas a las que vas con Dido, ibas a ser demasiado importante como para querer verme.

—Nunca —responde Amara—. Y, como sea, no habría música ni fiestas si no me hubieras conseguido la lira.

—Fue un gesto más que egoísta. Solo quería oírte tocar —dice él, acercándola más.

Su intensidad es familiar y despierta una oscura corriente en su cuerpo. Ha visto el mismo deseo en incontables hombres, y casi todas las asociaciones con eso son dolorosas. «¡Pero él es Menandro!». Extiende la mano para acariciarle la cara, para tomarla entre sus dedos, para recordar quién es y que ella eligió estar con él.

—Quisiera haberte conocido en nuestra otra vida.

—Lo sé.

—Intentas mantenerlas ocultas, las diferentes partes de ti, ¿no? Pero ya no existen. Pensé en mi madre el otro día, en lo que opinaría de mí, en la persona que vería si nos encontráramos ahora. Pero no me reconocería. Yo no me reconocería. —Amara habla deprisa, intentando apurar las palabras, con la esperanza de estar diciendo algo que tenga sentido, sin saber siquiera por qué está diciéndoselo, más allá de lo mucho que anhela que alguien la comprenda—. A veces creo que debe ser más difícil para ti. Mi vida cambió por completo y no queda ni un rastro del pasado. Pero, para ti, debe ser como vivir del otro lado del espejo.

—¿Pasar de ser el hijo del alfarero al esclavo del alfarero?

—Sí.

—Es difícil. Pero sé que no puede serlo más que tu vida. —Le toma la mano y vuelve a ponérsela sobre su mejilla. Le cubre los dedos con los propios—. Pero sigues siendo la misma persona. Yo aún te veo como a la misma persona.

—Extraño tantas cosas. —Amara suspira y luego sonríe, intentando aligerar el ambiente—. Empezando por la comida.

Menandro hace una mueca.

—¡El queso italiano! ¿Qué comen las cabras aquí?

—¡Y la horrible salsa de pescado que le ponen a todo!

—No hay frijol tan desabrido como para que unas anchoas podridas lo mejoren.

—Y el pan sabe como si alguien le hubiera echado tierra encima.

—Sí, ¿verdad? —dice Menandro, pensativo—. ¿Qué le ponen a la harina?

—Extraño el estofado de mi madre.

—Yo también. —Le lanza una mirada pícara—. Pero te apuesto que el de mi madre era mejor.

—Nadie hace un mejor estofado que las mujeres de Afidnas.

—¿Me lo prometes?

—Puede ser.

Menandro la besa de nuevo, y, esta vez, la oscuridad se mantiene a raya, incapaz de entrar.

La tarde, que siempre se arrastra de forma tortuosa en el burdel, parece terminarse unos momentos después de que se encuentra con Menandro, a pesar de que en realidad han pasado horas.

—¡Amara! ¡Ahí estás! ¡Se suponía que nos ibas a buscar después de la segunda batalla de los gladiadores! ¡Tenemos horas dando vueltas!

Nunca le ha afligido ver el rostro de Dido, pero ahora la imagen de su amiga hace que el corazón se le estruje. Mira a sus cuatro amigas, paradas a su alrededor, y le aprieta la mano a Menandro de forma instintiva.

—¡No puede ser hora de volver! ¡Todavía no!

—Y que lo digas —exclama Victoria con una expresión furiosa—. ¡Celado ni siquiera ha salido!

Félix les había ordenado que volvieran a buena hora para asegurarse de evitar las multitudes y de volver al burdel a tiempo para aprovechar la inevitable oleada de clientes después de los juegos. Al ser el gladiador más famoso, el duelo de Celado sin duda sería el último.

Menandro le pone la mano sobre el brazo.

—Nos veremos pronto —le dice con dulzura.

—¡Pero no será así! ¡Sabes que no!

Menandro la abraza, la estruja contra su cuerpo.

—Tendremos otro día entero, solo para nosotros. Te lo prometo. Aunque tengamos que esperar hasta las Saturnales.

—Amara —insiste Cressa—. No podemos llegar tarde.

No se despide, y él tampoco. Tener que soltarlo, ponerse de pie y alejarse, sabiendo lo que tendrá que enfrentar en el burdel, casi le corta la respiración. El dolor posee una ferocidad física. No soportaría mirar atrás. Se dice que es más fácil no desear, no sentir. Cuando no puedes tomar tus propias decisiones, ¿qué caso tiene querer algo o a alguien?

Dido le toma la mano.

—Aquí estoy —dice y le aprieta los dedos.

21

Pues, sin duda, la vida es vigilia.
Plinio el Viejo, *Historia natural*

El puesto que vende las flores y guirnaldas está del lado sombreado de la calle, pero aun así el calor de la tarde ha provocado que muchos de los brotes se marchiten. Amara y Dido cuchichean, intentando tomar los tallos más frescos de las cubetas con agua, vigiladas por la asistente de la tienda.

—¿Nos alcanza para comprar lirios?

—Deberíamos hacer el esfuerzo si queremos que Aurelio nos contrate otra vez.

Es apenas la segunda ocasión que asisten a la casa del vinatero. Aurelio es amigo de Fusco, pero no de Cornelio, y sus gustos parecen ser más decorosos. Un burdel secreto en un rincón de su jardín es impensable.

Compran los lirios y deambulan muy despacio de regreso. Las calles están menos abarrotadas que de costumbre; nadie que no necesite estar afuera se aventura a salir por el calor. Y, si la noche anterior en el burdel es indicativa de algo, media Pompeya tiene resaca. Amara se frota el brazo donde sabe que un moretón le marca la piel, cortesía de un cliente particularmente agresivo. Esconder la mancha toda la noche será una verdadera molestia.

—¿Te sientes mejor? —Dido le mira el brazo, ansiosa—. Sé que fue una noche difícil.

—Casi quisiera no haberlo visto —dice Amara, y ambas saben que no se refiere al cliente. Pero le duele demasiado hablar de Menandro abiertamente—. Hace que todo se sienta mucho peor.

—Eso fue lo que le dije a Nicandro.

—¿Ibas a verlo ayer también? —Le sorprende que Dido no se lo hubiera dicho.

Dido asiente, luego pausan su conversación para dejar pasar una carreta y se paran junto a la pared para evitar el polvo.

—¿Qué tenemos para ofrecernos el uno al otro? —pregunta Dido cuando comienzan a caminar de nuevo—. Fuera de un momento de dulzura. Si no puedes estar con alguien, ¿vale la pena fingir que las cosas son distintas? Lo siento —dice al ver el rostro afligido de Amara—. Pero no sé qué beneficio tiene amar a Menandro. Si fuera Salvio, al menos lo entendería. ¿No podría comprarte algún día? Cuando menos es posible. Otro esclavo... no hay nada que pueda darle a una mujer, sin importar cuánto quiera hacerlo.

—Lo sé —afirma Amara, intentando no pensar en la sensación del brazo de Menandro sobre su cuerpo ni en la sonrisa en sus ojos—. Sé que no puede.

—¿Crees que Salvio te compraría algún día?

—No. Digo, lo he pensado —admite—. Pero deberías oír cómo habla de Sabina, de su extraordinaria virtud, su timidez. No es el tipo de hombre que me tendría como concubina, y es obvio que yo no soy el tipo de mujer que querría como esposa. —Vacila—. ¿Qué hay de Prisco?

—¡De ninguna manera! —Dido se ríe—. ¿Qué haría? ¿Mantenerme en casa de Salvio como su amante secreta? Eso ya lo hace.

Llegan al burdel y tocan la puerta del apartamento de Félix. Paris la abre.

—El amo está ocupado —dice, frunciendo el ceño.

—No importa —responde Amara, dándole a la puerta un empujón impaciente—. Venimos a ensayar para esta noche. Félix lo sabe.

—¡No hace falta que te portes como una perra y tires la puerta! —estalla Paris antes de hacerse a un lado para dejarlas pasar.

—¿No se sentirá solo? —susurra Dido después de que terminan de subir la escalera—. No creo que tenga amigos.

—No me sorprende, con esa actitud —responde Amara, sin molestarse en bajar la voz.

La lira está guardada en un rincón a un costado de la recámara de Félix. En cuanto entran, se dan cuenta de que él tiene compañía. Es Victoria. Amara reconocería sus fervorosos gemidos en cualquier lugar, aunque parece que está haciendo un esfuerzo adicional por el jefe.

Dido le toma el brazo, evitando que se adentre más.

—¿Deberíamos estar aquí? —le susurra.

—Nada que no oigamos todas las noches.

—Sí, pero esto es diferente. ¡No saben que estamos aquí!

Un sonido que ninguna de las dos ha escuchado antes interrumpe el debate.

—¿Es Félix? —pregunta Amara, incrédula.

Se olvidan de sus escrúpulos y escuchan, mirándose atónitas. No queda duda ya de que los gemidos de placer son de Félix.

—¡No puedo creerlo! —dice Dido—. A mí siempre me toca esta cara. —Se para muy firme e imita el pavoneo de Félix antes de poner una cara de ampuloso desdén, como si estuviera mirando por encima de la cama de una mujer imaginaria.

Amara resopla con una risotada y se lleva una mano a la boca para tapar el ruido. Ambas intentan contener las risitas, pero el esfuerzo por no reírse empeora las cosas, y pronto están estremeciéndose en un ataque de histeria silenciosa.

—Te amo; moriría por ti. Te amo. Te amo…

—¡Ahora sí está exagerando! —dice Amara—. Félix no creería eso, ¿o sí?

Sin embargo, a juzgar por los ruidos en la habitación contigua, parece que Amara sobreestimó la capacidad de discernimiento de Félix.

Esperan. Los gemidos y pujidos al fin terminan, pero Victoria no ha terminado con sus declaraciones de devoción.

—Te amo tanto; eres todo para mí. Te amo. Te amo…

Su voz tiene una cualidad suplicante y de humillación que Amara apenas reconoce. Suena casi como si estuviera llorando. La voz de Félix en respuesta es calmante, pero demasiado baja como para escuchar sus palabras.

—Es muy buena actriz —susurra Amara—. ¡Parece que se lo creyó todo!

—No deberíamos estar escuchando esto —Dido se ve muy incómoda. Camina de puntitas hacia la puerta del corredor y la abre de golpe, como si recién llegaran—. ¿Quieres que nos vistamos primero o prefieres tocar? —pregunta en voz muy alta.

Las voces en la habitación de al lado se callan al instante. Amara y Dido caminan por la habitación, sacando su ropa del baúl y practicando su primera canción. Félix abre la puerta, desnudo de la cintura para arriba, impasible al verlas.

—Puedes irte —dice en dirección de su recámara.

Victoria sale a toda prisa, desaliñada, con el rostro empapado, quizá de sudor. Amara intenta encontrar su mirada y guiñarle el ojo, pero Victoria la evita. Sale al corredor y cierra la puerta con suavidad.

Reclinada con modestia en el amplio sillón tapizado de Aurelio, Amara está agradecida de que Dido y ella hubieran decidido usar los finos vestidos doblados, haciendo la tela lo más opaca posible. No está sentada con Fusco. En cambio, Aurelio la colocó en un sillón con uno de sus amigos más antiguos: Plinio, almirante de la flota romana. Sospecha que esto fue un toque travieso del anfitrión.

Es un hombre de apariencia austera, con cabello gris oscuro y una firme mandíbula cuadrada. Aurelio intenta que les comparta anécdotas de la vida militar, pero Plinio parece ser una de esas personas poco comunes que prefiere observar antes que hablar de sí mismo.

—Me encantaría —le dice a Aurelio, cuando este último le ofrece darle una visita guiada por sus viñedos—. Aunque quizá mi compañía te parezca bastante tediosa. Espero poder adentrarme más en el país, hacia el Vesubio, para ver algunas de las plantas más peculiares. Aunque, por supuesto, mis investigaciones también versan sobre el vino.

—¡El vino se bebe, no se investiga! —Aurelio se ríe—. Pero podemos adentrarnos más, si quisieras.

Plinio no tiene nada que decirle a Amara en toda la noche, salvo un breve cumplido sobre su presentación de Safo, así que es una sorpresa cuando se dirige a ella directamente.

—¿No concuerdas con nuestro anfitrión?

—¿Perdón...? —la pregunta la desconcierta.

—El vino. Apenas has tocado el tuyo.

Amara mira su copa. Está junto a la de su acompañante, que también está llena.

—Ah —dice—. Pues, me parece que beber demasiado es similar a estar dormida, y prefiero estar despierta para lo que la vida pueda ofrecer.

Plinio la mira.

—Interesante —confirma—. Somos de la misma opinión.

Tras haber capturado su atención, Amara se apresura a indagar un poco más.

—¿Estás estudiando las propiedades medicinales de las plantas?

La boca le brinca a Plinio con una expresión de desprecio que no le agrada a Amara.

—¿Vas a contarme de todas las propiedades especiales que tienen para las mujeres?

—No estaba hablando de pociones de amor —dice Amara, sonrojándose—. Mi padre era discípulo de Herófilo.

—¿Herófilo? ¿Uno de tus favoritos? Quizá podrías arreglar sus palabras con alguna melodía.

Se escuchan risas de los invitados, quienes han estado escuchando su conversación, entretenidos. Amara ha soportado toda clase de insultos disfrazados de cumplidos en cenas como esa. Sabe que es irracional, tonto incluso, que este hombre en particular la provoque más que cualquier otro, pero el corazón se le acelera y no puede evitar contraatacar.

—«Cuando la salud está ausente —dice—, la sabiduría no puede revelarse, el arte no se manifiesta, la fuerza no lucha, el bienestar es inútil, y la inteligencia no tiene aplicación». Jamás arreglaría las palabras de Herófilo con alguna tonada, señor, pero vivo mi vida según su sabiduría.

—Te he ofendido. —En el rostro de Plinio hay sorpresa, no enojo. La mira, casi como si fuera un perro que acaba de hablar—. Discúlpame. No hay razón por la que no hubieras podido leer a Herófilo. ¿Qué te enseñó tu padre sobre él?

Su pregunta apaga la flama de la furia de Amara. Teme haberse expuesto.

—No debí haberme atrevido... —murmura.

—¡Por supuesto que debiste haberte atrevido! ¿Por qué habrías de dejarme ser un pedante? —Plinio suena irritado—. Basta de la falsa modestia. Responde mi pregunta.

—Mi padre, Timaio, era doctor en Afidnas —dice Amara—. No tuvo hijos varones, y quería alguien que le hiciera compañía y le leyera. Y eso hice. —Plinio guarda silencio, así que Amara continúa—. Tenía un interés particular en la teoría de la circulación de la sangre de Herófilo. —Hace una pausa—. ¿Puedo? —Pide permiso para tomar la mano de Plinio. Le toma la muñeca, buscándole el pulso, y lo siente acelerarse con el toque de sus dedos—. Este es el flujo sanguíneo, impulsado por el corazón —dice—. O, al menos, eso es lo que Herófilo creía.

Amara suelta la muñeca de Plinio y ambos se ríen. La conversación continúa su curso, y Amara y Dido se ponen de pie para cantar otra canción. Plinio no dice nada cuando ella regresa al sillón. Pero, a pesar de que no habla, Amara siente que la vigila con una atención persistente.

No le sorprende verlo irse temprano de la fiesta, pero antes de partir se dirige a ella una última vez:

—¿Tu amo tendría problema con prescindir de ti una semana? Quisiera llevarte a casa.

Hace la petición de forma tan casual, como si estuviera pidiendo prestado un abrigo, que Amara tarda unos momentos en comprender lo que está diciendo.

—Estoy segura de que no tendrá problema —contesta.

—Bien.

Del otro lado de la habitación, ve a Dido observándola. Los ojos de Amara van de Plinio a Dido.

—Explícaselo a Félix —susurra. Dido asiente.

Hay varias sonrisas burlonas entre los invitados cuando Amara sigue a Plinio hacia afuera del comedor, aunque ninguno tiene las agallas como para burlarse del almirante de frente. Aurelio es quien más se acerca a hacerlo.

—Espero que hayas tenido una velada espléndida, querido amigo —dice, con una mirada acentuada hacia Amara—. Me alegra que la cena haya sido de tu agrado.

Plinio le agradece con serenidad, decidiendo ignorar la insinuación, o quizá sin registrarla en absoluto. Atraviesan el atrio, Amara va unos pasos por detrás de él, sumándose a su silenciosa comitiva de esclavos. Uno de ellos lleva su lira. El portero la ayuda a ponerse la capa. Luego sale a la calle iluminada por la luna.

22

Y me ocupo de este trabajo en mi tiempo libre; es decir, durante la
noche. Porque no quiero que mis príncipes me crean culpable de haber
robado sus horas, debidos a ellos: a quienes me dedico durante el día.
Plinio el Viejo, *Historia natural*

La casa a la que Plinio la lleva está cerca del Foro, a solo unos cuantos metros del burdel, pero cruzar el umbral es como entrar a otro mundo. Una delicada fuente en forma de fauno los recibe al entrar al atrio; la luz de las estrellas se refleja en sus aguas. El aroma denso de los jazmines llena el aire que los rodea.

—Mis amigos tuvieron la amabilidad de dejarme a mis anchas en la casa mientras ellos están en Roma —dice Plinio, tras lo cual toma una lámpara de manos de un esclavo y la guía por un salón oscuro—. Por aquí. —Suben las escaleras y atraviesan un balcón interior, hasta que Plinio abre una puerta. El aroma a jazmín es particularmente intenso ahí, y Amara alcanza a oír el chapoteo de otra fuente; supone que la habitación debe de dar al jardín.

—Llegamos. —La invita a pasar con un gesto. Amara había esperado esclavos que los atendieran, por lo que se siente un poco nerviosa de entrar sola a la habitación. Las paredes están decoradas con escenas marítimas: pequeños botes en pintorescas batallas, columnas de humo que se elevan por encima de la derrotada flota enemiga. Se pregunta si Plinio visita con frecuencia, si la habitación fue pintada así para él. Por todo el piso hay valijas rebosando con pergaminos y tabletas de cera. Hay otra pila sobre la cama. Plinio las levanta con cuidado.

—Si pudieras desvestirte —dice, antes de darse vuelta para revisar sus tabletas mientras ella se desnuda.

No tiene caso hacer un baile seductor si él ni siquiera está viendo. Se quita la capa, dobla el vestido con mucho cuidado y se suelta el cabello. Luego se lo acomoda con maestría sobre un hombro y se sienta en la orilla de la cama.

Plinio, mientras tanto, repasa sus notas, pero después de unos momentos voltea a verla, con un punzón y una libreta de cera en las manos. Se miran.

—¿Podría tener una mejor vista? —pregunta él. Amara está perpleja. ¿Su pose no es tan sensual como debería ser? ¿Qué es lo que quiere ver? Arquea la espalda y frunce los labios.

—No, no —dice Plinio—. Eso no. Recuéstate o algo, para que pueda ver mejor, ver más de ti.

Amara se recuesta en la cama, más nerviosa con cada segundo que pasa. Plinio la mira de arriba abajo y comienza a rayar sus tabletas. «Está tomando notas», Amara se da cuenta. La idea le resulta tan graciosa que tiene que toser para disimular la risa que le sube por la garganta.

—¿Puedo? —le pregunta, asentando las tabletas e insinuando que quisiera tocarla. Le pasa las manos por todo el cuerpo, con el ceño fruncido por la concentración, y farfulla para sus adentros al llegar al moretón en el brazo. Amara vacila un poco cuando la toca entre las piernas, sin saber qué esperar, pero no se detiene ahí más de lo que hizo con su codo o barbilla—. Me alegra ver que no te quitaste todo el vello —dice con un tono de aprobación—. Es un hábito repugnante. —Le da una palmada en la pantorrilla—. Aunque aquí todo está liso y suave, como debería ser. Gracias —comenta. Se sienta en la cama—. Ya puedes sentarte.

Amara hace lo que le pide, sin sentarse demasiado cerca de él. No está segura de que Victoria le creerá cuando le cuente los sucesos de la noche.

—He hablado con varias cortesanas durante mis investigaciones —dice, dotándola de un título mucho más generoso del que ambos saben que Amara merece—. Me interesaría saber sobre tus conocimientos herbales. En realidad, no estaba desestimando las pociones amorosas.

—¿Qué quisiera saber? —pregunta Amara.

Plinio tiene las tabletas preparadas otra vez.

—¿Haces algo para evitar un embarazo?

—Uso una esponja. Empapada en miel, si me alcanza el dinero. La utilizo como barrera. Mi padre me permitió leer toda la obra de Herófilo, incluido su libro sobre partería. Creyó que me sería útil cuando me casara.

Plinio asiente.

—Muy sensato. ¿No usas amuletos, entonces?

—No, aunque algunas de las otras mujeres del lugar sí lo hacen. Otra se lava con vino y vinagre. La mujer con la que canté hoy usa una esponja, como yo.

Plinio anota sobre la tableta.

—¿Cómo te convertiste en… cortesana?

—¿Qué parte de la historia quiere saber?

—Pues —dice él, frunciendo el ceño—, toda. Comenzaste leyéndole a tu padre la obra de Herófilo en Ática, y ahora estás aquí, en Pompeya. Quiero oírlo todo.

Le está pidiendo nada menos que ponga al descubierto la historia entera de su vida. Amara no sabe si habría sido más sencillo simplemente acostarse con él.

—Mi padre era doctor en Afidnas —comienza—. Yo era su única hija. Él murió cuando yo tenía quince años, de una enfermedad que le contagió uno de sus pacientes. Mi madre intentó mantenernos durante algunos años y, cuando ya no pudo, me vendió como esclava doméstica a uno de los clientes más adinerados de mi padre.

—Momento. —Plinio levanta la mano—. Eso no tiene sentido. ¿Por qué tu madre no te casó tan rápido como pudo? A esa edad, debían haber estado esperando que te casaras pronto de todos modos. Eras hija única. ¿Qué hay de tu dote?

Era inevitable: Plinio ha logrado tocar uno de los puntos más vergonzosos de su historia.

—Mi padre no siempre les cobraba a sus pacientes tanto como debía —dice, sintiendo la necesidad, a pesar de todo, de disculpar a su padre por su negligencia—. Las deudas que esperábamos cobrar nunca se pagaron. Y las deudas personales de mi padre eran considerables también. Mi madre usó lo que quedaba de mi dote para mantenernos.

Plinio está escandalizado.

—¡Es la peor injuria! ¡De tus dos padres! —Ve la angustia en el rostro de Amara—. No, lo siento, continúa. Te vendió como esclava doméstica. ¿Y luego…?

—Mi madre puso el dinero que le pagaron por mi venta entre mis cosas —confiesa Amara, intentando al menos exculpar a su madre de avaricia—. Pero mi nuevo amo lo tomó, y no me usó como esclava doméstica, como había prometido, sino como concubina. —Plinio hace una mueca, como si le sorprendiera que alguien pudiera en verdad haber creído lo contrario—. Estuve ahí alrededor de un año, hasta que su esposa comenzó a ponerse celosa. Luego me vendió como prostituta. Me llevaron a Pozzuoli, donde me vendieron en el mercado al proxeneta que es dueño del burdel de la ciudad. Así es como terminé aquí.

—El camino de la mente es siempre más extraño que el del cuerpo —dice Plinio, de forma enigmática—. ¿Cómo te has ajustado? Debiste haber pasado la primera parte de tu vida imaginando que te convertirías en… ¿qué? ¿Una respetable esposa? ¿Madre?

—Sabía que ese era mi deber.

—¿Qué querías en realidad, si no eso?

—Lo que quería en realidad era algo que solo podía existir en fantasías —dice. Plinio resopla, perdiéndole la paciencia a sus argucias. Amara se da por vencida—. Quería ser doctora —revela—. Como mi padre. Supuse que iba a ocurrir por todas las horas que me hizo pasar leyendo los textos médicos. No entendía. Hasta que un día se lo mencioné, y él me explicó que, por supuesto, eso no era posible.

—No es del todo cierto —responde Plinio—. Claro, no podrías haber *ejercido* la medicina como tu padre, pero siempre han existido las mujeres estudiosas, las filósofas, que han llevado vidas modestas, pero aceptables. En particular en Ática. Pero entiendo su trepidación ante la irregularidad. Aunque —masculla, claramente irritado aún con sus padres—, esa debió haber sido razón de sobra para ahorrar para tu dote. —Asienta las tabletas y mira los libros que tienen alrededor—. ¿Tienes una buena voz para leer?

—Supongo que sí.

—Excelente. Puedes ayudarme un poco mientras estás aquí. —Comienza a hablar en griego—. Podemos incluso leer a Herófilo, si quisieras. Me gustaría incluirlo en mi *Historia natural*.

El acento de Plinio es espantoso, pero su griego es fluido e impecable.

—Me agradaría mucho —dice Amara, sonriéndole—. Sería un verdadero placer.

Plinio sonríe también, claramente satisfecho con los resultados de la velada.

—Bien, estaré despierto leyendo unas cuantas horas más —comenta antes de levantarse de la cama—. Pero, por favor, no permitas que te perturbe. No dudes en dormir mientras trabajo.

—¿Dónde quisiera que... duerma?

—En la cama, claro está —dice Plinio, con un dejo de exasperación en la voz. Se sienta en el escritorio que está acomodado de forma que pueda seguir viéndola. Amara actúa como si fuera cosa del otro mundo meterse bajo las cobijas y entrecerrar los ojos; mira a Plinio por debajo de los párpados casi caídos. Complacido de verla acomodada, Plinio vuelve a sus pergaminos y la ignora. Amara tiene la intención de mantenerse despierta, pero el crujir del papel, el sonido de la fuente y el aroma del jazmín son tan calmantes que pronto se duerme. Sigue medio dormida cuando siente los dedos de Plinio sobre su cabello—. No me dejaste mucho espacio —le susurra.

Amara está alerta casi al instante.

—¡Ay! —exclama al darse cuenta de que debía haber estado extendida en la cama entera—. Perdón. —Se apresura a hacerse a un lado.

Plinio se mete a la cama, a su lado.

—Es un privilegio dormir bien —dice, sin más.

Se quedan recostados, uno junto al otro, en la oscuridad. Amara no tiene idea de qué hora de la noche o quizá de la mañana puede ser. Supone, dada la absoluta quietud de Plinio, que él también está despierto. Es difícil saber qué podría querer, pero ella siente que es mejor sospechar lo obvio que ofenderlo. Se acerca un poco más y le pone la mano con suavidad sobre el brazo.

—Estoy muy agradecida por la invitación —dice.

—Eres una muchacha encantadora —responde él. Amara sabe que la está mirando, pero la oscuridad le oculta el rostro. Se acerca y lo besa. Sus labios son delgados y resecos. Plinio no responde al beso, pero tampoco la empuja hacia un costado. Amara se relaja y recarga el cuerpo sobre el de él mientras sube la mano despacio por sus muslos. Él la detiene casi de inmediato, tomándole la muñeca—. No… no es necesario.

—Solo quiero complacer —dice Amara, alejándose un poco, de forma que ya no está recostada sobre él—. No quise ser presuntuosa.

—Entiendo —responde él, besándole la mano con los labios secos antes de soltarle la muñeca—. Pero no es necesario. Tenerte aquí es placer suficiente. —Estira una mano y se la pone sobre la cintura. Es la única parte de sus cuerpos que se está tocando, aunque Plinio está tan cerca de ella que puede verle los ojos y sentir el calor de su aliento—. Qué piel tan linda y suave tienes —añade.

Amara se mantiene en la misma posición, creyendo que quizás *él* quería hacerse cargo de la seducción, hasta que —cuando su mano se vuelve más pesada y su respiración más profunda— se da cuenta de que está dormido.

Le levanta el brazo con delicadeza y le quita la mano de encima de su cintura, para luego asentarla en la cama y deslizarse hacia un costado, pues no quiere girar sobre él por accidente más tarde. Cierra los ojos. Piensa que será una semana bastante agradable.

23

No hay otra parte del cuerpo que provea más evidencia sobre el estado del cuerpo. Lo mismo ocurre con todos los animales, pero en particular con el hombre; esto es, los ojos dan muestra de moderación, compasión, piedad, odio, amor, dolor, alegría; de hecho, los ojos son la ventana del alma.

Plinio el Viejo, *Historia natural*

Plinio está pasándole los dedos por el cabello. La sensación la despierta. Abre los ojos y se encuentra con que él está mirándola desde arriba. La luz del sol es menos indulgente con su edad. Tiene vellos grises en el pecho desnudo y una extraña expresión absorta en el rostro. Amara se pregunta cuánto tiempo lleva observándola.

—Me alegra mucho que no te tiñas el cabello como tantas otras mujeres insensatas —dice a manera de saludo—. El tuyo tiene un color natural espléndido. Suave, como una ardilla—. Se agacha para besarle la nariz.

La actitud de Plinio es tan extrañamente afectuosa e inquietante que Amara no sabe qué decir.

—Gracias —es lo que logra responder, esperando que pronto deje de cernirse sobre ella para poder sentarse y alejarse.

Plinio vuelve a agacharse, y esta vez le besa la frente. Luego se sienta y baja las piernas de la cama.

—Necesito escribir esta mañana —anuncia—. Pero quisiera que me leyeras por la tarde. Mientras tanto, toma uno o dos pergaminos y disfruta los jardines. Segundo te llevará lo que sea que necesites; sabe que estarás aquí toda la semana. —Plinio se viste mientras habla. Una vez más, a Amara le sorprende no ver esclavos en sus habitaciones. Cuando la ve tomar su túnica de seda transparente, se detiene—. No te la vas a poner, ¿o sí?

—No tengo nada más —responde ella, sorprendida de que un hombre tan brillante pueda ser tan obtuso.

—No, supongo que no. —Mira a su alrededor con ojos distraídos, como si esperara que una muda de ropa de mujer decente fuera a salir de alguna de las valijas—. Eso tendrá que servir por ahora. Quizá… —Frunce el ceño, estudiándola—. Quizá puedas doblarla unas cuantas veces más.

Amara no confía en su capacidad para responder. Después de vestirse, Plinio la observa mientras elige los pergaminos o, más bien, acepta los que él le da; luego, la acompaña hacia la puerta, al parecer ansioso porque se vaya para poder trabajar. Amara sale al balcón interior, con la gloriosa extensión del jardín a sus pies—. Solo baja por la escalera —le indica Plinio con un gesto indefinido antes de perderse en su estudio.

Amara baja poco a poco al jardín, maravillada. Son las primeras horas de la mañana, pero el cielo ya está azul, como una promesa del abrasador día que se avecinaba. En el aire cuelga el dulce aroma de flores que Amara es incapaz de nombrar; la fuente resplandece al caer el agua, y el suave ritmo de su chapoteo es como ligeras pisadas. El balcón del piso de arriba forma parte de la columnata, y hay debajo varias bancas con cojines listos para quien quiera descansar ahí. Amara se detiene y observa el lugar, sin poder creer lo que está viendo. Todo eso es suyo durante el resto del día. No tiene nada más que hacer que sentarse, leer y mirar el hermoso jardín.

—¿Quisiera algún tentempié, señora mía?

Un hombre, que podría o no ser el Segundo que Plinio mencionó, está parado a una distancia respetuosa.

A Amara le avergüenza la formalidad con la que se dirige a ella. Se lleva los pergaminos al pecho para cubrir la delgada tela de su túnica.

—Si fueras tan amable. Muchas gracias.

El hombre se va, y ella se sienta en una de las bancas que dan hacia la fuente. Está fresco bajo la sombra de la columnata. Luego examina los pergaminos que Plinio le dio. Ambos son griegos: Homero, a quien conoce bien, a pesar de que su familia tenía solo dos cantos de *La Odisea*; y uno que nunca había visto: *Las Argonáuticas* de Apolonio. Desenrolla la parte superior con cautela y comienza a leer. El hombre vuelve con una bandeja y una cobija.

—Pensé que quizá tendría frío —dice.

—Qué considerado. Muchas gracias —responde Amara, poniéndose la cobija sobre los hombros—. ¿Tú eres Segundo?

—Sí.

—Yo soy Amara. Es un placer conocerte.

La boca se le retuerce un poco a Segundo, como si la situación le pareciera graciosa, pero mantiene una cordialidad cautelosa.

—Un gusto conocerla, señora Amara.

—Gracias —dice de nuevo mientras él asienta la bandeja en una mesita a un costado de la banca—. ¿Sabes qué música le gusta al almirante? Quisiera tocar algo para él más tarde; ha sido muy gentil conmigo. Me gustaría cantar algo que disfrutara.

—Estoy seguro de que al almirante le encantaría escuchar lo que usted desee cantar —afirma Segundo con tono solemne—. Considerando que la ha invitado como su huésped.

Hace una reverencia y la deja.

Cuando está fuera de su vista, Amara examina la bandeja con un entusiasmo desbordado. Contiene una pieza de pan suave con miel esparcida encima, un vaso de agua y un plato con chabacanos y ciruelas. Intenta no comérselo todo demasiado rápido ni con demasiada ansiedad, y cuando termina se levanta para meter los dedos a la fuente. Está segura de que a Plinio no le gustaría ver manchas de miel ni de ciruela en sus pergaminos. Luego vuelve a acomodarse sobre los cojines con un suspiro y comienza a leer *Las Argonáuticas*.

Es una mañana distinta a cualquier otra en la vida de Amara. Ni siquiera en casa de su padre conoció solaz y lujos así. Segundo aparece con una segunda bandeja de comida —queso, aceitunas y más vino, así como una copita de vino dulce—, pero, fuera de eso, nada ni nadie la perturba. Lee, camina por el jardín examinando las flores, admirando el jazmín que sabe que olerá mucho más dulce por la tarde. Mira las pinturas que están en la columnata: exquisitas escenas silvestres, aves salvajes que planean, una paloma que reposa en una fuente idéntica a la que está en el jardín, la cual chapotea con suavidad todo el día. Sabe que está cerca del bullicio de la calle, pero muy poco ruido interrumpe su tranquilidad.

En el transcurso de la tarde, el calor del sol calienta hasta el último rincón del jardín, y Amara se deshace de la cobija que Segundo le dio. Comienza a sentirse ansiosa de que Plinio se haya olvidado de ella, pero él por fin aparece, seguido de un esclavo que carga un baúl.

—¿Has disfrutado los jardines? —le pregunta tras sentarse con ella bajo la columnata.

—Son maravillosos —responde—. Nunca he sentido una felicidad así.

Plinio asiente con una expresión de satisfacción.

—Si pudieras leer un poco para mí —pide—, sabré si tu voz me parece fácil de escuchar o no. —El esclavo le entrega un pergamino—. Traje *Del pulso*, de Heurófilo; necesito estudiarlo de cualquier forma, y será de ayuda que estés familiarizada con el texto.

El pergamino que Amara tiene en las manos es mil veces más fino que el que estaba en casa de su padre, pero eso no le impide sentir una oleada de emociones al desenrollarlo.

—¿Hay alguna sección que prefiera? —pregunta.

—Comienza por el principio —dice Plinio con tono mordaz—. Siempre me ha parecido que eso ayuda.

Amara empieza a leer. El texto es más completo que el que tenía su padre, pero las frases y cadencias son muy similares. Es como recitar una oración, un conjuro a todo lo que solía atesorar. Lleva unos cuantos minutos leyendo, con Plinio tomando notas, cuando la interrumpe—. Regresa un poco —dice—. Solo un par de líneas. —Amara accede y él asiente, satisfecho. Continúa leyendo sin pausa durante horas, con ayuda de unos cuantos vasos de agua provistos por el siempre diligente Segundo. Paran, al fin, para cenar.

—Tienes una voz melódica —confirma Plinio—. Pero no empalagosa. Ya veo por qué le eras tan útil a tu padre. Me parece que la voz de muchas mujeres es difícil de soportar por periodos largos, pero la tuya tiene justo el timbre correcto.

—¿Me permitirá cantarle? —pregunta Amara.

—No estoy seguro de ser un hombre al que se le cante una serenata con versos de Safo —comenta, sonando más jocoso que cruel.

—Eso no es lo que iba a cantar —responde Amara—. Solía cantarles a mis padres una versión del encuentro entre Nausícaa y Odiseo. Pensé que podría serle placentero.

—En ese caso, por favor, hazlo —dice Plinio, aunque su tono sugiere que está accediendo más por cortesía que por ilusión.

Cenan en el jardín. Al solo estar ellos dos, ni siquiera se considera usar el comedor. Él le pregunta sobre *Las Argonáuticas* y pide su opinión sobre la representación de Apolonio del amor entre Jasón y Medea. Amara agradece haber leído lo suficiente como para poder discutirlo. Cuando terminan de comer, uno de los esclavos le lleva la lira. Amara toca para Plinio una melodía que la lleva de vuelta a la infancia y la mirada afectuosa de sus padres.

Al terminar, lo mira con ansias, esperando que haya disfrutado su presentación. Pero la expresión que encuentra en su rostro es de una tristeza inmensa.

—Tus padres te fallaron, Amara —dice al fin—. Eres una muchacha encantadora. Debieron asegurarse de que tuvieras una dote.

—Por favor —responde ella—. Están muertos. No puedo pensar mal de ellos.

Plinio agacha la cabeza como muestra de contrición.

—Entiendo. Disculpas. —Cuando está demasiado oscuro y frío como para permanecer en el jardín, caminan de vuelta a la habitación de Plinio. Hay más pergaminos dispersos de los que Amara recordaba—. Ah, lo había olvidado —dice Plinio, señalando una pila de ropa de mujer—. Hice que te consiguieran cosas más apropiadas.

—Gracias —responde ella, pero resiste el impulso de levantar la ropa y ver qué le compró—. Las usaré mañana. Qué bondadoso es conmigo.

Plinio la observa desvestirse con la misma expresión absorta que Amara recuerda de la mañana. Amara espera que la desee, que esta

217

noche no se aleje de ella. Sabe que no es de él de quien se ha enamorado, sino de los jardines, de la belleza de la vida que lleva, pero su deseo no tiene otra dirección más que el hombre que está frente a ella. A pesar de sus esfuerzos al desvestirse, Plinio no la acompaña en la cama; se sienta en el escritorio a trabajar.

—Puedo leer —dice ella.

—Debes estar cansada —le responde Plinio—. No esperaría que pases toda la noche leyéndome.

—Por favor —dice Amara—. Me gustaría hacerlo.

Plinio vacila un instante; luego le da el pergamino que está estudiando.

—Desde aquí —le señala el punto exacto del texto con el pulgar.

Esta vez no hay un Segundo que le lleve discretos vasos de agua, y el tratado sobre las plantas le es desconocido. Por si fuera poco, la caligrafía del escribano es retorcida y difícil de descifrar. Más de una vez oye a Plinio gruñir o quejarse cuando tropieza con una frase, pero Amara continúa leyendo hasta que siente que está a punto de perder la voz o quedarse dormida sobre el pergamino. Por fin, parece que Plinio ha trabajado lo suficiente y está listo para irse a la cama.

—Veo que nos parecemos en nuestra aversión al sueño —dice—. Siempre me ha parecido una especie de muerte. —Amara se acerca a él en la cama, esperando que le ponga un brazo alrededor de la cintura. Pero no lo hace—. Amara no es un nombre que haya escuchado antes —le dice cuando están recostados frente a frente en la oscuridad—. Supongo que no es tu nombre real.

—Es el nombre que me dio mi amo —responde ella. Mencionar a Félix la hace sentir como si un frío cuchillo le atravesara el corazón—. Me dijo que está a medio camino entre el amor y la amargura.

—Sí, *amare, amarum* —dice Plinio—. Bastante poético para un proxeneta.

Le pone una mano sobre la cintura, como hizo la noche anterior, y Amara teme que vaya a quedarse dormido. Se acerca a él, para que la mano se le deslice hasta la espalda baja y lo besa. Sus labios están tan secos e inertes como antes. Lo besa de nuevo, intentando imaginarse que se trata de Menandro, que responderá como Menandro; en cambio, la aparta con un delicado empujoncito.

—Solo quiero complacer. —Una frase que le ha repetido una infinidad de veces a tantos clientes, sin un ápice de sinceridad. Esta vez, quisiera que la desesperación no se mostrara tan abyecta en su voz.

—Pero sí me complaces —dice Plinio, como si estuviera aplacando a una niña—. Me gusta verte; eres muy hermosa. —Le pasa los dedos por el cabello lentamente, como hizo para despertarla por la mañana—. No necesito más.

«Debe ser impotente», piensa Amara. La idea no la perturba ni la reconforta. Está demasiado agotada y la cama es demasiado cómoda como para seguirse preocupando por el enigma que es Plinio. Se queda dormida, arrullada por la sensación de las caricias en el cabello.

El tiempo transcurre como un listón de seda entre sus dedos. Cada hora que pasa como huésped de Plinio la hace enamorarse más y más de su vida; sus días son una interminable procesión de placeres. Se baña sola en la sala de baño privada, le arreglan el cabello cada mañana, come sin preocuparse por el precio de los alimentos. Poco a poco, siente que su cuerpo vuelve a ella. Nadie la toca sin permiso, mucho menos con violencia. En el hermoso jardín, la fealdad del burdel comienza a tomar un aire de irrealidad. Pero Amara sabe que está ahí, como el moretón del brazo que se va desvaneciendo.

Plinio se convierte en el obsesivo foco de sus esperanzas. Ya nunca pasa tanto tiempo con él como en el primer día —pues suele estar ocupado con otros huéspedes o cenando fuera de casa—, pero todas las noches le lee y se queda dormida bajo el peso de su mano. Amara se sienta a la sombra de la columnata, observando en silencio a los visitantes e invitados en el jardín, intentando aprender más sobre sus hábitos, sus opiniones o cualquier cosa que pudiera permitirle hacerse indispensable para Plinio. Sería un buen amo, se dice, imaginándose una vida como su asistente.

Aun si él perdiera el interés en ella, si se convirtiera en un bello objeto arrumbado en la casa, una decoración para colocar junto a las flores o las fuentes, su voz seguiría siéndole útil, y él aún la trataría con gentileza. En ocasiones, cuando está sola en el jardín, piensa en las otras mujeres, en Dido más que en las demás, y anhela hablar con ella. Luego la inunda una intensa sensación de culpa por sus planes de abandonarla. Se dice a sí misma mentiras complicadas: que, si Plinio la comprara, lo convencería de comprar a Dido también, que su buena fortuna podría ser compartida. Intenta no pensar en Menandro; los recuerdos son tan dolorosos como sostener leña ardiente en las manos.

En su sexto día en la casa de Plinio, el miedo a que la envíe de vuelta al burdel es tan intenso que le impide leer. Plinio no ha dicho nada sobre su partida, pero tampoco ha mencionado algo sobre alargar su estancia. Está sentada en silencio en el jardín, oculta en las sombras, cuando dos conocidos de Plinio llegan de visita.

Están cuchicheando junto a la fuente mientras lo esperan. Pasan algunos minutos antes de que Amara se dé cuenta de qué es lo que están diciendo.

—… no sé por qué la recogió. Solo Plinio podría ser tan excéntrico como para llevarse a casa a una griega cualquiera a la que oyó cantar en una fiesta.

Sobresaltada, Amara dirige su atención al hombre que está hablando. Es mucho más joven que Plinio y tiene un aire de arrogancia y autosatisfacción. Le recuerda a Quinto.

Su acompañante le está dando la espalda, pero Amara percibe la burla en su voz.

—Cecilio la vio cuando vino esta semana. Bastante linda, dijo, pero completamente ridícula. Tan enamorada que casi temblaba al ver al almirante con sus trágicos ojos de lirón. ¡Y Plinio no le puso ninguna atención!

El primer hombre ahoga una carcajada.

—Hay que darle crédito. Yo estaría bastante feliz si a esa edad pudiera coger con una puta hasta dejarla en ese estado de devoción.

—El viejo ha subido bastante de peso. Esperemos que no le provoque un infarto.

Las burlas de los hombres no lastiman a Amara; su impotencia ante ellos, sí. Se da cuenta de que, del otro lado del jardín, parado en silencio bajo la columnata, Segundo también está escuchando. Desconoce el papel exacto que juega Segundo en la vida de Plinio, pero desde el principio entendió que es más que un mayordomo: es los ojos y los oídos de su amo. En su mirada, que suele ser inescrutable, Amara percibe que está furioso. Los hombres siguen charlando sin preocupación, sin saber que los dos esclavos los escuchan. Segundo la mira. Sabía desde el principio que estaba ahí. Le sonríe, inclinando la cabeza un poco en dirección de los hombres. Amara sabe en ese momento que, lo que sea que hayan ido a pedir del almirante, no les será concedido.

Segundo le dice más tarde que Plinio cenará a solas con ella esa noche.

—¿Crees que quiera que le cante? —pregunta Amara.

—Creo que lo que más disfruta es tu voz al leer —responde Segundo, con mucho tacto—. Me ha contado lo útil que has sido al leerle por horas, hasta bien entrada la noche, sin quejarte.

—Ha sido un verdadero placer.

La mirada que Segundo le lanza contiene más que un poco de lástima. La aprehensión de Amara se intensifica.

Durante la cena, Plinio está de buen humor, más solícito que de costumbre sobre lo que Amara ha estado leyendo, e incluso la alaba en algún momento y le besa la mano, el único gesto de afecto físico que le ha dado afuera de su recámara.

«Se está despidiendo de mí», piensa Amara. Observa los labios de Plinio mientras habla. No hay crueldad en su rostro. El alegre chapoteo de la fuente se mezcla con sus palabras cautelosas, y el aire está perfumado de jazmín. No se imagina volviendo con Félix, al burdel, la oscuridad y la violencia diaria. Eso la mataría.

—Te extrañaré —dice Plinio al fin cuando un esclavo lleva un platón de fruta. Toma una manzana—. Ha sido un placer tenerte aquí.

—No me envíe de vuelta —pide Amara de forma espontánea e improvisada—. Se lo ruego, por favor, por favor. —Plinio la mira, sorprendido; la desesperación de Amara se agudiza. Le toma la mano y se la lleva al pecho—. Le sería leal; le dedicaría mi vida a su servicio. Sería la asistente más devota que podría desear. Sería lo que usted quisiera; iría a donde usted pidiera.

—Mi niña querida —dice Plinio—, esto no es necesario...

—Por favor, no me aleje de usted —implora Amara, perdiendo todo sentido de la dignidad, cayendo de rodillas y llorándole sobre las manos a Plinio—. Por favor. Podría comprarme. Le leería todas las noches; le dedicaría todas mis horas a su trabajo. Jamás dormiría mientras estuviera a su servicio.

—Sí tienes una voz hermosa —dice Plinio. Amara alza la mirada y ve que, por un momento, está indeciso, considerando su oferta. Luego baja el rostro—. Pero ya tengo suficientes asistentes. No sé qué lugar habría para ti. Ya te pregunté todo lo que necesitaba saber para mi trabajo. Y sabes que no soy un hombre que quisiera tener una concubina, por más encantadora que seas.

—La ayuda a ponerse de pie. Amara se sienta a su lado—. La oferta es muy dulce de tu parte. Tu lealtad me conmueve. Pero no puedo aceptar.

Amara colapsa, sollozando, sobre el sillón. Plinio le pone una mano sobre el hombro.

—Amara, por favor, contrólate. Esto no tiene caso.

Pero Amara no puede controlarse, y el hermoso jardín se llena con el horrible sonido de su llanto histérico. Cuando Amara al fin está completamente exhausta y tiene los ojos demasiado hinchados como para derramar una sola lágrima más, Plinio sugiere que se retiren a la cama. Parece harto, irritado incluso, de su exabrupto.

—Es una lástima que hayas desperdiciado tu última noche. Ya te lo expliqué. No es que no me parezcas encantadora; no hay lugar para ti en mi casa. Además, ya soy un hombre viejo. Sin duda debes querer algo más. Muchas cortesanas terminan casadas o acomodadas de alguna otra forma.

—No quiero nada más —dice Amara, recostándose pesadamente sobre la cama, y sus extremidades soportan toda la carga de su miseria. Vuelve a sentir que las paredes del burdel la atrapan.

Por primera vez, Plinio no va directo por sus libros, sino que se recuesta con ella. Se sostiene sobre un codo, cerniéndose sobre ella, y le pasa una mano por el cabello.

—Eres una muchacha inteligente. Tienes que entender.

Amara cierra los ojos, pero las lágrimas se le escapan de entre las pestañas. Siente el calor de Plinio al acercársele; con los labios secos y frágiles le planta un beso en la frente. Amara se voltea y se enrosca, escondiendo la cara debajo de sus manos. Plinio suspira de forma exagerada y baja de la cama.

Amara lo escucha mascullar la palabra «ridícula» al sentarse en su escritorio. Está exhausta por la infelicidad. Se queda dormida, igual que en la primera noche, con el sonido de Plinio trabajando y el chapoteo de la fuente del jardín.

24

Las fragancias están sujetas al lujo más inútil de todos… Son ideales
cuando una mujer pasa, difundiendo el olor que atrae incluso
a aquellos que se dedican a otra cosa.
Plinio el Viejo, *Historia natural*

Cuando Amara despierta, Plinio ya está sentado en su escritorio, mirándola. En su expresión distingue que no tiene sentido repetir la humillación de la noche anterior.

—Quiero disculparme por mi comportamiento de anoche —dice tras sentarse y cubrirse el pecho con las cobijas—. No era mi intención responder así después de lo bondadoso que ha sido conmigo. Espero no haberlo ofendido.

Plinio se relaja, claramente aliviado de verla tranquila. Camina hasta la cama, le toma la mano y le da una palmadita.

—Sé que las mujeres son, por naturaleza, criaturas emocionales —responde—. Tu oferta no era nada ofensiva. Solo me alegra que entiendas. Bien. —La ayuda a salir de la cama y la dirige hacia su ropa, quizá temeroso de que comience a llorar de nuevo—. Pasé la mañana pensando en un favor que podrías hacerme. El sobrino de un querido amigo vendrá de visita en poco tiempo. Si estás dispuesta, me gustaría que fueras su amiga.

Amara deja de vestirse.

—¿Su amiga?

—Todos los hombres jóvenes necesitan algo de experiencia con una mujer antes de casarse —dice él, encogiéndose de hombros—. Un padre puede solo desear que su muchacho no caiga en manos de una puta vulgar y tonta que drene el dinero de la familia. Claro, Rufo es un romántico, y sospecho que un tanto inocente. Espero que seas una amiga leal y servicial para él, una amiga que sepa cuál es su lugar. Sin histeria ni dramas. ¿Puedo confiar en ti?

Amara asiente.

—Cualquier servicio por usted —ofrece.

—Espero que no sea un servicio oneroso —responde Plinio—. Rufo es un muchacho agradable. —Examina el rostro de Amara—. Quizá sea conveniente que veas a la criada esta mañana. Te veré en el jardín.

Amara sale al balcón interior y se dirige a la habitación cerca de la entrada de la casa, donde Sarah, una esclava propiedad de los anfitriones de Plinio, le ha arreglado el cabello todas las mañanas. Al ver los ojos enrojecidos de Amara, pone un trapo a remojar en agua fría, sin hacer preguntas. Le indica a Amara que se siente frente al tocador.

—Ponte esto sobre los párpados —dice—. Te ayudará. —Amara se pregunta qué pensará ella de que Plinio le envíe a una prostituta para arreglarla. Siempre ha sido muy amable. Amara obedece y se sienta en la oscuridad, con el trapo presionado sobre los ojos, mientras Sarah le arregla el cabello. Cuando termina, le quita a Amara las manos de encima de los ojos—. Mejor —asegura—. Ahora sécatelos.

Sarah toma el kohl y una brochita, y le traza delicadas líneas alrededor de los ojos con movimientos diestros y ágiles. Luego le extiende un polvo gris sobre los párpados. Encima del tocador hay un frasco de vidrio: jazmín destilado del jardín. Se lo da a Amara, quien lo destapa y se frota el perfume en el cuello. Sarah toma el frasco de vuelta y le da a Amara un espejito de plata, el último paso del ritual. Amara mira su reflejo. Con la ropa respetable que Plinio le dio —sin duda elegida por Sarah— no parece una joven que trabaja en un burdel.

—Gracias —dice Amara—. Por todo.

Sarah asiente, gentil, pero no parece tener ganas de hablar. Es imposible saber a ciencia cierta cuál es su verdadera opinión sobre la huésped de Plinio.

Plinio está leyendo un pergamino cuando Amara llega a acompañarlo. Se sienta en silencio, intentando no pensar en lo pronto que tendrá que dejar ese lugar. Se pregunta cómo será Rufo, e intenta conjurar la energía para cautivarlo, para aprovechar la oportunidad que Plinio le ha puesto enfrente. Segundo aparece con pan y fruta. No ha servido comida desde el primer día, cuando —Amara sospecha— su verdadero propósito era examinarla, por lo que le sorprende verlo con la bandeja.

Segundo mira a Amara como si estuviera intentando descifrar cuál es el problema con la escena que tiene enfrente.

—¿Querría que trajera su lira, señora?

—Gracias —dice Amara, agradecida de tener algo que hacer.

Amara desayuna, pero Plinio sigue demasiado abstraído en su pergamino como para hablar con ella, y luego comienza a tocar. La sensación de las cuerdas bajo sus dedos y la oportunidad de perderse en la canción son un alivio. Pasa una hora; el sol calienta el jardín, las flores abren la cara a la luz.

Amara toca sin cesar mientras Plinio lee, como si fuera su hija devota.

—Rufo llegó. —Segundo está a un lado de su amo. Como de costumbre, Amara no lo oyó acercarse.

Amara no deja de tocar y solo alza la mirada para ver a un joven parado junto a la fuente. No le quita los ojos de encima; está claro que no esperaba ver a nadie más que al almirante.

Plinio lo llama a acercarse.

—¡Rufo! ¿Cómo está Julio? Fue una lástima que no pudiera verlo en Miseno.

—Envía sus más afectuosos saludos —dice Rufo—. Al igual que mis padres. Están pasando el verano en Bayas, pero de otro modo lo habrían visitado aquí en Pompeya.

—Por favor, dales mis mejores deseos —pide Plinio—. Bayas es encantador en esta época. —Mira a Amara—. Tu tío me dijo que te has aficionado al teatro en últimas fechas. Ella es Amara, invitada mía; es una talentosa artista.

Es la primera vez que Plinio muestra interés en su música. Amara deja de tocar e inclina la cabeza con modestia en dirección de Rufo. El joven parece un poco vacilante; quizá ha escuchado las bromas sobre Plinio y su nueva muchacha griega.

—Un gusto en conocerte —dice.

Los hombres conversan durante unos minutos, pero es claro que, fuera de su afecto compartido por el tío de Rufo, Julio, quien sirvió junto a Plinio en el ejército, tienen poco en común. Segundo aparece de nuevo para susurrarle algo al oído a su amo. Plinio se disculpa; le pide a Rufo que lo espere mientras atiende a un cliente.

Rufo y Amara se quedan sentados en silencio; ninguno de los dos sabe cómo navegar la peculiar circunstancia social.

—Fue una linda canción —le dice Rufo al fin—. ¿Podrías cantar algo más?

Amara accede. Toca una de las melodías más hechizantes que Salvio le enseñó. Nunca la ha tocado en público, pues Dido y ella decidieron que era demasiado melancólica, pero Rufo está fascinado.

—¡Qué voz tan hermosa tienes! —exclama, como un niño entusiasmado. Parece mucho más joven que ella, piensa Amara, aunque está casi segura de que es mayor. No es propiamente bien parecido: tiene la nariz demasiado grande y la cara demasiado ancha. Pero es alto, y su sonrisa es tan abierta y amigable que a Amara le cuesta trabajo no sonreírle en respuesta. No tiene la arrogancia imprudente de Quinto o Marco.

—Gracias.

—¿Cómo… eh… conociste al almirante? —No hay duda de que ha escuchado los rumores.

—Estaba cantando en una cena —explica ella—. Al almirante le interesó el trabajo de mi difunto padre, que era doctor, y me pidió que, durante algunos días, le ayudara con su trabajo de historia natural.

—Muy bien —dice Rufo, perplejo.

—El almirante es un hombre al que le preocupa la búsqueda del conocimiento por encima de cualquier cosa —continúa Amara—. No tiene los prejuicios ni creencias de hombres inferiores. Lo que significa —mira a Rufo directo a los ojos— que no recoge putas en las fiestas con el propósito de hacer lo que otros imaginarían.

Rufo se torna de un rojo casi bermellón.

—¡No! ¡Claro! Quiero decir, no creí…

Se apresura a interrumpirlo para evitarle la vergüenza.

—Disculpas —dice—. El respeto del almirante significa mucho para mí; ha sido muy bondadoso conmigo. —Agacha la mirada, como si fuera ella quien estuviera avergonzada—. No debí hablar de forma tan brusca.

Rufo parece aún más desconcertado por la renovada virtud que por la referencia a las putas.

—¿Cuánto tiempo vas a… ayudarle con sus estudios?

—Hoy es mi último día —revela Amara. Esta vez su tristeza no contiene engaños ni argucias.

—¡Qué lástima! —exclama Rufo—. ¿Dejarás Pompeya también?

—No, vivo en la ciudad. —Se da cuenta de que Rufo está intrigado. Necesita llevar el interés más allá del punto crítico—. Me llamó la atención oír que disfrutas el teatro. ¿Qué obras te gustan?

El rostro se le ilumina.

—No hay nada más honesto que el teatro, ¿o sí? Me encantan todas, pero las comedias me parecen más osadas. La vida entera se concentra sobre el escenario, y los actores tienen el valor de decir lo que no puede decirse en otro lugar. —Deja de hablar, un poco apenado por mostrarse tan efusivo—. Pero tú ya debes de saber todo esto, considerando lo que haces. Debo decir que envidio un poco que seas artista.

La idea de que un hombre adinerado y con el mundo a sus pies pudiera envidiar a una esclava sin un centavo, que tiene que cantar en fiestas para clientes lujuriosos, es tan absurda que, al principio, a Amara ni siquiera se le ocurre una buena respuesta. Pero Rufo la mira con absoluta seriedad, sin ninguna consciencia de lo ridículo que suena.

—Qué dulce de tu parte —dice—. Lo que más me gusta es arreglar las palabras con la música, y encontrar nuevas formas de contar la historia.

—Qué divertido debe de ser —asegura Rufo, desarmándola con su sonrisa contagiosa—. ¿Tienes oportunidad de asistir al teatro con frecuencia?

—Por desgracia, no —responde Amara—. Aunque me gustaría. He sentido una inmensa felicidad aquí, porque he tenido tiempo para leer. Pero perderse en la historia de una obra es un placer distinto.

—Tienes que permitir que te lleve alguna noche —dice Rufo—. Si estás segura de que no estaría contraviniendo a Plinio, claro está.

Por primera vez desde que empezaron a hablar, Amara ve algo calculador en la forma en que Rufo la mira. Aún piensa que Plinio estuvo con ella.

—Mi vida era muy distinta —comienza con cautela—. Era la hija de un doctor. El almirante ha sido el primer hombre que me ha tratado como si mi pasado fuera aún mi presente. En ningún momento se ha dirigido a mí con otra cosa que no sea bondad paternal. —Es una mentira y, sin embargo, al decirla, sabe que tiene algo de verdad también. Ninguna de las reglas habituales parece aplicar del todo en su relación con Plinio. Amara recuerda la noche anterior, la humillante forma en que le suplicó, el rechazo incomprensivo de Plinio, y, por un momento, teme volver a romper en llanto.

Rufo malinterpreta su reacción y corre a sentarse a su lado.

—Lo siento —dice, tomándole la mano—. Qué desconsiderado. No quise alterarte. —La mira a los ojos. Los suyos son color avellana y están bien abiertos por la preocupación—. ¡Qué vida tan trágica debe haber sido la tuya! Y qué insensible yo al preguntarte esas cosas.

«Quiere oír una historia melodramática», piensa Amara. «Para poder rescatarme». «He interpretado a muchos personajes», se dice a sí misma. «Al menos este tiene la virtud de asemejarse a la realidad».

—No, eres muy gentil. —Agacha la mirada, en lo que espera sea una muestra de timidez—. Solo estoy triste porque hoy debo volver con mi amo y dejar la protección del almirante.

—¿Dónde está la casa de tu amo?

Amara vacila, preguntándose si tal vez es demasiado pronto como para revelar la información crucial.

—La Guarida del Lobo.

—¿El burdel? —Rufo retrocede.

Amara se lleva las manos a la cara, derrotada. La realidad ha demostrado tener una última sorpresa que es demasiado para él.

—Pobre de ti —dice Rufo—. Qué tragedia. —Le quita las manos de la cara—. No llores, por favor. No voy a pensar menos de ti, te lo prometo. Iré a… iré ahí para llevarte al teatro. Será un placer conocerte mejor.

Amara está en peligro de soltar lágrimas de genuinas de alivio.

—Eso me gustaría mucho —asegura.

Rufo se acerca, poniendo una mano sobre la banca, cerca de la rodilla de Amara. En su rostro hay una expresión de familiaridad.

—¿Puedo besarte?

Amara siente un destello de indignación. Después de todo lo que le ha contado sobre su pasado, de la forma en que Plinio la ha tratado, él aún quiere poseerla tras solo haber conversado durante cinco minutos. Levanta la mano para que Rufo se la bese.

—Claro —dice él tras tomarla—. Claro, no en la casa del almirante.

—Gracias —responde Amara, regalándole lo que espera sea una sonrisa devota—. Nada es más importante para mí que ser tratada con gentileza.

—No mereces nada menos —confirma Rufo, gallardo. Pasan unos momentos sentados en un silencio incómodo—. Tengo que dejarte por ahora. —Se pone de pie—. Quizá podrías despedirte de Plinio por mí. Prometo visitarte esta semana.

—Gracias —contesta Amara—. Que no pase demasiado tiempo.

Cuando Rufo se ha ido, Amara se sienta en el jardín, elevada por una corriente de esperanza. Ansía agradecerle a Plinio por haberlos presentado. Luego ve a Segundo salir de entre las sombras de la columnata. Lleva un pequeño bulto entre las manos. Sus cosas. Amara comprende de inmediato. Plinio no volverá para despedirse.

Segundo camina hasta donde está ella y se sienta a su lado en la banca, colocando la ropa entre ambos.

—Cuando te traje aquí —comienza, mirando hacia la fuente, delante de ellos—, le dije que tendría suerte si no exigías tu peso en regalos todos los días. Cuando menos saldrías de aquí con alguna joya invaluable. Me apostó un denario a que estaba equivocado. —Sonríe—. Me costaste un denario.

Amara le contesta la sonrisa.

—Perdón. —Pedirle regalos a Plinio en realidad nunca le pasó por la cabeza. Sabe que Félix se los habría quedado—. ¿Te habló de lo que sí le pedí?

—Una vida a su servicio. Pero ese es un regalo, no una exigencia. —Desvía la mirada—. Ambos sabemos lo que cuesta ese servicio.

Permanecen en la banca, unidos por un momento en la empatía mutua de los esclavos.

—También te oí llorar anoche. Creo que toda la casa te oyó. —La mira, no de forma cruel, pero sí con firme decisión—. Eso no puede ocurrir hoy.

Amara se sonroja.

—No va a ocurrir. —Segundo asiente, satisfecho—. ¿Sabes? No fue solo esta vida —dice, señalando la fuente y el jardín—. Digo, por supuesto que fue eso. Pero también creo que en verdad lo amo.

Segundo no responde de inmediato. Luego se pone de pie, y Amara sabe que está por irse, que ella tendrá que irse también. Se muerde el labio, decidida a no humillarse con más lágrimas.

—No pediste ningún regalo —le dice—. Pero él eligió un regalo para ti de cualquier forma. Lo puse entre tu ropa. —Hace una pausa—. Te daré un momento, para que estés sola con tus pensamientos antes de irte. Pero solo pueden ser unos minutos.

—Gracias —responde Amara.

Segundo hace una reverencia y se aleja.

Amara toma el bulto de ropa, esperando encontrar monedas entre los pliegues de su túnica. Sea lo que sea, es mucho más pesado que unas cuantas monedas. Saca el pergamino que Plinio le ha regalado: *Del pulso*, de Herófilo.

25

No hay elección. Ganar la batalla o perecer,
tal es mi decisión de mujer. Vosotros, hombres, debéis elegir
si deseáis vivir en desgracia y morir como esclavos.
Tácito sobre Boudica, reina de los icenos, *Anales*, XIV

—¡Miren quién es! ¡Miren quién es! —grita Berenice cuando Amara entra en el burdel—. ¡Creímos que nunca volverías!
Victoria y Dido se apresuran a salir al corredor también.

—¡Qué felicidad que estés de vuelta! Me alegra mucho verte.
—Dido se cuelga de ella y le habla al oído—. Pensé que no volvería a verte.

—¡Fue solo una semana! —dice Amara, dividida entre la alegría de ver a Dido y la culpa de saber que apenas hace un día estaba rogando nunca volver a ese lugar.

—¿Cómo estuvo él, entonces? —Victoria también parece feliz de ver a Amara, pero nunca sería tan sentimental como para decirlo—. Seguro que es un pervertido; los viejos siempre lo son.

Amara titubea. Había ansiado reírse con Victoria sobre esa primera noche ridícula con Plinio, pero ahora le parece demasiado privado. La idea de burlarse de él no hace más que entristecerla.

—Es el hombre más amable que he conocido en la vida —responde con voz temblorosa.

—¡Ay, mírenla! —Victoria se ríe—. Estás a punto de llorar. Primero tuvimos al extrañísimo herrero, y ahora estás enamorada de un viejillo tembloroso. ¡Tienes el peor gusto en hombres del mundo!

—El tipo al que vio en los juegos no estaba mal —dice Berenice, defendiéndola—. Nada mal.

—Dilo un poco más fuerte y Gallus te va a oír —susurra Victoria.

Todas se ríen mientras Berenice voltea de golpe.

—Vete al diablo —le dice Berenice a Victoria, pero está riéndose también.

—Y, ¿qué es todo eso? —Victoria extiende la mano para pedirle la ropa—. ¿Cuántos atuendos te dio?

—Tres —responde Amara, pasándolos entre sus amigas—. Supongo que tendré que dárselos a Félix.

—Linda tela —dice Victoria tras pasar la mano por encima de uno de los vestidos—. Aunque te hace ver un poco avejentada. —Entrecierra los ojos para examinar la ropa discreta que Amara lleva puesta—. No creo que alguien se atreva a pedirte que lo lleves a la cama si andas por ahí vestida así. —Una idea le viene a la cabeza—. ¡Dime, por favor, que el viejo no quiso que te disfrazaras de su esposa muerta!

—No. —Amara se ríe—. No fue nada así.

—¿Cómo fue, entonces? —pregunta Berenice—. Tuvo que haber sido algo muy especial para que te comprara por una semana.

—Quería que le leyera.

—¿Libros sensuales? —Victoria está tan desconcertada que no logra hacer un chiste al respecto—. ¿Nada más?

—¡No! O sea, nos acostamos juntos en la cama —contesta Amara a la defensiva, pensando en las noches que pasó desnuda al lado de Plinio, con la mano del almirante sobre su cuerpo mientras ambos dormían—. Solo que… —deja de hablar; no sabe cómo explicar lo que ocurrió ni sus sentimientos al respecto.

—Está bien —dice Dido, abrazándola de nuevo—. No tienes que decir nada.

—«Nos acostamos juntos en la cama» —repite Victoria, mofándose de la recatada frase de Amara—. Ahora sí lo he escuchado todo.

Amara de pronto se siente exhausta. Después de haber pasado tanto tiempo sola, volver a la falta absoluta de privacidad será complicado.

—Voy a tener que descansar un poco para no estar agotada por la noche.

—Eh, no puedes entrar ahí… —dice Victoria mientras Amara abre la cortina de su celda.

—¿Quién es ella? —pregunta Amara, sorprendida.

Una mujer desconocida está sentada en la cama. Es escandalosamente pálida y tiene una maraña de cabello rojo. Al ver a las demás, se levanta de un brinco, se cierne sobre ellas y balbucea con desesperación en una lengua extraña y gutural. Amara no sabe si está furiosa o aterrada. Sale de vuelta al corredor, alarmada.

—¡Siéntate! —Victoria grita, señalando la cama—. ¡Siéntate!

La desconocida vuelve a la celda, gesticulando y hablando todavía en su lengua incomprensible.

—Félix la compró con el dinero de tu anciano —revela Victoria—. Nos dijo que la necesitaba porque tú y Dido pasan demasiado tiempo afuera; necesitamos más cuerpos en el burdel.

—Y ¿dónde voy a dormir yo?

—Puedes venir conmigo —dice Dido—. Tiene sentido.

—No habla una palabra de latín —continúa Victoria—. Le llamamos Británica, porque de ahí viene. Cressa parece ser la única que le agrada. Salió a comprarle más comida a la bestia glotona.

—Creía que todos los bretones tenían caras azules —dice Berenice, mirando a Británica con algo de decepción—. Eso es lo que dice la gente, ¿no? Bretones carazules.

—Lo que es claro es que es una salvaje —dice Victoria—. Se pasa la noche gritando, arañando a los hombres, mordiéndolos. ¡Ayer le pegó a uno! ¡Como un animal!

A Amara no le agrada la forma en que Victoria habla de Británica, aun si la otra mujer no entiende. La mira de nuevo. La bretona está en silencio. Con los ojos verdes y la melena rojiza parece un gato montés. Pero la emoción en esos ojos es muy humana: furia ante el encierro.

—¿Otra vez están todas ahí paradas hablando de ella? —Es Cressa. Lleva un pedazo de pan en la mano. Las aparta de su camino para poder entrar a la celda—. Podrían tener un poco de compasión. —Al ver a Cressa el rostro se le ilumina a Británica, y comienza a parlotear. Cressa se sienta a su lado, hablándole en un tono calmante, como si fuera una niña pequeña, acariciándole el cabello. Le da el pan, y Británica lo devora de un bocado—. Perdón, Amara, no sabía que habías vuelto —dice cuando al fin la ve.

—No pasa nada —responde ella—. Recuerdo que mi padre me contó sobre las mujeres de Britania. Muchas de ellas son guerreras. Quizás Británica fue soldado.

—¿Las mujeres van a la guerra? —pregunta Dido.

—No todas. Mi padre me contó que tenían una reina famosa; no recuerdo su nombre. Pero destruyó a un ejército romano.

Berenice hace la seña del mal de ojo.

—Las mujeres no deberían gobernar. No es natural.

—¡Británica no es una reina guerrera! Ni siquiera puede con un marinero ebrio —dice Victoria, aunque Amara se da cuenta de que mira a la recién llegada con un respeto renovado y cauteloso.

—¿Eras una guerrera? —le pregunta Cressa a Británica con delicadeza—. ¿Por eso odias tanto este lugar?

Británica le sonríe, sin entender las palabras, solo la bondad que hay detrás de ellas.

—¡Amara! —Thraso grita desde la puerta del burdel—. ¿Sigues ahí? Te dije que subieras con Félix.

—Ya voy —grita ella de vuelta.

—No, no vas —estalla Thraso. Entra a pisotones y la toma del brazo con fuerza. Amara aúlla de dolor—. No haces más que perder el maldito tiempo. Muévete. —La suelta y vuelve a su puesto con los mismos pisotones con los que entró.

—Está molesto porque Balbus le dejó un ojo morado ayer —susurra Victoria—. Una pelea estúpida sobre Drauca.

—¿Qué de Drauca? —pregunta Amara, de pronto sintiéndose ansiosa.

—Quién sabe. —Victoria se encoge de hombros—. Thraso empezaría una pelea por cualquier cosa.

Es una habitación que había esperado nunca volver a ver. El brillo carmesí, los cráneos de toro. Está parada, sin decir nada, mientras Félix revisa su nueva ropa.

—¿Esto es todo lo que te dio? ¿Después de una semana?

—También esto —dice Amara, mostrándole el pergamino, pero sin entregárselo.

Félix le chasquea los dedos; Amara le da el pergamino. Lo desenrolla con torpeza, buscando joyas o monedas ocultas.

—¿Anatomía? —Frunce el ceño al mirar las ilustraciones de cerca. Amara no responde. Si Félix llega a entender su apego al regalo de Plinio, solo lo usará en su contra. Se lo devuelve. Amara lo toma y lo enrolla con cuidado, intentando disimular su alivio—. No es mucho después de una estancia tan larga.

—Pero me presentó a un nuevo cliente. Así que esos vestidos serán útiles.

—¿Qué nuevo cliente?

—Un hombre llamado Rufo. Vendrá pronto para comprarme por una tarde. —Vacila unos momentos. Sabe cuánto odia Félix que le den consejos—. Espero que sea una inversión a largo plazo, así que creo que lo mejor sería no cobrarle demasiado en un principio para que así siga pagando.

—Ahora tú estás a cargo del negocio, ¿eh?

—No. No quise decir…

—Amara —dice Félix con una sonrisa—. Estoy bromeando. Lo has hecho bien. El viejo pagó un precio justo. —Toma uno de los vestidos—. Si este tipo nuevo se convierte en un cliente frecuente, puedes quedarte con los vestidos para cuando salgas con él. Si no, los venderé. —Manotea en dirección de la ropa que aún lleva puesta—. Pero no tienes por qué usarlos en este momento.

Amara sospechaba que la haría cambiarse, así que subió su vieja toga raída. Se desnuda y le da a Félix la ropa nueva.

—Subiste de peso —dice él, examinándola mientras se viste—. Te sienta bien.

—Si te gusta tanto —comienza Amara, arriesgándose a bromear—, vas a tener que darme más de comer. —Félix menea la cabeza, pero parece divertido. Un recuerdo de la noche que pasaron juntos le viene a la cabeza a Amara: la forma en que Félix apoyó la cabeza sobre su hombro y la miró con el mismo destello de buen humor en los ojos. Y ella le sonrió de vuelta. A Amara no le gusta recordar.

—Thraso se veía bastante maltrecho —dice—. ¿Por qué estaba peleando con Balbus?

En cuanto hace la pregunta, sabe que es un error. Cualquier rastro de alegría que había en el rostro de Félix se esfuma.

—Creí que el viejo iba a comprarte —comenta, ignorando la pregunta—. ¡El Almirante de la Flota! Qué cambio habría sido para ti. Pero aquí estás, de vuelta en el burdel. —Amara no dice nada—. ¿Qué hizo contigo toda una semana?

—Lo de siempre —responde ella. Siente cómo los labios se le resecan.

—Lo dudo —asegura Félix. La abraza, en una exagerada parodia de afecto real—. ¿Te dijo lo hermosa que eres? ¿Te miró a los ojos? ¿Fue gentil?

—No.

—¿No fue gentil? —Félix finge sorpresa—. ¡Qué pedazo de mierda! Sin duda te alimentó bien. Pero no sé si te creo. Creo que el viejo te mimó, te hizo olvidar quién eres.

Está clavándole los dedos en los brazos, pero Amara no responde. Le ha pertenecido a Félix tanto tiempo que sabe que va a violarla, humillarla, que intentará destruir hasta la última migaja de felicidad que ha traído consigo, la cual comienza a desvanecerse junto con el aroma del jazmín que lleva sobre la piel. Aprieta el pergamino que Plinio le regaló. Hay partes de sí misma que Félix no puede conocer ni tocar.

—Nunca lo olvido —dice.

—Bien. —Félix la suelta—. Entonces vuelve a trabajar. —Casi ha cruzado el umbral de la puerta, llena de alivio, cuando Félix la detiene—. ¿Quién te dijo que podías llevarte eso? —Amara espera mientras él camina hasta donde está; lo deja arrancarle el regalo de Plinio de las manos—. Tal vez pueda venderlo. —Le da vuelta al pergamino, con una expresión despectiva en el rostro—. Uno nunca sabe qué valorarán los demás.

26

TAIS: ¿Acaso no hablo de corazón? ¿Qué otra cosa has querido de mí, aun en broma, que finalmente no hayas conseguido?

Terencio, *El Eunuco*

El escenario del teatro está iluminado con antorchas, incluso a pesar de que el sol no se ha puesto aún. Las columnas y estatuas pintadas de colores brillantes, la extravagancia de los actores, las risas, todo le recuerda a la atmósfera de la Vinalia. Amara nunca había ido al teatro a ver una obra y está disfrutando del lujo de observar en vez de ser observada. Que alguien más se haga cargo del entretenimiento, para variar. A su lado, Rufo le ha tomado la mano. Su expresión de deleite por la escena que tiene enfrente le resulta entrañable a Amara. «En verdad es como un niño», piensa.

La obra le es fácil de seguir. Es *El Eunuco* de Terencio, quien —Rufo le ha asegurado— es un maestro, superior incluso a Virgilio. A Amara sin duda le gustaría tener la suerte de la cortesana de la obra, Tais, quien parece dominar a los hombres solo con su encanto. Sospecha que Tais nunca se ha encontrado a alguien como Félix.

No puede evitar reírse ante este mundo, en el que los esclavos son más inteligentes que sus amos, y los hombres aman a las mujeres al punto de distraerse. Recuerda que Rufo le dijo que apreciaba el teatro porque decía la verdad. ¿En verdad cree que el mundo es así? En el escenario, ve a un actor disfrazarse de eunuco para violar a la esclava que le gusta. Se comporta como un hombre remilgado y amanerado para convencer a todo el mundo de que es seguro dejar a una joven virgen con él. Las risas resuenan alrededor del teatro por la absurdidad y audacia del chiste.

—¡La cadencia de la comedia! —le susurra Rufo—. ¡Es perfecta!

Los exagerados gritos de la chica fuera de escena provocan una nueva oleada de risitas. Rufo se ríe con los demás. Amara escucha los aullidos de la actriz con una sonrisa fija en el rostro. Quizá la comedia sí es un espejo del mundo.

El cielo se torna de un azul profundo; las sombras sobre el escenario se alargan. Rufo está acariciándole la mano, trazando el contorno de los dedos de ella con los suyos. Antes de esta tarde, a Amara le había preocupado estar fuera de lugar entre un grupo de gente respetable. Victoria había insistido en que le permitiera alterar la túnica blanca que Plinio le dio —«¡No quieres que Rufo sienta que salió con su madre! Puedes enseñar, aunque sea, un poco de tus hombros»—, y ahora está agradecida con su amiga. Es claro que muchas de las mujeres que están ahí son cortesanas que salieron con sus amantes adinerados. Su atención se centra en una mujer, sentada con el porte de una reina, cuya túnica tiene una elegante caída en la espalda que revela sus morenos omóplatos. Amara se retuerce en su asiento, intentando jalarse el vestido un poco más abajo sobre el brazo.

El final de la obra la sorprende. Tais logra quedarse con sus dos pretendientes, el que le gusta y el que le paga. Mira a Rufo, quien aplaude con entusiasmo. Tal vez su vida vaya a perturbarlo menos de lo que había temido. Rufo voltea a verla, con el rostro iluminado por la emoción.

—¿Te gustó?

—¡Fue maravillosa! —exclama—. ¡No habría podido imaginar una velada más perfecta!

—Me alegra mucho —dice él, besándole la mano—. Esperaba que te gustara.

Salen de nuevo a la calle, junto con el resto del público. Las risas y conversaciones calientan el aire nocturno. Amara alcanza a ver a un grupito apretujado alrededor del bar de Marcella y, por instinto, desvía la mirada.

—¿Hay algún espacio privado en tu casa en el que pudiéramos estar? —pregunta Rufo. No ha ido aún al burdel; uno de sus esclavos fue a recogerla por la tarde.

—¡Ay! —exclama Amara, horrorizada—. ¡No podemos ir ahí!
—Se imagina a Rufo caminando por el estrecho corredor lleno
de hollín, recibido por algunos lavanderos vomitando, abrazándola al son de los gemidos de Victoria, el aire rancio con los olo-
res de la letrina. No volvería a verlo—. ¡Es un lugar terrible!

—Pero tú te ves tan… encantadora —responde Rufo, mirando sus ropas casi respetables, su cabello arreglado con cautela.

Amara sabe que no puede decirle que le avergüenza la miseria
del burdel; necesita inventar una razón más poética para mantenerse alejada de ahí.

—Mi amo es increíblemente cruel —explica—. Si creyera que
existe la posibilidad de que sea feliz contigo, aunque fuera por
una hora, no me permitiría volver a verte.

—¿En verdad? —Rufo parece alarmado.

Amara lo mira de reojo, como si fuera demasiado tímida
como para verlo de frente.

—Si pensara que puedo llegar a querer a alguien, me castiga-
ría de formas horribles. —Incluso mientras lo dice se imagina a
Félix riendo. Como si le importara algo que no fuera el dinero.

Rufo le aprieta la mano.

—Te llevaré a mi casa. Mis padres estarán fuera todo el verano.

Caminan hacia su casa, acompañados por un séquito de esclavos que debió haber esperado afuera del teatro durante la obra.
Rufo disfruta seguir hablando de la presentación, y se divierten
juntos imaginando las picardías que Tais y su amante podrían hacer después de terminada la acción.

—Hasta nuestro eunuco se casó al final —dice Rufo sobre el
violador—, así que todo terminó bien para todos.

El portero los deja pasar; Amara siente una oleada de alivio
al no haber ido al burdel. Es una casa opulenta, cerca de la casa
de Zoilo, y, mientras Rufo la conduce por el atrio, con un hermoso mosaico marino bajo sus pies, se imagina el horror que
habría sentido al ver el piso de lodo cocido en La Guarida del
Lobo. Atraviesan el patio, y Rufo se detiene a cortar un manojo
de jazmín.

—Este aroma siempre me hace pensar en ti —dice al dárse-
lo—. ¡Y en cómo estabas sentada en el jardín! ¡Rodeada de mil

estrellas blancas! En ese momento pensé que no tenía idea de que el almirante tuviera una hija, y luego recordé que... —se detiene de forma abrupta.

«Y luego recordaste que Plinio contrató a una puta», piensa Amara.

—Qué lindo que lo digas —le susurra, inhalando el aroma de la flor antes de acomodarse el tallo detrás de la oreja—. Gracias.

Esta vez no lo detiene cuando la besa. ¿Para qué está ahí si no es para eso?

—Un poco más lejos —dice Rufo tras soltarla—. Mis habitaciones están por aquí. —Uno de los esclavos los escolta, y Rufo se dirige a él antes de llevar a Amara a su recámara—. Refrigerios, por favor, Vitalio.

Las habitaciones de Rufo dan al jardín. Amara sonríe para sus adentros al ver las pinturas en los muros: máscaras de teatro y actores sobre el escenario. Rufo le ofrece un sillón y se sienta a su lado. Vitalio les lleva vino y coloca una cena ligera sobre una mesita a un lado del sillón: pan, queso, higos secos. Luego se va.

Es evidente que Rufo no tiene intenciones de comer aún. En cuanto Vitalio sale de la habitación, se abalanza sobre ella. Amara, de forma inesperada, siente terror. La situación resulta demasiado familiar, demasiado parecida al burdel. Todo depende de que le agrade a Rufo, y Amara no tiene idea de qué es lo que se espera de una cortesana. ¿Debería someterse o estará él interesado en la cacería?

—¡Espera! —dice Amara, empujándolo y sentándose derecha. Se acomoda el vestido para cubrirse. El corazón le martillea el pecho por la ansiedad—. Solo un momento.

Rufo la mira, sorprendido. No fue violento, a fin de cuentas. ¿Qué más se supone que debería hacer un hombre si ha pagado por pasar toda una noche con una mujer? Amara piensa en Tais, en la ilusión del poder que ejercía. Rufo cree que el mundo en realidad es así. Él tiene todo el poder y ella ninguno, pero no lo sabe. Y Amara no puede permitir que se dé cuenta de ello. Ella le lanza una mirada furiosa. —Asumes demasiadas cosas. —Se miran el uno al otro, anonadados. Las palabras parecen haber salido de la boca de alguien más. Amara está interpretando un papel, pero, de alguna forma, logró encontrar su voz. Se quita el jazmín del cabello y permite que la rabia real que lleva siempre adentro se encienda.

—Así que pensabas que era hija del almirante —dice—. Y luego, ya que no lo soy, decidiste tratarme como a una puta. Te dije que esta no ha sido siempre mi vida y que valoro la bondad y el respeto, y no me has mostrado nada de eso.

Amara está preparada para que él rebata, está lista para dejarlo, salir en una llamarada de ira al aire de la noche, pero Rufo se rinde de inmediato.

—Lo lamento —responde, con el ceño fruncido y cara de arrepentimiento—. No quise ofenderte.

Amara descubre que, tras haber encendido la chispa, no es muy sencillo apagarla de nuevo.

—¿Eso es lo que crees? ¿Que puedes tomar lo que quieras sin preguntar? —le exige.

—¡No! En absoluto...

—¿Qué hay de esas obras que tanto te gustan? ¿Qué hay del amor? —Su voz es cáustica—. Tengo clientes de sobra —miente—. Creí que tú eras distinto; creí que querías algo diferente. —La ira comienza a tomar una inercia que va más allá de Rufo, y Amara sabe que tiene que detenerla. Respira profundo y desvía la mirada como para esconder sus emociones—. Creí que podrías quererme. —Guarda silencio, esperando a ver si Rufo acepta el papel que ella le está ofreciendo.

Él le toca el brazo, con timidez al principio, y luego con más seguridad al ver que ella no retrocede.

—Por favor —dice, tomándole las manos—. Lo siento mucho. Permíteme compensártelo.

Amara se deja aplacar poco a poco. No es algo que le cueste trabajo fingir. Nadie ha hecho un esfuerzo así por conquistarla. Rufo intenta coquetear, sirviéndole la comida de forma juguetona, volcando todo su humor sobre sí mismo. Sonríe, y en sus mejillas se asoman hoyuelos como de Cupido. Amara acepta la copa de vino que le ofrece y sonríe cuando Rufo se compara de forma desfavorable con el «eunuco» de la obra que recién vieron. Cuando al fin bromea sobre el efecto aterrador que la furia de

Amara tuvo sobre él, abriendo los ojos en una ridícula parodia de sorpresa, ella descubre que sus risas son genuinas.

—Me encantaría poder escribir para el teatro —le dice una vez que es evidente que están en buenos términos otra vez. Señala los higos secos para que Amara tome un puñado; después, él se sirve—. Pero no tengo talento.

—No te creo que eso sea cierto.

—En serio lo es. Seré un idiota, pero sé lo que soy —dice él—. Además, mi padre lo odiaría. Quiere que me postule como edil el año próximo. —Hace una mueca—. ¿Te imaginas? Adular a todo el mundo, convencerlos de que voten por ti, y eso seguido de un año de tedio absoluto oyendo a gente hablar sobre distribución de granos. Sería un desastre.

—Pero ¿no podrías elegir las celebraciones que organizarías? —pregunta Amara, pensando en Fusco—. Podría ser una presentación en el teatro en vez de los juegos habituales en la arena.

—Sí, lo he pensado. —Su expresión de sorpresa le recuerda a la de Plinio cuando recitó a Herófilo—. Haría que todo fuera más tolerable. —Se sonríen. Rufo la mira a los ojos y se acerca, y, como ella no se aleja, la besa. Lo hace con más dulzura esta vez; Amara se da cuenta de que no intenta apresurarla—. Tengo que preguntarte algo —le dice, acariciándole el brazo—. Sé que estás atrapada por tu vida en… el lugar en el que estás. Sé que no tienes elección. Pero ¿tu corazón es libre?

Amara piensa de inmediato en Menandro.

—Sí —miente.

—Y en la casa del almirante, ustedes no… digo, tú y Plinio…

—No. Nunca me tocó. No de esa forma.

—Vaya —dice Rufo, aliviado—. Es solo que parecías tan encariñada con el viejo. Fue inevitable preguntármelo. Debe tener una voluntad de hierro para controlar sus manos en tu presencia.

—Conocía mi pasado —responde ella—. Sentía que mi vida no había tomado el camino correcto.

Rufo asiente.

—Terencio escribe sobre eso, sobre los errores cometidos. Cuando una mujer no debe ser una esclava. ¿Te secuestraron? —pregunta, como si una idea comenzara a tomar forma en su cabeza—. Si fue así, en verdad puedes no ser una esclava. Si logramos demostrarlo.

Amara considera por un momento tomar prestada la vida de Dido y usarla como propia. Pero ya le ha dicho la verdad a Plinio y no puede arriesgarse a que la descubran.

—No. Perdí a mi padre y, con él, todo lo que tenía.

—Pobre de ti —dice Rufo, besándola de nuevo. Es un poco más audaz esta vez; la recuesta en el sillón y le sube la mano por el muslo poco a poco.

Amara lo detiene.

—Puedes tomar lo que gustes —dice—. Ambos lo sabemos. Pero ¿no preferirías que te lo diera? —Lo besa para suavizar el rechazo—. ¿No preferirías esperar? ¿Que te lo diera junto con mi corazón?

Sabe que es una apuesta arriesgada y que los dados no están cargados a su favor. Rufo tiene motivos de sobra para sentirse irritado: se le prometió sexo, y ahora Amara está pidiéndole que la trate como a la heroína virginal de una obra de teatro. Pero sus mentiras tienen la intensidad de la verdad. Lo mira con sus ojos oscuros bien abiertos.

—Sí —responde Rufo, y le roza los labios con un dedo—. Quisiera ganarme tu corazón.

Cuatro de los esclavos de Rufo, incluyendo a Vitalio, la escoltan de vuelta al burdel. No pasa desapercibida la ironía de que el lugar al que la están llevando no es mucho más seguro que las oscuras calles. Los cinco caminan deprisa, y las antorchas de los esclavos proyectan sombras alargadas que rozan las casas al pasar. Nadie habla.

Piensa en Rufo y siente una euforia colmada de ansiedad al recordar su beso de despedida. Recuerda cuando le volvió a acomodar el jazmín detrás de la oreja con ternura antes de que se fuera; la forma incondicional en que aceptó el rol que ella le asignó. Casi podría amarlo por el regalo que le ha dado: la ilusión de ser una persona y no una esclava. Pero sabe que no es más que una ilusión, y la fantasía que han creado juntos es frágil. Sería tan fácil encariñarse con él, olvidar lo poco que en realidad tiene. Ahora comienza el arduo camino para descubrir cómo puede él ayudarla a escapar. No es un viaje en el que pueda permitirse sentir algo.

27

PITIAS: *No sé quién es, pero, en cuanto a su obra, la cosa habla por sí misma; la joven está llorando, y, cuando le preguntas qué le ha sucedido, no se atreve a contarlo.*

Terencio, *El Eunuco*

Nunca había escuchado unos gritos como esos. El miedo se apodera de Amara. Corre a la puerta, aterrada de que alguien esté asesinando a una de sus amigas, pero Thraso se ve de lo más tranquilo.

—Es solo la chica nueva —dice, encogido de hombros.

Amara lo aparta y entra al burdel. Encuentra a Victoria, Dido y Cressa apiñadas en el corredor.

—Es Británica —dice Cressa. Tiene el rostro empapado de lágrimas—. No puedo más.

—¿Qué le están haciendo? ¿Qué pasa?

—¡Nada! —Victoria estalla—. Nada que las demás no tengamos que soportar. ¡Es una maldita loca! —Británica grita y aúlla en su propio idioma; llama a Cressa. A pesar de que ninguna comprende las palabras, todas saben que está rogando que la ayuden. Victoria le toma el brazo a Cressa para evitar que vaya—. No puedes —le dice—. ¿Qué vas a hacer? ¿Decirles que se detengan y que Félix les va a devolver su dinero?

Dido rompe en llanto.

—No podemos dejarla ahí. ¡Hay dos hombres con ella!

—¿Dos? —Amara está horrorizada.

—Se estaba resistiendo demasiado —dice Victoria, sin poder mirarla a los ojos—. El otro entró para detenerla. —Amara mira con desesperación a Dido y luego a Cressa. Parece absurdo que ninguna esté ayudándola, que estén todas paralizadas, como unas inútiles, dejándola sufrir. Los gritos viscerales de Británica le calan porque le resultan familiares. Le sorprende saber que ella nunca ha gritado su propia angustia, que ha guardado silencio. Se cubre los oídos con las manos para acallar el horror, para detener los ensordecedores aullidos.

—¿Por qué no se calla? —grita Victoria de pronto, furiosa—. ¿Por qué no entiende? Pone a los hombres en el ánimo equivocado; si sigue así, nos van a violentar a todas. Perra estúpida.

—¡La están lastimando! —grita Cressa, afligida, en respuesta—. Ellos tienen que detenerse. No ella.

Los aullidos de Británica se convierten en sollozos.

—Ya casi se acaba —masculla Victoria, sin querer confrontar a Cressa—. Siempre batalla hasta el final. Así que eso significa que ya terminaron. Pronto va a estar bien.

La cortina se abre de un jalón, y los dos hombres salen al corredor. Las mujeres retroceden de forma instintiva, agarrándose unas a otras. Uno de los hombres les lanza una mirada despectiva y escupe al piso. Se alejan. Cressa se libera de las demás y corre hacia la vieja celda de Amara. Británica está en silencio; el único llanto que se escucha es el de Cressa.

Otro hombre entra al burdel. Amara reconoce su silueta y su forma de andar. Es Menandro.

La sorpresa hace que la sangre le corra a toda prisa hacia el corazón. Lo mira sin poder hablar.

—Vine a verte. Thraso dijo que estabas disponible.

Está parado justo donde el torturador de Británica escupió, y es como si eso hubiera destruido la última pizca de inocencia que le quedaba a Amara.

No dice nada, sino que camina hacia la celda de Dido y apenas espera a que Menandro la siga. Cierra la cortina detrás de ambos. No soporta mirarlo, así que se queda con la tela de la cortina en la mano, de espaldas a la habitación.

—¿Qué quieres?

—Timarete…

—¿Qué servicio quieres?

—¿Servicio?

—Sí, pagaste por un servicio. —Se da vuelta, dividida entre la furia y la desazón—. ¿Qué quieres? ¿Para qué carajos pagaste?

247

—No pagué por nada.

—¿Qué haces aquí, entonces?

—Vine a verte. Quiero hablar contigo.

—¿Querías hablar? ¿Aquí? —responde Amara, y su voz histérica se agudiza.

Aun con la cortina cerrada, pueden oír el llanto de Cressa, los ruidos que hace Berenice con un cliente en la celda de al lado, y a Victoria peleando con Thraso, a quien le grita para que no deje entrar a más rufianes al burdel.

—¿Qué otra opción tenemos?

Amara ve la silenciosa tristeza en el rostro de Menandro y sabe, sin lugar a dudas, que está diciéndole la verdad. El alivio es casi tan doloroso como la sorpresa inicial. Camina hacia él, le pone los brazos alrededor del cuello y reposa la mejilla sobre su rostro.

—Pagaste para hablar conmigo.

—No quería esperar hasta diciembre —confiesa Menandro, abrazándola con fuerza—. Llevo ahorrando un tiempo. A Rústico le agrada que sus esclavos busquen algo de placer porque piensa que eso nos mantiene obedientes.

—¡Pero no puedes gastar tu dinero así! —dice Amara—. Lo necesitas; necesitas ahorrarlo.

—Lo que necesitaba era verte.

Amara piensa en Rufo, en todas las cosas absurdas que le dijo sobre el amor, en todas las mentiras.

—No puedo darte nada; no tengo nada. —Abre los brazos para ilustrar la celda vacía—. Ni siquiera soy dueña de mí misma, ni de mi cuerpo ni de mi vida.

—Yo tampoco.

—¿Qué estamos haciendo, entonces? —Se sienta sobre la cama—. ¿Por qué estamos aquí hablando?

—Sé que estás sola —dice Menandro, tras sentarse a su lado—. Yo también. Pero no me siento solo cuando estoy contigo.

—Pero duele muchísimo después —afirma ella y apoya la cabeza sobre su hombro, dejándose abrazar otra vez—. Duele.

—Porque te recuerda a casa, a todo lo que perdimos.

—No es solo eso. ¿Sabes con cuántos hombres he estado? No

quise estar con ninguno, pero tuve que hacerlo de cualquier manera. Esta es mi vida ahora y tengo que aceptarlo. Pero luego te veo a ti, al único hombre al que sí he querido, y aunque estamos juntos y a solas, y no hay nada que nos detenga… Aunque le pagaste a mi proxeneta por mí… No puedo. Aquí no. No puedo.

—Lo sé —dice Menandro—. Y no te lo pediré. Aquí no. —Se acerca para besarle la frente—. Pero podemos pertenecer a otros lugares. ¿No te imaginas algunas veces en otro lado?

Amara piensa en el jardín de Plinio, en el aroma de los jazmines, en el chapoteo de la fuente.

—Sí —dice.

Menandro la ayuda a sentarse más atrás en la cama, de forma que él se recarga en la pared y Amara sobre él. La abraza.

—A veces, por la noche, cuando duermo en el piso arriba de la tienda —dice—, me imagino que estoy de vuelta en Atenas. Me veo caminando por la calle en la tarde, de regreso a mi vieja casa, la tienda que fue de mi padre. Pero mis padres y mis hermanas no son quienes están esperándome. Eres tú. Te veo en el salón, aunque nunca has estado ahí, y hablamos. Tenemos todo el tiempo que necesitamos.

—Yo también pienso en ti en Afidnas, a veces —admite Amara—. Pero, sobre todo, nos imagino en un lugar distinto, un lugar que no conocemos aún. —Se detiene. ¿Qué puede decirle? ¿Que pensó en él cuando Rufo la besó? ¿Que deseaba que fuera él? ¿Que le dijo a Rufo que su corazón era libre porque no podía darse el lujo de que no lo estuviera?

—¿No podría ser posible? —le pregunta Menandro, acercándola más hacia sí—. Los esclavos pueden casarse, ¿no es así? O Rústico podría darme mi libertad; no tiene herederos ni nadie que se ocupe de su negocio.

Amara no puede siquiera imaginarse la reacción de Félix ante la primera posibilidad, y no tiene el corazón para decirle que todos los amos sin escrúpulos, desde el albor de la historia, han engañado a sus talentosos aprendices con la ambigua promesa de concederles su libertad algún día para que trabajen más duro. No quiere destruir la fantasía.

—Si pudiera elegir, te escogería solo a ti —dice.

Pasan toda la noche hablando, y Amara siente que su soledad mengua con cada momento que pasa en compañía de Menandro. Incluso el burdel comienza a parecerle un lugar menos terrible, solo porque él está ahí. Le cuenta sobre Plinio, sobre cómo se sintió durante esos breves días de libertad; él le cuenta sobre cómo se siente en la tienda, los momentos en los que se olvida de que es un esclavo, sumergido en la labor de crear una nueva lámpara, un nuevo objeto, como hacía en su vida anterior.

Ignoran al mundo entero, salvo a la persona que tienen junto, hasta que es hora de cerrar y Thraso aparece para echar a cualquier cliente que siga dentro del burdel.

—Lárgate ya —dice, irrumpiendo en la celda—. Ya te dieron más de lo que pagaste.

Amara intenta darle un beso de despedida a Menandro, pero Thraso se interpone y la empuja. Ve que Menandro reacciona de inmediato para intervenir.

—¡No! —grita ella. Mira a Menandro, meneando la cabeza—. Por favor.

No soporta ver la expresión de repulsión en el rostro de Menandro, ni el entendimiento mutuo de que no puede protegerla de Thraso ni de nadie más.

Cuando se va, Amara no llora. Pone las palmas de las manos sobre la pared. Quiere gritar su rabia a la noche, como Británica. Su rabia sube como la marea, la ahoga. Tiene que salir de ahí.

28

Los versos gozan ahora poco prestigio; son alabados, eso sí,
pero se acogen con más gusto los dones magníficos. Por bárbaro
que sea un rico, nunca deja de agradar.

Ovidio, *El arte de amar*, II

Hace calor en El Gorrión, a pesar de que no es mediodía aún. Cressa se quedó en el burdel a cuidar a Británica. Amara y las demás se sientan en una mesa a compartir pan y queso y una ollita fría de estofado de verduras. Amara siente que la ropa se le adhiere a la piel por el sudor.

—Así que el novio se apareció en el burdel, ¿eh? —pregunta Victoria. Sus palabras no contienen la chispa habitual.

Amara asiente. No quiere hablar de Menandro, y Victoria no insiste.

—Siento que ustedes hayan tenido que compartir —dice Amara.

—Pensamos que querrías un poco de espacio —responde Dido.

—Gracias.

Vuelven a quedarse en silencio.

—¿Qué vamos a hacer con ella? —pregunta Berenice. Nadie necesita preguntar a quién se refiere—. ¿Cuándo va a dejar de pelear y gritar?

Un anciano está mascullando en la mesa de al lado, ebrio o enfermo. Estira una mano temblorosa. No queda claro si quiere tomar el pan de la mesa o tocar a Berenice.

—¡Hoy no, abuelo! —estalla Victoria, casi con un grito—. ¡No se puede tener un maldito momento de paz! —farfulla, volteando a la mesa.

—No está bien —continúa Berenice—. Sacó a mi cliente de su ritmo. Luego se puso de mal humor y se puso violento conmigo.

—A mí me parece que es valiente —dice Dido.

—¿Valiente? —protesta Victoria—. Es una salvaje.

—No deberías llamarla así —interviene Amara— solo porque no habla latín. Y estoy de acuerdo con Dido. Solo hace lo que haría cualquiera de nosotras si tuviéramos las agallas.

—Si te parece tan fantástica, ¿por qué no le enseñas latín? —pregunta Victoria—. Y no es valiente; es estúpida. ¿No has visto las heridas que tiene? ¿Quién pelea una batalla que no puede ganar?

—Eso es lo que significa ser valiente.

—Ay, cállate, de verdad —dice Victoria—. Si no puedes ver lo problemática que es, tal vez sea porque pasas todo el tiempo en esas malditas fiestas de ricos. No vas a estar aquí cuando nos ataquen a las demás, ¿verdad? ¿Qué más te da? —Amara se levanta de la mesa y se lleva un poco de pan y queso consigo. De por sí ya estaba de un humor terrible, y no sabe si podrá evitar perder la calma—. ¿A dónde vas? —pregunta Victoria, a medio camino entre conciliadora y molesta.

—A intentar enseñarle algo de latín a Británica.

Sale a pisotones de la taberna y se dirige al burdel; está a punto de estrellarse con Nicandro, quien viene caminando de vuelta a El Gorrión con una cubeta llena de agua.

—¡Cuidado! —le dice.

Amara levanta la mano a manera de disculpa, pero no se detiene a hablar con él. Verlo le recuerda a Menandro, a la decisión que tomó Dido de no dejar que sus sentimientos por Nicandro echen raíz en una tierra en la que el amor no puede florecer. Quizá fue una decisión sabia.

Thraso sigue en la puerta, exhausto después de haber vigilado el burdel toda la noche. Apenas se hace un lado para dejarla pasar, lo que la obliga a apretujarse contra la pared.

—¿Y Cressa?

—No está bien —dice Fabia, sin alzar la mirada mientras barre el corredor—. Está enferma.

Se escuchan arcadas salir de la letrina.

Amara se apresura a llegar al final del corredor.

—¡Cressa! ¿Estás bien? —Cressa sale de la letrina, apoyándose en la pared. Está pálida, con los ojos oscurecidos por la miseria. Amara imagina lo que Cressa está enfrentando y siente náuseas también—. Deberías comer algo —dice en voz baja—. Te sentará bien. Las demás están en El Gorrión.

Cressa niega con la cabeza.

—Nada me va a hacer bien.

—Come algo, por favor. Vas a tener menos náuseas.

—¿Y Británica?

—Yo puedo cuidarla.

—¿Segura? —Cressa parece aliviada—. Sé buena con ella, ¿sí? ¿Me lo prometes? —Amara asiente, conmovida porque Cressa siempre piensa primero en las demás—. Está en mi celda. Iba a ayudarla a limpiarse. —Cressa comienza a caminar a un lado de Amara, quien la detiene, tomándola del brazo.

—¿Puedo ayudarte a ti también? —le pregunta con voz grave.

Cressa agacha la mirada, como si no pudiera soportar la bondad de Amara.

—Nadie puede ayudarme.

Se apresura a salir del burdel, dando un paso al costado para esquivar a Fabia. Cuando sale, la anciana mira a Amara y menea la cabeza.

Británica se sobresalta al ver a Amara. Se está abrazando las piernas y parece más recelosa que asustada. Sus brazos pálidos están amoratados, incluyendo huellas bien marcadas en donde deben de haberla estrujado. Tiene sangre seca en la cara. «Cobardes», piensa Amara.

Le sonríe a Británica.

—Amara. Yo soy Amara. Amiga de Cressa.

—¿Cressa? —Británica mira por detrás de Amara, con la esperanza de que la otra mujer aparezca.

Amara se acerca y pone el pan y el queso sobre la cama.

—Para ti. Cressa volverá pronto.

Británica toma la comida sin reconocer a Amara ni dar señales de gratitud. Amara espera a que termine de comer antes de montar una ardua función en la que nombra todos los objetos dentro de la celda y le pregunta a Británica si puede lavarle la cara.

—Agua —dice, señalando la jarra. Mete la mano a la jarra para mostrarle las gotas que le caen de los dedos—. Agua. Ahora, dilo tú. Agua.

En respuesta, Británica suelta una retahíla de palabras en su hosco idioma. Sus gestos son violentos, su expresión intensa, pero, aunque la incomprensible perorata hace que Amara se sienta incómoda, supone que la ira no está dirigida a ella. Amara busca la jarra de nuevo; Británica la toma del brazo. Su agarre es tan fuerte como el de un hombre. Británica repite la misma palabra extraña una y otra vez, sin quitarle los ojos de encima, como rogándole que la entienda. Luego la suelta con un grito de exasperación y se lanza a la cama.

—Yo sé. Yo también quiero matarlos —dice Amara—. Pero así no funcionan las cosas. No tenemos opción.

Británica mira la pared y la ignora. No se resiste cuando Amara le salpica la piel con el agua, pero tampoco la ayuda—. Tu cabello es un desastre —dice Amara—. ¿Puedo cepillártelo? —Toma el silencio de Británica como consentimiento y levanta el cepillo de la repisa de Cressa—. Rojo —dice mientras intenta deshacerle los nudos a Británica—. Tu cabello es rojo. —Amara nunca ha visto algo parecido. Se lo imagina brillando como fuego bajo el sol de julio mientras Británica, con su piel inexplicablemente blanca, espera desnuda en el mercado de esclavos. Es evidente que Félix quería algo exótico y no le molestó el hecho de que no pudiera hablar—. Maldito imbécil —masculla para sí misma.

Británica no se queja, a pesar de que debe ser muy doloroso que le estén deshaciendo tantos nudos. Amara deja que su mente se vacíe y se concentra solo en cepillar la maraña de cabello, hasta que oye la voz de Félix hablando con Thraso en la puerta. De inmediato, todos sus sentidos entran en estado de alerta.

Alguien cruza el umbral del burdel. Británica se voltea y le grita a Amara. Suena más a una orden que a una advertencia, pero Amara no tiene idea de qué es lo que significa.

—¿Haciendo amigas?

Félix está en la puerta de la celda, mirando hacia adentro. Británica se retrae de una forma que a Amara le recuerda a los tigres en la arena. Le pela los dientes a Félix y murmura. El insulto de Victoria le viene a la mente, sin invitación. «Salvaje».

A su amo parece no perturbarlo. Saca un cuchillito de su túnica. Lo examina, como si necesitara una limpieza. Británica deja de murmurar y lo observa, con la mirada tan abierta que se puede ver el blanco de sus ojos. Félix le apunta con la hoja del cuchillo de forma más casual que amenazante.

—Te gusta, ¿verdad?

—No entiende latín —dice Amara.

—Me entiende —responde Félix—. Nos entendemos a la perfección. ¿No es así? —Como si estuviera respondiéndole, Británica retrocede—. ¿Ves? —le dice a Amara mientras guarda el cuchillo—. Hablamos el mismo idioma.

—No comprende la vida en este lugar —protesta Amara—. Grita toda la noche; le hace daño al negocio.

—Ya se acostumbrará. Y si no —se encoge de hombros—, hay varios clientes a los que les gusta eso. No es que tú tengas que preocuparte por eso. No después de que recibí esta carta de tu niño rico. —Félix le muestra una nota con una sonrisa burlona—. Exige que tengas aposentos fuera del burdel.

—¿Rufo? —Amara está atónita.

—¿Cuántos niños ricos tienes? Sí, Rufo. Envié mi respuesta con Gallus. No está ofreciendo lo suficiente como para todas las noches, pero acepté que pases solo dos noches a la semana aquí, siempre y cuando pague la cuota acordada.

Amara recuerda a Rufo en el teatro; piensa en la manera en que le dio el jazmín, en cómo aceptó su rabia. Se siente conmovida de formas que no puede expresar, mucho menos frente a Félix—. ¡No te quedes ahí sentada! —dice Félix, irritado por la falta de reacción de Amara—. Empaca tus cosas.

—¿Para ir a dónde?

—Puedes dormir arriba, en la bodega, con Paris.

—No puedo dejar a Británica sola; se lo prometí a Cressa.

Félix vuelve a sacar el cuchillo, atraviesa la celda hasta llegar a donde está Británica y se lo apunta a la cara. Ella flaquea un poco, pero a Amara le sorprende ver que no da más muestras de miedo.

—Tú. Aquí. No. Te. Muevas. —Félix se acerca más y le toma el muslo con la mano que tiene libre, en un gesto inconfundible de agresión sexual. Británica parece más temerosa esta vez. Félix se queda justo donde está hasta que Británica se encoge, sin poder mirarlo a los ojos. Amara nunca lo ha detestado tanto. Félix se pone de pie.

—Solo tienes que ser firme con ella —dice mientras se dirige a la puerta—. Ahora ve por tus cosas.

Amara lo sigue. Mira a Británica por un instante por encima del hombro antes de salir de la celda. Espera que el odio en su rostro sea solo para Félix.

Paris está tan encantado con los nuevos arreglos domésticos como Amara supuso que estaría. El esclavo de Félix no se atreve a expresar su disgusto frente a su amo, sobre todo después de que el jefe dejara más que claro que no quiere oír riñas; sin embargo, en cuanto Félix deja a Amara en la bodega —como otro objeto a guardar en el montón— Paris se vuelca sobre ella.

—Puedes dormir ahí —dice, señalando unos cuantos sacos vacíos en un rincón—. Justo ahí. No quiero tener tu coño apestoso cerca.

—Vete a la mierda —responde Amara, dejando caer el bolso de su padre sobre los sacos. No va a pelear por tener un lugar más cerca de Paris; mientras más alejados estén, mejor—. Como si tú no tuvieras que vender el culo también. Y estoy segura de que no te arrodillas solo para fregar los pisos.

—Púdrete —dice Paris con los puños apretados. Está enrojecido de furia.

—Recuerda, sin pelear —comenta Amara, antes de dejarse caer sobre los sacos y junto a su bolso, haciendo más que evidente que llegó para quedarse—. Oíste lo que dijo Félix. Si me dejas un ojo morado, imagínate lo que te hará. —Amara ve que Paris se estremece con una expresión de pánico en el rostro. Amara aprovecha su ventaja—. También te viola a ti, ¿verdad? Igual que a todas las demás.

En ese momento, por primera vez, ve algo de Fabia en su hijo. Lo vislumbra en los hombros caídos, en la expresión herida. Sabe que Paris no es mucho más joven que ella, pero, con esas piernas flacas y el torso esbelto, parece un niño golpeado. Siente una punzada de culpa. Está a punto de decir algo más amable cuando Paris alza la voz.

—Me das asco —vocifera, con la cara retorcida y llena de veneno—. Todas ustedes me dan asco. Putas sucias. Y si descubro que tocaste algunas de mis cosas con tus asquerosos dedos llenos de mugre mientras no estoy, ¡te mato!

Paris sale de la bodega dando pisotones; Amara se queda adentro, preguntándose si Rufo en realidad le hizo un gran favor. Se retuerce entre los sacos polvosos y calientes. No serán mucho más cómodos que la cama de piedra en la celda de Dido, pero al menos podrá dormir, en vez de tener que trabajar toda la noche. Siente algo extraño al estar en el silencio de la bodega a sabiendas de que el burdel está en el piso de abajo. La celda de Cressa debe de estar justo debajo de ella, o quizás es la de Berenice. Mira las repisas de la estrecha habitación repletas de frascos y bultos de tela. En el piso, a su lado, hay una bolsa de frijoles, llena a la mitad, que podría usar como almohada. Unos cuantos frijoles se salen de un agujero en la esquina cuando mueve la bolsa. Espera que no haya demasiados ratones. O ratas.

Amara se levanta y camina muy despacio hacia la puerta. No sabe mucho de lo que ocurre en el apartamento de Félix. Supone que en la habitación de al lado es donde duermen Gallus y Thraso. Se arrepiente de no haber sido más amigable con Paris, aunque sea para sacarle más información.

Ya extraña a sus amigas abajo, y eso que solo han pasado unos cuantos minutos. Se pregunta si Thraso se tomará la molestia de decirles qué ocurrió, por qué Félix la envió a la bodega. Por un momento, la extraña sensación de la soledad la inunda de emociones. Apoya la cabeza sobre el marco de la puerta, intentando aclarar sus ideas. No tiene caso sentirse miserable y desperdiciar su tiempo; es imposible saber cuánto tiempo Rufo querrá mantenerla, si su interés dará frutos. Pero podría aprovechar el tiempo para aprender sobre los préstamos de Félix y tratar de convencerlo de que la utilice así, en lugar de venderla. Sería, al menos, una mejor vida que en el burdel. Sale al corredor.

La puerta del estudio de Félix está entreabierta para dejar entrar la brisa en el calor del verano. Debe haber visto su sombra, pues le grita incluso antes de que pueda tocar la puerta.

—¿Qué quieres? —su tono de voz no es acogedor.

Amara entra a la habitación, pero no se acerca demasiado al escritorio.

—La chica de El Elefante que pagó su préstamo, Pitane, me dijo que quizá tenga a otra clienta para ti. Pensé que podía aprovechar este tiempo para hacer negocios.

—No tengo a nadie que te acompañe.

—¿No puedo ir sola? —pregunta Amara—. Es solo a El Elefante. Puedo tomar notas para ver si te agradan los términos.

Espera, con las palmas de las manos empapadas en sudor, a que Félix responda.

—Es un cuento de nunca acabar contigo, ¿verdad? —dice Félix—. Ganar dinero, digo.

Si Félix fuera un hombre distinto, si Amara creyera que la comparación le sería halagadora, diría: «Igual que para ti». Pero solo se encoge de hombros.

—Todo el mundo quiere ganar dinero. Solo que, en este caso, yo lo gano para ti.

—Ve, pues —acepta Félix antes de volver a sus cuentas, despidiéndola con un movimiento de la mano.

El Elefante es una taberna más imponente que El Gorrión, pues está anexada a una enorme posada. Una linterna de cobre con forma de elefante cuelga sobre el pórtico, con cencerros a su alrededor. Adentro, los muros están repletos de pinturas de las enormes bestias enfrentándose a gladiadores en la arena.

Hay un considerable intercambio de clientela entre el burdel y la posada. Sittio, el posadero, le asiente a Amara con gesto receptivo cuando se acerca a la barra.

—No hay muchos clientes para ti —le dice.

—Me preguntaba si Pitane tendría unos minutos libres —responde ella.

—Está en el patio —dice Sittio—. Pero, si vas a distraerla mucho, más vale que compres un trago.

Amara pide el vino más pequeño y añora el encanto despreocupado de Zoskales en El Gorrión. Sittio es famoso por ser avaro. Atraviesa la taberna hacia el patiecito en la parte trasera. Está ensombrecido por una enredadera que crece sobre una celosía y contiene unas cuantas mesas dispersas. Algunos clientes están sentados en un rincón, bebiendo. Pitane está ocupada lavando la loseta. El rostro se le ilumina en cuanto ve a Amara.

No solo le consiguió el préstamo a la mesera, sino que consiguió su gratitud eterna por ello. El aborto funcionó, y Amara pagó los últimos céntimos de los intereses cuando parecía que Pitane no lograría hacerlo. No se lo dijo a Félix. No solo porque no quería volver a pasar por algo como lo de Marcella; supuso también que valdría la pena usar el dinero para asegurarse unos cuantos favores. Félix podrá valerse de la fuerza bruta, pero Amara necesita un modelo distinto si va a conseguir más clientes.

—Te ves muy bien —dice.

—¡Lo estoy! —responde Pitane. Luego baja la voz—. Y he estado usando la esponja, como sugeriste —susurra, mirando de reojo a los bebedores en el rincón.

—Dijiste que había otra mujer que quizá necesitaba ayuda. —Amara se sienta en la orilla de una mesa bajo la sombra, sorbiendo su vino. Hace una mueca. Sittio le dio el peor vino. Sabe a vinagre. Ya se malacostumbró al vino falerno que beben los hombres ricos.

Pitane asiente, encantada de que Amara acuda a ella.

—Es Terencia. ¿La conoces? Tiene el puesto de fruta, en la esquina antes del Foro. Bueno. —Vuelve a bajar la voz; disfruta la oportunidad de chismear—. Perdió dinero el mes pasado; un desgraciado le vendió un lote de fruta podrida. Me lo contó cuando fui por suministros para la posada. Le dije que conocía a alguien que podía conseguirle un préstamo para que compre más inventario y recupere el dinero lo más pronto posible.

—¡Fruta podrida! ¡Qué ruin! —masculla Amara—. ¿Cuánto necesita?

—Diez denarios.

Amara calcula la obscena tasa de interés de Félix en su cabeza. Espera que Terencia pueda pagar; sus propios ahorros nunca alcanzarían.

—Creo que puedo ayudarle —responde—. La visitaré esta semana.

—¡Berenice me contó que Dido y tú van a muchas fiestas en estos días! —dice Pitane, claramente reacia a dejar a Amara irse—. Debe ser emocionante.

—Por lo menos es un cambio. —Amara sonríe. Pasa unos minutos más hablando con Pitane y disfrutando el patio soleado en vez de la polvorienta bodega. Los clientes en el rincón guardan silencio y las observan con curiosidad. La toga de Amara refleja su ínfimo estrato social, y Pitane sin duda ya ha tenido que servirles en algún momento; sin embargo ambas mujeres se quedan ahí donde están, ignorando la posibilidad de una propina adicional.

—Señoritas —grita uno de los hombres—, ¿qué necesita hacer un hombre para recibir un poco de atención en este lugar?

Amara piensa en la cuota fija que Rufo pagará y siente una cálida oleada de gratitud. No tiene por qué atender idiotas en ese momento.

—Mejor te dejo volver al trabajo —le dice a Pitane, lanzándole una mirada poco amistosa a los hombres que están detrás de ella.

—Ah. —Pitane está abatida—. Sí, supongo que sí. Nos vemos —contesta y se dirige hacia los clientes, con los hombros caídos, una vez que su diversión matutina se ha terminado.

29

Ni te muestres demasiado asequible al que te solicita, ni te niegues
a sus pretensiones con exceso. Que tema y espere a la vez, y a cada
repulsa crezcan las esperanzas y el temor disminuya.

Ovidio, *El arte de amar*, III

La vida de Amara en el piso superior del burdel cobra su propio ritmo desarticulado. Es un enorme alivio pasar las noches sin que nadie la moleste, algo que no había disfrutado desde que estuvo con Plinio. Aunque no duerme tan bien como lo hacía bajo la protección del almirante. Los sacos son rasposos e incómodos, los ratones hurgan por todas partes y alcanza a oír a sus amigas trabajando abajo, lo que la llena tanto de culpa como de alivio.

Algunas noches sueña con Menandro, y cuando despierta su ausencia le oprime el pecho. En la oscuridad de la bodega, revive cada momento que ha pasado con él, y examina cada recuerdo en su memoria como si fueran piedras preciosas. Pero más tarde comienzan a perder nitidez y no puede estar segura de en qué punto la realidad se convierte en fantasía. Luego recuerda la advertencia de Dido sobre el amor desperdiciado y se obliga a rememorar la última vez que lo vio, cuando no logró protegerla ni protegerse a sí mismo.

Paris es, por lo general, un compañero silencioso. Suele ignorarla cuando intenta hablarle. Amara sospecha que su amo lo tiene bajo amenaza; no quiere que se repita el ojo morado de Victoria. Aun así, Amara nunca lamenta tener la bodega solo para sí cuando Paris tiene que trabajar en el burdel. Lo peor son las noches en que Félix se lo presta a Thraso. Paris no se resiste en absoluto; es como si Thraso estuviera abusando de un cadáver. Amara se enrosca para hacerse tan pequeña como puede y mira hacia la pared, en un intento por darle algo de dignidad a Paris. El silencio absoluto le parece casi tan perturbador como los gritos de Británica. La primera vez que ocurrió, cuando Thraso ya se había ido, se arriesgó a preguntarle a Paris si estaba bien.

—Debiste haber sido tú —contestó, sin más.

Amara intenta reunirse con sus amigas en El Gorrión como antes, pero, salvo por Dido, la conversación es tensa. Victoria apenas le ha dirigido la palabra desde que discutieron por Británica. Al volver a trabajar al burdel, descubre que la resistencia de la bretona ha cambiado la atmósfera de forma permanente. Todas están nerviosas e intentan protegerla de los clientes, no solo por su bien, sino por el de todas. En las pocas ocasiones en que alguien hace una broma, Amara se siente excluida. La noche en que la envían junto con Dido a presentarse en casa de Cornelio, está tan feliz de ver a Egnacio, con sus disparatados halagos e inacabable buen humor, que casi lo besa.

Y luego está Rufo. No la ha visitado tanto como le gustaría —no más de dos veces por semana—, pero cada vez que lo ve se siente un poco más cómoda con él. Sus sentimientos crecen como el bejuco, enredándole los pensamientos, amenazando con ahorcar sus planes. Rufo se esfuerza tanto por ser encantador y sus modos son tan amables que es difícil no apegarse a él. Pero Amara siempre está consciente del desequilibrio de poder, y el miedo es la sombra de su afecto. Vive sabiendo que Rufo podría destrozarle la vida en un parpadeo, mientras que ella no podría hacerle más daño del que una piedrita podría hacer en un lago.

Es su tercera semana viviendo arriba del burdel cuando el esclavo de Rufo, Philos, visita un jueves por la mañana para advertirle que debe estar lista para su amo esa noche. Oye a Félix tomar el recado —y el dinero—, y luego el crujir de sus pisadas sobre el corredor conforme se acerca a la bodega. Amara se apresura a ponerse de pie y se desempolva la toga.

—Supongo que escuchaste eso —dice Félix, asomando la cabeza por la puerta—. Por lo menos puedes servir de algo hasta la noche.

—Claro —responde ella antes de seguirlo por el corredor y hasta su estudio.

Esta es la parte más extraña de su nueva vida: las incontables horas que pasa con su amo. Toma su asiento habitual cerca de la puerta, en una silla remetida en una mesita. Félix no ha vuelto a pedirle que duerma con él, pero después de un tiempo al fin cedió y la dejó ayudarle con las cuentas. Comenzó con el préstamo de Terencia, cuando hizo que Amara redactara el contrato y llevara los registros. Ahora la tiene trabajando en varios archivos. Amara se pregunta cómo había logrado Félix hacerlo solo hasta ese momento.

Amara siempre ha considerado que su amo es un rufián, pero se ha visto obligada a reconocer el encanto, así como las amenazas, que utiliza para hacer sus préstamos. Los clientes visitan, sin percatarse de la figurita en el rincón que toma nota de sus conversaciones, mientras Félix les regala vino, bromea y los halaga, y excava sus deseos y secretos.

—No existe tal cosa como la información inútil —le dice después de que un cliente sale del estudio tras lloriquear sobre su suegra durante casi una hora.

Félix es meticuloso con sus cuentas: todo el dinero de la prostitución se invierte en los préstamos, y toma muy poco para sus placeres personales. De hecho, el placer parece ser la menor de sus prioridades. Algunas noches se reúne con sus compinches en tabernas, probablemente con los mismos que estaban aquel día en la Palestra. Sin embargo, Amara no sabe si son sus amigos de verdad, ni está segura de que alguien le agrade.

Intenta desprenderse el odio por unos momentos, estudiarlo de la misma forma en que lo ha visto estudiar a otras personas. ¿Qué notaría si fuera un desconocido? Su amor por el dinero, su determinación, su crueldad, su sorprendente fascinación con las ideas y sentimientos ajenos. Su absoluta falta de compasión. Y, por último, algo que Amara apenas puede admitir: su soledad.

Está intentando calcular los pagos con intereses de un préstamo, comparando las cifras con la información sobre los bienes del deudor que Félix ha logrado encontrar. En ese momento, se da cuenta de que él la está observando.

—¿Ya cogiste con el niño rico?

—No.

—Perra frígida —su voz tiene un tono jocoso, y Amara sabe que el insulto pretende ser un cumplido—. Yo no esperaría demasiado. La novedad del rechazo desaparece después de un tiempo. Y eres una puta, no su esposa.

Ha leído las ansiedades de Amara como si las tuviera escritas en el cuerpo.

—Le tengo miedo —miente—. Creo que le gusta la violencia.

—Ya te las arreglarás —dice Félix, antes de volver a sus cuentas—. No es como si no hubieras tenido bastante práctica. Y, si es algo muy extremo, puedo cobrarle más. Así que asegúrate de decírmelo.

—¿Ahora quién tiene el corazón frío? —pregunta Amara con las cejas arqueadas—. ¿Y si me mata?

—Me dolería perder a una puta tan valiosa.

—¿Qué tanto te dolería?

—No ruegues por migajas —responde él con una mirada de disgusto—. No te queda ese papel.

Sus palabras hacen que Amara recuerde a Plinio, cuando le suplicó miserablemente que la comprara. Eso sin duda la ha curado de volver a rogar jamás. Mira de reojo hacia el escritorio de Félix. El pergamino de Herófilo sigue ahí; no tiene duda de que Félix lo dejó ahí solo para atormentarla. Nunca le ha dado la satisfacción de preguntarle si es capaz de leerlo.

—Creo que podrías cobrar un poco más aquí —dice, refiriéndose a la cuenta que ha estado revisando—. Si revisas su negocio, Manlio tiene otros bienes que podría usar. Anotaste aquí que el broche de su capa es de bronce.

—Es su tercer préstamo —dice Félix—. Y siempre paga a tiempo. Es una apuesta demasiado segura como para presionar de más. Solo puedes lanzarte a la yugular si crees que no tienen suficiente como para volver.

Amara piensa en Marcella y se pregunta si Félix habrá vendido el camafeo ya. Recuerda el dedo de la otra mujer, el círculo pálido donde alguna vez estuvo el anillo de su madre, la forma en que Marcella batalló para quitárselo.

—Debería ir a los baños hoy —dice—. Tienes razón, no puedo hacer que Rufo espere por siempre. ¿Me darías dinero para arreglarme el cabello? Me vendría bien que me peinaran.

Félix entrecierra los ojos, la observa, claramente debatiéndose sobre si en verdad es un gasto necesario. Saca unas cuantas monedas de un cajón.

—Puedes ir en un par de horas —dice—. Cuando hayas revisado el resto de los archivos.

Amara sale a la calle, aliviada por tener un tiempo lejos de Félix. Las cuentas de sus clientes la hacen peguntarse qué notas podría tener sobre sus mujeres, qué observaciones podría tener ocultas sobre ella. Titubea al pasar frente a la puerta del burdel, indecisa entre su deseo de invitar a Dido a ir con ella, y la angustia de que parezca que está restregándoles a las demás que tiene permitido ir a arreglarse el cabello. Gallus está en la puerta.

—¿Hay alguien adentro? —le pregunta.

—Solo Victoria —dice él—. ¿No la oyes? —Amara se da cuenta de que, en efecto, alcanza a oír la voz de Victoria que habla con un cliente y finge derretirse con su virilidad—. Las demás salieron a pescar. Salvo por la salvaje.

—Gracias. Dile a Berenice que le mando cariños.

—No soy tu maldito esclavo mensajero. —Gallus frunce el ceño—. Díselo tú.

Ir a los baños sola es otra experiencia nueva desde que vive en la bodega. Amara guarda su toga barata en uno de los casilleros en los vestidores y pasa junto a un par de amigas que conversan después de haber guardado su ropa también. Los muros de piedra hacen eco del cuchicheo de las voces de las mujeres, y de los chirridos y chapoteos de quienes entran a la piscinita del rincón para enfriarse. Encuentra a una estilista que busca clientela y cruza la sala caliente; se deja los zapatos de madera para proteger sus pies del suelo abrasador.

La estilista es griega, pero no parece estar de humor como para intercambiar historias de la vieja patria. Trabaja con velocidad en el cuerpo de Amara: le arranca con pinzas los vellos debajo de los brazos, le embadurna las piernas con una resina y luego se la arranca hasta que le quedan lisas. Amara hace muecas de dolor. A su alrededor, hay más mujeres a quienes pulen y arreglan, aunque otras han elegido un masaje relajante, y Amara alcanza a oír el golpeteo de las manos sobre la piel desnuda. Su estilista toma un tazón con agua, y Amara se limpia, quitándose de encima los últimos restos de la resina y la tierra de la bodega. Se siente lavada por el calor y todos los tallones.

Que le arreglen el cabello es una experiencia más relajante. Después de volver a vestirse, va con una estilista distinta a una pequeña habitación y toma asiento. Ahí está más fresco. La estilista coloca las pinzas en un brasero.

—Eso es suficiente —dice Amara al ver las pinzas al rojo vivo—. Ya tengo el cabello rizado; solo quiero que me peines. —«Y que no me lo quemes», piensa.

—¿Cómo lo quieres?

—Para impresionar a un hombre.

—¿Tu marido?

—No.

La estilista sonríe. Como si la toga de Amara no se lo hubiera revelado ya. Mientras la mujer le acomoda el cabello en una cascada de rizos, ella piensa en Rufo. Es muy difícil saber qué le gustaría. ¿Preferiría que Amara se vea como es, que se muestre nerviosa, tímida incluso, o está esperando que lo llene de placeres y lo deleite con la experiencia de una cortesana? Quisiera poder pedirle consejos a Victoria.

—Como para coger con un emperador —dice la estilista al terminar—. Si me perdonas la expresión.

Amara se ríe y le da las gracias. Sale a la calle, ignorando los silbidos de un par de hombres que están frente a la entrada de los baños. Es un lugar que tiene fama de ser bueno para conseguir clientes. Se pregunta si alguna de sus amigas ha pasado por ahí hoy.

El olor de la comida frita la tienta en el camino de vuelta a casa, pero se sigue de largo. Comerá gratis por la noche, y es mejor ahorrar dinero. Paris la deja pasar al apartamento; su expresión al verle el cabello es de malevolencia pura.

—El amo quiere verte —dice, dándose vuelta en cuanto Amara está adentro.

Sube las escaleras, preguntándose qué podría querer Félix, pero, cuando entra a su estudio, no le dice nada, solo señala con impaciencia una pila de tabletas sobre la mesa. Amara se sienta a trabajar. Poco después, uno de los clientes de Félix, Cedro, aparece. Discuten su préstamo, hablan de negocios y sobre el calor del verano. Félix le ofrece un descuento en el burdel si toma prestada una cantidad mayor, algo que Amara ha notado que hace con frecuencia. Cedro se voltea para examinarla.

—¿Ella es…? —pregunta.

—Sí, pero suele estar reservada. Cuesta un poco más.

—Inteligente —dice Cedro—. Yo también me quedaría con esa, si fuera tú.

—Si vas a escoger a alguna de abajo, te recomiendo a Victoria —responde Félix.

—¿Todas tus putas llevan la contabilidad? —pregunta Cedro, divertido.

—Solo esa. Es hija de un doctor.

Cedro parece impresionado.

—Vaya, invertiste en mercancía de calidad, entonces. Supongo que no tienes vírgenes por aquí, ¿o sí?

Amara piensa en Dido, en el dolor que soportó al perder su inocencia en ese lugar, y casi rompe el punzón al presionarlo con demasiada fuerza sobre la cera.

Félix menea la cabeza. Los hombres pasan a otros asuntos y, cuando Cedro se va, no le dirige siquiera una mirada a Amara, como si se hubiera olvidado de su existencia.

—No vuelvas a hacer eso —le dice cuando están a solas.

—¿Hacer qué?

—Escuchar.

Amara está a punto de protestar, pero se arrepiente.

—No recuerdo haberte contado que mi padre era doctor.

—Fue después de que te compré —responde él—. Les di unos higos a ti y a Dido, y tú me contaste que eran los favoritos de tu padre. Yo te pregunté a qué se dedicaba.

El recuerdo le viene a la mente a Amara, tan vívido que la quema como el piso hirviente de los baños. La forma en que Félix le sonrió, cómo le tocó el brazo con delicadeza y le ofreció la fruta. Casi con ternura. Y su propio alivio ingenuo. «Él es bueno».

Se encoge de hombros.

—No lo recuerdo.

Amara pasa el resto de la tarde trabajando en silencio, con la mirada fija en las tabletas mientras una procesión de clientes entra y sale del estudio. Parece no prestarles atención, ni siquiera cuando uno de ellos llora y le ruega a Félix que le dé más tiempo, pero desobedece a su amo y escucha con atención, y el odio se le acumula en la boca del estómago. Al fin, Paris sube a decirles que Philos, el esclavo de Rufo, está esperándola. Félix lo deja ir y luego se acerca a Amara para observarla apilar las tabletas.

Cuando termina, Félix le da uno de los vestidos de Plinio, sin hacerse a un lado mientras se cambia. Su presencia la pone nerviosa, por lo que se le dificulta ponerse el broche. Félix la ayuda, y la sensación de su amo sosteniendo la tela y la expresión de concentración al acomodar el seguro la hacen pensar en la familiaridad de un esposo con su mujer. Cuando está vestida, se da la vuelta para salir, pero Félix la toma por la muñeca y la jala hacia sí. No se trata de un momento de intimidad.

—Recuerda lo que le ocurre a quienes me traicionan —dice.

Le suelta el brazo y vuelve a su escritorio sin verla salir.

30

Si alguien no ha visto la Venus pintada por Apeles,
debería ver a mi novia; brilla con la misma intensidad.
Grafiti en Pompeya

El restaurante es un peldaño más para Amara y uno menos para Rufo. Se imagina que debe provocarle cierta emoción cenar en un lugar que no es del todo respetable. Cualquier persona de cierto valor come en casa, con la tranquilidad de saber que el lujo siempre está adentro y no afuera. Para ella, la experiencia es un deleite. Les sirven en una terraza, y el brillo rojizo del ocaso les da una vista agradable de los techos de terracota, mientras que el oscuro pico de la montaña es una sombra lejana. De la celosía cuelgan lámparas mucho más ornadas que las de El Elefante, entretejidas con las enredaderas y rodeadas de uvas a punto de madurar.

Rufo ordena la comida, y a Amara le preocupa hacer un batidillo al comer los erizos de mar.

—Pensé que podríamos ir al teatro de nuevo la semana que viene —dice Rufo mientras vierte salsa de pescado por todo el plato—. Van a montar una de mis obras favoritas. Y además es una compañía excelente, que está en gira desde Roma. Me interesa mucho ver cómo lo harán.

—Sería maravilloso —responde ella, aliviada de que Rufo ya esté pensando en su siguiente encuentro—. ¿Has estado en Roma?

—No. Lo más lejos que he viajado ha sido a Miseno, donde me hospedé con el almirante, por cierto. Tiene una hermosa casa ahí. —Amara sonríe, aunque no quiere pensar en que alguna vez deseó hacer de la villa del almirante su hogar.

—Me encantaría conocer Grecia —continúa Rufo—. Tantas de nuestras obras están basadas en otras escritas por sus poetas. ¿Llegaste a pasar tiempo en Atenas?

No se atreve a contarle que el único recuerdo duradero que tiene de la ciudad es el de haber pasado por ahí de camino al embarcadero de esclavos.

—No, no realmente. El único lugar que conozco es mi ciudad natal, Afidnas. Creo que te gustaría nuestra estatua de Helena de Troya.

Rufo le toma la mano y la besa.

—Estoy seguro de que no es tan bella como tú.

Se miran; Amara reconoce la pregunta que Rufo hace con los ojos. «¿Esperé ya lo suficiente?».

—¡Rufo! —Los interrumpe una voz conocida. Amara alza la mirada y ve a Quinto parado junto a su mesa. Lo acompaña una hermosa mujer. Amara se da cuenta de que la ha visto antes. Es la cortesana a quien vio en el teatro, con el vestido que le caía de la espalda. Su belleza es aún más deslumbrante de cerca: tiene el cabello arreglado con trenzas que le dan vueltas por la cabeza, y su tono de piel es de una oscuridad inusual, como el de Zoskales. Un brazalete de oro brilla sobre su brazo—. Me parece que ya conoces a Drusila.

—Claro —dice Rufo—. Un placer, como siempre. —Mira a su propia acompañante con un orgullo inconfundible—. Y ella es Amara.

—¡Lo es! —responde Quinto, los labios fruncidos—. Eres afortunado. He sido testigo de su hermosa voz.

Amara siente una punzada de inquietud. La sonrisa burlona de Quinto es inconfundible.

—¡Ay! ¿Cantas? —exclama Drusila—. ¡Qué maravilla! Adoro la música. Tienen que acompañarnos algún día en nuestra casa.

Le sonríe con calidez a Amara, quien le devuelve la sonrisa, agradecida por la distracción.

—A esta le encanta ser anfitriona —dice Quinto con una mueca sarcástica—. Apenas puedo poner pie en la casa; siempre está repleta de mujeres cuchicheando.

Drusila finge estar ofendida.

—Como si alguna vez te hubiera negado algo. —Camina de vuelta a su mesa, y Quinto la sigue tras encogerse de hombros a manera de disculpa.

Amara vuelve a mirar a Rufo, quien sigue sonriendo, pero su expresión la deja helada.

—Así que ya conoces a Quinto —dice.

—Ha asistido a algunas de las fiestas en las que he cantado —responde, meneando la cabeza y decidida a no mostrar su miedo y, menos aún, su sentimiento de culpa—. Mi compañera Dido lo conoce mejor.

—Tiene cierta reputación. —Amara no sabe si la ira en la voz de Rufo está dirigida a ella o a Quinto—. Espero que nunca te hayas acercado demasiado a él.

—¿Crees que tengo elección en esas cosas? —pregunta Amara, mordaz.

—Olvídalo. —Rufo ondea la mano para desechar la conversación.

—No —dice ella con una voz gélida—. No lo voy a olvidar. Si vas a echarme en cara las partes más dolorosas de mi vida, no puedo ser tu amiga.

—No quise insinuar nada malo con eso… —Rufo parece volver a ser el mismo y frunce el ceño como usualmente lo hace tras haberla ofendido.

—Espero que no —dice Amara—. Que tú me hayas dado la posibilidad de elegir no significa que alguien más lo haya hecho.

Amara siente una repentina fatiga. Es agotador mantenerlo interesado, intentar justificarse sabiendo que Rufo es incapaz de entender. El recuerdo de Menandro, de aquella tarde que pasaron afuera de la arena hablando sobre el pasado, le viene a la mente. «Pero sigues siendo la misma persona. Yo aún te veo como a la misma persona».

Rufo reconoce su tristeza, a pesar de que no tiene forma de averiguar la causa.

—Soy un idiota. Lo siento. Sé que has… cantado en muchas fiestas. —Hace un gesto de arrepentimiento para demostrarle a Amara que el eufemismo es para burlarse de sí mismo y no de ella—. Es ridículo que me ponga celoso. Es solo que eres tan hermosa. Sé que podrías tener al hombre que quisieras. —Busca tomarle la mano de nuevo—. ¿Amigos otra vez?

—Lo ridículo es pensar que podría preferir a Quinto antes que a ti —responde Amara, estrujándole los dedos. Suena a una frase ensayada, pero lo dice en serio—. Drusila parece agradable. —Suelta su mano de nuevo.

—Ah, es de lo más divertida —exclama Rufo, luego se detiene, horrorizado—. No porque yo haya... —tartamudea. Amara se ríe, y Rufo se le une, aliviado—. Como sea. Organiza unas cenas maravillosas. Su antiguo amo le dejó su libertad y bastante dinero, claro está. Aunque creo que sus *amigos* la mantienen también.

Amara voltea a ver a Drusila con aún más interés. Tiene el mismo porte que recuerda del teatro. Hasta el arrogante Quinto parece estar esforzándose por impresionarla.

—Deberíamos aceptar su invitación —dice Rufo, siguiendo la dirección de la mirada de Amara—. Si quisieras.

—Sí, me encantaría. —Amara agacha la mirada, y su nerviosismo quizá puede confundirse con timidez—. Pero tal vez sea porque me gustaría ir a cualquier lugar contigo. —Vuelve a alzar la mirada y ve que Rufo entiende a qué se refiere.

El resto de la cena pasa sin demasiada atención a la comida. Los dos están montados en una oleada de ansias anticipatorias. Cada roce de las manos, incluso al pasarse el vino, se exacerba. Es algo parecido al amor.

Cuando emprenden la corta caminata hacia la casa de Rufo, ya está oscuro. Philos y otro esclavo los acompañan y alumbran el camino. La casa ya le es familiar a Amara. El aroma del jazmín se ha desvanecido y ha sido reemplazado por el olor del arrayán. Recuerda su ofrenda a Venus en la Vinalia, el favor que le pidió. Le ayuda a tomar una decisión sobre cómo comportarse. La noche se tratará de interpretar un papel.

Está agradecida cuando Rufo despide a los demás esclavos; prefiere estar a solas con él. Philos dejó las lámparas encendidas, y cuando su brillo se posa sobre las paredes, las escenas de las pinturas se iluminan, a pesar de que la mayor parte de la habitación está oscurecida. Amara se da cuenta de que nunca ha estado en la casa de Rufo durante el día.

Estaba esperando que Rufo se le abalanzara, como hizo la primera noche que estuvieron juntos; en cambio, lo ve renuente. Amara se desnuda —despacio, para que él pueda verlo todo—, y comienza a actuar como el personaje que ha elegido para sí misma: la cortesana enamorada. Pone en práctica con Rufo todos los trucos que ha aprendido, todos los medios para dar placer. Descubre que incluso sus noches con Salvio le son útiles, no para sí misma, sino porque le enseñó cómo retardar las cosas en su propia e infructuosa búsqueda por complacerla.

Nada le es desagradable. Por primera vez, siente incluso cierto gozo de hacer feliz a un hombre; se trata de un hombre que le agrada. Pero es imposible separar su afecto de la necesidad de hacer que Rufo la desee, no solo por esa noche, sino que anhele lo que le está dando una y otra vez.

Después, se quedan recostados juntos, bañados en sudor. La piel de él se siente cálida sobre la de ella.

—Te amo —dice Rufo, besándola—. Te amo.

—Yo te amo también —responde Amara, abrazándolo con más fuerza.

—Nunca había conocido a una mujer como tú. Nunca pides regalos. Lo único que me has pedido es que te dé tiempo.

Amara piensa en sus amigas, en Dido y Victoria. Sabe que hay más mujeres como ella, pero rara vez reciben la compasión que Rufo le da.

—Ya has sido muy generoso conmigo —dice—. Me escuchas. Me proteges, incluso cuando no estamos juntos.

—Por eso te amo —responde Rufo, besándola de nuevo. Luego se sostiene sobre un codo y gira hacia su lado de los cojines para buscar algo debajo del sillón. Le da a Amara una caja de madera, con una expresión emocionada, como la de un niño.

—¿Qué es?

—¡Ábrela, ábrela!

Amara hace lo que Rufo ordena. Adentro hay un collar de plata con un pendiente de ámbar. Por un instante, está demasiado anonadada como para hablar.

—¡Es hermoso!

Rufo le ayuda a cerrar el broche.

—Se te ve precioso. —Rufo está más que satisfecho con su elección—. Es del negocio de mi familia. Hice que uno de nuestros mejores artesanos lo forjara.

Amara ha visto la joyería y los talleres que rodean la casa de Rufo; alguna vez se escabulló con Dido para echar un vistazo. Toca la lisa gota de resina que le cuelga del cuello. El ámbar la hace pensar en Marcella, en el collar que ella y Fulvia llevaron al Foro, pero casi de inmediato saca a esas mujeres infelices de su mente.

—Es el regalo más hermoso que me han dado —dice—. Pero, cariño, no puedo llevármelo. Mi amo jamás me dejaría quedármelo.

—¡Pero es un regalo personal! —dice Rufo, indignado—. No tendría derecho a quitártelo.

—Lo usaré siempre que estemos juntos —responde ella, tomándole la mano para reconfortarlo—. Puedes cuidarlo por mí, aquí. Te recordará que siempre estaré esperándote.

—Y, ¿qué hay de ti? ¿Qué te hará pensar en mí?

Amara mira a su adinerado amante, con su interminable vida social, y se da cuenta de que de verdad le preocupa que lo olvide, como si pudiera hacer algo más que contar las horas en la bodega de Félix hasta que pueda volver a verlo.

—¡Ya sé! —dice—. Puedes comprarme unas cuentas baratas, de cristal, o de madera incluso, que usaré como brazalete. Félix no se tomaría la molestia de quitármelas, pero me recordarían a ti siempre que las vea.

—Qué idea tan romántica —opina Rufo, un tanto apaciguado—. Aunque quedaría como un avaro si les dices a tus amigas que eso es todo lo que tu novio te ha comprado. Sobre todo si saben del negocio de mi familia.

—Prometo que no lo haré —dice Amara, divertida con la idea de que Rufo tema tener mala reputación entre las putas del burdel. A menos que se imagine que tiene otras amigas más respetables.

—¿Intentará que dejes de verme? —pregunta Rufo—. ¿Tu amo? Si sospecha que me quieres.

Amara no comprende al principio a qué se refiere, pero luego recuerda la mentira que le dijo para asegurarse de que no fuera al burdel: que Félix es inmensamente envidioso de su felicidad.

—Ah —exclama—. Espero que no te moleste, pero le dije que te tenía miedo. Le agradó la idea de que pudieras ser cruel conmigo. —No hace falta añadir que lo que le agradó a Félix en realidad fue la posibilidad de cobrar más por la violencia.

—¡Suena a que es un horror! —comenta Rufo—. Mi pobrecita niña. —Le da un abrazo tan fuerte que el collar se le clava en la piel—. Esperaba que te quedaras toda la noche. ¿Haría que tu vida fuera más difícil?

Está aferrándose a ella, instándola a que se quede, y Amara anhela aceptar. Pero sabe que, si cede a sus deseos y sacia todas las pasiones, se arriesga a que el enamoramiento de Rufo se extinga demasiado pronto. Es mejor negárselo de vez en cuando.

—Creo que es más seguro que no lo haga —dice en voz baja—. La próxima vez me quedaré.

Rufo la suelta. Luego le toma la cara con las manos y le da un tierno beso en la frente.

—Lo que tú consideres —le dice.

Su sinceridad le lastima el corazón.

31

El burdel y el grasiento mesón te infunden la añoranza de Roma, lo veo.

Horacio, *Sátiras* II,14

A Félix le alarma verla antes del amanecer. Está esperando en el corredor mientras ella sube las escaleras. Es evidente que oyó a Philos dejarla en la puerta.

—No me digas que no hiciste lo que quería.

—Hice todo —dice Amara—. Solo no quise quedarme toda la noche. Ya te dije, me da miedo. Además... —responde a la fría mirada de Félix con una propia—, así mantengo el interés. Queremos prolongar esto tanto como se pueda, ¿no?

—Loba astuta —dice Félix. Amara comienza a desabrocharse la capa, esperando que Félix la envíe a la bodega. En vez de eso, la detiene—. No te la quites. Voy a salir. Puedes venir conmigo.

—¿Por qué? —pregunta Amara, sin poder esconder su sorpresa.

—Nunca está de más exhibir la mercancía —dice Félix. Le pasa un brazo por los hombros y, por un desconcertante momento, Amara cree que se trata de afecto. Luego siente los dedos de Félix duros que le pinchan la cintura, como un panadero que revisa la calidad de su masa—. Solo no abras el hocico.

El bar está en una parte de la ciudad que Amara no conoce. Es bajo y estrecho. Apenas es un agujero en la pared, que hiede a humo de pipa. Amara es la única mujer presente; se sienta junto a la pared, con Félix y los hombres con los que va a reunirse. La mayoría están ebrios cuando llegan, pero Amara nota que Félix, a pesar de que hace toda la alharaca de ordenar vino, se mantiene sobrio. Mantiene una mano sobre el muslo de Amara, y ella comprende que se trata de una señal para los demás hombres: «No tocar».

No es la única en externar su sorpresa al ver que Félix trajo una mujer consigo.

—¿Qué hizo esta? —pregunta uno de los hombres, señalándola con su vino. Tira un poco sobre la mesa. Amara lo reconoce de la Palestra gracias a la cicatriz blanca que le recorre la cara, pero él no la reconoce—. ¿Es una pieza especial? ¿O ya se aburrió de tu pito y quiso venir a probar otros?

Los demás se le suman. Pero, a pesar de que todos están hablando de ella, solo se dirigen a Félix, como si Amara no estuviera ahí. No dice nada, solo baja la mirada y ve la mano de Félix sobre su pierna.

—Hay mucho más coño de donde salió este —dice Félix—. Pueden probar un poco después.

Pierden el interés en Amara y pasan a hablar de negocios. Amara está tan exhausta que podría recargar la cabeza en la pared y quedarse dormida; deben ser ya altas horas de la madrugada.

—Creo que el zapatero está un poco renuente a pagar —dice uno de los hombres. Es delgado y nervioso, como una zarigüeya—. Todo el trabajo que hacemos manteniendo las calles seguras, para que el mugroso sea un ingrato.

El hombre de la cicatriz blanca se ríe, pero Félix se mantiene impasible.

—Tal vez necesita un pequeño recordatorio. Nada demasiado drástico. —Amara comprende que no están hablado de préstamos—. De preferencia alguien a quien no conozca.

—Sé quién puede hacerlo —dice Zarigüeya, asintiendo.

La conversación brinca de negocios a bromas: quién está pagando, quién necesita un poco de persuasión, los pasados juegos en la arena, la mejor puta del muelle. A Amara no le sorprende que Félix sea parte de una extorsión, pero le inquieta que esté dispuesto a correr ese riesgo. ¿No gana suficiente ya? ¿Y si alguien quisiera vengarse? ¿Son todos los hombres en la taberna de fiar? Espera que cualquier posible vínculo con el burdel esté bien oculto.

El tiempo se arrastra, y Amara se siente como un fantasma; solo la mano de Félix la ancla al presente. Recuerda lo que le dijo sobre exhibir la mercancía y no se atreve a quedarse dormida. En cambio, hace contacto visual de vez en cuando con los hombres y luego le lanza una mirada sugerente a Félix para asegurarse de que los hombres recuerden qué es, qué podrían tener más tarde.

Cuando Félix al fin se levanta y la jala consigo, Amara siente que podría llorar de alivio. Un par de hombres caminan con ellos de vuelta al burdel; es inexplicable que estén lo suficientemente despiertos como para aceptar el descuento que Félix les ofreció. Amara siente lástima por quien tenga que atenderlos. Al verlos entrar al oscuro corredor del burdel y saber que no irán a su celda, se da cuenta de que el agotamiento le ha drenado cualquier sentimiento de culpabilidad. Sigue a Félix hacia la relativa seguridad de su apartamento.

Cuando terminan de subir las escaleras, Félix la toma por la muñeca y se echa hacia atrás para observarla, como si sopesara la posibilidad que Amara representa. Luego la suelta.

—Manda a Paris a mi habitación —le dice antes de desaparecer en sus aposentos.

Amara corre a la bodega, donde mueve con el pie a Paris, que está dormido.

—Levántate. El amo quiere verte.

Paris se levanta como un gato, arrancándose las sábanas de encima.

—¿Ahora? —jadea—. ¿Quiere que vaya ahora?

—Lo siento —responde Amara, caminando hacia su rincón—. Eso fue lo que dijo.

Paris suelta un sollozo ahogado, un sonido de miseria pura. Amara lo ve salir sigilosamente de la bodega, incapaz de sentir otra cosa más que gratitud porque será a él a quien Félix atormente y no a ella. Se queda dormida instantes después de apoyar la cabeza en el abultado saco de frijoles.

Cuando despierta, percibe que alguien se cierne sobre ella. Es Paris; tiene la cara tan cerca de ella que sus narices están a punto de tocarse.

—Día de burdel, puta —susurra.

—¡Lárgate de aquí! —Amara le da un empujón. París cae de un sentón con un golpe seco—. ¿Qué te pasa?

Paris se desempolva, furioso de haber quedado como tonto.

—Lo de anoche fue tu culpa —se queja—. ¿Por qué no pudiste coger con Félix? Ya estabas despierta. Y para ti no es nada. Nada —su voz se torna más estridente—. Para eso estás aquí. ¡Para eso existes!

Paris se detiene. Está al borde de las lágrimas. El raquítico pecho le sube y baja con el esfuerzo de contener sus emociones. Amara piensa en la tremenda crueldad que Paris debe haber soportado: la confusión de crecer en el burdel, viendo la forma en que trataban a su madre, el miedo cuando él también se convirtió en un blanco. Y luego tener que sufrir el desprecio de otros hombres, incluso de Gallus, a quien está desesperado por impresionar.

—Lamento que te haya lastimado —responde Amara con voz ecuánime. No quiere humillarlo más siendo compasiva con él—. Pero sabes que no tuvo nada que ver conmigo. Nadie le dice a Félix qué hacer.

—Ni siquiera te toca, ¿verdad? Cuando te tiene en su estudio. —Paris toma su silencio como respuesta. Patea la pared, frustrado—. Todos estos años deseando que me confiara el negocio, y te escoge a ti. Como si yo fuera la mujer —escupe la última palabra como una maldición que fuera a profanarle la boca al decirla.

Amara no le dice a Paris que no le sería de mucha ayuda a Félix con sus cuentas: ni siquiera sabe leer.

—No será para siempre —dice en vez de eso—. No te tratará así por siempre. Estoy segura de que confía en ti.

Paris la mira, se muerde el labio. Amara se da cuenta de que quiere hablar, que toda la soledad que lleva adentro es como un pozo a punto de desbordarse. Pero el orgullo lo domina. Se encoge de hombros, como si se quitara de encima a Amara.

—Nadie está pagando por que te quedes aquí arriba hoy, ¿o sí? ¿Por qué no te largas a donde perteneces y me dejas en paz?

Amara se pone de pie de forma cansina. Siente como si hubiera dormido solo un par de horas. Es evidente que Paris la despertó tan temprano como pudo.

—Portarte como un pedazo de mierda no hará que tu vida sea más sencilla —dice. Pasa a su lado y cierra la puerta de la bodega al salir.

Apenas hay luz en la calle. Lo más probable es que todas en el burdel estén dormidas. La puerta trasera está entreabierta, y Amara entra sigilosa, resignada a dormir en el piso en vez de despertar a Dido. Se resbala hasta el piso, con la espalda sobre la pared, y luego escucha el sonido de un llanto ahogado. Británica nunca hace el esfuerzo de silenciar sus sollozos, por lo que Amara asume que se trata de Dido, pero, tras ponerse de pie y caminar por todo el corredor, se da cuenta de que es Victoria.

Tarda unos segundos en dejarse convencer por sus oídos. Victoria nunca llora. Amara vacila antes de abrir la cortina. Han pasado semanas desde su última conversación real con Victoria. Pero no soporta pensar que su amiga está sufriendo.

Se asoma por detrás de la cortina.

—¿Estás bien? —pregunta en voz muy baja para no despertar a las demás. Espera que Victoria deje de llorar o que le diga que se vaya. Por el contrario, sigue enroscada en la cama, sollozando sobre las sábanas. Amara corre a su lado, temerosa. Se sienta en la cama y le pone una mano sobre el hombro a Victoria—. ¿Qué pasa?

Victoria se levanta de golpe, secándose las lágrimas con un gesto furioso.

—¿Qué pasa? ¡¿Qué pasa?! —Mira a Amara, con los ojos enrojecidos y el cabello desaliñado—. ¡Como si no lo supieras!

Amara la mira, atónita.

—¿Como si no supiera qué?

Victoria le da una bofetada en el rostro. Amara se queda sin aliento; se lleva una mano a la mejilla que le escuece. Está demasiado estupefacta como para responder.

—No te hagas la maldita idiota —le grita Victoria—. Como si los viejos y los niños no fueran suficiente para ti, ¿te tienes que quedar con Félix también? Ni siquiera te agrada, ¡y mucho menos lo deseas! ¿Qué estás haciendo? ¿Restregándonoslo en la cara? ¿Haciendo que todas sintamos que no valemos nada?

—¡Como si tuviera opción! —Amara grita de vuelta—. ¿Crees que me gusta estar con Félix? Y, ¿qué más te da? ¡Lo odias tanto como yo! —En cuanto lo dice, recuerda aquella tarde en la que Dido y ella oyeron a Victoria gemir su devoción. «Te amo; moriría por ti». Mira el rostro angustiado de Victoria y comprende lo que debió haber visto hacía mucho tiempo. Victoria no estaba fingiendo—. *No puedes*; no puedes amarlo —dice—. ¡Es un maldito monstruo! Ninguna de nosotras le importa.

—¿Pueden bajar la voz? —Berenice está en la puerta, demacrada por el cansancio—. O resuelvan sus cosas afuera. Algunas queremos dormir. —Cierra la cortina con un brusco jalón.

La interrupción saca a Amara y a Victoria de su furia.

—Sé que es un desgraciado; lo sé —dice Victoria, bajando la voz—. No necesitas decírmelo. Pero no entiendes cómo puede ser a veces. Nunca lo has visto. —Las lágrimas hacen que le resplandezcan los ojos, y se tropieza con las palabras, abatida por los sentimientos que suele reprimir—. Puede ser muy amoroso y gentil. Y siempre lo lamenta mucho cuando me lastima. Me ruega que lo disculpe; de verdad ruega. Yo veo un lado de él que ustedes no. —Victoria es casi irreconocible en su desesperación; Amara casi no soporta estar cerca de ella—. Está solo, como yo. Lo amo tanto.

Amara piensa en cómo Félix le habló a Victoria después de que Paris la golpeó, en todas las veces que lo vio lastimarla, la forma en que —apenas la noche anterior— le ofreció su cuerpo a Cedro como si no fuera nada. Siente náuseas. Le toma la mano a Victoria y le estruja los dedos.

—Creo que te mereces algo mucho mejor —dice.

—¿Qué más hay?

—Alguien que no te golpee —comenta Amara—. Un hombre que no te venda.

—¿Qué crees que somos? ¿Dónde crees que vivimos? —pregunta Victoria, incrédula, señalando las paredes llenas de hollín—. No estamos en una jodida obra de teatro. No somos diosas. ¿Qué tan alto quieres apuntar? ¿Al emperador?

Se escucha el sonido de violentas arcadas. Victoria y Amara se miran, alarmadas.

—¡Cressa!

Berenice llegó a la letrina antes que ellas y está asomada por encima del murete.

—¿Estás bien?

—No, no estoy bien —se alcanza a oír la voz de Cressa antes de que vomite de nuevo.

Las tres mujeres esperan, impotentes, mientras Cressa vuelve el estómago. Hay un silencio; luego, Cressa sale de la letrina, recargándose en la pared para mantenerse de pie, como si estuviera en la cubierta de un barco.

—¿No crees que deberías comer algo? —dice Victoria.

Cressa asiente, destrozada.

—Pero no en El Gorrión.

—Es muy temprano, de cualquier forma —interviene Berenice, mirando a Amara y Victoria, aún molesta de que la hubieran despertado—. No va a estar abierto.

—Podemos ir a una panadería. Un poco de pan te vendría bien —opina Amara.

Dejan a Dido y Británica dormir un poco más. Afuera, el cielo comienza a tornarse azul, y las calles empiezan a cobrar vida. A Gallus le sorprende verlas a todas afuera tan temprano. Mira con cautela los dos extremos de la calle, buscando a Félix, y luego besa a Berenice.

—¿No puedes dejarlas? —dice, metiéndole la mano por debajo de la capa para tocarla.

Berenice mira a sus amigas, indecisa, mientras Gallus le respira en el cuello.

—Las alcanzo —suelta, dejando que Gallus la lleve de vuelta al burdel.

Amara la ve alejarse, decepcionada.

—No sabe a dónde vamos.

—Déjala —contesta Victoria mientras comienza a andar por la calle—. Siempre deja que el imbécil ese la pisotee.

Amara piensa en la devoción ciega de Victoria por Félix, pero no dice nada.

—No tan rápido —dice Cressa, aferrándose al brazo de Amara. Se ve aún peor bajo la luz del sol, con la piel cubierta por una capa de sudor—. Y no vayamos muy lejos.

Algunos cafés cerca de los baños están abiertos. Escogen uno y toman una mesa en vez de pararse en la barra. El pan está duro y rancio. Amara siente que se cortará las mejillas de solo masticarlo. Cressa pide un vino dulce para asentarse el estómago. Está sentada en silencio, sin alzar la mirada, sumergiendo el pan en el vino para ablandar la corteza.

—No puedes seguir ignorando lo obvio —le dice Victoria en voz baja, en caso de que alguien más esté escuchando—. Todas sabemos que estás embarazada. Solo dinos qué podemos hacer para ayudar.

Cressa deja de sumergir el pan en el vino.

—Nada —dice, sin inflexión alguna—. No hay nada que puedan hacer.

—Pitane de El Elefante se hizo un aborto hace poco —revela Amara—. Y le fue bastante bien. ¿Quieres que le pregunte dónde consiguió las hierbas?

—No —responde Cressa, sin alzar la mirada aún—. Lo intenté la última vez, con Cosmo, y no funcionó. Solo me costó una fortuna y me hizo enfermar.

Victoria le soba el brazo, como si pudiera quitarle el dolor.

—Tal vez Félix te deje quedártelo esta vez —dice con una voz anormalmente alegre—. ¿No valdría la pena al menos preguntar?

Cressa comienza a agitar los hombros, y Amara sabe que está llorando, a pesar de que no hace ningún ruido.

—¿De qué serviría? —susurra, llevándose las palmas de las manos a los ojos para detener las lágrimas—. ¿Qué vida puedo darle a un niño? ¿Otro Paris? ¿Una niña vendida como puta antes de que sea una mujer? Me mataría ver eso; preferiría morir. —Respira profundo para intentar controlarse—. Además —dice, de nuevo sin inflexión—, Félix ya me dijo que tiraría a cualquier otro bebé al basurero. No gana lo suficiente vendiendo niños.

—Quizás eso sería lo mejor —dice Victoria—. Y no significa que el bebé moriría. Mírame; yo sobreviví.

—No entiendes —responde Cressa—. No tienes idea. ¿Crees que porque nunca hablo de Cosmo no pienso en él? Lo extraño cada segundo de cada día. Lo añoro. Solo quiero ver su cara. Todo el tiempo, cada instante de mi vida. —Se lleva una mano al corazón, como para contener una herida—. Es un dolor constante y sin igual. No puedo perder a otro.

Amara y Victoria se miran, incapaces de pensar en alguna palabra reconfortante.

—Tal vez el embarazo no funcione —dice Victoria con una débil vocecita.

—Tal vez —responde Cressa, sorbiendo su vino—. Tal vez.

En el camino de vuelta, Cressa se separa de ambas; decide caminar sola. Victoria le toma la mano a Amara, apretándole los dedos como una mujer que teme ahogarse.

Septiembre

32

¡Llévame a Pompeya, donde el amor es dulce!
Grafiti en Pompeya

Amara toma uno de los higos de la mesa de Drusila; lo pela y saborea su suave dulzura en la lengua. Ya casi es octubre. Rufo está recostado a su lado, con el cuerpo cálido sobre el de ella. Han pasado más tiempo en la casa de Drusila desde que los padres de Rufo volvieron de Bayas. Sus padres no saben nada de ella, según le ha dicho Rufo, pero quizá sea mejor que no se la encuentren un día en el atrio. La madre tiene ideas extrañas. Piensa que una esclava doméstica es más que suficiente para esas cosas; no entiende qué es estar enamorado.

Amara habría estado desesperada de no ser por la generosidad de Drusila de dejarlos quedarse en su casa. Rufo le paga, claro está. Amara piensa que debe ser agradable rentar cuartos en lugar de rentar el cuerpo. Toma otro higo de la mesa. Es la primera vez que Dido los acompaña, y aquello es lo más cercano a la felicidad que Amara podría sentir en la vida.

—Entonces, ¿los dos son púnicos? —pregunta Drusila, dirigiéndose a Dido y Lucio, el joven adinerado al que invitó para que Dido entretuviera. Amara sospecha que quizás es uno de los antiguos amantes de Drusila, pero no puede saberlo con certeza.

Lucio arquea una ceja al oír la pregunta; voltea a ver a Dido y le dice algo en una lengua que nadie más entiende. Es, evidentemente, un chiste; Dido se ríe, encantada, y le responde en la misma lengua. Lucio le sonríe, complacido con lo que sea que le dijo. Se dirige a Drusila de nuevo.

—Eso parece.

—¡Qué maravilla! —dice Drusila con un aplauso—. Vaya coincidencia.

Quinto, que está sentado a su lado, suspira y hace una mueca. Amara quisiera lanzarle un higo a la cabeza. Sigue sin comprender por qué Drusila, la mujer más glamorosa que ha visto en la vida, tendría un novio tan ordinario. Seguro es bastante más rico de lo que había pensado.

—Toda mi familia es de Cartago —dice Lucio. Su acento es similar al de Dido, pero no idéntico. Amara supone que debe estar unos cien peldaños por encima de ella en la escalera social—. Me enviaron a Italia para supervisar el negocio. Tenemos varias bases aquí en Campania.

—Debes extrañarlo, estando tan lejos —dice Dido con una expresión de melancolía.

Lucio le responde en púnico; Dido sonríe de nuevo y baja la mirada. Amara sospecha que Lucio le hizo algún cumplido.

—¿Te secuestraron? —le pregunta Rufo a Dido—. ¡Eso significa que tu venta no fue legal! Y estoy convencido de que la tuya tampoco lo fue —le dice a Amara—. Convencido. No es posible pasar de ser la hija de un doctor a una esclava, ¿o sí? —Mira a todos los demás—. ¿No creen?

Amara podría retorcerse de vergüenza. Rufo está decidido a convertir su vida en una obra de Plauto en la que Amara resulte ser, en realidad, una mujer libre y casadera. Un mundo en el que la tragedia, y no el clasismo, es lo que los mantiene separados.

Lucio tose de forma discreta.

—Quizá no.

—Es muy posible —interviene Quinto, desinteresado—. Quiero decir que todo tipo de personas terminan siendo esclavas si no son ciudadanas de Roma.

Drusila cambia el tema antes de que Rufo pueda objetar.

—¿Nos cantarían algo? Dido, Amara dice que tienes una voz maravillosa.

—Solo si tú tocas el arpa —dice Amara.

—Ay, sí, por favor —exclama Dido—. Muero por escucharte tocar.

Las tres mujeres hacen una faramalla de falsa modestia y renuncia, se hacen pequeños cumplidos entre sí y coquetean con los hombres, mientras las criadas de Drusila sacan el arpa. Dido y Amara se cambian, no muy lejos de la mesa. Se supone que debe parecer improvisado, a pesar de que ensayaron toda la tarde. Entonces, la escena se torna más vigorosa; las tres se concentran en la música, prueban distintas melodías, y la anfitriona hace bromas ocasionales, sin duda dirigidas a uno de sus amantes. Amara se había preguntado por qué Drusila era tan gentil, pero ahora lo entiende. Rentarles habitaciones a un flujo constante de huéspedes mujeres le permite organizar esas veladas y mantener su reputación como una de las cortesanas más buscadas de Pompeya.

Drusila no tiene razones para temer que Amara y Dido la opaquen. Es una arpista talentosa que ostenta sus elegantes brazos y sus dedos delicados, mientras su voz vibra con emoción y eleva el canto de las otras dos mujeres cuando intentan competir. Los hombres se relajan en los sillones, donde beben vino y ríen, más que satisfechos de ser los beneficiarios de tal devoción. A Amara le conmueve que Rufo casi no mira a sus compañeras. Los otros dos son bastante descarados cuando se trata de ojear a las mujeres de los demás de arriba abajo.

La velada transcurre de manera agradable. La comida es buena, si no opulenta, y hay vino suficiente. Los hombres organizan una sesión de lucha amigable —que a Rufo le parece divertida y que Quinto se toma demasiado en serio— y se recitan poemas entre sí, inventando rimas y embriagándose más y más. A Amara le alegra ver que Lucio se ha apegado a Dido, aunque sospecha que no es un hombre que esté buscando el amor de la misma forma que Rufo cuando se conocieron. Toca los aretes nuevos que le regaló, sintiendo cómo se mecen contra sus dedos. En una caja de madera en su recámara, hay una colección creciente de regalos para Amara. Le toma la mano a Rufo y le acaricia la palma, mientras él sonríe, afable, tras oír uno de los chistes de Quinto.

Amara sospecha que debería intentar compartir su buena fortuna con más de sus amigas, pero se le dificulta imaginar a Berenice y a Victoria comportándose de forma apropiada en una velada así. Se siente culpable de pensarlo. Victoria quizá sería demasiado popular; se la imagina bailando como hizo en la Vinalia, desnudándose. Pero eso, en sí mismo, afectaría el equilibrio y revelaría de golpe las verdaderas intenciones detrás de la velada.

—Creo que es hora de ir a la cama —dice Quinto, estirándose con un gesto señorial, como si él fuera el anfitrión y no Drusila—. De otro modo, no voy a estar en condiciones de hacer nada excepto dormir.

—Quiero creer que no te atreverías, al menos no en mi casa —responde Drusila—. No se me ocurre un insulto peor.

Todos se ríen. Los hombres se despiden y se retiran con su recompensa de la noche: las mujeres. La casa de Drusila no es tan grande ni opulenta como las casas de los clientes de Amara, pero es elegante y cómoda. Cada habitación que Amara ha visto está decorada con escenas mitológicas de amor. En la que suele quedarse hay un mural de Leda y el cisne. Está en la planta alta, por encima del pequeño patio y el comedor.

Rufo y Amara siguen a la criada de Drusila hasta la recámara. Rufo comienza a desvestirla cuando la criada ni siquiera ha terminado de encender las lámparas. Es algo que Amara ha notado: Rufo no suele ver a muchos de los esclavos que le sirven. En su propia casa, Vitalio solía entrar a la habitación, sin siquiera llamar a la puerta, para servir vino o fruta, incluso cuando estaban en la cama, hasta que Amara le pidió que dejara de hacerlo.

—¡Le da lo mismo! —protestó Rufo.

Pero Amara no estaba tan segura. Fue la forma en que Vitalio la miró una vez, de un esclavo a otro, mientras Rufo parloteaba sobre una obra de teatro. En ese momento supo que ella le desagradaba, que servirle lo enfurecía, aunque Amara sigue sin saber por qué.

En esta ocasión, le alivia saber que no llegaron más allá de la desnudez antes de que la criada se fuera. Recordar que tiene que montar una actuación para Rufo de por sí requiere esfuerzo. Su afecto por ella parece muy genuino; Amara se pregunta qué sucedería si buscara satisfacer sus propios deseos o si sugiriera qué le gustaría. Pero es más sencillo complacer a Rufo y fingir. Sabe que su incapacidad de disfrutar los esfuerzos de

Salvio fue lo que le quitó el interés, a pesar de que fue él quien le pidió que no fingiera.

Es lo que ocurre después lo que más le gusta: cuando Rufo le dice cuánto la ama, cuando la abraza como si nunca fuera a soltarla. No le cree del todo; sabe que él no puede amarla, no realmente, no como ella amaba a su familia ni como ama a Dido. No puede amarla como se ama a quien consideras de igual valor que tú. De cualquier modo, nunca se cansa de escuchar las palabras de Rufo.

Después de que le da un beso de despedida y sale a hurtadillas de la habitación, Amara lo oye en el patio, riéndose con los otros dos hombres. Rara vez pasa la noche en la casa de Drusila, pero Amara no tiene intención alguna de confesárselo a Félix. Es una de las ventajas de esta vida, poder quedarse como huésped, y no como esclava, en la casa de su amiga. Sonríe para sus adentros e imagina a Dido cerca, a salvo, estirándose entre las sábanas, igual que ella, sabiendo que tiene por delante una noche de sueño dichoso e imperturbable.

El fresco aire de la mañana está cargado de los aromas del otoño. Amara y Dido esperan a su anfitriona en el patiecito mientras disfrutan la tranquilidad. Drusila ha aprovechado el espacio de forma inteligente: colocó la fuente pegada al muro en vez de tenerla ocupando demasiado espacio en el centro. Cae en cascada sobre un mosaico de baldosas azules; el agua salpica una estatua de Venus que se cierne desnuda en la orilla de la pileta, como si estuviera lista para zambullirse.

—Es bellísimo —dice Dido, mirando a su alrededor.

—La fuente es perfecta —concuerda Amara.

—Me alegra que lo aprueben. —Se dan vuelta y ven a Drusila observándolas. Tiene puesta una túnica ligera y el brazalete dorado en el brazo. Lleva el cabello cubierto con una pañoleta de seda que Amara envidia de inmediato. Es la forma perfecta de ocultar el cabello desarreglado, como si tuviera a alguien a quien impresionar por la mañana—. ¿Por qué no toman un refrigerio conmigo antes de irse?

Aceptan más que animosas y la siguen al comedor. Ya está limpio después de la reunión de anoche, y sobre una mesita lateral las espera un platón con higos, peras y pan.

—¿Cómo estuvo Lucio? —pregunta Drusila, tomando un sillón para sí e indicándoles que se sienten en el que está enfrente—. Se veía bastante cautivado.

—Va a intentar encontrar a mi familia —dice Dido, mirando a Drusila y luego a Amara, sin duda emocionada por compartirles la noticia—. Cree que puede ser posible con el censo.

—¡Qué maravilla! —exclama Amara.

—¿Te lo dijo antes o después? —pregunta Drusila.

—Después —responde Dido—. Cuando estaba por irse.

—Esa es buena señal —Drusila asiente—. Significa que lo dijo en serio. Aunque quizá tengas que recordárselo. Lucio no está acostumbrado a pensar en otras personas. —Empuja el platón hacia ellas y espera a que tomen algo antes de servirse—. ¿Y si los encuentra? ¿Qué pasa entonces?

—No lo sé —dice Dido, con un poco más de incertidumbre—. Me conformaría tan solo con saber que están vivos.

—¿No te comprarían de vuelta? —Drusila le da una mordida a su pera.

Amara mira a Dido, ansiosa. Han discutido esa misma pregunta varias veces.

—No —responde Dido—. No lo creo. No cuando... no después de lo que he sido. No habría lugar en casa para mí. Si fuera libre, si tuviera algo de dinero ahorrado, tal vez podrían pasarlo por alto. Cuidar su reputación y guardar las apariencias. Pero no habría forma si... soy esto.

—¿Lucio lo sabe?

—Sí. Le dije que no había forma de volver.

—Tal vez así sea mejor. Menos trabajo para él. Y sería más probable que te hiciera el favor si supiera que no habrá drama de por medio. A menos que Lucio haya encontrado su lado romántico, claro está.

—¿Lucio y tú alguna vez...?

—Fuimos amantes, sí —Drusila asiente—. Durante algunos meses. Aún me visita en ocasiones. Le tengo cierto aprecio. Aunque debo ser cuidadosa con Quinto; es más orgulloso de lo que se imaginan. —Mira a Amara y arquea una ceja—. Aunque no tengo que ser tan cuidadosa como tú. A Rufo no le sentaría nada bien tener un rival.

—No —responde Amara—. Pero no hay riesgo de ello. —Agacha la mirada mientras pela un higo y piensa en Menandro. Fue Dido quien insistió en que dejara de comunicarse con él, incluso por medio de grafiti. Amara no tuvo el valor para decirle de frente que ahora tenía un «patrón» nuevo, así que tomó la salida cobarde y dejó que Dido fuera a la alfarería a decírselo. Le duele siquiera pensar en él. Deja de pelar el higo. La fruta yace pálida y desnuda en sus manos. Mira a Drusila—. ¿Rufo y tú fueron amantes alguna vez?

—¿La respuesta te importaría, fuera la que fuera?

—No —responde Amara—. Mis sentimientos no... —Hace una pausa, sin saber cómo explicar lo que siente. Se encoge de hombros.

—Solo por muy poco tiempo —contesta Drusila. Observa la reacción de Amara—. Veo que te molesta.

—No, en absoluto —dice Amara, sorprendida de estar tan perturbada—. Mejor dicho, no estoy celosa. Es solo que me dijo que no había estado contigo. Fue muy convincente.

Drusila se ríe.

—Todos los hombres son mentirosos natos. Tómalo como un cumplido. No quería herir tus sentimientos. Al menos se da cuenta de que los tienes.

—¿Quinto no? —pregunta Dido.

—Pues... —dice Drusila con un dejo irónico mientras toma un pedazo de pan y se recuesta en sus cojines—. Ni siquiera necesito preguntar si alguna de ustedes se ha acostado con él. Sé que sí. De otro modo, no dejaría de fastidiarme con que le diera la oportunidad de estar con ustedes. —Todas se ríen—. Quinto es justo como parece ser —continúa—. Pero es extraño cómo los hombres echan raíz en el corazón, hasta Quinto.

—Hay hombres que no —dice Amara.

—¿Tu amo? —pregunta Drusila.

Amara asiente, sin querer decir su nombre.

—No lo sé —comenta Dido, con un tonito burlón—. Félix y tú, sentados juntos, revisando las cuentas. Estoy segura de que has visto su lado más amable.

—Es un pedazo de mierda —Amara estalla. La fealdad de la palabra conmociona la agradable mañana y trae consigo la sombra del burdel—. Una disculpa —le dice a Drusila, sonrojada por la vergüenza—. No quise ser vulgar.

—Estoy segura de que a nadie aquí le escandaliza una mala palabra. —Drusila se ríe—. Quinto también es un pedazo de mierda, aunque no me imagino que pudiera hacerme enfadar tanto como para decirlo en voz alta. —Su expresión se torna más seria—. Pero él es el que paga, y créeme que entiendo la diferencia.

«Porque ella es libre y nosotras somos esclavas», piensa Amara. Es fácil olvidarlo en presencia de Drusila; es tan cálida, tan amigable, y, a la vez, casi tan distante como Rufo en tanto el privilegio que tiene como liberta. Aun si tiene que ganarse el pan de la misma forma que ellas.

Pensar en Félix tensa el ambiente en el que antes hubo solo regodeo.

—Tal vez deberíamos volver —murmura Dido tras la segunda pausa incómoda en la conversación.

Drusila no insiste en que se queden, aunque tiene el gesto de invitarlas a visitar de nuevo, como si fueran huéspedes y no compañía pagada por los hombres. En el umbral de la casa, Dido y Amara se quedan paradas, codo a codo, mirando la vida transcurrir en la calle. Luego, Dido baja al pavimento; Amara la sigue.

33

No me importa tu embarazo, Salvilla; lo desprecio.
Grafiti en Pompeya

El burdel se siente todavía menos habitable ahora que Félix metió a más mujeres. Solo Berenice y Victoria tienen una celda para sí mismas, pues dos bailarinas españolas se instalaron en la celda de Cressa hace una semana. Cressa duerme con Británica, y son quienes reciben menos clientes. Félix no se atreve a admitirlo, pero Británica fue una pésima inversión.

Ipstilla y Teletusa hablan muy poco latín, o quizá prefieren no convivir. Cuando Dido y Amara entran, se están riendo a todo volumen y gritan en español, ocupando todo el corredor. Fabia intenta barrer a su alrededor, pero ellas la ignoran y se niegan a mover los pies.

—Qué bueno que llegaron —dice Victoria, llamándolas a su celda. Dido y Amara se sientan en la cama—. Félix quiere que saquemos a las nuevas y les enseñemos a pescar.

—¿No pueden salir juntas? —pregunta Amara—. Estoy segura de que lo preferirían.

—No, quiere que las vigilemos. Y alguien tiene que llevarse a Británica. Está harto de que no haga nada. —Amara sospecha que Victoria también está harta. Nunca le tomó cariño a la bretona—. Si Dido y yo nos llevamos a las españolas, ¿te puedes quedar con Británica?

—¿Por qué yo?

—No podemos pedírselo a Cressa, ¿o sí? Y Berenice no se siente muy bien. Tuvo un cliente brusco anoche. Además, pensé que Británica te agradaba.

295

—Está bien —suspira Amara—. Yo la llevo.

Deja a Dido y Victoria en una ruidosa negociación con las españolas y arrastra los pies hacia su antigua celda. Adentro, Cressa está recostada en la cama, con los ojos cerrados, aunque Amara sospecha que no está dormida. Británica está sentada en un taburete, velándola como un pálido perro guardián.

—Británica. —Amara le tiende la mano—. Ven conmigo. Ven. —La bretona mira a Cressa, indecisa—. Ven —repite Amara con más firmeza—. Vamos por hombres.

Británica se pone de pie, cerniéndose en toda su enormidad sobre Amara, y da zancadas hacia la puerta con una expresión parca. Amara no sabe cuánto latín entienda ya, aunque sospecha que es más de lo que muestra, a pesar de que no ha dicho una sola palabra que no sea el nombre de Cressa. Salen por la puerta trasera, pues los gritos y ademanes siguen en pleno desarrollo en el corredor.

—Baños —dice Amara y pastorea a su fornida acompañante hacia el pavimento. Al salir con Británica, reciben bastante atención, pero no la que a Amara le gustaría. Británica camina con movimientos nada femeninos, y parece más gladiadora que prostituta. Hace contacto visual con todos los hombres, con mirada furiosa y retadora. Si alguno le devuelve la mirada, ella pela los dientes y sisea. Solo han caminado una calle, y Amara empieza a temer que las golpeen antes de que lleguen siquiera a la esquina.

—¡Basta! —dice, exasperada—. Tú ganas. Volvamos. —Británica gira sobre los talones y da enormes zancadas sobre el pavimento, y Amara corre tras ella. El corredor al fin está vacío, pero Amara sabe que no puede ceder y quedarse; tendrá que salir a pescar con alguien. Sigue a Británica hasta la celda donde Cressa sigue recostada, postrada en su miseria—. ¿Cressa? Sé que estás despierta —dice—. ¿Por qué no sales conmigo? El aire te hará bien.

—No quiero —responde Cressa.

—Sé que no quieres, pero no puedes quedarte adentro todo el día —le implora Amara. Británica está poniendo atención a la discusión, con expresión ansiosa, pero Amara la ignora—. Podemos caminar al muelle. Te puedo comprar un vino.

Cressa se levanta muy despacio. El vientre ha comenzado a henchírsele, pero tiene el rostro vacío y demacrado.

—Está bien —dice, apesadumbrada—. Vamos.

—¡Cressa! —exclama Británica con voz suplicante—. ¡Cressa!

—Volveré pronto —le dice Cressa para tranquilizarla y le da palmaditas en el brazo como si fuera una niña—. Descansa.

Amara sabe que Británica no descansará. Ya la ha espiado cuando está sola y la ha visto tirarles una infinidad de puñetazos y patadas a hombres imaginarios. Le lanza una mirada de advertencia mientras salen. «No des problemas».

La caminata hacia el muelle es lenta y laboriosa. Es difícil creer que Cressa alguna vez se preocupó tanto por su apariencia como las demás. Ahora se ve sucia y desaliñada, con el cabello descuidado. «Las putas envejecen el doble», piensa Amara, y la idea la deja helada.

—No sé por qué todas son tan crueles con Británica —dice Cressa, mirando por encima del hombro, como si, de alguna forma, la bretona aún estuviera al alcance de su vista—. No ha hecho más que odiar estar atrapada aquí. Pero tiene buen corazón, ¿sabes? Diría que es más leal que cualquiera. Y es inteligente. Sé que nadie más puede verlo, pero lo es.

—Pero no es fácil —dice Amara.

—¿Por qué habría de ser fácil? ¿Su vida ha sido fácil? —La voz se le quiebra. Amara teme que comience a llorar.

—Yo sé —dice con tono compungido. Lo que menos quiere es importunar a su ya ansiosa amiga—. Yo sé. Intentaré hacer un mayor esfuerzo. Te lo prometo.

Siguen andando a un tortuoso paso hasta que Cressa se detiene por completo. Amara se da cuenta de que está mirando a un niño de quizás unos tres o cuatro años. El agudo cuchicheo del niño inunda el aire, y su madre sonríe con indulgencia antes de notar a la extraña y destartalada mujer con la mirada fija en su retoño. Envuelve a su hijo con un brazo y, nerviosa, lo aleja de la vista de Cressa.

—Cressa —dice Amara, intentando acarrearla.

Pero Cressa está llorando.

—No —dice. Se quita a Amara de encima cuando intenta reconfortarla.

Pasan bajo la Puerta Marina y frente a los baños de Vibo, donde no han trabajado en meses, desde que Félix decidió que las propinas no valían la pena. Más abajo en la colina, el mar parece resplandecer. El aire es fresco; la sal, punzante. Cressa se ve más tranquila una vez que llegan al malecón. En los muelles hay varios barcos descargando su mercancía. Los hombres corren y gritan, hacendosos como hormigas que llevan migajas al hormiguero. Amara le ofrece un brazo, nerviosa tras el último rechazo, pero Cressa acepta esta vez.

—¿Quieres que caminemos un poco antes de pescar?

Cressa asiente y se dirigen a la columnata que rodea el puerto. Amara siente que su ánimo mejora. La luz del sol, reflejada en el mar, ondea sobre los pilares y las estatuas pintadas, y los graznidos de las gaviotas y los gritos de los marineros tienen un toque casi musical. Le ayuda a Cressa a sentarse en un espacio soleado a la orilla del agua. Alcanzan a ver los peces plateados que surcan el agua transparente bajo sus pies colgantes.

—Félix nunca me dijo dónde vendió a Cosmo —dice Cressa. La mención de su hijo es tan inesperada que Amara no sabe qué contestar. Mira a Cressa, pero no puede interpretar su expresión, pues tiene el rostro volteado hacia el mar—. Fabia intentó averiguar más, pero nunca logramos encontrar nada.

—¿Fabia? —pregunta Amara, sorprendida. No se imagina que la madre de Paris tuviera el valor o la astucia suficientes como para intentar algo así.

—¿Por qué no? Fabia ve mucho más de lo que crees. Y todo el mundo la pasa por alto. Es lo que ocurre cuando envejeces. —La amargura en la voz de Cressa es inconfundible.

—Aunque haya sido muy duro para ti —dice Amara, desesperada por intentar que su amiga se sienta mejor—, ¿no crees que quizá fue lo mejor? ¿Que Cosmo no estuviera atrapado en el burdel?

Cressa voltea a verla. A Amara le impresiona lo exhausta y avejentada que se ve Cressa bajo el sol.

—Sé que ninguna de ustedes lo entiende —dice—. Sé que creen que es algo que debería superar y ya. —Amara intenta protestar, pero Cressa levanta una mano para detenerla—. Si algún día tienes un hijo, Amara, entenderás lo que siento.

Amara no dice nada, consciente del vientre de Cressa, del nuevo bebé que lleva adentro. Se sientan en silencio hasta que Cressa comienza a ponerse de pie. Amara intenta ayudarla, pero Cressa le hace un gesto para que se quede sentada—. ¿Te molesta si me tomo unos momentos a solas? —pregunta—. Puedes esperarme aquí. No tardo.

A Amara no le agrada la idea. El malecón nunca es del todo seguro. Pero Cressa la mira con ojos suplicantes, así que no puede negarse.

—Está bien —acepta—. Pero no te alejes demasiado. No quiero estar aquí sola mucho tiempo.

Cressa se aleja a un paso veloz. Se ve más fuerte y decidida de lo que se ha visto en mucho tiempo. Al parecer, la brisa del mar sí fue buena idea. Amara se apoya en la base de un pilar y arquea el cuello para ver a dónde se dirige Cressa. La ve acercarse a los muelles y luego detenerse frente a unas barricas que están descargando de un barco. Se recarga en una de ellas, quizá para aliviar un poco del peso de sus pies. Está mirando el mar, el agua que va y viene. Amara hace lo mismo. La luz baila sobre las olas. Mira más allá, a donde se yergue la Venus Pompeyana y las olas rompen sobre la pesada base de piedra de su columna. La diosa del amor, la nueva patrona de Amara. La respeta más desde la Vinalia. Fue después de su oración a la diosa que su fortuna comenzó a cambiar. «No me olvides, Afrodita», piensa mientras mira la estatua. «Muéstrame la salida y el resto de mi vida será tuyo».

Vuelve a mirar hacia donde estaba parada Cressa y se queda sin aliento. Se pone de pie a tropezones, alarmada. Un hombre está reclamándole, intentando que se aleje de su mercancía, pero Cressa se aferra neciamente a la barrica. Amara se echa a correr. El hombre grita; parece que va a tomar a Cressa. Amara grita para que la suelte y, para su tranquilidad, Cressa da un paso al costado. Pero entonces, con un agresivo movimiento, empuja una de las barricas por la orilla del muro del malecón. Cressa cae junto con la barrica que la jala con tal fuerza que la convierte en una simple mancha veloz. Debe haber amarrado su capa a la manija.

Amara grita, conmocionada. Pasa corriendo entre la gente, sacándola de su camino en un intento desesperado por llegar a la orilla del agua. En el muelle, cae de rodillas al suelo.

—¡Cressa! —grita, asomándose por la orilla—. ¡Cressa! —El corazón le martilla el pecho; su mente es incapaz de procesar lo que acaba de ver. Mira hacia las olas, pero no hay señales de su amiga, solo espuma y una pequeña perturbación en el agua donde Cressa se sumergió. Amara se pone de pie, angustiada, buscando ayuda. El hombre que estaba gritándole a Cressa está a su lado, tan anonadado como ella. Lo toma del brazo—. ¿Sabes nadar? ¿Puedes entrar y salvarla? —Está sollozando, histérica, a punto de empujarlo al agua en su desesperación—. ¡Por favor, haz algo! ¡Por favor! ¡Va a morir!

El hombre la empuja, furioso.

—¡Esa perra maldita se robó mi mejor aceite de oliva! ¿Crees que voy a arriesgar mi vida por una puta sucia y ladrona? —Mira más de cerca a Amara y examina su toga—. ¿Venías con ella? ¿Tienen el mismo amo?

Amara vuelve a mirar hacia el agua. La superficie está casi quieta ya, como si Cressa nunca hubiera saltado, como si nunca hubiera existido. Con cada momento que pasa, las posibilidades de que Cressa sobreviva se encogen. Si no es que ya está muerta. Amara se da cuenta de que otros marineros y mercaderes se han comenzado a congregar detrás de ella, exclamándose cosas entre sí, emocionados por la alharaca. El miedo se apodera de ella.

—No —dice, intentando ocultar su congoja y controlar el temblor de su cuerpo—. No la conozco. Solo la he visto por ahí.

Se da vuelta y camina tan rápido como puede sin correr, de regreso hacia la Puerta Marina.

34

Cuando estás muerta, no eres nada.
Grafiti en Pompeya

Está llorando tanto que apenas logra sacar las palabras. Amara se lo cuenta todo a Félix. Están solos, con Félix cerca de ella, tomándola de los brazos para mantenerla quieta. Amara quiere que la abrace, que la reconforte, que comparta su dolor. En cambio, Félix escucha la historia completa sin interrumpir, con expresión impasible.

—Hiciste bien en decirle que no tenían el mismo amo —dice cuando Amara termina—. Me habría hecho pagar el aceite. Cressa ya me había costado demasiado dinero. Tenía meses ganando céntimos nada más.

Aquello hace que Amara deje de llorar. Félix la está mirando, indiferente ante su aflicción. Su frialdad no debería de sorprenderla, pero no deja de ser dolorosa, y con el dolor viene la rabia. Lo empuja, cegada por la furia. Félix da un paso atrás, y Amara vuelve a golpearlo, no con una bofetada, sino un puñetazo. Pero Félix es más rápido que ella; Amara no le golpea la cara y alcanza solo a rozarle el hombro.

—¡Te odio! —grita—. ¡Nadie te importa! Cressa murió por tu culpa y no te importa. No sientes nada. ¡Te odio! —Félix continúa esquivando golpes; Amara está demasiado alterada como para atinar—. ¡Ojalá estuvieras muerto! —grita, tomándolo de la ropa e intentando sacudirlo—. ¡Ojalá estuvieras muerto!

Félix le toma el brazo derecho y se lo tuerce por detrás de la espalda. Amara pega un grito y de inmediato cae de rodillas.

—Tú no me dices qué sentir —grita Félix. Tiene la boca tan cerca del oído de Amara que la ensordece. La suelta con un empujón. Amara se toma el brazo—. Puta estúpida. ¿Crees que yo escogí esta vida? ¿Eso crees?

Amara no dice nada. Nunca se ha preguntado cómo es que Félix llegó a hacerse cargo del burdel. Parece que nació para ello. Se acuclilla a su lado, agitado, y ella retrocede—. Nací aquí. No *aquí* —señala el estudio, como si su existencia lo impacientara—. Abajo. ¿Crees que no sé cómo es? ¿Crees que no entiendo? —El dolor hace que su rostro sea casi irreconocible—. Mi madre no era tan valiente como Cressa. Una maldita cobarde que no tuvo el coraje para matarse y ahorrarle esta vida a su hijo.

Amara no se mueve, no se atreve a decir nada. No concibe que Félix pueda perdonarla después de haberlo visto así, cuando se dé cuenta de lo que acaba de decir. Está encorvado, y, por primera vez desde que Amara lo conoce, se ve derrotado. Comprende, al verlo en ese estado, que sin importar cuánto lo odie, Félix siempre se odiará más a sí mismo—. Mi padre, o el hombre que la puta de mi madre insistía en que era mi padre, estaba a cargo de este lugar —dice—. Me dio mi libertad, así que supongo que él le creía. Pero no sin antes tenerme como aprendiz durante un *largo* tiempo.

Está mirando hacia el escritorio —que debió haber sido de su padre— mientras habla. Amara piensa en sus meticulosas cuentas, se lo imagina de niño, sentado ahí, vigilado por una versión mayor y más repugnante de sí mismo. Aprendiendo el oficio. Pero recuerda luego el grafiti en la pared de su celda.

Desvía la mirada, con la respiración entrecortada. ¿Es posible que su amo haya sido prostituido alguna vez? ¿Que haya llevado la misma vida que Paris? Tiene miedo de hablar, de recordarle que está ahí, pero el silencio creciente es aterrador también.

—¿Qué le ocurrió a tu madre? —pregunta, con una vocecita apenas perceptible.

—Murió cuando yo tenía diez años. —Está mirando la pared roja, con los ojos vidriosos. Su dolor es tan palpable que Amara se olvida de sí misma. En ese momento, lo único que ve es al niño asustado que perdió a su madre, atormentado por su padre. El corazón le duele por él. Le toca el brazo con suavidad.

—Lo siento —dice.

Félix, sobresaltado, vuelve a la realidad.

—No me toques —vocifera mientras se pone de pie. Amara se apresura a hacerse a un lado, temerosa de que Félix la patee. La mira a los ojos, y ambos saben que Amara ya se percató de sus lágrimas—. Lárgate.

Amara sale corriendo de la habitación.

Cierra la puerta del apartamento al salir y se para sobre el pavimento con la espalda hacia la madera. Se siente destrozada, casi tanto por la confusión en torno a Félix como por el dolor que siente por Cressa. No se atreve a entrar al burdel, confrontar a Británica, hacer que la muerte de Cressa sea real, verla caer de nuevo al agua cuando les cuente a las demás lo que ocurrió. Comienza a caminar por la calle, deprisa, pero sin rumbo. Rufo le viene a la mente, la forma en que la abraza y le dice que la ama. Pero sería impensable molestarlo en su casa, durante el día, con su horrenda historia de putas, embarazos y muerte. Está a punto de tomar la calle que la llevaría a la casa de Drusila; tiene el presentimiento de que la cortesana no la rechazaría; sin embargo, en el fondo no la conoce. Los pies de Amara saben a dónde la están llevando antes de que ella misma lo sepa: hacia la alfarería en la Vía Pompeyana. Hacia Menandro.

Se para afuera de la tienda y se asoma. Menandro está adentro, riéndose con otra esclava. Una mujer joven. No hay indicios de Rústico. Amara siente una punzada. Quizá ella es su nueva novia. No tiene derecho a juzgarlo; se equivocó al ir ahí e imponerle su dolor. Menandro la ve justo cuando se da media vuelta y sale corriendo de la tienda.

—¡Timarete! —grita para detenerla. La alcanza; le ve el rostro bañado en lágrimas—. No puedo hablar afuera de la tienda —dice—. Espera aquí. Podemos caminar a la fuente.

Antes de que Amara pueda protestar, Menandro entra corriendo de vuelta a la tienda. Lo ve hablar con la esclava en el mostrador, quien lo mira con curiosidad y luego le entrega una cubeta—. Vamos —dice Menandro cuando vuelve con ella—. Por aquí.

Avanzan por la calle a paso veloz.

—Lo siento —dice Amara—. Lamento lo que pasó entre nosotros.

Llegan a la fuente, donde un pequeño grupo de cotilleros ya está pululando. La fuente es uno de los lugares favoritos de los esclavos para perder el tiempo.

—Eso no importa ahora —responde él jalándola a un costado para dejar pasar a un hombre impaciente—. Dime qué pasa. ¿Alguien te hizo daño?

Su preocupación es tan evidente que la hace querer llorar de nuevo.

—Cressa está muerta —dice—. Estaba embarazada. Fuimos juntas a los muelles. —Se detiene; no quiere describir los momentos finales de su amiga, el jalón de la capa, la espuma en el agua—. Se ahogó.

—¿Estaban solo ustedes dos? ¿Las dejaron ahí solas? ¿En los muelles?

Amara asiente.

—Nadie me ayudó. Nadie. Y cuando un hombre me preguntó por qué estaba alterada, le dije que no la conocía.

Se cubre el rostro con las manos, abrumada por su acto final de traición. Menandro asienta la cubeta y la abraza. Amara se aferra a él, le llora sobre el hombro.

—No hiciste nada mal —la consuela Menandro—. Está bien. No es tu culpa.

—A nadie le importó; nadie ayudó —dice ella—. Solo estaban molestos porque tiró una barrica de aceite al agua. Ella no importaba. Y ahora no está, y es como si nunca hubiera estado. Como si no fuera nada.

—Pero no es así —responde Menandro—. La amabas, ¿no es así? Cressa importaba; te importaba a ti y a sus amigas.

—No la ayudé; dejé que se ahogara.

—No podías ayudarla —dice—. Y ella *decidió* ahogarse.

Amara deja que Menandro la abrace, hasta que de pronto se da cuenta de que atrajeron a un grupo de mirones que sin duda escucharon hasta la última palabra. Se endereza y se limpia la cara; Menandro, por su parte, confronta a la pequeña multitud, todos con cubetas en mano.

—Déjennos en paz, ¿sí?

—Vete al diablo —masculla uno de los esclavos.

De cualquier modo, los mirones se dan vuelta para darles algo de privacidad. Nadie quiere pelear, no cuando sus amos están esperándolos.

—No hiciste nada mal —repite Menandro, tomándola de los hombros, haciéndola mirarlo a los ojos—. ¿Me oyes? Nada.

Amara observa el rostro amable de Menandro, los ojos oscuros que tanto se ha esforzado por olvidar, y sabe que nunca amará a Rufo, no como ama a este hombre.

—Lamento haber enviado a Dido —dice—. Lo siento mucho. Debí haber hablado contigo de frente. —En cuanto dice esas palabras se da cuenta de cuánto lo hirió—. No lo amo —confiesa—. Pero estoy en deuda con él.

—Te compró —dice Menandro mientras la suelta—. Lo entiendo.

Pero Amara no se refería solo al dinero. Está en deuda con Rufo por más que eso. Le debe algo parecido a la lealtad, a no convertir cada palabra que dice en una mentira. Pero no quiere lastimar a Menandro más de lo que ya lo ha hecho. Menandro se agacha para llenar la cubeta con agua, que no necesita más que para tener una excusa que darle a Rústico.

—No quería que desperdiciaras tus sentimientos en mí —dice mientras opera la bomba del pozo—. Porque no tengo nada que darte. —«Aunque quisiera tenerlo», piensa—. Y siento haber venido aquí, sacarte del trabajo, agobiarte. No podía soportar lo que le ocurrió a Cressa y lo olvidé. Olvidé que no debía hablar contigo, que debía dejarte en paz.

—Siempre puedes hablar conmigo. —Menandro levanta la cubeta y la aleja del pozo—. Siempre. Y sé que tienes que ver por ti. Lo entiendo.

Amara agacha la mirada. Se siente como si Menandro estuviera dejándola ir, pero no quiere que lo haga.

—No hay nadie como tú —dice, incapaz de decirle que lo ama—. No hay nadie como tú en mi vida.

—Ni en la mía, Timarete. —Menandro se acerca y le da un besito en la frente. Luego toma la cubeta y se da vuelta—. Ten cuidado, por favor. Y no te culpes.

Británica entiende, en cuanto ve a Amara, que algo no está bien.

—¿Cressa? —exige con una voz más ansiosa de lo habitual—. ¿Cressa?

Mientras están solas, Amara no se atreve a decirle que Cressa está muerta; ni siquiera está segura de si Británica lo entendería. Las demás salieron, hasta Berenice, y tiene que esperar mientras Británica camina de un lado al otro del corredor, mascullando en voz baja, a veces volteando para gritarle a Amara, quien solo menea la cabeza.

Cuando Dido y Berenice regresan, ambas llevan clientes consigo. Sabe que su expresión afligida les habrá dicho que tiene malas noticias en cuanto cruzaron la puerta, pero están obligadas a satisfacer a los hombres primero. Amara se sienta en su antigua celda y espera a que terminen.

—¿Dónde está? —pregunta Berenice, corriendo hacia la celda en cuanto está libre—. ¿Dónde está Cressa? ¿Qué le pasó?

Británica camina frente a la cama, mirando de Berenice a Amara y de vuelta, con los ojos llenos de miedo.

—Lo siento —dice Amara—. Lo siento tanto.

—No. —Berenice mueve la cabeza de un lado a otro. Lo entiende—. No, no es cierto. No puede ser cierto.

—Saltó al mar en el muelle —dice Amara, intentando que no se le quiebre la voz—. Se ató a una barrica para asegurarse de que se ahogaría. No llegué a tiempo para salvarla. No sabía.

—¡No! —aúlla Berenice—. ¡No!

Lo que Amara había temido era el dolor de Británica; pero, en cambio, es Berenice quien pierde el control. Golpea los puños contra la pared, se arranca el cabello, se araña la cara, grita y llora—. ¡La amaba! —solloza—. ¡La amaba! ¡No puede estar muerta!

Amara no se atreve a tocarla; Berenice está desquiciada. Británica se tira al piso y se enrosca, tapándose los oídos. Dido entra a la celda. No necesita preguntar qué ha ocurrido. Se abalanza sobre Amara; se abrazan, meciéndose.

Siguen llorando y reconfortándose cuando Amara escucha la charlatanería clara de Victoria por encima del escándalo.

—¡Ay! ¡Puedo sentirlo! ¡Qué grande!

Se oyen risitas y chillidos de las dos chicas españolas, y los tonos más graves de voces de hombres. Amara se separa de Dido y sale al corredor. Se queda en silencio; su sombra se estira por el piso.

Un hombre está tendido sobre Victoria, pero ella solo le presta atención a medias. Escuchó los lamentos y sollozos.

—¿Quién? —le pregunta a Amara—. ¿Quién fue?

—Cressa.

—¡Fuera! —Victoria se quita el brazo del hombre de encima. Él la mira, estupefacto con la puta que hacía unos segundos se derretía por él. Victoria lo empuja con fuerza—. ¡Fuera de aquí! —grita, el rostro enrojecido con rabia—. ¡Todos! ¡Afuera! ¡No quiero a ningún maldito hombre aquí!

Ipstilla y Teletusa se quedan paralizadas de miedo y sorpresa. Uno de sus clientes suelta una risita nerviosa.

—¿Qué demonios es esto?

—¡Dije que fuera de aquí! —ruge Victoria, arrancándole el brazo de la cintura de Ipstilla. El hombre da un paso atrás, demasiado desconcertado como para golpearla. Su acompañante hace la seña del mal de ojo.

—¡Ya la oyeron! —grita Amara—. No los queremos aquí. ¡Fuera!

Berenice corre a la celda detrás de Amara. Parece trastornada, con el rostro arañado y el cabello revuelto.

—¡Desgraciados! —chilla—. ¡Está muerta! ¿No pueden dejarnos en paz?

Los hombres no necesitan más motivación. No se toman siquiera el tiempo para contestar los insultos. Deciden, en cambio, escapar de la casa de las mujeres furiosas, casi tropezándose al salir a la calle.

35

Por caso atenderás que la comparsa de gaditanas niñas con sus cantos
y obscenísimos bailes aplaudidos a provocar nuestra lascivia vengan.

Juvenal, *Sátiras*, XI

Cualquier otra mañana, Félix habría bajado a despotricar sobre las ganancias de la noche anterior, pero la pena desenfrenada de las mujeres las ha vuelto intocables, al menos durante un día. Amara se pregunta si Félix también estará sufriendo, pero apaga su sentido de la compasión. Lo que sea que le haya pasado a Félix cuando era niño no cambia nada sobre quién es hoy en día. Fabia le arregla el cabello, también con la cara enrojecida por el llanto. Amara recuerda que Cressa le dijo que la anciana había intentado encontrar a Cosmo y se pregunta de qué más habrían hablado ellas dos, qué secretos podrá saber Fabia sobre su amo.

Cuando están listas, dejan a Ipstilla y Teletusa en el burdel y caminan en una procesión silenciosa a El Gorrión. Las españolas pasaron una noche miserable, en silencio para variar, amedrentadas por el frenesí del duelo por una mujer a quien apenas conocían.

Les queda claro en cuanto entran que Zoskales ya oyó la noticia. Amara sospecha que la mitad del barrio debe saberlo ya, después de que echaran a los clientes del burdel. El posadero les sirve vino y comida, cortesía de la casa. Él mismo lleva todo a la mesa.

—A la memoria de su amiga —dice, dándoles a todas un apretón de manos, en un tono de absoluta sinceridad—. Por Cressa. Que su sombra encuentre descanso en el otro mundo.

Se lo agradecen. Berenice solloza. Y Amara teme que Cressa no vaya a descansar, donde sea que esté su espíritu. No pueden siquiera enterrarla; no hay nada que puedan hacer para mitigar su pérdida.

—Por Cressa —dice Victoria, bebiéndose el vino de un trago. Las demás hacen lo mismo. Amara intenta darle un frasco a Británica, pero ella mira hacia otro lado. La bretona no ha hecho un solo sonido desde que se enteró de que su única amiga había muerto. Su silencio perturba a Amara mucho más que el dolor desenfrenado que esperaba. Se siente ahora aún más responsable de Británica. Que la cuidaran fue, a fin de cuentas, la última voluntad de Cressa.

—Su dolor se terminó —dice Victoria—. Fue su decisión. Deberíamos respetarla.

—Yo no le llamaría decisión —responde Amara, recordando la expresión de Cressa bajo la severa luz del malecón, la pesadumbre en sus ojos—. No quería perder a su bebé. ¿De quién es culpa?

—No —interviene Dido, meneando la cabeza—. Por favor, no. No ayuda en nada.

—Pudo haber sido cualquiera de nosotras —Amara la ignora y continúa—. Cualquiera. No le importamos a nadie.

Berenice rompe en llanto de nuevo; se desploma sobre la mesa, con los hombros temblándole.

—Basta —pide Dido.

—Perdón —contesta Amara. Mira llena de culpa a Berenice, que está secándose las lágrimas e intentando recobrar la compostura, mientras Dido le pone un brazo sobre los hombros.

—Deberíamos marcar un lugar para Cressa —sugiere Victoria—. Usar sus ahorros para una ofrenda y que se realicen los ritos necesarios. Todas podemos poner algo de dinero si es necesario.

Las demás asienten.

—Y tenemos que cuidar a Británica —añade Amara—. Fue lo último que Cressa me pidió. Quería que fuéramos más amables con ella. —Esta propuesta es recibida con menos entusiasmo. Rendirle tributo a una sombra es una tarea más sencilla que hacerse cargo de una bretona enorme y furiosa.

—Espero que Ipstilla y Teletusa estén bien —dice Dido—. Se veían muy calladas esta mañana. Todo debe resultarles muy extraño.

—Son un par de perras —protesta Victoria—. Dudo que tengan sentimientos. Las hubieran visto afuera de los baños ayer. ¡Descaradas! Pensé que iban a empezar a follar con un hombre ahí, junto a la pared, a plena luz del día. —Mira a Amara con una expresión no del todo amable—. Les espera una noche muy divertida.

Amara y Dido se presentarán en la casa de Cornelio, pero no irán solas. Ipstilla y Teletusa están contratadas para bailar.

—No pueden ser tan malas —dice Amara.

—Bueno —replica Victoria—, ya nos contarán mañana sobre la fiesta. Sé que todas estamos impacientes por saberlo.

Amara sabe que Victoria arremete así por el dolor, pero la mirada que intercambia con Berenice insinúa que la amargura que ambas sienten es muy profunda. Amara comprende, al observarlas, que han ventilado sus celos en conversaciones íntimas mientras Dido y ella no están. Quizá Cressa participó también. Amara toma más vino para ahogar esa imagen mental.

Amara nunca ha visto a Egnacio hacer tanta alharaca como la que monta frente a Ipstilla y Teletusa. Irrumpe en la fresca sala de espera, incapaz de contener su emoción por conocer a las chicas nuevas. Los tres parlotean en español, y Amara percibe la dicha pura que siente él al hablar en su lengua nativa. Amara recuerda el sentimiento, la primera vez que habló en griego con Menandro, la sensación de identificación y comprensión mutua.

Dido y ella ensayan en voz baja en un rincón. Cantarán más Ovidio esa noche, pues arreglaron partes del *Arte de amar* con una melodía. Son versos sobre el baile que combinarán con la presentación de las españolas. Egnacio les presta poca atención, y Amara recuerda la primera vez que estuvieron ahí. En aquella ocasión todo el revuelo fue para Dido y ella, y las mimas tuvieron que valerse por sí mismas. No hay nada como el brillo de un objeto nuevo.

Después de un tiempo, Egnacio se acuerda de ellas. Se acerca, medio compungido, para adornarles el cabello con guirnaldas.

—¡Son perfectas! —dice, efusivo, mientras le acomoda unas cuantas hojas detrás de la oreja a Dido—. Su amo compró justo el tipo de muchachas que solicité.

—¿Que tú solicitaste? —Amara está atónita.

—Esclavas entrenadas en Cádiz —Egnacio asiente—. ¡Ay! Recuerdo verlas en mi juventud. No existe baile así en otra parte del mundo. Toma años aprenderlo. —Arquea una ceja de forma sugerente—. Entrenadas en otras artes también, por supuesto. —Amara y Dido se miran entre sí, aterradas. ¿Quién se interesará en un par de gorriones cuando hay dos fénix presentes? Egnacio percibe la angustia de las mujeres, quizás al hacerse consciente de su propia falta de tacto—. ¡Pero nada como su encantadora presentación! —exclama, sin un ápice de sinceridad—. ¡Mis dulces e inocentes ninfas!

Se aleja dando brincos, intercambiando lo que parece ser un chiste vulgar con las españolas. Los tres se carcajean.

—Mierda —dice Amara.

—Ni siquiera tenemos canciones nuevas para esta noche —susurra Dido. Es cierto. Salvio les enseñó todas las canciones que conocía, o tal vez todas las que quería compartir. Ahora no tienen más remedio que aderezar sus rutinas con letras frescas, aunque sea música familiar.

—Todo saldrá bien —dice Amara, sin convencer a Dido ni a sí misma—. Solo somos diferentes. No pasa nada.

—¿Sabías que Félix hablaba directamente con Egnacio?

Amara niega con la cabeza. Ha pasado incontables días trabajando con él, en sus cuentas, y Félix nunca lo mencionó.

—No —dice.

Al principio, Amara piensa que todo estará bien. Le tranquiliza saber que Fusco está ahí, que volvió a solicitar que pasara al menos parte de la cena en su sillón. Han pasado varias semanas desde que pagó por su compañía durante toda una velada. Conversan sobre sus hijos, su negocio e incluso su esposa, y Fusco la acaricia de una forma familiar e indolente. Pero ¿no es así como debería ser? No existe la misma urgencia cuando ya tienes tiempo de conocer a tu amante.

Amara siente una persistente inquietud porque hay menos invitados que de costumbre, y no hay esposas presentes, ni siquiera Calpurnia, la anfitriona. A pesar de ello, la mayor parte de la cena tiene una previsibilidad reconfortante. Dido y ella cantan, a los invitados parece gustarles, y luego Egnacio las pasea por la habitación de forma cortés. Pero Ipstilla y Teletusa no quedan arrumbadas para el final de la comida, como las actrices de aquella primera noche. En cambio, Egnacio las presenta junto con el plato principal, justo cuando el ánimo de todos está en un ápice particular.

Amara está en un sillón con un hombre al que no reconoció al entrar. No se ha dirigido a ella, pero Amara cree que se llama Trebio. Tiene una peletería y está hablando sin parar de cuero con su amigo, que es igual de aburrido que él, cuando Cornelio alza la voz por encima del murmullo de los invitados.

—Amigos míos —exclama—. Me parece que disfrutarán el siguiente plato. Un manjar español muy bien especiado.

Se escuchan risas expectantes. Amara comprende que han estado esperando esto. Dido y ella estaban ahí solo para abrirles el apetito a los invitados. La velada está armada en torno a la presentación de las nuevas mujeres.

Ipstilla y Teletusa dan vueltas frente a la fuente de las ninfas, haciendo chasquear sus castañuelas. Hasta el tedioso Trebio ha dejado de hablar, y de pronto se muestra interesado y alerta. Las bailarinas están desnudas, aunque Amara se da cuenta de que echaron mano sin miramientos de la pasta de oro que Dido y ella dejaron desatendida en la sala de espera.

Terminadas sus florituras iniciales, las dos mujeres comienzan con su rutina en serio. Amara las mira fijamente. Nunca ha visto un baile así. Hace que la presentación de Victoria en la Vinalia se vea recatada. Ni siquiera está segura de cómo logran sacudirse y retorcerse tanto, bajando hasta el piso sin tocarlo ni caerse. Y el canto es peor. Es una mescolanza de pujidos y gemidos sin sentido, la imitación del sexo menos sutil que Amara haya visto.

Trebio le toma la pierna; Amara se sobresalta. Voltea a verlo, pero el hombre no está mirándola, ni siquiera parece estar consciente de que está ahí. Su mano está tocándole el muslo solamente porque él quiere tocar el cuerpo de una mujer mientras observa el baile. Amara resiste el impulso de quitarse la mano de encima de la piel; en cambio, mira con desesperación por todo el lugar en busca de Fusco. Él también está embelesado con el baile. Amara mantiene la mirada fija en él, como llamándolo a que le preste atención en una súplica silenciosa. Fusco voltea al fin. Cruzan miradas; Amara está decidida a que Fusco comprenda su mensaje. Él llama a Egnacio y señala el sillón en el que Amara está atrapada con Trebio.

Amara nunca ha estado tan agradecida por ver a Egnacio acercarse.

—Mis más sinceras disculpas —le murmura a Trebio—. Ha sido un descuido terrible, pero está reservada para otra persona…

Trebio mira a Amara, casi sorprendido de que su propia mano esté tocándola.

—Llévatela —dice con impaciencia, casi empujándola fuera del sillón—. Me tapas la vista.

Amara se sienta junto a Fusco, que tiene una expresión petulante.

—¿El baile te hizo ansiarme, gorrioncilla? —pregunta, jalándola hacia sí, respirándole con pesadez en el oído.

—¡No querría estar con nadie más!

Amara suspira. Mejor dejar que el hombre se imagine que estaba añorando su cuerpo y no su protección. Al menos lo conoce. Aun si en realidad no le tiene afecto, no la lastimará ni usará su cuerpo sin pensar que hay una mujer viva adentro.

Busca a Dido, avergonzada de que apenas se acordó de su amiga. La ve cerca de la fuente, con un hombre al que no reconoce. Al menos parece estar dejándola en paz, pues está demasiado absorto en el baile de las otras mujeres como para prestarle atención a la que tiene al lado.

Para sorpresa de nadie, la cena es un evento más breve que de costumbre. El paso hacia el burdel de Cornelio es más una estampida que una caminata. Otras mujeres ya están ahí esperando, sin duda contratadas por Egnacio para que ninguno de los invitados se quede con las manos vacías. Amara está decepcionada de que Fusco no la lleve a una habitación privada; supone que ha hecho una excepción en su preferencia de no ser observado, convencido de que los demás hombres, al igual que él, estarán más interesados en ver a las bailarinas que en verse unos a otros. Ipstilla y Teletusa revolotean por las opulentas celdas, montando todo un espectáculo para los hombres mientras se hacen toda clase de cosas sexuales entre ellas. «Sin tener que aguantar que las usen», piensa Amara con amargura.

No le teme a Fusco, pero cuando él maniobra para colocarla en una posición dolorosa e incómoda, solo para poder ver mejor a Teletusa, comprende que la distancia entre Trebio y él no es tan grande como había pensado. Su cuerpo, que es demasiado familiar como para ser emocionante por sí mismo, es solo un medio para exaltar su placer al ver a las bailarinas. Amara está atrapada, y el peso de Fusco, como las olas del mar, la hunde. Piensa en Cressa, perdida bajo el agua, y gira la cabeza hacia un costado, aferrándose a la costosa tela de la cama. En la orilla de su visión, alcanza a ver un destello de las piernas de Teletusa. «Félix puso a esta mujer aquí», piensa. Ella ha ganado tanto oro para él. Y solo sirvió para que el desgraciado lo gastara en disminuir su valor. Al final, Félix siempre destruye todo lo que toca.

36

Puede ponerse el sol, salir de nuevo,
pero la breve luz de nuestros días, una
vez que se apague, será noche que
habremos de dormir, interminable.

Catulo, *Poesías*, V

Amara alcanza a oír a Thraso antes de verlo. Gallus está llevándolas de vuelta a casa en medio de la oscuridad, aunque esta calle, con sus tabernas y el burdel, nunca está tan oscura como las
demás. Una pequeña multitud está reunida alrededor del pie de
una escalera recargada sobre una pared, a la vuelta de la puerta principal del burdel. Una mujer que grita intenta sacudirla,
mientras unos cuantos transeúntes ebrios la detienen. Arriba de
la escalera, Thraso le grita, agarrado a un peldaño con una mano
y blandiendo un martillo con la otra.

—¿Qué demonios? —dice Gallus y alza su lámpara para iluminar la escena.

Amara le toma la mano a Dido; se acercan más la una a la otra.
Pero Ipstilla y Teletusa parecen emocionadas ante la posibilidad
de una pelea; saltan y rebotan para ver mejor. Ambas siguen exta-
siadas tras su triunfo en la casa de Cornelio. Hasta Egnacio les dio
una propina por su presentación, algo que Amara nunca lo había
visto hacer.

—¿Qué es esto? —grita Gallus, abriéndose paso entre la gente.
Toma a la mujer por los hombros—. ¿Quieres matarlo?

La mujer se voltea, sin dejar de gritar. Amara la reconoce. Es
María, la mujer menos valiosa de Simo. Deja de gritar cuando ve a
Dido y Amara, luego retuerce la cara y les escupe a los pies.

—Por Drauca —dice. Los ojos le refulgen con odio. Vuelve a mirar a Gallus, agitando los brazos, furiosa—. ¡Haz que se detenga! ¡Míralo! ¡Está destruyendo la propiedad de mi amo!

Thraso está usando el martillo para golpear un pito de madera que apareció sobre el muro. Amara no lo había visto, pero es que también hay cientos de ellos por toda Pompeya. María se aprovecha de que todos están mirando hacia arriba para zarandear la escalera con fuerza. Thraso logra agarrarse, maldiciéndola.

—¡No tienes derecho! —aúlla María—. ¡Basta!

—¡Perra! —grita Thraso en respuesta, blandiendo el martillo—. ¡Tienes suerte de que no te lo tire en tu estúpida cabezota!

Ipstilla da un paso al frente y le jala la toga a María para alejarla del peligro. Le grita en español. Las dos mujeres luchan, y el público celebra, encantados con el inesperado entretenimiento de la noche.

—Vayan por Félix —les dice Gallus a Dido y Amara—. ¡Ahora!

Corren de vuelta al burdel. No está lejos, pero la farra afuera de El Elefante es tan escandalosa que el ruido de la gresca, a solo unas puertas de distancia, se pierde en el caos. Paris está en la puerta y se sorprende de verlas corriendo por la calle solas.

—Tienes que ir por Félix —dice Amara—. Hay problemas con una de las putas de Simo. Va a entender de qué se trata.

Paris corre al apartamento. Golpea la puerta y grita. La puerta se abre y Paris desaparece adentro. Unos momentos después, Félix sale armado con un tubo de metal. Paris va detrás de él, claramente con la orden de cuidar el burdel en lugar de unirse a la acción.

—¿Dónde están las bailarinas? —pregunta Félix, sorprendido de verlas solas.

—Se quedaron con Gallus —responde Dido mientras corren detrás de él.

Félix menea la cabeza, irritado.

—Más vale que las traigan de vuelta.

Llegan a la escalera, y el mar de gente se abre, más por respeto al arma que al hombre que la porta. María e Ipstilla siguen forcejeando, y Gallus intenta interponerse entre ellas. Sin embargo, al ver a Félix, todos se separan. Gallus arrastra a Ipstilla.

316

—Malditas mujeres —masculla.

—¿Qué es esto? —pregunta Félix. Suena casual, casi aburrido, recargándose en el tubo de metal como si fuera un bastón.

María se le planta enfrente, agitada por el esfuerzo reciente.

—¡Tú dime! —grita—. ¡Tu matón está destruyendo el negocio de mi amo! Simo renta este cuarto; es suyo. No tienes derecho.

—¿Este cuarto? —repite Félix, apuntando con el tubo hacia la pequeña y oscura celda que da hacia la calle. Frunce la nariz, como si alcanzara a oler el rancio aroma del interior—. ¿Simo renta este cuarto?

María se para frente a la puerta como para protegerla. Amara no puede más que admirar su valentía.

—Sabes que sí. Por eso este desgraciado está intentando destruir el letrero.

Félix le sonríe a Thraso, quien acaba de bajar de la escalera.

—Creo que podemos dejarle el letrero a la dama —dice—. Aunque es un pito bastante grande para un burdel tan pequeño, ¿no? ¿Qué espera tu amo? ¿Que los desechos de mi negocio caminen hasta aquí? —Se da vuelta para mirar a los ebrios que observan la escena—. ¿Con quién preferirían coger? ¿Con la gorda de ahí? —Señala a María—. ¿O con mis mujeres?

Algunos se ríen, Ipstilla incluida, pero Teletusa parece menos entusiasta. Amara sospecha que no ansía una noche con ninguno de los ebrios que la rodean. Por lo menos concuerdan en algo.

—Puedes hablar todo lo que quieras —dice María, alzando la barbilla—. No me intimidas. ¿Crees que es la primera vez que me llaman gorda? Pues este *culo grande y gordo* se va a quedar justo aquí.

Esta vez es María quien provoca las risas. Félix asiente, y Amara reconoce en su sonrisa una expresión de crueldad pura.

—Aunque no hay portero, ¿cierto? —dice, mirando de un lado al otro de la calle, con un gesto exagerado, en busca de su protector inexistente—. Simo no ha de valorarte mucho si vende tu coño así en las calles. Cualquier cosa podría pasar. Dejas tu mercancía unos momentos y —chasquea los dedos— alguien se la roba. O la destruye. —Mira a María a los ojos mientras habla, de forma que ella entienda a la perfección a lo que se refiere.

Por primera vez, Amara ve que María tiene miedo, pero elige disimularlo con bravuconería.

—Si soy tan jodidamente fea, no vale la pena que me amenaces, ¿o sí?

Félix cede.

—Estoy seguro de que, con tu demostración de esta noche, podrás escoger a quien quieras de estos hombres. —En respuesta, dos de los hombres alrededor de ellos avanzan a empujones hacia la pequeña y oscura celda de María. Félix ve su inquietud al darse cuenta de que no tendrá forma de limitar ni controlar a sus clientes. «En verdad debe odiarla», piensa Amara. «Si está dispuesto a que Simo gane algo de dinero solo para amedrentarla». Piensa en Drauca y teme por lo que podría ocurrirle a María. Félix se dirige al resto de los hombres—. Si prefieren el vino al agua, el burdel está por aquí.

La mayoría de los hombres está ahí solo para ver el espectáculo, así que comienzan a dispersarse, renuentes a pagar por diversión, aunque un par sigue a Félix. Caminan por el estrecho pavimento como en manada. Ipstilla y Teletusa intercambian miradas ansiosas. Su amo no puede estar esperando que atiendan a ebrios como esos después de su triunfal presentación en la elegante fiesta, ¿o sí? Ipstilla toma a Félix del brazo.

—¿Por qué ella se queda arriba? —Señala a Amara—. Es mejor en el burdel. Nosotras ganamos más dinero hoy.

Félix le da una bofetada en la nuca; Ipstilla chilla. Mira a Félix, perpleja; es evidente que no está acostumbrada a un amo sin favoritismos ni lealtades.

—Ella no se peleó en la calle como una perra rabiosa —dice Félix—. No te atrevas a volver a cuestionarme. —Llegan al burdel y Félix le dice a Paris—: Asegúrate de quitarles la ropa primero. —Señala a las mujeres que recién vuelven de la fiesta—. No quiero que la rompan.

Le chasquea los dedos a Amara para que lo siga. Amara no se atreve a mirar a Dido, quien se queda atrapada con la muchedumbre.

—Perrita —le murmura Ipstilla al pasar—. Se cansará de ti.

Félix no le dice nada mientras suben la escalera, pero la detiene antes de que se dirija a la bodega.

—¿Las bailarinas ganaron más que ustedes hoy?

Es la primera vez que hablan a solas desde que Félix le contó sobre su madre.

—Sí —dice Amara, intentando no revelar ninguna emoción con su respuesta.

Félix se recarga en la pared y la examina. Amara percibe el odio en sus ojos. Nunca la perdonará por verlo como lo hizo y siempre sentirá la necesidad de sobajarla.

—Hoy tienes al niño rico, ¿cierto? Más vale que duermas un poco. Te ves cansada. Como Cressa. —Le pone un dedo sobre la mejilla para probar su suavidad, como si Amara fuera una fruta en el mercado—. Linda cara. Nadie envejece más rápido que una puta.

El tocador de Drusila le recuerda a las lujosas mañanas que pasó con Sarah en la casa de Plinio. Amara está consciente de lo bondadosa que está siendo la cortesana con ella al permitirle estar en su espacio más íntimo. La criada favorita de Drusila, Thalía, le está arreglando el cabello. Tiene la piel morena, como su señora, y unos dedos ágiles y delicados. Drusila ya le ha explicado el valor de Thalía, lo costoso que fue encontrar a una mujer que supiera cuáles serían los mejores estilos para su cabello. Thalía lo escuchó todo en silencio, sin revelar sus emociones ni lo que significa para ella que la enviaran de Axum a Pompeya para hacer que una desconocida se viera hermosa.

—Era solo una niña cuando llegué aquí —dice Drusila—. No recuerdo casi nada de mi familia. Mi amo, Veranio, se volvió mi mundo entero.

Se pasa la mano por el brazalete dorado que lleva en el brazo. Es lo más que Amara la ha escuchado hablar de sí misma.

—¿Fue un regalo de él? —pregunta. En respuesta, Drusila se saca el brazalete y se lo da a Amara. Es más pesado de lo que esperaba; tiene forma de serpiente con ojos de gemas resplandecientes. Tiene una inscripción por dentro. «Del amo para su esclava». Amara lo admira y luego se lo devuelve a Drusila—. Debe haberte amado mucho para darte un brazalete tan hermoso —dice.

Drusila vuelve a ponérselo.

—Fui la quinta mujer en su vida que lo usó —explica—. Conocí a algunas de las que lo tuvieron antes que yo. —Le sonríe a Amara al ver la expresión en su rostro—. Una lección valiosa y temprana sobre los hombres. La cuarta fue Procris, la criada de su esposa. Ella me crio. Cuando crecí, tuvo que darme el brazalete, junto con todos los privilegios que conllevaba. Le rompió el corazón.

Amara no sabe qué decir. Drusila acaba de contarle que Veranio era el mundo entero para ella, pero parece que era un ser tan monstruoso como Félix—. Lo amaba —revela Drusila, como si le hubiera leído la mente—. Y lo detestaba. ¿Qué más puedes sentir por el hombre que te lo dio y te lo quitó todo?

—Debes haber sido su favorita —dice Amara—. Te quedaste con el brazalete y te dio tu libertad.

Drusila se ríe.

—¡Eres tan ingenua como Rufo! —suelta—. Viví más que él. Eso es todo. No fue más que suerte. Si hubiera muerto cuando Procris llevaba el brazalete, no tengo duda de que ella habría quedado libre y yo estaría peinando a su viuda.

Thalía se separa un paso de Amara y le ofrece el espejo para que vea su trabajo. Amara voltea la cara y admira sus rizos.

—Hermoso, gracias —dice, colocando el disco plateado sobre la mesa con cuidado. Drusila le asiente a Thalía, quien sale de la habitación—. Gracias por dejarme venir —dice Amara cuando la criada ya no está—. De otro modo, no podría seguir viendo a Rufo.

—Nunca te amará más de lo que te ama ahora —responde Drusila. Amara se lleva una mano al cuello, contrariada, pues sabe que es cierto—. No lo digo por ser cruel —continúa Drusila—. Pero necesitas pensar muy bien qué quieres de él. No encontrarás un mejor momento para pedírselo.

—Siempre dice que se casará conmigo —admite Amara—. ¡Pero es imposible! Me arrestarían y anularían el matrimonio. Los ciudadanos romanos no se casan con putas de burdel. La vida no es una de las obras que tanto le gustan.

—¡No hablaba de matrimonio! —Drusila está entretenida—. Quizá debas apuntar un poco más bajo.

Amara se ríe con ella, avergonzada de haber expuesto el alcance de sus ambiciones.

—¿Puedo preguntarte algo? —dice con cierta timidez—. ¿Por qué no funcionaron las cosas entre Rufo y tú?

—Rufo quiere darle todo a una mujer. Podría incluso decirse que quiere hacer a la mujer. —Ahueca las manos, como si estuviera protegiendo algo delicado—. Lo que quiere es una avecilla herida que pueda sostener; quiere sentir sus alas revoloteando entre sus dedos. —Su voz es baja y melodiosa. Amara casi puede sentir al ave entre sus manos, el diminuto y asustado corazón que late debajo de las plumas—. Yo no era lo suficientemente frágil para él. Tú sí. —Amara mira a Drusila, quien aún tiene las manos ahuecadas. No hay palabras para describir el dolor que siente al saber que Drusila está diciendo la verdad.

—Yo estuve donde estás —continúa la cortesana—. Veranio jamás me habría dejado ir, solo su muerte pudo liberarme. Pero Rufo podría ser distinto. Quizá puedas convencerlo de que no habría placer mayor que abrir los dedos y dejar al ave volar, sabiendo que cada aleteo y cada respirar se deben a él. —Abre las manos y ambas miran el aire vacío. Luego deja caer los brazos, con tristeza en los ojos—. Al menos tienes que intentarlo.

Amara cena a solas con Rufo. Les sirven en privado en la habitación con el fresco de Leda y el cisne. Amara sabe que Drusila está con Quinto en alguna otra parte de la casa. Le reconforta saber que Rufo se quiere acostar con ella antes de comer; al menos, hacerle el amor sigue siendo más emocionante que la comida. Pero Amara deja de sentir esa comodidad cuando Rufo la acaricia después de terminar. No deja de pensar en el ave, en lo que Rufo sentirá al tener en sus manos a la pequeña puta frágil y trágica.

—Quisiera poder pasar cada noche contigo —le dice mientras come el pescado a la parrilla y los frijoles de Drusila—. Si por mí fuera, pasaríamos cada instante juntos. —Le toma la mano y la besa, con una expresión sentimental en el rostro—. Lo sabes, ¿verdad, querida?

El corazón le late tan rápido y los nervios se le tensan tanto que Amara no puede siquiera tocar su comida. No le va a rogar, y menos después de lo que ocurrió con Plinio. De cualquier modo, no quiere cambiar una esclavitud por otra.

—Si tan solo tuviera una casa, como Drusila —suspira—. Podrías visitarme cuando quisieras.

Rufo la besa, pero Amara se da cuenta de que no la está tomando en serio. Lo intenta de nuevo.

—Eres más generoso que cualquier otro hombre al que haya conocido —dice—. A veces lloro, cuando estoy sola, pensando en que estás dispuesto a casarte conmigo, porque sé que lo dices en serio. A pesar de que yo nunca aceptaría. Jamás deshonraría así a tu familia.

Rufo la besa de nuevo, de forma más apasionada esta vez, distraído de sus alimentos por la adoración de Amara.

—¡Cuánto te amo! —murmura.

—Pero si me tuvieras en una casa como esta, podría ser una segunda esposa para ti —lanza ella—. Tu liberta. —Amara ve un destello de alarma en los ojos de Rufo, pero ya tiró los dados y tiene que jugar su mano—. Existiría solo para ti, sin tomar nada de tu familia. Ni ahora, ni en el futuro. No necesitaría otra cosa más que permiso para amarte.

—¿Eso es en verdad lo que quieres?

—Más que nada en el mundo —responde. Los labios le tiemblan de miedo, no de amor, pero Rufo no nota la diferencia.

—Quizá sería posible —arriesga él, mirando hacia otro lado. Parece más distraído que emocionado con la idea—. Necesitaría hacer algo de trabajo. Esto que me pides no es cualquier cosa.

—Lo sé. Pero el nuestro no es cualquier amor —dice Amara—. Y, aunque jamás me atrevería a deshonrar a tu familia al permitirte que me tomes como esposa, podría amarte como tu manceba sin traerle vergüenza a nadie.

—Sería maravilloso —concuerda Rufo, a quien comienza a convencerle la idea de un pozo inagotable de devoción—. Y entonces, incluso si me caso, si mi esposa no es… —se detiene, quizá comprendiendo que especular sobre el atractivo de su futura esposa no es muy romántico—. Como fuera, siempre podría pasar tiempo contigo, cuando quisiéramos.

—Sí —acepta Amara—. Siempre estaría esperándote.

—Quizá Drusila podría enseñarte a tocar el arpa —responde Rufo, con el rostro esperanzado, como un niño—. Se llevan bien, ¿verdad? Y no tienes idea de lo feliz que me hace verte perdida en la música. Creo que te verías incluso más hermosa tocando el arpa que la lira.

Amara sonríe, aliviada de que Rufo haya sucumbido con tal facilidad a la imagen de su amante cantando en una jaula de oro. Pero sus palabras llevan un eco indeseado. Sin querer recordarla, la fantasía de Menandro le viene a la mente. Se ve a sí misma como él la vio, esperándolo en la casa de su padre. Ve la vida compartida en Ática que nunca tendrán.

Se acerca y le da un suave beso en los labios a Rufo, mirándolo, no como Timarete, la mujer a quien nunca conocerá, sino como Amara, la mujer que es ahora.

—Lo que tú quieras.

—Lo haré —suena más decidido—. Debe haber una forma de lograrlo. Y no tendría que pagar por ti todo el tiempo después del desembolso inicial. —Se detiene y retuerce la cara, avergonzado—. Lo siento, querida, eso sonó por demás vulgar. Lo que quise decir fue que, si tiene sentido financiero, hasta mi padre vería que es una buena idea.

—Eres el mejor hombre del mundo —asegura Amara, entrelazando las manos.

Rufo le sonríe, pero Amara percibe la misma expresión distraída en su rostro. Apoya la cabeza sobre el hombro; la sangre retumba en sus oídos. Le invade la esperanza de que esté hablando en serio y de que esto no haya acelerado su descenso y su expulsión de la vida de Rufo.

Diciembre

37

Ahora, amor mío, confíale tu felicidad al viento.
Créeme, la naturaleza del hombre es veleidosa.

Grafiti en Pompeya

Hace frío en el pequeño atrio de Balbina. Una capa de hielo cubre el agua de lluvia en la pileta central. Amara y las otras dos mujeres se apretujan bajo las capas de lana e intentan llegar a un acuerdo. Pagarle parte de los intereses de Terencia a Félix fue un gran gasto, pero ahora parece rendir fruto. La verdulera le presentó a otra clienta.

—Yo mantendré el contrato seguro para ambas —dice Terencia—. Me pareció que es justa, más que justa.

Balbina tiene deudas de juego y no quiere que su esposo se entere. Perfecto, en lo que respecta a Amara, siempre y cuando Balbina pueda dar una garantía que alcance.

—Déjame ver el collar —pide y sonríe para aligerar el tono de la orden. La cadena suave y flexible le resbala entre los dedos. No tiene experiencia suficiente como para saber si vale lo mismo que el préstamo, pero sospecha que al menos el camafeo valdrá algo. Se pone la cadena alrededor del cuello y se la guarda bajo la capa de lana. Luego le entrega un bolsito a Balbina—. Puedes revisar si es la cantidad que acordamos.

Balbina cuenta las monedas dos veces, mientras Terencia y Amara la observan. Terencia presenta las tabletas para que ambas las firmen.

—Una tasa mucho mejor de la que yo pagué —suspira.

—Lo sé —dice Amara—. Pero yo corro un riesgo mucho más grande con esto. —Lo que acaba de hacer es sumamente riesgoso, y lo sabe. Si Félix llega a descubrir su traición, las consecuencias serán inimaginables. Se convence de que arreglar este préstamo es una red de seguridad, una forma de ganar más dinero en caso de que Rufo no cumpla su palabra. Pero sabe también que solo es una de las razones por las que corrió un riesgo tan grande. La verdadera razón es el placer que le produce engañar a Félix, la alegría incontenible de burlarlo. Desde que Cressa murió, la hostilidad entre ellos ha sido incesante, una batalla de ingenios que ella está decidida a ganar. «Soy mejor que él para esto», piensa.

Se dirige a Terencia:

—Ambas te confiamos este contrato. Por favor, mantenlo a salvo. —Esa confianza se cimentó con cinco ases de los que Balbina no necesita saber. Si la esposa apostadora es sabia, también habrá sobornado a la verdulera—. Cuando el interés esté pagado —le informa a Balbina, quien ya ocultó el bolso con el dinero—, te devolveré el collar.

—Lo pagaré cuanto antes —promete Balbina, un tanto irascible—. Tuve mala suerte, eso es todo.

Nadie quiere permanecer ahí más de lo necesario, por lo que, tras una hosca despedida, Amara y Terencia salen a la calle.

—Qué bueno que tienes el collar —dice Terencia—. Necesitará mucha suerte con los dados para pagar todo de golpe.

—Gracias por arreglarlo —responde Amara.

—Espero recibir la misma tasa de interés a la próxima —suelta Terencia mientras apresura el paso—. Tu amo es un tacaño.

Dido está del otro lado de la calle, parada afuera de la panadería, fingiendo ser parte de la fila.

—Gracias por esperarme —dice Amara al llegar a donde está mientras da pisotones sobre el frío pavimento—. Supongo que deberíamos comer algo.

—No sé cómo lo haces —responde Amara—. Cómo no te ganan los nervios.

Es cierto que Dido se ve más ansiosa que Amara. El riesgo que enfrenta es tan grande que ya ha trascendido el miedo. En cambio, está embriagada por las ansias de traición. Haber engañado a Félix es más satisfactorio de lo que habría pensado.

—Todo debería estar bien —dice—. Rufo mantendrá la garantía a salvo. —También le dio el bolso con el dinero, que es una muestra más de su amor. Ella le dijo que era para una amiga que estaba en deuda, y Rufo no la cuestionó. No necesita saber sobre este otro lado de su vida. Cuando esté instalada en la casa que rentará para ella, no quiere depender de él para todo; es mejor que encuentre formas de mantenerse por sí sola.

Dido la mira, extrañada.

—¿Qué pasa? —pregunta Amara. Se pone una mano sobre el cuello, preocupada de que el collar pueda estar a la vista—. ¿Algo está mal?

Dido menea la cabeza, avergonzada.

—Nada. Es solo… —se detiene. Está claro que no quiere decirlo.

—¿Qué? —Han llegado hasta el frente de la fila, y pronto será su turno en el mostrador. Amara está impaciente por saber.

—Sé lo mucho que sientes las cosas. Te conozco. Pero a veces te vuelves tan fría que pareces… —Dido vuelve a titubear.

La vacilación hace rabiar a Amara.

—¿Parezco qué? —estalla.

—Te pareces a Félix —escupe Dido—. Lo siento, pero es cierto.

Las palabras duelen, pero Amara no quiere que Dido lo sepa.

—Supongo que los esclavos terminan por parecerse a sus amos —dice y echa la cabeza hacia un lado, como si no le importara—. Al menos es bueno para los negocios.

—No quise hacerte enojar —asegura Dido. La conoce demasiado bien como para no notar que está ofendida—. Nunca podrías ser tan cruel como él. No me refería a eso.

Las interrumpe su llegada al mostrador. Dido pide el pan y compra un poco más para Fabia y Británica, que no pueden pagar el suyo. Amara no dice nada, pues sigue molesta con la comparación. Piensa en el trato con Balbina, en lo diferente que fue al primero que hizo, el de Marcella, y lo poco que le importó esta vez. «No tengo opción», se dice. «Él es libre; yo no».

Cuando salen de nuevo a la calle, cae aguanieve. Se aferran a las capas para protegerse del frío y la humedad, y aceleran el paso sobre el resbaladizo pavimento. Amara le toma el brazo a Dido para darle a entender que ya la ha perdonado.

—No sé cómo vamos a pescar algo con este clima —masculla.

—¿No vas a ver a Rufo esta noche?

—No importa. Félix dice que tengo que empezar a ganar dinero en estos días también o le cobrará el doble a Rufo. No puedo arriesgarme a costarle más dinero.

Amara siente una pesadez, y la euforia del préstamo comienza a desvanecerse. Rufo le prometió que la compraría, pero siempre parece tener una excusa para retrasar las cosas. Ahora dice que será en las Saturnales, que eso hará que el trago sea menos amargo para sus padres, si su indiscreción se pierde entre las celebraciones. Ella espera que esté hablando en serio. Cada día que pasa al servicio de Félix es como una piedra más en la montaña que le oprime el corazón. Por inteligente que sea, sin importar cuántas veces pueda aventajarlo, Félix tiene todo el poder.

—Los baños serían nuestra mejor opción. Por lo menos los clientes no tendrán que caminar tanto. —Dido se ve cansada también. La culpa aguza a Amara. Sin importar qué cosas la agobien, las preocupaciones de Dido sin duda son mayores. Egnacio las contrata cada vez con menos frecuencia; Aurelio y Fusco fueron solo clientes ocasionales; y el amigo y antiguo amante de Drusila, Lucio, ha resultado ser una gran decepción. Aún paga por la compañía de Dido en casa de Drusila, pero con la misma constancia con la que Rufo lo hace. Y nunca ha vuelto a decir nada sobre encontrar a su familia.

—Si Rufo cumple su palabra —dice Amara mientras la toma por el brazo—, te prometo que no te dejaré ahí. Te voy a sacar.

Es una promesa que le ha hecho mil veces ya.

—Si Félix te lo permite —responde Dido con expresión triste. Ambas saben que comprar su libertad está fuera del alcance de Amara, salvo que Rufo la llene de riquezas.

La plaza afuera de los baños está mucho menos concurrida que de costumbre, pues nadie quiere estar bajo el aguanieve. Se apretujan cerca de la entrada de los hombres y se guarecen bajo del balcón de una vinatería. Conforme los hombres salen, aún sonrojados por el calor del vapor, les desean un buen día e intentan hacer contacto visual. Dido tiene ya más de un año en Pompeya, por lo que queda poco de la tímida niña de Cartago. Al menos cuando está concentrada en conseguir clientes. «Es un terrible desperdicio de sus talentos como actriz», piensa Amara, y recuerda la forma en que baila, la dulzura de su voz al cantar, su capacidad para encarnar cualquier personaje. Todo ese talento desperdiciado en ser una puta callejera.

La mayoría de los hombres sigue su camino sin responder el saludo; otros se detienen a insultarlas o a intentar robarles un beso. Dido es la primera en conseguir un cliente serio, pero vacila un poco antes de llevarlo a casa. No les gusta trabajar así, separadas, pero el burdel está lo suficientemente cerca como para correr el riesgo. Amara asiente para darle a entender que está bien. No quiere esperar a ver a Dido alejarse con su pesca, un regordete hombre mayor. No puede darse el lujo de no esforzarse por vender, pues una prostituta rival ya se instaló también en la puerta. La otra mujer está mucho peor vestida y tiene las mejillas ahuecadas por el hambre. «Nada como una competencia barata», piensa con amargura. Cualquiera que vea a la escuálida figura supondrá que no debe de cobrar mucho.

Lo dicho; a la mujer famélica la levantan casi de inmediato. Sin duda, llevará a su pretendiente a un lugar no más salubre que un callejón. Amara alza la voz, y sus proposiciones se vuelven más agresivas. Interrumpe las conversaciones de los hombres y les pega el cuerpo.

Dos jóvenes se detienen a devolverle el saludo; se toman su tiempo, a pesar del frío, con las mejillas rosadas y sudorosas.

—¿Necesitas que te calienten? —pregunta uno de ellos mientras la mira de arriba abajo.

Amara se ríe, fingiendo estar entretenida.

—No solo yo —afirma y da un paso atrás, invitándolos a que la sigan—. Muchas mujeres solitarias.

—Te dije que el burdel estaba a la vuelta de la esquina —le dice el otro hombre a su compañero—. Está cerca de un bar también. Lo recuerdo de la última vez que estuve aquí. Podríamos tomar algo después.

Amara camina deprisa, y los hombres se apresuran para seguirle el paso. «Falta poco», se dice. «Solo haz lo que tengas que hacer». Pasa frente al burdel de una sola celda de Simo, que tiene la puerta entreabierta. Verlo siempre le produce una cierta inquietud, pero, hasta ahora, Félix parece haber decidido ignorar el insulto; María sigue con vida.

Félix no especificó cuántos hombres necesitaba conseguir Amara ese día. Pero, si logra traer dos a la puerta del burdel, eso debería bastar. Gallus está en la puerta, mojado y miserable. Alza tres dedos: hay tres mujeres adentro.

—Asegúrate de que sepa que yo los traje —murmura Amara al pasar.

Berenice espera en el corredor, aburrida y con frío bajo la capa. Uno de los hombres se apresura a reclamarla como suya. Dido debe de seguir ocupada. Amara no tiene que preguntarse quién será la tercera mujer; ya sabe que es Británica.

La celda de Victoria está disponible, así que Amara lleva a su hombre ahí. Ya que Félix ha comprado a tantas mujeres, han tenido que volverse menos quisquillosas con respecto a dónde reciben a sus clientes. «No quiero hacerlo», piensa Amara mientras cierra la cortina. Ha perdido todo el sentido del horror, el terrible pánico que solía abrumarla. En cambio, ahora siente una aversión táctica, siente que ha llegado al límite, más de lo que su cuerpo puede resistir. «Piensa en el dinero».

Se da vuelta y le sonríe al hombre. Ya está casi desvestido.

—Contra la pared —dice el cliente.

Amara espera a que Philos la recoja. Está sentada a solas sobre el duro saco de frijoles de la bodega, con la cabeza recargada en la pared y los ojos cerrados. Intenta imaginar que está de nuevo en el jardín de Plinio, de recrear la sensación de tranquilidad, el sonido de la fuente. Han pasado horas desde que el hombre de los baños la tocó, pero aún lo siente. Cuando el hombre terminó, Amara se fue andando bajo la lluvia hasta el pozo, regresó dando tumbos con una cubeta de agua helada y se desnudó. Intentó exfoliar cualquier rastro del hombre; el agua estaba tan fría que le dolía la piel. Quizá cuando Rufo le diga más tarde que la ama, la sensación comience a desvanecerse.

—Espero que no tengas esa maldita cara de miseria cuando veas al niño rico.

Abre los ojos. Félix está en el umbral y la observa. No lo oyó acercarse. Se resiste al impulso de llevarse una mano al cuello y asegurarse de que el collar de Balbina siga oculto.

—Ya te dije que es violento —dice, sin tomarse la molestia de ponerse de pie—. Verme miserable lo hace feliz.

—Siempre y cuando no deje de pagar —responde Félix.

Ella lo mira, ahí parado, con una sonrisa socarrona en el rostro, como si aún pudiera fingir que es mejor que ella. «Tu madre era una puta, y tú también». Las palabras son demasiado potentes como para arriesgarse a decirlas en voz alta, pero el simple hecho de poseer ese secreto la hace sentir más poderosa. Amara ha intentado descubrir más a través de Fabia; ha tratado de sobornarla con comida para preguntarle qué recuerda de la infancia de su amo. Fabia abrió la boca y sacó la lengua entre dos dedos. «Me dijo que me la cortaría», contestó, sin más.

—¿Gallus te dijo que traje dos clientes hoy? —pregunta Amara. Félix asiente.

—Lo dejaré pasar esta vez. La próxima, quiero que traigas al menos tres. —Amara no dice nada ni demuestra su ira. Espera que se vaya, ya que Félix ha terminado de burlarse de ella. Pero no lo hace—. El niño rico no deja marcas. Los amantes violentos suelen hacerlo.

—Tú no.

Se miran. Su silencio es como el de dos tigres que se merodean. El odio que siente Amara por ese hombre es más feroz que cualquier posible deseo que pudiera experimentar.

Un fuerte golpeteo en la puerta anuncia la llegada de Philos. Félix se hace a un costado para dejarla pasar, pero Amara siente que su hostilidad la sigue, incluso cuando sale de su vista y baja la escalera. Abre la puerta. Philos, con su alegre sonrisa y su saludo amigable, parece un visitante de otro mundo.

Philos no habla hasta que están caminando juntos por la calle y se han alejado lo suficiente del burdel. Se dirige a ella cuando están a una distancia segura, y Amara percibe la sonrisa en su mirada, a pesar de su expresión de solemnidad.

—Iremos a un lugar nuevo esta noche.

—¿No iremos al teatro?

—Es una sorpresa. —Philos se ríe de su expresión de curiosidad—. Mi vida vale menos de lo que me costaría arruinarlo.

Amara siente que la esperanza le acelera el pulso.

—¿Es...?

—¡Ya dije demasiado! —exclama Philos, pero su sonrisa de oreja a oreja sin duda es una respuesta en sí misma—. Solo asegúrate de parecer asombrada. Eso es todo lo que voy a decir.

Amara se ríe. Philos le agrada; tiene un modo amable y despreocupado. Rufo depende de él para todo, así como Amara recuerda que Plinio dependía de Segundo. Sospecha que Philos es bastante más inteligente que su amo, pero demasiado discreto como para demostrarlo.

—¿Tú tuviste algo que ver con ello? —pregunta.

—Es posible.

—Entonces sé que será maravilloso.

Philos parece complacido por el halago. Amara sabe muy bien lo poco que se les agradece a los esclavo su labor. Caminan hacia la parte más barata de la ciudad, y la emoción de Amara se intensifica.

—Llegamos —anuncia Philos al detenerse frente a un portón oscurecido.

Amara se para cerca de él, ansiosa por verlo todo; Philos la empuja un poco, como si fueran dos niños que compiten por un juguete. Philos le da a sostener la lámpara mientras busca un pesado juego de llaves; luego, se toma su tiempo para abrir el cerrojo, hasta que Amara le da un golpecito juguetón en el brazo. Philos gira la llave y abre la puerta de madera. Dan un paso hacia el interior. El pequeño atrio está frío, iluminado solo por unas cuantas lámparas de aceite en el piso, cuyo parpadeo se atenúa bajo la luz de la luna que entra por la apertura en el techo. Amara se da vuelta para preguntarle a Philos dónde están, pero él ya desapareció entre las sombras.

—Bienvenida a casa, querida. —Rufo está parado bajo el arco que lleva al jardín, y su silueta es aún más negra en la oscuridad.

Amara se le abalanza con un gemido. Apenas puede pronunciar las palabras; todo su amor, alivio y miedo se revuelven, como hilos que se enredan demasiado como para desenrollarlos.

—¡Estás temblando! —exclama Rufo. La toma entre sus brazos y saborea el dramatismo del gesto. Amara es quizás un poco más pesada de lo que esperaba, pues tropieza con el primer paso, pero recobra el equilibrio y avanza hacia una de las recámaras oscurecidas. Está fría y solo tiene un par de muebles, un sillón y una lámpara en el rincón. Más que suficiente.

La felicidad de Amara viene sin pretensiones. Ese lado de su actuación, al menos, es genuino. Y, después de que le ha dado todo el placer que su cuerpo puede soportar, Rufo por fin tiene oportunidad de decirle que la ama. Amara ya se lo ha dicho una y otra vez.

El frío es demasiado punzante como para quedarse recostados en la cama mucho tiempo.

—Me temo que la casa solo es rentada por el momento —dice Rufo mientras se viste a toda prisa—. Quizá podríamos comprarla si nos gusta lo suficiente. —Una esquirla de miedo le atraviesa el corazón a Amara, tan fría como el sudor que se seca sobre su piel. Tirita. La casa debe ser prueba más que suficiente de que la liberará, ¿cierto? Rufo se acerca, la besa de nuevo. Amara se relaja poco a poco, y Rufo le toma la cara entre las manos—. Podemos decidirlo cuando no seas de nadie más que mía.

38

Una misma noche nos espera a todos, y todos hemos
de pisar una vez el camino de la muerte.

Horacio, *Odas*, I, 28

Amara está sola en el corredor del burdel; nadie más ha despertado aún. Examina el espacio, las paredes llenas de hollín, las pinturas arriba de las puertas. Todo le resulta tan familiar. Una mujer encima de la de Victoria. Un hombre con dos pitos para Berenice. Esas mujeres en las paredes nunca pueden tomarse un descanso del sexo, ni siquiera mientras las putas de verdad duermen. Se pregunta cuántas noches más tendrá que pasar ahí; se abraza y piensa en la casa vacía. La espera.

Está segura de que Rufo la liberará pronto. Tiene que hacerlo. Pero, aun si no lo hace, si solo la compra, será mil veces mejor ser su esclava que pertenecerle a Félix. La punzada de miedo regresa, pero Amara se frota el brazo con furia, como si pudiera quitarse la ansiedad de encima. Un golpe en la antigua celda de Cressa la distrae. Británica.

La cortina de la celda se mueve un poco, ondeada por el movimiento que hay detrás. Aprieta la tela entre sus manos. Huele mal.

—Soy Amara —se anuncia antes de entrar. Británica no voltea. No es la primera vez que a Amara le desconcierta su rareza. Es demasiado alta para ser mujer, y ahora su cabello rojo está demasiado corto. Le creció tan enmarañado que no tuvo más opción que cortárselo. Es casi fea por lo mucho que descuida su apariencia, pero aun así Amara siente cierta admiración por el cuerpo de Británica, por su fuerza incuestionable. Todo el esfuerzo que las demás ponen en verse deseables las hace parecer endebles en comparación.

Amara observa los brazos pálidos que se agitan en el aire. Se pregunta cuándo fue la última vez que Británica salió de la celda y vio la luz del día. Piensa en la promesa que le hizo a Cressa.

—Deberías salir un poco —dice—. Ven al pozo conmigo.

En un principio, la otra mujer no da señales de haberla escuchado, pero Amara espera. Ha aprendido que, a la larga, Británica siempre responde. La ve tirar golpes que se detienen justo frente a la pared. Si se siguiera de largo, sin duda se rompería la mano. Luego, se detiene de repente. Británica hurga entre las cobijas sobre la cama, encuentra su capa y se la echa encima antes de tomar una jarra del piso. Ladea la cabeza y mira a Amara, impaciente. «¿Qué esperas, pues?».

Amara toma la cubeta comunal del burdel del lugar que ocupa junto a la puerta trasera. Caminan juntas por la calle, pero el silencio es todo menos amigable. Británica irradia agresión: mira fijamente a cualquiera que se atreva a voltear a verla. Amara se pregunta si se alegraría de que alguno de los hombres se les acercara; Británica parece más ansiosa por una pelea que Paris.

Llegan al pozo. Ya hay dos hombres ahí, quizá esclavos de otras casas, que aprovechan la oportunidad para conversar. Amara espera paciente, a pesar de que los hombres no hacen más que estorbar; en realidad, ninguno da indicios de siquiera querer llenar su cubeta. Después de un rato, se dignan a ver a las mujeres y dan un paso al costado, pero la forma en que le miran el cuerpo es inconfundible. No le sorprendería descubrir que la hicieron esperar adrede.

Amara no dice nada, sino que camina hacia el frente. Columpia la cubeta hacia el pozo, la cual choca contra la piedra. Amara comienza a operar la bomba, consciente de que los hombres están demasiado cerca. Uno de ellos le pone una mano en el trasero y la empuja.

—¿Necesitas ayuda?

Antes de que tenga tiempo de darse vuelta y decirle que la deje en paz, Británica lo agarra. Amara deja caer la cubeta y se salpica. Británica lo levanta del suelo por la nuca. El hombre intenta golpearla, pero ella bloquea el golpe, le toma el brazo y se lo tuerce. Él grita; Británica sonríe. Le falta uno de los dientes centrales, un recuerdo de un cliente violento.

—¡Ya, ya! ¡No es necesario alterarse! —grita el segundo hombre mientras corre hacia su amigo—. Mira —señala a Amara—. ¡Nadie la está tocando!

Británica no responde. Mira al hombre al que tiene agarrado, sin dejar de sonreír, victoriosa. Lo baja al piso. Espera un momento, como un gato que juega con un ratón, antes de soltarlo. Los dos hombres la miran y luego se miran entre ellos. Es evidente que ninguno tiene las agallas como para pelear con la desconcertante desconocida. Se echan a correr por la calle, y Británica solo los ve alejarse.

—Salvaje —dice. Su voz, por la falta de uso, es rasposa.

—¿Qué? —Amara se sorprende—. ¿Qué dijiste?

—Sal-va-je —Británica repite la palabra en latín muy despacio, como si saboreara sus ríspidas orillas. Vuelve a esbozar su feroz sonrisa desdentada.

—¿Hablas latín? —exclama Amara—. ¡Puedes hablar! —Británica agacha la cabeza. Un mínimo de reconocimiento. Es lo más cerca que Amara y ella han estado de comunicarse de verdad.

—¡Sabía que podías entender! ¡Lo *sabía*! —Británica no parece disfrutar su efusividad. Pasa a un lado de Amara y comienza a llenar la cubeta abandonada. Amara la sigue, incapaz de contener el entusiasmo—. Por favor, habla conmigo. Puedes confiar en mí. Por favor. —Británica no responde, solo señala con impaciencia la jarra que dejó en el suelo. Amara se la da—. Le prometí a Cressa que sería tu amiga. Se lo prometí.

Británica se tensa al oír el nombre de Cressa. Saca la cubeta del pozo de un jalón y la suelta sobre los brazos de Amara con tal fuerza que ella trastabilla y está a punto de tirarla. Británica toma entonces la jarra y vuelve al burdel dando zancadas. Amara no tiene más opción que trotar tras ella. La cubeta está demasiado llena y pesada como para poder alcanzarla. Para cuando llega, Británica se ha escondido en su celda.

—¿Aprovechando el tiempo? —Victoria sale de la letrina. Se recarga en la diminuta pared y se frota el vientre—. Lo único bueno del periodo es saber que no estás embarazada.

—¡Británica acaba de hablarme! —dice Amara y asienta la cubeta en el suelo—. ¡Habló en latín!

Victoria está sorprendida.

—¿De verdad? ¿Qué dijo?

—¡Salvaje!

—¿Salvaje? —Frunce la nariz—. ¿Nada más?

—Sí, eso fue todo.

—Eso no es hablar. Solo repitió sonidos que ha oído.

—Pero entiende. —Amara mira hacia la antigua celda de Cressa y baja la voz—. Se enfadó cuando mencioné a Cressa.

El nombre de la mujer fallecida tiene un efecto de desaliento en ambas.

—Deberíamos visitar su tumba —dice Victoria y baja los escalones hacia el corredor—. Tenemos una eternidad sin ir.

—¿Quieres ir ahora?

Victoria mira a ambos lados del corredor y ve todas las cortinas cerradas.

—Supongo que sí. ¿Por qué no? Podemos pasar por El Gorrión y comprar un vino como ofrenda. —Entra a su celda y sale de nuevo con la capa puesta y una vasijita de barro en las manos. Era de Cressa—. Vamos.

Recorren el corto camino hasta la taberna que está en la plaza. Amara intenta ignorar el muro con todos los grafitis. Le duele recordar a Menandro y lo que le escribía ahí; no quiere ver los rastros de su último mensaje. Nicandro está ocupado en la barra, preparándose para el día, y las recibe con una sonrisa.

—¿Cómo está Dido?

—Bien —dice Amara, un tanto incómoda.

—No te das por vencido, ¿verdad? —suspira Victoria.

—Lo haría si hubiera otro hombre —asegura él—. Pero no lo hay. —Las mira con nerviosismo—. ¿O sí?

—No —responde Amara.

—Queríamos comprar un poco de vino para Cressa. —Victoria le entrega la vasija—. ¿Cuánto?

Nicandro la llena y mira por encima de su hombro para asegurarse de que Zoskales no esté cerca. Mueve la cabeza de lado a lado. El significado es claro. «Cortesía de la casa».

—Gracias. —Amara está conmovida por el gesto.

—Cressa era una buena mujer —dice Nicandro—. Todos la extrañamos.

Salen del bar y avanzan por la calle hombro con hombro para no separarse.

—No entiendo a Dido —suelta Victoria, las manos firmes sobre la vasija—. Es lindísimo. ¡Imagina el esfuerzo que haría! Por fin podría pasarla bien.

—No quiere romperse el corazón al amar a un hombre al que no puede tener —responde Amara. Victoria guarda silencio. Sabe que ambas están pensando en Félix.

Las calles se llenan conforme se acercan a la puerta que lleva al pueblo de Nola. La mayor parte del tráfico va en dirección contraria; los comerciantes llegan al Foro a vender o a entregar mercancía a las tiendas. Quienes tienen la fortuna de llevar una carreta hacen un escándalo al pasar sobre las piedras; los otros avanzan con dificultad, cargando a cuestas canastas rebosantes de productos apilados. Una piara de cerdos chillantes corre entre las ruedas de la carreta de su dueño. Amara los ve escabullirse, con las colas paradas, como si les entusiasmara llegar al matadero. Victoria le da un empujoncito y señala una carreta jalada por una mula que se acerca en dirección contraria. Le toma el brazo a Amara y se para sobre las puntas de los pies para admirar los rollos de tela de colores brillantes. El arriero las ve y restalla su látigo; luego se ríe al ver que ambas mujeres se sobresaltan.

Amara se siente menos segura en los límites de la ciudad. Hay demasiados desconocidos que se dirigen a Pompeya y se desvanecen como el humo. Esperan a que pase una hilera de carretas, cargadas con cantera —sin duda parte de las interminables obras en la ciudad—, y luego pasan por debajo del alto arco de piedra para cruzar de la ciudad de los vivos a la ciudad de los muertos. El sendero está bordeado por enormes tumbas coloridas, algunas casi tan grandes como el burdel en el que trabajan. Solo los ricos pueden costear que se les recuerde tan cerca de la puerta. En las puertas de sus propias tumbas, quienes algún día fueron poderosos miran hacia afuera, y sus brillantes estatuas miran a los vivos pasar.

Las lobas jamás podrían haberle comprado un mausoleo así a Cressa, pues hasta el más pequeño de todos costaría un precio inimaginable. Por lo tanto, Victoria y Amara se alejan cada vez más de la ciudad, hasta que el camino se ensancha y la multitud se diluye. Pasan frente a un grupo de dolientes congregados alrededor de una urna de mármol, vestidos con sus mejores prendas, que queman ofrendas para apaciguar a los muertos. Amara piensa en sus padres, en todo lo que les debe a sus sombras, pero no puede darles. Desvía entonces la mirada.

Victoria recuerda el camino. Un estrecho sendero que pasa por la brecha entre dos monumentos. Cuanto más se alejan del camino principal, más pequeñas se tornan las tumbas. Pasan junto a un viñedo, cuyas ramas deshojadas trepan los muros de piedra. Amara se pregunta si es uno de los viñedos que Plinio visitó en su gira, pero supone que no es lo suficientemente magnífico. Se da vuelta y mira hacia el Vesubio, la montaña cuyas plantas el almirante quería estudiar. Las nubes cubren su estrecha cima.

Llegan al fin al lugar que buscaban: el campo de los mendigos. Se extiende en una horrenda mezcolanza de montículos de tierra, pilas de rocas y cuellos rotos de ánforas. Estas últimas salen de la tierra como bocas abiertas. De un basurero cercano sale un fétido olor, y Amara se pregunta si fue ahí donde encontraron a Victoria cuando era niña, pero no lo dice en voz alta.

—¿Cómo vamos a saber dónde está? —susurra Amara, como si los infelices muertos pudieran oírla. El único otro doliente que está por ahí es un anciano que llora sobre un montículo de tierra recién escarbada.

—Sé cuál es el lugar —afirma Victoria. Avanza con seguridad por el campo irregular, se detiene frente a una pequeña tumba, apenas una losa de piedra, aunque es majestuosa en comparación con lo que está a su alrededor. En su base hay una pila de rocas. Lo único que queda para recordar a Cressa. No tenía caso enterrar un frasco, pues no tenían cenizas que poner adentro ni restos humanos que recibieran las ofrendas del vino. Victoria toma el frasco que Nicandro llenó y derrama la cosecha más barata de El Gorrión sobre las piedras de Cressa—. Siempre le gustó beber —dice.

Miran la pila empapada y recuerdan a su difunta amiga. A Amara le parece que las piedras se asemejan a todas las bondades que Cressa acumuló en la vida, insignificantes y a la vez conmovedoras para quienes eran cercanas a ella. Intenta no recordar el último día de Cressa, la imagen de su amiga parada en la orilla del agua con la mirada sobre las olas.

—¿Cuánto?

Es una voz diminuta y zalamera detrás suyo. Ambas se sobresaltan. Es un hombre encorvado, con una postura medrosa, como un pordiosero, pero tiene algo en la mirada que aterra a Amara.

—No tenemos vino para venderte —dice y se cubre con la capa.

—¿Cuánto por que me lo chupen? —El hombre se toma la entrepierna.

—¡Respeta! —estalla Victoria e intenta ahuyentarlo—. ¿No ves que estamos llorando a alguien?

El hombre busca tocarla.

—Compadézcanse —gime.

Amara siente el miedo de Victoria cuando la toma del brazo. Corren por el campo de cenizas de regreso hacia el sendero estrecho. Pero el hombre es demasiado veloz y se les adelanta—. ¿Por qué no me cogen? —suplica—. ¡Por favor!

Aceleran el paso. Pasan por encima de los labios rotos de las ánforas. El pordiosero no cesa de acercarse, y su voz se torna más profunda y pierde su endeble lloriqueo. Amara le pide ayuda al doliente anciano, que sigue agazapado sobre el montículo de tierra, pero el hombre la ignora. Debe haber oído que el otro les pidió sexo y no tiene intenciones de ayudarles a un par de putas a ahuyentar a un cliente.

El pordiosero comienza a correr; Amara piensa que sus gritos al fin lo ahuyentaron, pero luego se da cuenta de que se adelantó para bloquearles el paso. A un lado suyo, están las paredes del viñedo; al otro, una enorme tumba lo encierra. Es casi imposible rodearlo. Se acercan mientras intentan decidir por dónde pasarán.

—Vengan conmigo —les dice. Mira a Amara directo a los ojos. Es como una serpiente lista para atacar. Ella lo mira de vuelta, demasiado asustada como para voltear a otro lado. El hombre se lanza hacia el frente e intenta tomarla por el brazo, pero ella se adelanta a sus movimientos. Victoria le toma la mano y corren de vuelta hacia el campo, hacia donde está el anciano. El pordiosero las flanquea de nuevo y las obliga a ir hacia las tumbas y hacia la apertura de un sendero desconocido. No tienen a dónde ir.

Huyen, con el perseguidor pisándoles los talones. Las obliga a atravesar la necrópolis entera. Amara tropieza; mira hacia abajo y nota que el pasto sale de entre las piedras del suelo. Con una oleada de terror, comprende que aquel no es solo un sendero silencioso, sino que está desierto. Las tiene acorraladas. Amara resuella y avanza, pero vuelve a tropezar; en el último momento, logra recobrar el equilibrio.

—No te detengas —grita Victoria.

No tiene idea de dónde están. Las tumbas están cada vez más juntas, así que es más difícil correr entre ellas. Mira hacia atrás y grita. El hombre está casi encima de ella; la toma por la cintura y la arrastra. Amara cae al suelo de golpe. Él se le monta encima, con un cuchillo en la mano. Victoria le toma el brazo y grita, pero él la empuja lejos. Amara ve cómo Victoria se golpea la cabeza con el costado de una tumba y cae al suelo, aturdida.

—Tu amo cree que puede hacer lo que él quiera. —El hombre la tiene tomada por el cuello y le respira entrecortadamente sobre el rostro. Amara está tan aterrada que no puede moverse—. Trata de borrar su maldito rastro, como si Simo no fuera a enterarse. —Le acerca más el cuchillo; se lo apunta al ojo—. Esto es por Drauca.

El sonido del barro al romperse los sobresalta a ambos. El atacante se da vuelta justo cuando Victoria le clava una esquirla en la profundidad del cuello. Se araña el lugar de la herida con desesperación, con las manos bañadas en sangre, pero Amara sabe que, haga lo que haga, ya está muerto. Mira el barro que tiene enterrado en el cuello y logra zafarse de donde la tiene atrapada, pues no quiere mancharse con los borbotones de sangre. Da un paso atrás, sin quitarle los ojos de encima, con

Victoria a su lado y los restos de la vasija de Cressa a sus pies.

El hombre se retuerce en el suelo. La muerte llega apenas un instante después. Amara le toma la mano a Victoria, y juntas se echan a correr.

39

Quien no sabe protegerse no sabe vivir.
Grafiti en Herculano

Se esconden detrás de una lápida, mientras intentan recuperar el aliento y la cordura, y tratan de entender lo que acaba de ocurrir. Victoria está conmocionada; se estremece tanto que Amara teme que se le romperán los dientes de tanto castañear. La abraza con fuerza para ayudarla a entrar en calor.

—Iba a matarme —susurra mientras le frota los hombros a Victoria—. Me salvaste la vida. Me salvaste.

—Maté a un hombre —murmura Victoria. El horror de esa verdad comienza a asentarse—. ¡Lo maté! ¡Soy una asesina!

—Nadie lo sabrá —responde Amara—. Nadie se va a enterar. Estás a salvo. Las dos estamos a salvo. —Piensa en el cuerpo del hombre tendido en el suelo y siente una cierta calma. Está muerto. Lo único que importa ahora es que no levanten sospechas. Se revisa la cara, le examina el rostro a Victoria y luego se ve los dedos. Tienen suerte de no tener más sangre encima. Toma un poco de lodo entre las manos y lo unta sobre cualquier mancha roja que haya en las capas—. ¿Tengo algo? —Voltea la cara, como para pedirle a su amiga que le revise el maquillaje. Victoria niega con la cabeza—. Bien. Entonces deberíamos volver.

—Tenemos que decírselo a Félix. —Victoria no ha dejado de temblar—. ¿Oíste lo que dijo?

—Que Félix mató a Drauca.

—¿Crees que lo haya hecho? —Los ojos de Victoria reflejan su profunda desesperación. Una cosa es sospechar que el hombre a quien amas es capaz de asesinar a alguien; otra es saberlo.

—Sí, sí lo creo —afirma Amara. Victoria desvía la mirada; está demasiado perturbada como para hablar—. Te lo debo todo —dice. Le toma la mano—. Y Félix también. Sin ti, no tendría idea de qué es lo que le espera.

—¿Cómo vamos a volver a casa? ¿Y si alguien nos recuerda?

—Nadie lo hará. No somos nadie. Volveremos a paso lento, con la cabeza agachada. Pasarán días antes de que alguien encuentre el cuerpo, si es que ocurre.

Victoria se pone de pie, apoyándose en la lápida.

—Supongo que hay algunas ventajas de ser insignificante.

Emprenden el camino de vuelta por la necrópolis, sin tomar la ruta por la que llegaron. Tardan bastante en encontrar el camino de nuevo, y, cuando lo hacen, la caminata es aún más larga. Victoria está alterada, pero Amara le toma la mano y evita que camine demasiado rápido. Se ponen las capuchas, como para protegerse del frío, y se cubren la cara. Ninguna de las dos dice una palabra.

Para cuando llegan al burdel, después de la que se sintió como la caminata más larga de su vida, ambas están a punto de desplomarse por el agotamiento. Amara llama a la puerta de Félix.

—¿Qué? —Paris las fulmina con la mirada por la rendija de la puerta. Amara azota una mano sobre la madera.

—Hoy no te metas conmigo. Esto es importante.

Paris da un paso atrás para dejarlas pasar.

—¡Pero Félix está con un cliente!

—Entonces dile que lo esperamos en la recámara.

Amara siente como si estuviera fuera de su propio cuerpo mientras mira a Victoria contar lo que ocurrió. Nunca ha visto a alguien llorar tanto. Victoria solloza mientras narra todo el asesinato, y Félix la abraza, le besa el rostro y le toma las manos para calentárselas. Félix es capaz de una ternura que Amara no habría creído posible. Los observa, con un dolor en el pecho que no puede nombrar. Félix nunca ha sido así con ella, ni siquiera cuando le contó lo de Cressa, cuando habría hecho lo que fuera con tal de que la reconfortaran. Nadie más que Menandro la ha abrazado de la forma en que Félix abraza a Victoria. Se molesta de solo pensarlo. No está segura de si el hecho de que Félix sea capaz de amar lo hace peor persona.

Félix mira a Amara por encima de la cabeza agachada de Victoria, con su habitual frialdad. Es como si él también se hubiera salido de su propio cuerpo para hablar con ella.

—Cuéntame otra vez qué dijo sobre Simo.

—Dijo que no ibas a salirte con la tuya. Que no borraste tu rastro. Simo se enteró de lo que ocurrió. —Amara hace una pausa para hacer memoria, como si aquella agresión le hubiera ocurrido a alguien más—. Luego me puso un cuchillo sobre el ojo y dijo: «Esto es por Drauca».

—¿Alguien lo vio?

—No. El cuerpo está en un lugar desierto. Solo había un hombre en el campo de los mendigos, y no volvimos por ahí. Cubrí todos los rastros de sangre que encontré. —Se encoge de hombros—. ¿Quién se fijaría en un par de mujeres?

—No te ves muy perturbada después de haber visto a un hombre morir. ¿Estás segura de que está muerto?

—Lo apuñaló aquí. —Amara se señala el cuello—. Nadie sobrevive a una herida así. Aunque nunca hubiera leído un libro de anatomía, sabría que está muerto. —Victoria rompe en llanto otra vez sobre Félix. Él le toma la cabeza y se la pone sobre el pecho y la mece. Amara los mira a ambos, incapaz de comprender la culpa que siente Victoria e irritada de que aún llore por un hombre tan despreciable—. Quería matarme y ahora está muerto. No hay motivos para alterarse.

—Ya lo sentirás —dice Félix—. Todo el mundo lo siente la primera vez. Incluso si eres una perra con corazón de piedra.

—¿Qué vas a hacer ahora? —pregunta Amara—. Ahora todos estamos en peligro. Todos. —Sigue demasiado asustada como para expresar su furia, pero la siente. «Por tu culpa», quiere añadir. «Estamos en peligro por tu culpa».

—En primer lugar, no se lo digan a nadie. Ni siquiera a Dido. Y, si valoran su vida, —agrega, mientras acaricia a Victoria—, no volverán a mencionarlo jamás, ni siquiera entre ustedes. —Amara asiente. Sabe que el asesinato los ha unido a los tres; ahora comparten un secreto, y ella tiene una deuda de sangre con Victoria. No es un lazo que querría tener—. Y de Simo me encargo yo.

—No podemos darnos el lujo de dejarlo así.

—No —corrobora él—. No podemos.

—No quise matarlo. —Victoria mira a su alrededor, profundamente desesperada—. Solo quería que se detuviera. No quise que nadie muriera.

—Lo sé —asegura Félix. Vuelve a mecerla. Le besa la frente y le susurra con los labios rozándole el cabello—. Fuiste muy valiente.

Amara mira a su amiga, aferrada a su amo como una niñita desolada, irreconocible como la mujer fuerte a quien conoce. ¿Será esa la verdadera Victoria? La idea la enfurece.

—No es algo por lo que valga la pena llorar —dice Amara con voz estruendosa—. El maldito se lo merecía.

—¡Cierra el hocico! —le grita Félix. Amara ve que Victoria retrocede con la furia de su amo, aunque no esté dirigida a ella. Félix se acerca a Amara, la toma por los hombros y pega la cara a la suya—. Acaba de salvarte la vida. Ten tantita puta gratitud. No todas las mujeres son unas perras desalmadas como tú.

La suelta y toma a Victoria de nuevo, como si la protegiera de Amara.

Amara no espera a que la echen de la habitación, sino que sale por cuenta propia. En el corredor, las piernas le flaquean. Logra llegar hasta la bodega, donde colapsa sobre su cama de sacos en el rincón. Su tranquilidad comienza a desmoronarse. Piensa en la vasija de Cressa, en todas las piezas en el suelo. La esquirla en el cuello del hombre, la sangre. Las emociones vuelven a inundarla como la marea, y esta vez traen terror consigo.

Se aferra a los sacos, siente la áspera tela en sus dedos e intenta imaginar que entierra su miedo, que lo sumerge. No quiere sentirse asustada; no quiere sentir nada. Mañana verá a Rufo, se sentará con él en la hermosa casa de Drusila; se reirán y conversarán sobre la casa que compartirán. No será una mujer que estuvo a punto de morir, que se sintió impotente con la amenaza de un cuchillo en el ojo. Será como si nunca hubiera ocurrido.

348

La calma comienza a asentarse en su corazón, como el hielo en la pileta de Balbina. Amara exhala, relaja los dedos, suelta la tela. Nadie la tiene entre sus brazos, pero no importa. No necesita a Félix, ni a nadie más, para que la reconforten. Puede superar cualquier miedo si se esfuerza lo suficiente.

Amara pasa el resto del día dentro de la bodega. Se supone que debería ganar más dinero en los días en que Rufo paga por ella, pero Félix no insiste en que salga. Llega la noche, y ella sigue enroscada en la misma posición. Paris intenta provocarla; cree que debe estar celosa de que Victoria pasará la noche con Félix, del favor que el amo le muestra a su rival. Pero Amara mantiene la mirada firme, como si no lo hubiera escuchado. De alguna manera, logra quedarse dormida.

La mañana siguiente se siente como un sueño. Se obliga a bajar las escaleras, pasa un rato con Dido en los baños y la escucha externar sus miedos con respecto a Ipstilla y Teletusa. Es la segunda vez que Egnacio contrata a las españolas y las olvida a ellas. Amara se da cuenta de lo alterada que está Dido, pero, por alguna razón, no logra alcanzarla. A pesar de que están sentadas juntas, siente como si estuviera lejísimos de ella.

—¿Estás bien? —pregunta Dido—. ¿Fue Félix?

—Sí —responde Amara. Dido se ve tan preocupada que Amara quiere contarle qué ocurrió en realidad, advertirle que debe tener cuidado, pero no se atreve a traicionar a Victoria. Además, no es mentira. Félix sí es la causa de su malestar. Si no hubiera matado a Drauca, a ella no la habrían atacado. Le ruega a Dido que se mantenga cerca de Británica, fingiendo que es por cumplir la última voluntad de Cressa, cuando en realidad es porque espera que la bretona las mantenga a salvo a ambas.

Cuando sus amigas salen a pescar, vuelve a esconderse en la bodega. Aun si Félix decide cobrarle el doble a Rufo por ese día, no es capaz de salir a buscar hombres. La idea de acercarse a un extraño la lleva de vuelta a la necrópolis, al cuchillo, a las manos del hombre sobre su cuello. ¿Cómo sabría si alguno de sus clientes quiere matarla?

El esfuerzo de sobrellevar el día es tal que Philos nota su aflicción cuando la recoge. Cuando están a una distancia segura del burdel, le ofrece su brazo.

—¿Necesitas un momento? —le pregunta—. ¿Para recuperarte un poco? —Amara asiente. Cruzan la calle hacia un pedazo de pavimento menos abarrotado. Amara recarga la espalda en la pared—. Estás bien —le dice Philos—. Sé que no es fácil.

—Gracias —responde ella. Exhala despacio e intenta deshacerse del miedo. Mira a Philos. Sus ojos verdes solo reflejan bondad. Y su calidez, al estar parado cerca de ella, es reconfortante—. Estoy muy agradecida con Rufo.

—Lo sé —dice él—. Y sé lo difícil que es todo esto. He estado en la posición en la que estás ahora. —Mira la calle por la que caminaban recién—. No quiero decir que trabajé en un burdel —añade en voz más baja—. Pero no creo haberme sentido seguro ni un solo minuto cuando era más joven.

Amara le aprieta el brazo con más fuerza.

—No necesitas decírmelo —asegura—. Lo entiendo.

—¿Quién querría ser esclavo? Cuando eres joven, te cogen; cuando eres vieja, te joden.

—Pero Rufo te valora.

—Sí, lo hace. —Philos aleja la mirada—. Ahora no tengo nada de que quejarme.

—El hombre que… —Amara se detiene. No quiere decir la palabra ni humillar a Philos—. No fue el padre de Rufo, ¿o sí?

—No fue Hortensio, no. No le interesan los niños. A su padre, por otro lado, le interesaban bastante.

Amara se pregunta qué edad tendrá Philos. Tal vez diez años más que ella, o quizás un poco más. Es bien parecido, se da cuenta, a pesar de que nunca lo había visto así. Debió haber sido muy atractivo cuando era joven. La idea de que hubiera vivido atemorizado, incapaz de defenderse, la enfurece. Que el responsable fuera el abuelo de Rufo es aún peor.

—¿Cómo es Hortensio? —pregunta Amara. Philos no responde, y Amara se da cuenta de que no quiere ser desleal—. Puedes confiar en mí —le dice—. Pero no me ofenderé si no lo haces.

—Ojalá me lo hubieras preguntado antes —dice Philos mientras se pasa una mano por la cara. La mira; es evidente que está conflictuado—. No debería decírtelo, pero Rufo lo traerá esta noche. Para conocerte. Se supone que será una sorpresa. Hortensio insistió en que Rufo no te dijera nada; quiere saber cómo «eres en verdad», verte al natural, por así decirlo.

—Ah —responde Amara. No le agrada el tono de Philos—. Supongo que quiere proteger a su hijo.

—Si fueras mi esposa —dice Philos, y la toma por sorpresa al referirse a ella de esa manera—, no te dejaría a solas con él. Lo evitaría a toda costa.

—Tendré cuidado —promete Amara, consciente de que aún está tomando a Philos del brazo y de que quizá debería soltarlo—. Gracias.

Hortensio se parece tanto a su hijo que Amara tiene que hacer un esfuerzo por no mirarlo demasiado. Incluso los manierismos, los exagerados gestos de la mano que son tan particulares de Rufo, son idénticos a los de su padre. Está agradecida de que Drusila sea parte de la velada, y que pueda, en ocasiones, desviar el foco de su atención. Es la única diferencia obvia entre padre e hijo. Mientras que Rufo es gentil y carece de malicia, Hortensio parece sagaz y calculador.

—Rufo me cuenta que le ayudaste al almirante con sus investigaciones —le dice—. Debes estar muy bien educada. ¿Fue tu primer amo quien te instruyó?

—Fue mi padre —responde Amara—. Cuando era una mujer libre. Mi padre era doctor en Ática.

—Te conté todo eso —dice Rufo, azorado.

Hortensio alza las manos y la invita a reírse con él de su hijo.

—¡Me dijiste que era concubina en Afidnas!

—Eso fue después —insiste Rufo.

—No tiene nada de malo ser concubina —dice Hortensio. Voltea hacia donde está Drusila y le besa la mano. Drusila le sonríe, como si estuviera cautivada. Pero Amara sabe que tiene un gran talento para disimular lo que siente y que podría estarle deseando la muerte a Hortensio sin que él se enterara—. Así que tu padre era doctor. Luego saliste disparada hacia la tragedia y terminaste como una puta con el corazón roto. ¿Es correcto? —Amara agacha la cabeza, insatisfecha con el sarcasmo, aunque estuviera acompañado de una sonrisa—. Te ves muy joven como para que tu amo se hubiera aburrido.

—Su esposa no estaba muy feliz.

—Si el idiota no podía controlar a sus mujeres, es mejor que te hayas ido —dice Hortensio, como si Amara hubiera tenido algún poder de decisión—. ¿Bailas? ¿Tocas música? ¿Cantas?

—Te dije… —comienza a decir Rufo.

—Pero le estoy preguntando a ella.

—Mi padre me enseñó…

—¡Ay, por favor! —la interrumpe Hortensio con una carcajada—. Sabes que eso no es a lo que me refería. Estoy seguro de que tu padre no te enseñó a cantar en compañía de hombres. No si en verdad era doctor. ¿Qué te enseñó tu primer amo?

—Aprendí a tocar la lira en casa de mi padre —sostiene Amara, ignorando la insinuación de que es una mentirosa—. Luego, como concubina, aprendí varias canciones de Safo y otros poetas griegos. Continué con mi educación musical en Pompeya.

—¡Educación musical! —Hortensio arquea las cejas, entretenido—. Por lo menos tienes algo de ingenio.

—Quizá nos permitirías tocar algo —sugiere Drusila. Su túnica de seda cruje cuando se pone de pie. Mira a Hortensio de reojo, como si le resultara irresistible.

—¿Por qué no? —Hortensio se reclina en el sillón y la mira. Amara no trae su lira, pero Drusila la llama hacia el arpa.

—Tocaré el *Himno a Afrodita* de Safo —murmura—. Pero tú cantarás sola.

—Gracias —susurra Amara, agradecida de no tener que competir con la voz superior de Drusila. Se mece al ritmo de la música, con los elegantes movimientos de mano que aprendió en la casa de Chremes. Vuelca todo el corazón sobre la canción. Ver a Hortensio observarla, calificarla, es como estar de vuelta en casa de Chremes, como si todos los cambios en su vida como esclava la hubieran llevado de vuelta al lugar donde comenzó. Piensa en Philos. «Si fueras mi esposa, no te dejaría a solas con él». Rufo también la mira, lleno de orgullo. Pero eso no la tranquiliza. ¿Cuánto tiempo pasará antes de que la vea con los ojos de su padre?

—Muy bien —le dice Hortensio a Rufo cuando termina la canción—. Es encantadora. Tú ganas. —Se dirige a Amara—. Pero sigo sin entender esas tonterías de rentar una casa. Cuando te compre, podrás venir a la casa familiar.

—Por favor, padre, ahora no. —El rostro de Rufo está color carmesí. Mira ansioso a Amara.

—Ya, ya. Tengan su pequeño romance —suspira Hortensio. Menea la cabeza en dirección de Drusila y Amara—. Hombres. No puedo imaginar cómo ustedes dos los soportan.

—Rufo es el hombre más gentil al que he conocido —responde Amara.

—No lo dudo —dice Hortensio con un resoplido—. Bien, supongo que debería dejarlos disfrutar de su noche de amor juvenil. —Todos se ponen de pie al mismo tiempo que él. Hortensio se acerca a Drusila y le da un beso—. Encantado, como siempre. —Camina hacia donde está Amara, pero, en vez de besarla también, le pasa una mano por todo el cuerpo, como si estuviera en el mercado de esclavos. Amara está tan desconcertada que se queda sin palabras—. Nada mal. —Le sonríe, aunque no hay calidez en sus ojos—. No es una mala inversión, para nada.

—Nadie llena el silencio—. ¿No vas a acompañarme a la salida, muchacho?

Rufo se apresura y lleva a su padre hacia la puerta. No mira a Amara. Cuando los hombres salen, Drusila le hace la seña del mal de ojo.

—¿Qué quiso decir? —murmura—. ¡Me dijiste que Rufo te iba a liberar!

—¡Eso fue lo que él me dijo a mí! —Amara está temblando. Drusila le pellizca el brazo.

—¡No te alteres! ¡No! Esto es demasiado importante. Usa la cabeza. Haz que le sea imposible no cumplir con lo que prometió; usa su culpa, todo lo que puedas. ¡No puedes permitir que crea que estarás satisfecha como esclava! —Cuando Rufo vuelve, da un paso atrás, con una sonrisa serena, como si su conversación con Amara hubiera sido de meras formalidades—. Estoy un poco cansada —dice, con un bostezo—. Espero que no les moleste que los abandone.

Ven a Drusila alejarse con paso lánguido y sin esfuerzo, a pesar de que Amara sabe que no está cansada.

—Eso salió bastante bien, me parece —dice Rufo. Se acerca para besarla.

Amara lo aleja con un empujón.

—¿Qué quiso decir con que puedo ir al hogar familiar?

—Así es él —suelta Rufo—. Sabe sobre la casa que renté. Ya se hará a la idea.

—¿Sabe que vas a liberarme?

Rufo no la mira a los ojos, pero ella percibe el rubor que se le sube hasta la frente.

—¿Sería muy terrible si no lo hiciera? —Le toma ambas manos y la jala hacia sí—. Estaríamos juntos. Y no estarías en el burdel. Eso es lo importante, ¿no es así?

—No puedo creer que no comprendas la diferencia —dice Amara. Se zafa de él—. ¿Cuántas veces me has dicho que entiendes lo difícil que fue para mí perderlo todo? Me perdí a mí misma cuando me vendieron. ¿Por qué me tendrías como esclava si tienes el poder de liberarme? ¿Por qué?

—No es tan sencillo. A mi padre no le agrada la idea. No sé si puedo desafiarlo. —Rufo se deja caer con pesadez en el sillón—. Para liberarte… tendría que darte el nombre de la familia. Y eso es algo que no me pertenece.

Amara se sienta a su lado. Aún siente las manos de Hortensio sobre su cuerpo. Piensa en Philos, en Chremes, en todo lo que les ocurre a los esclavos que se convierten en objetos familiares en la casa de sus amos. Rufo la envuelve con los brazos y la besa con dulzura en la frente, la mejilla, los labios—. Te prometo que, si me perteneces, nunca dejaré que nadie te lastime. Te lo prometo.

40

Quien odia la vida repudia a dios sin problemas.
Grafiti en Pompeya

Victoria y Amara esperan en la habitación de Félix. Ninguna de las dos cree que las mandó llamar por sexo. Victoria se sienta cruzada de piernas sobre la cama, como si ese fuera su lugar, pero Amara no quiere tocarla ni recordar la noche que pasó ahí con Félix. Se sienta en un taburete.

—Se trata de Simo, ¿verdad? —susurra Victoria—. Tiene que ser.

—Pensé que él se iba a hacer cargo de eso —responde Amara—. No sé por qué nos necesitaría a nosotras.

—Me dijo que yo le salvé la vida y que te la salvé a ti también —contesta Victoria—. Nunca se ha portado así conmigo. —Parece intoxicada de amor; no se da cuenta de que la repentina devoción de Félix debe de ser tan manipuladora como genuina. Un preámbulo para la horrenda misión que tiene preparada para ambas—. Dijo que nadie le ha demostrado una lealtad como la mía.

Amara piensa en su propio engaño, en el préstamo secreto con Balbina y sus planes con Rufo. Es imposible imaginar que alguien pueda serle leal a un amo, mucho menos si es Félix. Intenta que la estupidez de Victoria no la haga enojar.

—Debería estar agradecido contigo —dice—. Si tuviera algo de decencia, te daría tu libertad por lo que hiciste. —Victoria palidece. Amara casi se arrepiente de haber hablado con tanto rencor, pues ambas saben que eso nunca ocurrirá.

Félix abre la puerta. Amara se sobresalta y espera que su amo no las haya escuchado, pero se ve distraído. No pierde el tiempo con saludos.

—No podemos esperar más —dice, sentándose a un lado de Victoria en la cama—. Simo ya se habrá rendido de buscar a su hombre. Tenemos que atacar ahora, antes de que él lo haga. Tenemos que asegurarnos de que esté acabado.

—¿Qué necesitas que hagamos? —pregunta Victoria, como si *quisiera* que Félix le pida que se ponga en riesgo.

—Tengo amigos que se encargarán del bar y de Simo. Necesito que ustedes dos sean una distracción y que funjan como vigías.

—¿Vigías de qué? —pregunta Amara.

—Paris también estará vigilando —dice Félix, ignorando la pregunta—. Simo no lo reconocerá con tanta facilidad como a Thraso o a Gallus.

—¿Paris sabe lo que pasó en la Necrópolis?

—No. Nadie lo sabe —confirma Félix—. Es más seguro así. —Victoria lo mira, agradecida; Félix le pone una mano sobre la rodilla—. Tendrán que llevar velos. Levanten a un par de hombres en la calle frente al bar, eso distraerá un poco la atención.

—¿Quieres que cojamos con hombres en la calle? —pregunta Amara—. ¿Solas? ¿Sin protección?

—Paris estará por ahí.

—Pero no va a estar ahí para cuidarnos, ¿o sí? —protesta Amara—. Va a estar vigilando el bar.

—Van las dos juntas —dice Félix—. No veo cuál es el problema.

—¿Qué le van a hacer al bar? No quiero ir si no lo sabemos.

Félix pierde la paciencia.

—No les estoy dando opción —le grita—. ¿Desde cuándo tú me dices qué hacer? Si te quiero vender en la maldita calle o en el burdel, la decisión es mía y tú no puedes decir nada.

—Por favor —comienza Victoria, con los ojos suplicantes—. Por favor. Tenemos que hacerlo. ¿Y si Simo vuelve a atacarnos?

Amara los mira a ambos, sentados juntos como una pareja casada, unidos en contra suya. Piensa en lo mucho que le debe a Victoria y sabe que no tiene escapatoria, aunque no estuviera obligada por Félix. Asiente.

—Lo mejor será que se queden arriba hasta la noche —dice Félix. Las mira de una en una, con expresión ladina—. Tú puedes irte a la bodega ya —le dice a Amara—. Déjanos.

Sale deprisa; no quiere ver a Félix empujar a Victoria a la cama. Cierra la puerta. Paris está afuera, en el balcón, tallando el piso con bastante más vigor que de costumbre. Amara intenta no pisar el agua con jabón y darle un poco de espacio, pero Paris la detiene. Su enjuto rostro está lleno de expectativa.

—¿Te contó Félix? —pregunta, mientras se pone de pie y mira de un lado al otro del corredor—. ¿Te contó que me va a enviar a una misión? A Thraso no; a Gallus tampoco. A mí.

Amara asiente. Piensa en el razonamiento de Félix de que Paris es menos reconocible. Sin duda también es más prescindible. Le tiene poco aprecio a su compañero de bodega, pero sabe también que el miserable hijo de Fabia será el único responsable de su seguridad esta noche.

—Le dije que tenía que empezar a usarte más —miente para halagarlo—. Te dio un trabajo importante.

—Van a tener que seguir todas mis órdenes —dice Paris, sin saber si Amara está burlándose de él—. Yo soy el hombre; estoy al mando.

—Por supuesto. —Amara baja la cabeza para demostrarle que entiende. Paris pasa saliva y mira hacia la habitación de Félix. Independientemente de su bravuconería, Amara se da cuenta de que tiene miedo—. Aunque no tienes que hacer nada de lo que pudieras arrepentirte —dice, pensando en Fabia y en lo mucho que el joven significa para su madre—. No necesitas ponerte en peligro.

Paris se estira para verse más alto y echa los hombros hacia atrás, como Gallus.

—Para esto nací —asegura—. No lo entenderías; eres solo una mujer.

El día parece interminable, pero Amara quisiera que se alargara aún más. No quiere que llegue la oscuridad. Amara no está del todo segura de qué tiene planeado Félix para Simo, pero sabe que piensa matarlo. ¿De qué otra forma podría terminar esa disputa? Amara piensa en lo cerca que está de salir de ahí; faltan apenas unos días para las Saturnales. No puede morir ahora, en el momento en que su escape está casi garantizado. Piensa en intentar enviarle un mensaje a Rufo, o a Philos incluso, para rogarles que vayan por ella. Pero ¿en quién podría confiar para que se los entregara? Paris la vería si intentara salir. Y la furia de Félix sería incontenible.

Victoria va a recogerla a la bodega. Está envuelta en un velo, como una mujer casada, aunque parece más un sudario que un velo real. El miedo le acelera el corazón a Amara.

—No creo que debamos hacer esto —dice, sin querer tocar el velo que Victoria le ofrece—. ¿Y si alguien del bar de Simo nos reconoce? ¿Y si María o Attice salen?

—Nos prometió que estaríamos a salvo —recuerda Victoria, echándole la tela sobre la cabeza—. Y, como sea, ¿qué otra opción tenemos? Hagámoslo y ya.

—¿Simo no estará vigilando el burdel? ¿Y si uno de sus espías nos ve salir así?

—Paris está en la puerta —responde Victoria, acomodándole la tela para que Amara esté cubierta por completo—. Él se va a asegurar de que esté despejado antes de abrir. Félix dijo que, cuando eso suceda, tenemos que caminar tan rápido como podamos hacia el pozo de la esquina y luego dar la vuelta por detrás hacia el bar de Simo.

Amara se pregunta si Victoria estará disfrutando gozar de la confianza de Félix. Pensarlo le produce cierta amargura. No debe olvidar que le debe su vida a su amiga, aun si esta la obliga a arriesgarla de nuevo.

La calle está oscura, y la oscuridad empeora cuando se tapa la cara con la tela que opaca la poca luz que hay afuera. Arrastran los pies, con las manos sobre la pared, avanzando a tientas. Se supone que Paris debería estarlas siguiendo, pero no hay señales de él ni de su lámpara para alumbrar el camino. Rodean a un grupito que está en el pozo, logran pasar sin llamar la atención, y se dirigen a una parte menos conocida de la ciudad.

—Ni siquiera sé dónde está el bar —susurra Amara—. ¡No sé a dónde vamos!

—Félix me dijo el camino varias veces —responde Victoria—. Estoy segura de que sé cómo llegar. Y no tenemos que vigilar nada; somos más bien una distracción.

—¿Qué eso no es peor? —pregunta Amara.

Victoria no responde.

El bar de Simo está bajo un haz de luz. Un Príapo de bronce ilumina la puerta con su enclenque brillo. Simo debe de haber reparado el lugar desde el último ataque de Félix. Parece estar lleno; hay varios clientes en la calle, a pesar del frío. Amara está demasiado asustada como para acercarse más.

—Vamos —murmura Victoria mientras la jala del brazo—. Vamos a hacer esto para poder volver a casa.

Se quedan paradas juntas bajo el refugio de un arquito del otro lado de la calle. Por el olor, Amara sospecha que no son las primeras putas en trabajar ahí. Victoria se sube la capa y la toga para enseñar sus piernas desnudas; tras una pausa, Amara hace lo mismo. En un principio, nadie las nota, hasta que unos cuantos ebrios las ven. Las señalan y se ríen. Un par de ellos cruza la calle.

—¿Qué hay con las caras cubiertas? —pregunta—. ¿Demasiado feas como para que las vean?

Amara da un paso atrás. Ambos apestan a alcohol.

—Estamos casadas —dice Victoria, su voz un gimoteo lastimero—. Tenemos que alimentar a nuestros hijos.

—Todas dicen lo mismo —responde el hombre. Le sube la falda un poco más.

Un tercer hombre pasa frente a ellas y se detiene a ver qué sucede.

—Dejen algo de coño para mí.

Amara reconoce la voz. Entrecierra los ojos para ver a través del tejido del velo. Es el hombre de la cicatriz blanca, al que vio en la Palestra con Félix y de nuevo en el bar. Él se da vuelta y atraviesa la calle. Se detiene a hablar con los hombres que siguen afuera del negocio de Simo mientras señalan a las mujeres y les gritan improperios. Se oyen risas. Los hombres se acercan, las rodean a ambas; se mofan y las incitan. Amara comienza a entrar en pánico.

Uno de los hombres la tiene contra la pared; le jala la ropa. Ella mira por encima de su hombro en un intento por ver entre las caras de los mirones que están alrededor. A través de la tela, todo se ve gris y distorsionado. El hombre de la cicatriz está solo afuera del bar de Simo. Amara lo ve estirarse, bajar el Príapo llameante y encender una antorcha con la flama. Comienza a prender el marco de madera de la puerta; espera unos momentos a que el fuego se avive. Luego lanza la antorcha por la puerta y se echa a correr por la calle.

Al principio, los hombres que las rodean no parecen percatarse del ruido. Los clientes salen del bar entre gritos, señalando el edificio en llamas. Los ebrios comienzan entonces a darse cuenta de lo que ocurre. Uno de sus amigos jala al hombre que tiene arrinconada a Amara, y la furia de que lo interrumpan se transforma casi de inmediato en alarma. Victoria y Amara se quedan solas mientras sus hostigadores se dispersan, sumándose al caos.

—Deberíamos irnos —dice Amara—. ¡Ya!

—Félix me pidió que me asegurara de que Paris terminara el trabajo —revela Victoria. Le toma el brazo para evitar que escape—. Simo no puede salir vivo de aquí.

Amara se siente aprisionada, demasiado temerosa como para volver sola y a ciegas, pero aún más aterrada de quedarse. Se aferra a Victoria. Se aprietan bajo del arco y observan. A la luz de las flamas, la pandilla de hombres estorba más de lo que ayuda. Algunos corren con agua que sacaron de un pozo cercano, pero unas cuantas cubetas no salvarán el bar. Ve a otro conocido, el hombre que parece zarigüeya y que ayuda a Félix con las extorsiones. Paris está ahí también. Reconocería su cuerpo raquítico donde fuera, a pesar de que lleva una capucha. Ambos están parados cerca de la puerta; parecen mirones ociosos, pero, sin duda, están vigilando quién sale del lugar. El interior debe estar casi vacío ya; el rugido de las flamas se hace más fuerte y el calor es abrasador incluso hasta el otro lado de la calle.

Amara nunca ha visto a Simo, pero, por la forma en que Paris y el otro hombre dan un paso al frente, sabe que debe de ser él. Tose, casi de rodillas por el humo. Paris lo toma, como si fuera a ayudarlo, pero Simo colapsa en sus brazos instantes después.

Paris lo coloca en el suelo con delicadeza. Otros corren hacia ellos. Paris da unos pasos hacia atrás, hasta que llega a la orilla de la multitud; entonces, se da vuelta y camina deprisa en dirección al pozo.

—Tenemos que irnos ya —apresura Amara—. Debe haberlo apuñalado. Esto se va a poner peor.

No corren, sino que caminan tan rápido como se atreven a hacerlo. Las personas de los edificios circundantes han comenzado a salir a la calle para intentar evitar que el fuego se esparza. Se escucha en ese momento un sonido como un trueno, un horrendo crujido, cuando el techo del bar colapsa y las llamas salen disparadas hacia arriba. Amara mira horrorizada la violenta hoguera. Si alguien sigue adentro, no sobrevivirá.

Victoria le jala el brazo. Continúan andando y dejan atrás la luz y el ruido mientras se sumergen de vuelta en la oscuridad.

41

Las dos estuvimos aquí, queridas amigas por siempre.
Grafiti en Pompeya

Después del incendio, Félix mantiene a Victoria con él y la muda a su recámara. Una recompensa por ayudarle a matar a Simo. Apenas reconoce el papel que jugó Amara. Ella intenta convencerse de que no importa, de que su frialdad no puede herirla si ella lo odia. Es más difícil, en cambio, ver a Victoria, quien se abre como una flor que recién encontró el sol. Por las mañanas, Amara la escucha cantarle a Félix, se la imagina entre sus brazos, mirándolo con devoción y todo el amor de su corazón. Se enfurece de tan solo pensarlo.

Le resultó más fácil de lo que creía no decirles nada a las demás sobre lo que ocurrió. Cuando van juntas a los baños, inventa una historia sobre haber ido con Victoria a entretener clientes a un bar, sorprendida por la naturalidad con la que la mentira se le resbala de la lengua. Aun si mentir no le hubiera resultado tan fácil, la historia del bar se olvida pronto al ser opacada por el mucho más interesante chisme de que Félix ha tomado a Victoria como un tipo de esposa.

Cuando la noticia de la muerte de Simo al fin llega a sus oídos por medio de Gallus, Amara continúa sin revelar nada; finge sorpresa, como las demás. Pero, a pesar de que es capaz de enterrar sus sentimientos durante del día, tiene problemas para dormir por la noche, pues el corazón acelerado y cada fibra de su cuerpo se tensan de miedo. Su cuerpo revive los terrores que su mente no soporta. Sabe que Paris sufre también, pues lo oye llorar en un rincón de la bodega. Pero, cuando llega la mañana, él se niega a decirle una palabra. Sea cual sea la culpa que siente, es evidente que está decidido a ocultarla.

Tres días después del incendio, Félix la manda llamar. Sigue a Paris hasta el estudio de su amo y espera a que abra la puerta. Adentro, encuentra a Victoria sentada en el regazo de Félix, con él detrás del escritorio, abrazada al cuello de su amo. Lo suelta en cuanto Amara entra a la habitación, y Amara la ama por ello, pues sabe que Victoria no quiere hacerla sentir menos.

—Es hora de que vuelvas al burdel —suelta Félix. Amara agacha la cabeza y se dispone a salir de nuevo, pero él la detiene—. Tú no —dice—. Es hora de que tú te vayas. —Se quita a Victoria de encima. Ella se toma del escritorio y apenas alcanza a mantenerse en pie. Por un momento, ambas mujeres piensan que es una broma. Luego entienden que no lo es.

Amara sabe que algo acaba de quebrarse dentro de Victoria; se le ve en la cara. Se da vuelta y sale de la habitación, con los ojos secos, sin dirigirles una mirada a ninguno de los dos. Cuando se va, Félix y Amara se miran el uno al otro.

—Te extrañaba —dice él. Amara no responde. Por primera vez desde que lo conoce, tiene la sensación de que Félix no sabe qué decir. Señala la pila de tabletas amontonadas en su antigua mesa—. ¿Quién más puede llevar mis cuentas?

Amara se sienta, sin hablar, y abre la primera tableta.

Para cuando llega la víspera de las Saturnales, Rufo no le ha dicho aún si la comprará. La tensión de esperar es tanta que teme colapsar y comenzar a rogarle la próxima vez que lo vea. Sabe que no hay punto al que no llegaría por escapar de Félix, aun si eso implicara pasar el resto de su vida bajo el mismo techo que Hortensio.

Se sienta en una mesa en El Gorrión a beber con sus amigas, mientras discuten qué regalos podrían comprar. Toda la ciudad vibra, y los vendedores ambulantes retacan las calles en un intento por vender unos cuantos cachivaches más, antes de que comience el festival.

—¡No puedo esperar a ver qué me compró Gallus! —grita Berenice tras darle un enorme beso en la mejilla a Dido. Ha bebido más que de costumbre—. ¡Tres días enteros con él! ¡Ay! ¡Imagínenlo!

—Una noche más y podremos descansar de los clientes —dice Dido, con un suspiro—. ¿Vamos a comprarle algo a Británica? Deberíamos hacerlo.

—No hace nada —resopla Ipstilla.

—Ese no es el espíritu de las Saturnales —dice Berenice, con el ceño fruncido—. No me molestaría contribuir en algo. Aunque no sé qué le gustaría.

«Un cuchillo, probablemente, piensa Amara». Pero no lo sugiere.

—¿Y a mí van a darme algo, señoritas? —grita Zoskales desde la barra. Está de un humor fantástico, sin duda también ansioso por descansar de sus clientes por un día.

—¡Un beso, si tienes suerte! —aúlla Berenice. Todas, salvo Victoria, se ríen. Berenice nota su silencio—. Quizá Félix te compre algo —añade con delicadeza. A pesar de que Victoria la ha fastidiado sin piedad con Gallus durante todo el año, Berenice no ha sido más que comprensiva con el desamor de su amiga. «¿Te imaginas?», le dijo a Amara cuando Victoria volvió al burdel. «¿El dolor de pensar que un hombre se va a casar contigo para que te mande de vuelta? ¡Imbécil de mierda!».

—Siempre nos da un denario a cada una —responde Victoria—. Me da igual. Que se vaya al demonio.

—¿Qué podemos hacer? —le pregunta Amara a Berenice—. Tal vez Dido y yo podamos comprar algo para ti, Británica y Victoria; luego, tú y Victoria pueden comprarnos algo a Dido y a mí —se dirige a las españolas—. ¿Ustedes quieren comprarse algo la una a la otra o prefieren una sorpresa?

—Nosotras compramos —dice Teletusa, enfática, mientras mira de reojo las cuentas de madera de Amara, el regalo simbólico de Rufo. Es evidente que no confía en el gusto de las demás mujeres.

—No más de cinco ases cada una —dice Berenice—. No hay que volvernos locas. Luego dividimos los costos de todo.

Se toman su tiempo para terminarse el vino y luego se separan para ir de compras. Amara y Dido caminan hacia el Foro.

—¿Qué le gustaría a Británica? —pregunta Dido—. No querrá cuentas ni nada bonito.

—Se me ocurre algo —responde Amara—. Vi a un vendedor que ofrece amuletos con sangre de gladiadores. Sirven para transmitir su valentía.

Les lleva un tiempo encontrar el puesto; el vendedor debe haberse movido desde la última vez que Amara lo vio. Es difícil caminar entre la multitud; por todas partes, la gente se empuja frente a los puestos y regatea a todo volumen. Parece que todo Pompeya dejó sus compras para el último minuto. Al fin, Amara encuentra al hombre con sus espeluznantes trofeos: una amplia gama de productos bañados en la sangre de gladiadores caídos en la arena. Los precios varían según la fama del difunto. Amara y Dido tienen suficiente solo para comprar la sangre de un guerrero desconocido, finado en su primera aparición en los juegos, a pesar de que Amara intenta regatear para conseguir algo mejor. El amuleto de cuero que escogen no tiene nada de bello, aunque tiene grabada una espada a medio desenvainar. Amara sospecha que a Británica le gustará.

El entusiasmo que tenían por ir de compras se agota después de haber dado vueltas y vueltas para buscar al vendedor de los amuletos, pero al menos es más sencillo comprar cosas para las demás. Un prendedor de cabello para Victoria, una pulsera de tobillo para Berenice.

—Estoy feliz de que Rufo vaya a comprarte —dice Dido cuando emprenden el camino de vuelta a casa—. Pero te voy a extrañar mucho.

—No estoy segura de que vaya a hacerlo —revela Amara—. No me ha dado una fecha. No entiendo por qué no lo ha hecho ya, si en verdad tiene la intención de hacerlo.

Dido es muy gentil al querer reconfortarla, pero Amara percibe que está desconcertada. Se odia a sí misma por no ser más considerada ni prestarles más atención a los sentimientos de Dido en los últimos días. Estaría devastada si la situación fuera a la inversa.

—Haré todo lo que pueda por sacarte —dice—. Todo. Te lo prometo. Te amo. Eres todo para mí.

—Yo también te amo —responde Dido. Está al borde de las lágrimas.

Dido es la única persona a la que Amara le ha contado sus planes, aunque ni siquiera ella sabe dónde está la nueva casa. Le preocupaba el riesgo de que las siguieran, pero ahora comprende que eso dejaría a Dido sin una forma de localizarla ni de transmitirle algún mensaje.

—¿Quieres saber dónde está la casa? —dice en voz baja, aunque es muy poco probable que alguien las esté escuchando—. Si Rufo cumple su palabra, podrás visitarme.

Dido asiente.

Caminan en fila, con Amara al frente, hacia el otro extremo de la ciudad. Recuerda la primera vez que Philos la llevó a la casa. Nunca ha recorrido el camino durante el día. A pesar de ser la víspera de las Saturnales, está relativamente callado. Vivir ahí será un cambio considerable en comparación con la ruidosa intersección del burdel. La idea de escapar le provoca una oleada de emociones y, cuando están paradas frente al alto edificio con el marco dorado en la puerta, llega incluso a pensar que su vida sí será bondadosa. Golpetea la madera de la puerta, sin esperar que alguien esté ahí, pero Philos abre el portón. Está sorprendido de verla.

—¡Pasen! —exclama antes de darles un gentil empujón hacia adentro. Cierra la puerta tras de sí—. ¿Pasa algo? ¿Estás bien?

—Quería que Dido supiera dónde encontrarme —dice Amara—. Si Rufo en verdad piensa tenerme aquí.

Philos señala el atrio que tienen detrás. Vitalio pasa con una mesa en las manos.

—Sí piensa hacerlo, como puedes ver. ¿No ha dicho nada?

Amara niega con la cabeza.

—No quise adelantarme.

—No tienes de qué preocuparte —responde Philos—. Tiene la intención de comprarte. No te angusties.

—Te dije que todo estaba bien —agrega Dido con una sonrisa—. ¡Y qué lugar tan hermoso!

Vitalio vuelve a caminar hacia el atrio, ya sin su carga. Mira a Amara con desprecio.

—Veremos cuánto dura esta —grita mientras sube la escalera a pisotones.

Amara lo mira fijamente.

—¿A qué se refiere?

—Ay, nada. Ya conoces a Vitalio; siempre está de mal humor. —Philo sonríe, pero se ve incómodo. El exabrupto de Vitalio fue demasiado extremo como para que esa hubiera sido una explicación razonable, y todos lo saben.

—No —dice Amara, un tanto nerviosa—. Quiso decir algo en particular. ¿Qué? Dímelo, por favor. ¡Por favor!

Philos no la mira a los ojos.

—Rufo tuvo algo de afecto por la hija de Vitalio durante un tiempo.

—¿Su hija? ¿Es parte también del servicio de la casa? —Dido le toma la mano para alejarla de ahí, para calmarla, pero Amara se la quita de encima—. Dímelo. —Mira a Philos a los ojos, instándolo a obedecer, y la tristeza en sus ojos grises le llena el corazón de terror.

—La has visto unas cuantas veces —confirma—. Faustilla, la criada.

Amara no logra identificar a quién se refiere. La única criada a la que recuerda es una jovencita tímida con quien nunca habló.

—Pero no puede ser la niña a quien conocí; es tan joven —dice—. Y Rufo no parecía prestarle atención. Incluso estaba ahí algunas veces que… —Amara se lleva una mano a la boca, demasiado impactada como para continuar. Dido la rodea con el brazo; esta vez, Amara no se zafa.

—Rufo no es distinto a cualquier otro hombre de su clase —dice Philos, un tanto a la defensiva de su amo—. Sabes que todos se acuestan con sus esclavas. Lo que haya pasado entre ellos no dice nada sobre lo que siente por ti.

—¡Eso no es lo que me molesta! —dice Amara, aunque es mentira. Había creído que Rufo era distinto. Piensa en su sonrisa encantadora, en la forma en que parece siempre ser completamente honesto. La forma en que le dice que la ama—. Me molesta la niña —insiste—. Con razón Vitalio me odia. Su hija tiene que servirle a la mujer que tomó su lugar. ¿Lo amaba? —Philos no responde, pero no necesita hacerlo—. Claro que lo amaba. Debe de haber pensado que era el hombre más generoso que conocía. —Amara piensa en cómo Félix trata a Victoria y su crueldad intencionada. Pero Rufo no es menos cruel con Faustilla, aunque tenga la intención de serlo—. ¿Habían al menos terminado las cosas entre ellos cuando Rufo me conoció?

—Amara —dice Philos en voz muy baja—, solo quiero que recuerdes que tienes que vivir con mis respuestas. Y yo también.

—Sigue acostándose con ella —dice Amara, tras comprender lo que Philos le dice—. Claro. Debes creer que soy una idiota.

—No lo creo. —Philos tiene la ensayada expresión vacía de un esclavo acostumbrado a disimular lo que siente. Amara recuerda lo que le dijo cuando estaban a solas: «Cuando eres joven, te cogen; cuando eres vieja, te joden».

—Bueno —le dice a Dido con falsa alegría—. A ella no le rentó una casa. Así que, con suerte, tendré un poco de tiempo antes de me toque servirle vino a su siguiente amante.

—Piensa en Félix —responde Dido—. Piensa lo segura que estarás aquí. En comparación, esto es un paraíso.

—Tiene razón —concuerda Philos, ansioso por reparar el daño—. Y en verdad pienso que te ama. Nunca lo he visto hacer tantas cosas por una mujer.

Amara piensa en Hortensio, en cómo la lastimó y la ofendió, sin que Rufo dijera nada.

—El amor de un amo por su esclava —concluye, con los ojos clavados en Philos, quien se estremece con la amargura en su voz—. Supongo que es lo máximo a lo que alguien como nosotros puede aspirar para construir su vida.

42

Este día de los Saturnales, el mejor de los días.
Catulo, *Poesías* 14

El estudio de Félix está abarrotado; toda su variopinta casa de putas y malhechores apoltronados en taburetes y cobijas. Es como la familia más peculiar de Pompeya. Félix mismo está sentado en su escritorio, un improbable Paterfamilias, mientras que Thraso y Gallus les sirven a Paris y a las mujeres panes dulces y vino. De acuerdo con el espíritu de las Saturnales, debería ser Félix quien les sirviera a todos, pero nadie cuestiona su desvío de la tradición.

—¡Quiero otro! ¡O dos más! —declara Fabia, antes de saquear la canasta de Gallus para servirse más. Gallus suspira, pero deja que la anciana agarre lo que quiera con su raquítico brazo.

—¡Suficiente! —estalla Paris. Fabia retrocede al oír a su hijo y deja el quinto pan de nuevo en la canasta.

—Pórtate bien con tu jodida madre —dice Félix—. Estoy seguro de que puedes pasar un día sin ser un completo imbécil.

Paris le devuelve el pan a Fabia, con las mejillas color carmesí. Luego se levanta y va a sentarse al otro lado de la habitación.

—¡Regalos! —dice Ipstilla con un aplauso—. Hora de los regalos, ¿sí?

Todos se someten al ritual de los regalos de Félix: un pequeño bolso circula por la habitación, del que todos sacan un denario. Félix se hastía pronto de los agradecimientos y los desecha con un manoteo. Para cuando llega el turno de Amara para sacar el dinero, Félix ni siquiera la mira. Está sentada en un rincón con Dido y tiene el estómago demasiado revuelto como para probar el pan. Le dijeron a Philos que todo el burdel iría al Foro entrada la tarde. Amara no puede relajarse, no deja de preguntarse si hoy será el día en que Rufo la compre. Todo el tiempo espera oír que alguien llama a la puerta, pero le aterra también que no ocurra.

—¡Ahora, los demás! —Berenice saca el bultito de regalos, todos envueltos en una cobija. Las mejillas le brillan por el vino y se ve, por mucho, que es la persona más alegre del lugar. Gallus se sienta a su lado, tan cerca de ella como puede, y se ve ansioso como un niño. «Quizá sí la ama después de todo», piensa Amara. O tal vez solo quiere un regalo—. ¡Aún no! ¡No seas ansioso! —le dice Berenice, con un beso.

Amara mira a Félix, pero el desplante de afecto parece no haberlo perturbado. Piensa en lo que dijo Cressa en la Vinalia, que a un amo nunca le molesta un amor que mantenga a sus sirvientes a raya. La idea de su amiga difunta, su corta y brutal vida, le provoca una punzada en el corazón.

—Bien, este es tuyo, Fabia —dice Berenice mientras le entrega unas cuantas monedas envueltas en tela. Decidieron que la anciana preferiría cinco ases en efectivo en vez de alguna frivolidad demasiado cara—. Esto es para ti, y esto para ti… —Berenice reparte los demás regalos, deleitada en su papel de maestra de ceremonias.

Amara desenvuelve la tela que cubre su regalo. Es un broche para el cabello, parecido al que Dido y ella le compraron a Victoria. El regalo de Dido es el mismo. Británica mira su regalo con el ceño fruncido; se lo pasa entre los dedos.

—Está bañado en la sangre de un gladiador, de un guerrero, para darte fuerza —le explica Amara. Sabe que Británica la entiende, aunque no le agradece ni la mira.

La bretona se cuelga el collar y se lo esconde debajo de la toga; luego, se lleva una mano al pecho. Al final, mira de reojo a Amara y Dido, y asiente por un brevísimo instante en señal de reconocimiento.

Los hombres se compraron vino, más caro que el vino endulzado que las mujeres tienen enfrente. Thraso lo sirve y deja la porción más generosa en su propio frasco. Con una punzada de arrepentimiento, Amara se da cuenta de que nadie se acordó de Paris. Está sentado lejos del resto del grupo, con los brazos alrededor de sus diminutas rodillas y la cara fruncida por la decepción. Fabia le agita los brazos desde el otro lado de la habitación, quiere indicarle que puede quedarse con sus cinco ases. Paris la ignora. Como siempre, lo que quiere no es la atención de su madre. Gallus le da un codazo a Thraso mientras sirve más vino y señala al esclavo olvidado.

—¿Es un hombre? —pregunta Thraso—. ¿No pudo alguna de las chicas comprarle un prendedor o algo?

Se ríe a expensas de Paris y espera que Félix se sume a las burlas. Pero el jefe ni siquiera sonríe.

—Denle algo de vino al chico —ordena—. Se lo ganó este año.

Gallus vuelve a sentarse a un lado de Berenice. Le da un beso apurado.

—Esto es para ti —dice, tras presentarle un paquete.

Berenice lo toma, y Gallus se cierne sobre ella, estorbándole, a punto de desenvolverlo él mismo en su desesperación por ver la reacción de su querida.

Berenice se queda sin aliento.

—¡Es hermoso! —Lo alza para que todos lo vean. Es un collar de camafeo, diminuto, pero por mucho el regalo más costoso del día—. ¡Ay! ¡Te amo! —exclama ella mientras se le cuelga del cuello para abrazarlo. Luego se separa—. ¡Y yo solo te compré un poco de cera!

Victoria está atorada a un lado de los amantes que comienzan a besarse sin pudor. Agacha la mirada, con los hombros encorvados. A pesar de las burlas, Gallus hizo más por Berenice de lo que cualquiera podría haber imaginado. Félix sale de atrás de su escritorio y se acuclilla a un lado de Victoria.

—Para mi puta favorita —dice. Le presenta a Victoria un paquete. Ella lo mira con los ojos cargados de esperanza y saca el contenido de la bolsa sobre sus dedos. Es un collar de cuentas de madera. Victoria voltea a mirar a Félix; su expresión amorosa es casi insoportable de presenciar. Le sonríe a todo el mundo, orgullosa de haber sido señalada por encima de las demás y enfrente de todo el mundo. Amara le sonríe en respuesta; no quiere arruinar su felicidad. Berenice alcanza a ver a Amara de reojo. Victoria no tiene idea de que sus amigas sienten lástima por ella, de que donde ella imagina amor las demás ven solo crueldad.

El día transcurre, y todos están cada vez más ebrios. Salvo por Félix y Amara, claro está. Ninguno de los dos está dispuesto a perder el control de sí mismo, ni siquiera durante las Saturnales. Amara sabe que Félix la está observando y se pregunta si sospechará algo, aunque no hay forma de que sepa nada sobre Rufo ni sobre el préstamo a Balbina. Ha sido muy cuidadosa. Si se tratara de cualquier otro hombre, habría dicho que la mira con lujuria, pero sabe que con Félix eso es imposible.

Los hombres insisten en cocinar el estofado de frijoles; declaran que las Saturnales son una festividad de descanso para las mujeres. Pero hacen un desastre, derraman la comida sobre el brasero, y casi apagan el fuego. Teletusa los hace a un lado y se hace cargo de la comida. Se ríen de ella y siguen con sus intentos por estorbar mientras cocina.

—¡Lo arruinan! —grita, irritada—. ¡Fuera! ¡Shu! —Fabia ofrece ayudarla, pero Teletusa insiste en que se quede sentada—. No tenemos que sufrir todas —dice. Le lanza una mirada a Thraso.

—Estoy muy feliz por Berenice —le comenta Dido a Amara—. ¡Gallus sí debe de amarla! —Amara sonríe en respuesta, demasiado tensa como para hablar—. No lo olvidará —le asegura Dido—. Sé que no lo olvidará.

Amara percibe que Félix está observándolas de nuevo, así que le toma la mano a Dido.

—Te amo —le susurra—. Todo lo que te prometí lo dije en serio.

Después del estofado quemado y pastoso, Félix anuncia que es buen momento para salir y caminar hacia el Foro. Berenice y Gallus se separan a regañadientes. Estaban acurrucados en un rincón tras haber abandonado cualquier pretensión de ser parte de la fiesta.

—¿Por qué no te quedas a coger con ella? —le pregunta Félix, exasperado—. Nos alcanzas cuando te quites las ganas.

Salen a las calles, cubiertos con sus capas. Las tiendas están cerradas para el festival, pero otras casas y familias salieron a pasear y aprovechan la oportunidad de tomar un poco de aire antes de que oscurezca demasiado. Amara le toma el brazo a Dido mientras caminan hacia el Foro. En las calles, todos se ven de buen humor; hasta Paris escolta a su madre, quien se ve como si ese hubiera sido el regalo que ansiaba recibir en las Saturnales. Amara recuerda la forma en que Paris sacó cargando a Simo del bar en llamas, como si le estuviera ayudando, para clavarle mejor el cuchillo. Se estremece.

Dido le aprieta el brazo.

—¿Tienes frío?

Amara niega con la cabeza.

Las multitudes comienzan a arremolinarse afuera del Foro. Beben y se ríen, mientras miran a los músicos y a los artistas callejeros. Se detienen frente a un hombre que hace malabares con antorchas. Amara observa cómo las llamas crecen y se encogen, y cómo el hombre las atrapa con las manos enguantadas.

—Esperaba poder verte hoy. —Su voz es como un recuerdo de su hogar. Amara no ha visto a Menandro en meses, pero, al oírlo, siente como si hubiera estado en sus abrazos apenas ayer. Se da vuelta. Por primera vez, Menandro no parece muy seguro de sí mismo.

—Dijimos que nos veríamos en las Saturnales. Sé que fue hace mucho tiempo —añade al ver la expresión nerviosa de Amara—. Vengo solo como tu amigo. Te traje un regalo.

Le presenta un objeto envuelto en un trozo de tela. Amara lo toma y lo desenvuelve. Adentro hay una hermosa lámpara de barro con un barniz verde. La figura le es familiar. Es una reproducción de la Helena de Troya de Afidnas, la estatua de su ciudad natal: le encantaba verla cuando era niña. Su padre la señalaba lleno de orgullo. Menandro la hizo para ella. Amara mira la lámpara, sin poder decir una palabra. Luego lo abraza del cuello.

—Es hermosa —asegura—. Es el regalo más bello que me han dado jamás.

Dido la jala del brazo y Amara suelta a Menandro, pero él logra tomarle la mano.

—Sé que tienes un benefactor, Timarete. Lo entiendo —dice—. Pero, si fuera un hombre libre, si pudiera comprar mi libertad, ¿sentirías otra cosa?

Amara le retira la mano; al fin entiende qué fue lo que Dido vio.

—¿Qué es esto? —Nunca ha visto a Rufo tan enfurecido. El terror casi le detiene el corazón. Empuja a Menandro a un costado para ir hacia su novio, pero él evita que lo abrace—. ¿Quién es este?

Por un momento, Amara teme que la golpee. Vacila. No tiene duda de qué es lo que debe de hacer, pero no sabe si tiene el valor para hacerlo.

—¿Él? —Se da vuelta para ver a Menandro como si recién se hubiera dado cuenta de que estaba ahí—. ¡No es nadie! Un muchachito que quería darme un regalo por las Saturnales porque dijo que tenía una cara muy linda. Ni siquiera sé cómo se llama. —Se ríe—. ¿Por qué estás tan molesto? —exclama mientras le toma la mano a Rufo—. ¡No seas ridículo! No puedes pensar que tienes motivos para sentir celos. Es un esclavo cualquiera. —Amara está consciente de que Philos está a un costado de su amo, pero lo ignora. No es a Philos a quien tiene que convencer.

—Mira, te lo demuestro —ofrece, como si estuviera complaciendo a un niño—. Puedo devolvérselo y dejar que se lo dé a alguien más. —Inclina la cabeza de forma burlona y mira a Rufo desde abajo—. Aunque lamento que creas que no soy la mujer más hermosa de las Saturnales, porque a ella es a quien quería darle el regalo.

Amara casi se deja llevar por su propia actuación, hasta que vuelve a mirar a Menandro. Él la ve como si estuviera frente a una desconocida. Amara le tiende la lámpara y lo mira a los ojos, casi suplicándole que comprenda.

—Lo siento, pero no puedo aceptarla.

Menandro no se mueve. Amara se obliga a dar un paso más hacia él, aún con el regalo en las manos, para devolvérselo. Las manos le tiemblan y el barniz se le resbala entre los dedos. La lámpara se destroza a los pies de Menandro.

La sorpresa la hace gemir. Ambos se miran a los ojos. Amara comprende en ese momento que cualquier afecto que existiera entre ellos también se quebrantó. Mira al piso. Los pedazos de barro barnizado están esparcidos a sus pies. Todo ese trabajo, el grabado hecho con tanto amor, marcado con recuerdos de su hogar y de quien fue alguna vez, hecho trizas. Recuerda la maceta rota de Cressa en la necrópolis, la muerte del hombre, el sacrificio de Victoria por salvarle la vida. La única decisión que puede tomar es sobrevivir.

—Ay, qué boba —dice, mirando a Rufo y mordiéndose el labio, como si todo fuera un chiste—. ¡Parece que la rompí!

Es quizás el insensible desprecio el que termina por convencerlo. Rufo se acerca y le pone un brazo sobre los hombros a Amara.

—Lo siento, muchacho —le dice a Menandro. Mete una mano a su bolso para sacar unas cuantas monedas—. Mi novia no quiso ser tan torpe. Espero que esto compense la lámpara.

Menandro toma el dinero, sin mirar a Amara.

—Es usted muy generoso —dice.

Rufo voltea a Amara y la lleva hacia donde están Philos y Dido, claramente ansioso por olvidar el incidente.

—Qué ridículo soy —dice. Le da un beso—. Lamento haberme puesto celoso.

—Me halaga que lo hayas hecho —responde ella. Lo mira con dulzura. Sabe que Menandro se aleja poco a poco, a pesar de que no lo ve irse.

Llegan a donde está Philos. Amara nota que Quinto y Lucio también están ahí, junto con sus séquitos de esclavos. Son un público bastante grande.

—Pero al menos te tengo un regalito, querida —dice Rufo. Su tono es teatral, dirigido a sus amigos tanto como a ella. La esperanza le acelera el corazón. Rufo baja la voz—. ¿Dónde está el malnacido de tu amo?

Amara sabe que Félix no puede estar lejos. Lo ve casi de inmediato. Debe de haber visto toda la escena, incluyendo cómo trató a Menandro. Oye la voz de Félix en su cabeza. «No todas las mujeres son unas perras desalmadas como tú». Félix se acerca en cuanto cruza miradas con Amara.

—Un honor —dice, con una reverencia para Rufo, quien retrocede.

—Quiero hacerte una oferta —comienza Rufo con volumen suficiente como para que el resto del burdel se acerque a escuchar—. Quisiera comprar a esta mujer en nombre de un amigo.

Amara lo mira, desconcertada.

—¿Un amigo?

Rufo alza una mano para silenciarla.

—Quisiera comprarla en nombre de Cayo Plinio Segundo, Almirante de la Flota Romana.

Amara suspira al oír el nombre de Plinio, pero Rufo no lo nota. Está demasiado envuelto en el drama, en su papel de héroe frente a una multitud—. El almirante ha considerado su precio y está dispuesto a ofrecerte más de lo que vale. Sin regateos; eso sería indigno de él. Debes tomar o dejar la oferta. —Rufo le hace una seña a Philos, quien le entrega un sobre sellado—. Esta es la garantía del almirante; podrás quedártela si aceptas realizar la venta. Te ofrece seis mil sestercios por la esclava conocida como Amara.

Son dos mil más de los que Félix pagó por ella. Amara alcanza a ver que Dido y Victoria se toman de las manos, boquiabiertas, sin quitarle los ojos de encima a Rufo. Ella mira a Félix, pero su expresión es inescrutable. No podría negarse.

Félix hace una reverencia. No ha volteado a verla ni una sola vez.

—Acepto la oferta del almirante.

Amara no dice nada mientras su amo firma el acuerdo y cede su propiedad. Todos observan en silencio, sin poder creer lo que acaban de presenciar. La sorpresa la ha drenado de cualquier emoción. Rufo le da el sello a Félix y voltea a verla, radiante con su poder.

—Amara, en nombre del almirante y en la presencia de testigos y bajo la mirada de los dioses, te concedo tu libertad. Ahora eres Caya Plinia Amara, Liberta.

Amara lo mira fijamente, estupefacta. Luego, rompe en llanto.

43

A muchos a quienes Fortuna ha elevado, de pronto los tira y lanza de cabeza.
Grafiti en Pompeya

Amara no puede parar de llorar. Rufo tiene que detenerla para que no se lance a sus pies mientras solloza su amor y gratitud eterna. Rufo la besa hasta que para de llorar, pues sin duda disfruta la adoración. Amara abraza a Dido y Victoria una y otra vez; llora sobre sus hombros, les toma la cara con las manos, sin poder expresar todo el amor que siente. El dolor por lo que le ha hecho a Menandro y el éxtasis de la libertad no se parecen a nada que haya sentido antes. Se ríe con Quinto y Lucio, profesa su amistad fiel hacia Ipstilla y Teletusa —quienes no parecen alegrarse de su buena fortuna—, y sorprende a Paris dándole un huesudo abrazo. Cuando es el turno de Fabia, la anciana se aferra a ella, llorando; Amara le promete que la ayudará si alguna vez lo necesita. Thraso, sin embargo, ya sería demasiado. Le asiente, como haría una reina para reconocer a un plebeyo. Es más de lo que merece.

Es la primera vez que ve a Félix en verdad sorprendido. Debe de haber comprendido que las historias sobre Rufo y su violencia eran mentiras. Quizá se está preguntando sobre qué más le habrá mentido. Amara le da la espalda. «Que se rompa la cabeza», piensa. Ya no puede hacerle daño.

Amara quiere esperar a Berenice, ansiosa por compartirle la noticia, pero Rufo se muestra menos entusiasmado.

—Querida —le dice—. Creo que ya tuve suficiente de putas y proxenetas por un día. Aunque estoy seguro de que la otra

377

muchacha es encantadora. —Mira a sus compañeros del burdel, amigas y enemigos, y frunce la nariz con disgusto. Quinto y Lucio se ríen, claramente ansiosos por volver a casa también.

Amara siente una sacudida. Por supuesto, este es el otro lado de la moneda. Las Saturnales sin Dido, sin ninguna de las mujeres a las que ama. Quiere volver, abrazarlas una última vez, pero Rufo la aleja con firmeza. Alcanza a cruzar miradas con Dido; espera que lo entienda como un recordatorio de la promesa que le hizo.

Pasar en medio de la multitud opresora no es fácil. Philos y los demás esclavos intentan adelantarse, abrir el camino, pero nadie parece propenso a la deferencia durante las Saturnales. Mientras pelean por abrirse paso, un corpulento hombre disfrazado como el Señor del Desgobierno baila con campanas entre ellos. Lleva puesta una máscara de sátiro con cuernos y ropa roja de pies a cabeza. Se acerca haciendo cabriolas, agitando las campanas en la cara de Amara. Rufo la rodea con el brazo para alejarla. Por un momento, parece que el hombre enmascarado será un problema, pero Quinto, Lucio y el séquito de esclavos son una barrera demasiado formidable.

El sátiro se aleja. La gente grita y se empujan unos a otros para hacer espacio. Amara observa. Se da cuenta, mientras el sátiro se pavonea por ahí, deteniéndose de vez en cuando para hacer reír a la gente, de que no está moviéndose al azar. Está acercándose a Félix poco a poco. La inquietud de Amara se transforma en miedo.

Le da un jalón a Rufo, lo cual lo obliga a detenerse. Victoria está cerca de su amo. Amara le grita, pero su voz se pierde entre el estruendo de la multitud. Félix está consciente del peligro. Conforme el sátiro se acerca a él, desenfunda su cuchillo. El sátiro rojo hace lo propio. Es del doble del tamaño de Félix, pero Amara sospecha que no tiene la agilidad ni la velocidad de su otrora amo. El sátiro se abalanza sobre Félix, pero este amaga y lo hace fallar; el ataque casi golpea a Victoria, quien retrocede y desaparece en la seguridad de la muchedumbre.

Los dos hombres se tiran estocadas; si no fuera por los mortales destellos plateados, casi parecería que están bailando. La multitud no parece darse cuenta de lo que está sucediendo, o quizá piensan que la pelea es una parte coreografiada de las celebraciones. Han abierto un pequeño escenario y están todos apretujados, animando a los combatientes.

—Deberíamos irnos —sugiere Rufo—. Ya no es nadie para ti.

—¿Dónde está Dido? —pregunta Amara—. ¡No la veo! ¿Dónde está?

—Las demás la cuidarán —dice Rufo, que comienza a perder la paciencia—. Este no es un lugar adecuado para ti.

Amara se da vuelta para mirar de nuevo, demasiado asustada como para obedecerlo. Alcanza a ver a Ipstilla y Teletusa, con los brazos entrelazados, logrando escapar.

—¡Ahí está! —grita—. ¡Por allá!

Dido está atrapada, sola, sin poder desaparecer entre la gente como Victoria, obligada a ver a Félix y al sátiro atacarse, incapaz de poner suficiente distancia. Un ebrio la tiene tomada del brazo e intenta besarla, inconsciente del peligro que los acecha a ambos. Thraso ronda cerca de Félix; no quiere causar la muerte de su jefe al intervenir. Amara ve a Británica del otro lado del círculo, cerca, mirando la pelea con avidez, sin darse cuenta del predicamento de Dido. No ve a Fabia ni a Paris por ningún lado.

Amara mira con desesperación a Lucio, el hombre que prometió encontrar a la familia de Dido y que ha pasado tantas noches con ella en la casa de Drusila.

—¿No puedes ayudarla? ¡Por favor! —Lucio parece incómodo, pero no responde. Amara siente una oleada de furia ante su cobardía. Se libera de Rufo y avanza a empujones hacia la pelea—. ¡Británica! —grita—. ¡Británica, ayúdame!

Por un momento, Amara siente que va a ahogarse en el mar de brazos y codos, aplastada por el caos, pero la enorme mujer se agacha y la levanta por la capa—. ¡Dido! —grita Amara, señalando hacia donde su amiga está atrapada.

Británica abre los ojos como platos. Suelta a Amara y saca a un hombre de su camino a empujones; como él no se aparta de inmediato, le da un golpe en la garganta.

Británica intenta embestir a la multitud, pero su fuerza no es suficiente para mover a tanta gente. Amara la ve luchando, rodeada de gente. El espacio de la pelea es cada vez más pequeño y empuja a Dido hacia la violencia. Debe haber más y más gente dirigiéndose al Foro, comprimiendo la procesión. Amara intenta abrirse paso hacia a Dido, pero la gente está demasiado ebria o desinteresada como para dejarla pasar.

Cae de rodillas y comienza a gatear hacia el frente, casi sofocada por el miedo a que la aplasten. Llega a la orilla de la multitud. La pelea está casi encima de ella, y el sátiro está a punto de pisotearle los dedos, pero Amara está demasiado abajo como para alcanzarla. Logra ver a Británica, gritando, detenida por un grupo de hombres borrachos y furiosos. A una corta distancia, Dido batalla por alejarse, de espaldas a Amara, intentando manotear y arañar para esquivar los cuchillos, con el ebrio aún tomándola de la cintura.

Los hombres casi se han quedado sin espacio para pelear. Félix está tan cerca que Amara podría estirar el brazo y tocarlo. No hay miedo en su rostro, pero se ve vulnerable con el cuerpo más expuesto que el sátiro, cuyo pesado disfraz lo protege. Amara observa, deseando que Félix mate a su rival, que termine con todo. En cambio, Félix se da vuelta y tropieza con el pie de alguien; casi se estrella con Dido. El sátiro rojo ve su oportunidad y embiste a su oponente mientras está desbalanceado. Félix se lanza para esquivar el ataque. El sátiro apuñala a Dido en la espalda, enterrándole el cuchillo entre los omóplatos. El ebrio que la tenía tomada la suelta, sorprendido. Ahora que ya es demasiado tarde, la gente retrocede para dejarla pasar. Dido da dos pasos antes de colapsar.

Una persona entre la marabunta grita, luego otra. Al fin, la multitud comienza a darse cuenta de que no se trata de un espectáculo. Un grupo de hombres avanza y toma al sátiro rojo antes de arrancarle la máscara. Su rostro es familiar. Se trata de Balbus, el liberto de Simo. Desaparece entre la gente, con la boca abierta por el pánico, enterrado bajo un frenesí de patadas y puños. La multitud comienza a dispersarse. Algunos se abren paso hacia el frente para ver a Balbus morir; otros escapan de la violencia. Amara llega hasta donde está Dido; Británica ya la tiene entre sus brazos.

—¡Aquí estoy! —grita Amara, arrodillándose junto a ella. Le toma la mano—. Todas estamos aquí. Estás a salvo.

Dido no responde. Le sale sangre de la boca. Mira a Amara, con los ojos adoloridos y aterrados. Tantas veces han intercambiado mensajes sin palabras, solo con miradas, que Amara sabe que es incapaz de ocultar su propia angustia. Le da un beso en la frente a Dido. Escucha la voz de su padre en su cabeza. «Nadie debería morir con miedo».

—He visto a gente recuperarse de cosas peores —asegura—. Todos los pacientes de mi padre. Vas a ponerte bien; ya verás —La mano de Dido está fría, así que Amara se la lleva al cuerpo para calentarla—. Vas a estar bien, te lo prometo. —Victoria llega a donde están, sin aliento, y se sienta a su lado—. Y Victoria está aquí también. Cuando Berenice llegue, puede decirle a Gallus que vaya por un doctor.

—Estamos contigo —interviene Victoria—. No estás sola. Estamos aquí.

Dido cierra los ojos.

—Puedes descansar —dice Amara—. Está bien que descanses un poco.

Le pone una mano sobre la mejilla para que su amiga la sienta, aunque no pueda verla. Sigue tomándole la cara con los dedos aun después de que sabe que ha muerto.

—Se fue —dice Británica.

Nadie comenta sobre el hecho de que Británica puede hablar. Amara la calla.

—Solo un momento —pide. No quiere soltar a Dido—. Todavía no. No se ha ido aún.

—Está muerta, cariño —confirma Victoria, poniéndole una mano sobre la rodilla—. Se fue.

Amara no puede ver; está cegada por las lágrimas. Victoria se pone el brazo de Amara sobre los hombros y la levanta. Amara nota que un hombre está mirándolas. Félix.

—¡Tú hiciste esto! —grita. Sabe que, en medio de tanto dolor y furia, sería capaz de matarlo, de hacerlo pedazos ahí mismo, pero Victoria la detiene, se lo impide—. Ese cuchillo era para ti. ¡Tú la mataste! ¡Tú la mataste!

Félix guarda silencio mientras Amara le grita, lo amenaza y aúlla su odio hasta que la voz se le quiebra. Entonces, un hombre la levanta y se la echa al hombro. Amara cree que es Rufo; lo golpea en la espalda, sollozando, ordenándole que la baje, que la deje volver. Termina por rendirse, colapsando sobre él. Cuando llegan a la orilla del Foro y ve a Rufo, esperándola, se da cuenta de quién está cargándola: Philos.

44

Empezamos entonces a aprisionar a animales
a los que la naturaleza les asignó como elemento el cielo.
Plinio el Viejo, *Historia natural*, «Compendio e historia de las aves»

Las Saturnales han terminado. Amara se sienta en su escritorio, vestida de negro. El sonido de la fuente no llega hasta la habitación, pero ella sabe que está ahí, murmurando con delicadeza en el jardín abajo. Está a salvo en la casa con la puerta de oro. Tiene su libertad. Y tiene el corazón roto.

La caja de madera ya no está bajo la cama de Rufo; está frente a ella. La abre. Doblada encima de la joyería hay una carta de Plinio para Rufo. La toma. Las palabras le saltan de la página: «el attagen, también de Iona, es un ave famosa; aunque tiene voz, en otras ocasiones guarda silencio estando en cautiverio». Y así continúa. No hay casi referencias a Amara en la carta. Plinio construyó el argumento en favor de la libertad de Amara haciendo alusión a una infinidad de aves, pues quizá se sentía más cómodo arguyendo en términos abstractos. Pero Amara sabe qué clase de regalo fue. No solo porque pagó para comprarla, sino porque le dio su nombre.

Fue el nombre y no el dinero lo que más importó al final. Atrapado entre las negativas de su padre y la desesperación de Amara por obtener su libertad, Rufo le escribió al almirante para pedirle consejo. Fue Plinio quien le presentó a Amara, así que él sabría qué hacer. Plinio respondió con una generosidad inimaginable.

—Nunca le pedí el dinero —le ha dicho Rufo una y otra vez—. Y yo pagué la mitad, así que no es como que no me hayas costado nada.

Amara ha comenzado a sospechar que, para Rufo, el placer de abrir las manos para ver al ave volar nunca será tan satisfactorio como sentir su fragilidad bajo sus dedos.

Rufo no disfrutó el duelo de Amara tras la muerte de Dido. No era una linda cascada de lágrimas que pudiera secar con un par de besos, sino un frenesí de dolor e histeria que ahogaba la gratitud de ella y la gloria de él. Dejó que Philos la llevara de vuelta a la casa para que se recuperara. Pasó los primeros dos días de las Saturnales a solas, salvo por la compañía de unos cuantos esclavos. Rufo se los «prestó». Philos es el único al que conoce.

No recuerda mucho de esa primera noche, fuera de la agonía. Pero el día siguiente está grabado en su memoria. Estaba acurrucada, en el estudio, envuelta en una pila de cobijas, cuando Philos le llevó vino caliente. El único consuelo que podía ofrecerle era una bebida. Se quedó parado en la orilla de la habitación sin acercársele demasiado, nada como el hombre que alguna vez le ofreció su brazo en la calle. Era como si la imagen de Amara lo asustara.

—No puedes estar así cuando venga por ti —dijo, sin mirarla a la cara—. Planeó esta noche durante meses, imaginándose tu alegría, toda la adulación. Recibió, en cambio, dolor y decepción. Sé que la amabas. Pero Rufo nunca lo entenderá. Para él no era más que una linda esclava. Tendrás que llorarla en privado.

Amara estaba demasiado alterada como para responder. Ha evitado a Philo desde entonces, aunque sí siguió su consejo. Cuando Rufo volvió, tenía puesto su vestido blanco, y lo bañó de afecto, profesó su lealtad infinita, se entusiasmó con la casa. Incluso se disculpó por su duelo, temerosa de que hubiera estropeado todo lo que Rufo había hecho por ella. Rufo se mostró bondadoso; le dijo que entendía. Nunca mencionó el nombre de su amiga, y Amara tampoco lo hizo.

Amara no necesita nombrar a Dido para pensar en ella. Cuando está sola, pasa su tiempo en el atrio, en el mismo lugar donde ella estuvo parada, intentando reconfortarse al saber que estuvo ahí, en la casa; lo vio, lo tocó. Amara recuerda sus conversaciones, la bondad de Dido, su sorprendente audacia al cantar, su voz con una gracia sin igual. Pero, por las noches, no puede deshacerse del último recuerdo: la sangre en el rostro de Dido, el dolor y el horror.

Amara nota que las manos le están temblando. Guarda la carta de Plinio. Dido se merece más que un duelo privado. Del cajón del escritorio, saca una burda estatuilla de madera, una efigie de la diosa Diana, armada con su arco. Envuelve la figura en un pedazo de tela y le amarra la nota que ha escrito. «Soy un regalo de Gaia Plinia Amara, Liberta».

Se pone de pie, baja la escalera y mira hacia el espacio abierto. En el jardín, los pintores pronto comenzarán a trabajar en un enorme fresco. A Rufo le pareció encantador que Amara estuviera fascinada con la casa, que quisiera convertirla en un lugar especial para ambos y un lugar apropiado para que él se quede. Menos convencido estuvo con el mito que Amara eligió. Será Acteón convirtiéndose en ciervo mientras sus perros lo devoran. ¿No preferiría escenas de las leyendas de Venus en vez de Diana? ¿Quizá la diosa virgen no es la mejor opción para un nido de amor? Pero Amara se rio, burlándose un poco de él. «Siempre podemos tener a Venus en la recámara».

Baja al atrio. Una joven está esperando junto a la piscina. Amara se le acerca deprisa. La joven llegó temprano, y Amara sabe que tiene poco tiempo para sí misma. Es Pitane, la mesera de El Elefante, quien le debe a Amara por su aborto.

—Es hermosa —dice Pitane, mirando a su alrededor—. ¡Qué bien te va! ¡No puedo creerlo!

—Lamento que no puedas quedarte a tomar un poco de vino conmigo —responde Amara—. Pero lo entiendo. Agradezco que te hayas tomado el tiempo para venir.

—No es molestia —asegura Pitane—. Salí por víveres. Nunca se darán cuenta.

Amara le entrega la estatuilla de madera envuelta en la tela.

—¿Podrías darle esto a Paris por mí, por favor? Es para su amo. Paris debería decirle a Félix que me disculpo porque el regalo llegó demasiado tarde para las Saturnales, pero la intención es la misma. ¿Puedes recordar todo eso?

—Por supuesto. —Pitane asiente—. Eres mucho más amable que yo, debo decir. Si un nuevo amo comprara mi libertad, nunca le mandaría a Sitio ningún maldito regalo.

Pitane se da vuelta, cruza el atrio y sale por la pesada puerta de madera. Amara se queda sola, tiritando un poco con la brisa. Todo está en silencio. Se imagina a Pitane, volviendo al ruido y al caos, con la Diana en las manos mientras recorre las calles de Pompeya. Y Amara sabe que, cuando el regalo llegue a su destino, Félix entenderá su significado.